Annemarie Weber

Roter Winter

Annemarie Weber, um 1966

Annemarie Weber

Roter Winter

Roman

Mit einem Nachwort
von Erhard Schütz

AvivA

1. Kapitel

In weißer Schmierschrift lobte sich auf den Schaufensterscheiben die Billigkeit der notwendigen, der nützlichen, der schönen Güter. Die Läden erbrachen Waren auf die Straße: Wolle, Trauben, Hosen, Stühle.

Einem Fleischfahrer in rotbespritztem Mantel fiel eine Rinderhälfte von der Schulter. Im Lastwagen unter der Plane lag die andere Hälfte des Rindes. Ein Kind mit einem roten Luftballon stand davor und glotzte hinein.

Frau Abelssen fügte in Gedanken die beiden Hälften des Rindes wieder zusammen. Durfte man Fleisch essen? Es käme vielleicht eine Zeit, da die Menschen das Fleisch der Tiere nicht mehr äßen. Mit Schaudern würden sie sich ihrer Vorfahren erinnern, und diese würde man dann als Aasfresser bezeichnen.

Nun kam aber der Fischladen. Zu Fischen hatte Frau Abelssen ein anderes Verhältnis. Fische waren zum Ansehen und zum Essen da. Ihre Gestalt war unvergleichlich, von ausgewählter Form; die Natur hatte diese Form abgeschliffen mit einer Fülle von Kunstsinn. Rosa und Silber, Weiß und Gold, unter der Haut das fahle Fleisch, eine zärtliche Speise, der Fisch war erlöst von seinem dämmerhaft niedrigen Dasein, weich ging er in den Menschen ein, sein staunendes Auge auf dem Tellerrand zurücklassend.

Bücklinge reihten sich in Posaunengold. Sprotten lagen dicht in Kistchen, eine wie die andere, ein Goldschatz; man hatte die Gedenkmünzen mit den Köpfen bekannter Männer satt, jetzt wurde Gold in Form von Fischen gehortet. Warum hatte nicht auch einfaches Geld die Form von Fischen – kleinen und großen? Wie angenehm läge ein Hundertmarkfisch in der Hand. Es gab zuviel Rundes.

In dem Haus, das Frau Abelssen aufsuchen mußte, war eine Kneipe, »Zum nassen Hund«. Immer wenn sie kam, trank sie im »Nassen Hund« einen doppelten Klaren, dazu ließ sie im Automaten Musik spielen.

»Wie geht's?« fragte der Wirt. »Wird das Haus etwa verputzt? Dann verlange ich Schadenersatz für den Ausfall.«

»Das Haus wird nicht verputzt«, sagte Frau Abelssen, »es käme zu teuer.«

Sie ging zur Portiersfrau und erkundigte sich nach dem Mann, der im Seitenflügel des zweiten Hintergebäudes ein Kino für Kinder aufmachen wollte.

»Ein ulkiger Mensch«, sagte die Portiersfrau, »ob das was wird – ich weiß nicht.«

Es war da eine Tischlerwerkstatt gewesen, der Tischler war gestorben.

Frau Abelssen war aufgewachsen in einem Haus, das ebenfalls zwei Hinterhäuser hatte. Im zweiten Hinterhaus lebten, dämmrig und niedrig, Wesen, die sie als Menschen wahrzunehmen nicht fähig war. Die vom ersten Hinterhaus kannte sie. Der Küchenausgang der Vorderhauswohnungen grenzte an das gemeinsame hintere Treppenhaus. Da lebten tatsächlich Menschen, obschon in einem merkwürdigen Geruch. Im Hof des zweiten Hinterhauses hörte man manchmal Teppichklopfen, das war unheimlich. Welchen Wesen konnte dort an einem Teppich liegen? Wer hatte dort Anwandlungen wie einen Teppich zu klopfen? Es kamen auch Kinder von dorther. Sicher waren sie nur Erscheinungen, die am Auge des Vorderhauskindes vorübergezogen wurden, um ihm Rätsel aufzugeben. Man konnte durch sie hindurchfassen, durch Nebel. Sah man sie nicht mehr, gab es sie gar nicht.

Der Mann in der einstigen Tischlerwerkstatt hieß Losch. Seine Jacke war ihm zu eng. Mit quellendem, dringlichem Blau begrüßten sie seine Augen. Er reichte ihr eine fette, weiße Hand.

»Sie werden«, sagte er feindlich, »mir hier keine Gewerbemiete abverlangen. Ich betreibe hier nämlich kein Gewerbe.«

Frau Abelssen ließ sich aus dem Mantel helfen. Losch rollte ihn zusammen und legte ihn auf die Erde. Er tat es sorgsam, die weiße Innenseite des Kamelhaarstoffes schonend. Er sagte: »Nehmen Sie Ihren entsetzlichen Hut ab!« Sie legte ihren Hut ab. Sie gehorchte gern. Herr Abelssen, ihr Mann, sagte ihr niemals etwas Befehlendes. Losch nahm den Hut und setzte ihn einer Chaplinbüste auf den Kopf, die aus Pappmaché gefertigt war.

Lili suchte einen Spiegel, sich ihr Haar zu kämmen. Losch sagte: »Blicken Sie einfach starr in meine Augen. Das ist dasselbe wie ein Spiegel.« Er war häßlich.

Es kamen noch zwei Männer hinzu, jünger als Losch. Einer hieß Korn, der andere sagte: »Nennen Sie mich einfach ›König‹.« Er war einäugig.

Die vor kurzem noch grindig verwohnten Räume waren weiß gestrichen. In einem großen Zimmer waren Stühle in Reihen aufgestellt. An der Wand, auf welche die Stühle ausgerichtet waren, befand sich eine Kinoleinwand. An der Rückwand war der Projektor angebracht.

»Die Stühle«, sagte Frau Abelssen, »sind eine bemerkenswerte Sammlung. Schöne Exemplare dabei, sie stehen nicht, sie sitzen selbst.«

»Ein Stuhl«, sagte Losch, »sitzt nicht. Er steht. Ein würdevoller Stuhl empfiehlt das Stehen. Ich sehe schon, Sie können weder sehen noch denken.«

»Wir könnten darüber reden«, sagte Frau Abelssen, »aber Sie sollten mich nicht beleidigen wollen.«

»Es ist mir eine Freude, Sie zu beleidigen. Was für einen fürchterlichen Duft Sie an sich haben. Wie fühlen Sie sich, wenn Sie hier einmal die Treppenaufgänge hinanschreiten? Sind Sie nicht manchmal dazu gezwungen? Wie reagiert Ihre Nase?«

Nicht oft hatte Lili Gelegenheit, demütig zu sein. Sie sagte: »Bedenken Sie, ich bin nur Verwalterin des Hauses. Könnte ich es mit besserem Geruch ausstatten, ich täte es, wahrhaftig.«

»Es würde schon genügen, kämen Sie nicht mit Ihrem Damenduft hierher. Ovid sagt: ›Am besten riecht die Frau, die nach nichts riecht!‹ Warum riechen Sie nach Arpège? Lesen Sie Ovid.«

Korn und König machten Losch Zeichen. Korn hatte einen rosafarbenen kahlen Kopf mit rötlichen Haarbüscheln über den Ohren und ein rosa Mündchen, durch welches ständig eine ironische Melodie zu dringen schien, wahre Flötentöne. König war von langer geschmeidiger Gestalt mit fettigem, langem Haar, von großer Feinheit des Gesichts. Seine Haut hatte etwas reinlich Frommes. Das eine Auge war von schönem Grau, das andere weißlich und erstorben.

»Wir wollen«, sagte Losch, »gern in die Verhandlungen eintreten. Aber es geht nicht ohne Schnaps. Vielleicht, König, läßt du dir von der Dame etwas Geld für Schnaps geben.«

Frau Abelssen gab ihm einen Zehnmarkschein. König brachte zwei Flaschen Schnaps aus dem »Nassen Hund«. Als sie tranken, schlief König ein, Korn versprühte Wasser aus seinem rosa Mündchen. »Es ist öde hier«, sagte er, »keine Musik.« Er legte sich auf den Fußboden, knöpfte sich das Hemd auf und begann zu schnarchen. »Meine Freunde«, sagte Losch, »sind Trinker.«

»Aber sie vertragen nichts«, sagte Frau Abelssen, »wie kann man sie da Trinker nennen?«

Es kamen jetzt zwei weitere Männer hinzu, wiederum der eine dick, der andere sehr dünn.

Losch beobachtete Frau Abelssen und erläuterte: »Ich kenne kein Mittelmaß. Warum sind Sie selbst weder dick noch dünn? Ich fände Sie hübsch, wären Sie nur ein bißchen dicker.«

Frau Abelssen sah unterwürfig an sich herab.

»Gehen wir in den ›Nassen Hund‹. Nehmen Sie den entsetzlichen Hut in die Hand. Ach, wie brüchig ihr Haar vom vielen Bleichen ist!«

Lili kannte das – so fing es an. Korn und König wachten auf und gingen sehr munter vor ihnen her, ebenso der neue Dicke und der neue Dünne.

»Den Vertrag«, sagte Losch, machen wir ein anderes Mal. Ich lasse mir gern nochmals Ihren Duft in die Nase steigen. Dann weiß ich doch, wogegen ich lebe.«

Im »Nassen Hund« warf Frau Abelssen Geld in den Musikautomaten. Als eine Rosenverkäuferin kam, kaufte Losch eine Rose und überreichte sie Frau Abelssen.

Losch hatte einen recht kahlen Kopf, über den er seitliche Haarsträhnen sorgsam hingezogen hatte. Sein Leib war gedrungen. Kurzbeinig war er.

Er sagte: »Brecht ist der größte Dichter des Jahrhunderts!«

»Darüber«, sagte Frau Abelssen, »könnte man sich unterhalten. Aber reden Sie nicht in Superlativen. Nicht in Jahrhunderten!«

»Ich sehe schon; ich sage es wieder: Denken können Sie nicht!«

Der Vorwurf, sie könne nicht denken, hätte Frau Abelssen empört. Aber sie merkte, daß es kam wie immer. Sie hielt ihre emailweiß gelackten Fingernägel mit der Zigarette still über dem Tisch und schwieg. Sie lauschte Loschs Beschimpfungen.

Später brach er aus: »Nie wieder! Nie wieder werden wir uns sehen! Lassen Sie mich in Ruhe! Laß es nicht darauf ankommen! Ich will diesen Kindern von Berlin-Wedding eine Freude bereiten. Sie werden bei mir unterhalten, vergnügt, und zugleich geformt ...« Seine Stimme bracht. Etwas Wasser trat in seine quellenden Augen.

Korn tanzte mit einem Kneipenweib, das den Rock lüpfte und hauchleichte Laute, nicht wahrnehmbare Worte in die Rauchluft schickte. König umfaßte mit dem Blick seines einen Auges Frau Abelssens Gestalt und sagte: »Jung sind Sie nicht mehr.« Er kratzte sich ständig auf der Brust. Seine lange, dünne Gestalt konnte sich auf dem Stuhl kaum halten.

»Diese Frau«, sagte Losch, »wird hundert Jahre alt werden mit ihren blonden, brüchigen, gebleichten Haaren, aber denken wird sie nicht lernen.«

Frau Abelssen bestellte ein Taxi. Losch stieg mit ihr ein.

»Ich wohne«, sagte er, »sicher zu deinem Erstaunen, im Grunewald. In einer ramponierten Villa.«

Hinter seinen Lippen war viel weicher, warmer Raum.

Als Frau Abelssen einmal die Augen einen Spalt öffnete, sah sie seine Augen geschlossen, in schöner Linie die Lidränder geschwungen. Sie drückten die mähliche Gestilltheit eines trinkenden Kindes aus.

»Nie wieder will ich dich sehen«, sagte Losch. »Hier wohnst du? Dort ist dein Mann?«

»Er wartet auf mich.«

Losch ergriff sie bei beiden Schultern, mit abgewandtem Gesicht; sein weißer, breiter Nacken rührte Frau Abelssen.

»Nie wieder. Geh. Geh hinein. Ich bleibe stehen und werde noch deinen Schatten hinter den Vorhängen betrachten.«

Als Frau Abelssen in der Wohnung auf ihren Mann zuging, benahm sie sich als Schatten.

Herr Abelssen hatte Musik aufgelegt. »It's the talk of the town.«

Lili ging nahe zu Richard heran, küßte ihn aber nicht; sie wollte dem Mann draußen nicht den großen, vereinten Schatten vorführen. Das Taxi glaubte sie erst nach einigen Minuten davonfahren zu hören.

Wenige Tage später schickte sie Losch den Mietvertrag. Er antwortete schriftlich und bat um eine kürzere Kündigungsfrist. Unter dem Brief stand eine Nachschrift: »Kommen Sie zu meiner Privatwohnung. Ich werde auf Sie warten, die ganzen nächsten drei Tage.«

Frau Abelssen besuchte ihn am Abend gleich des ersten Tages. Die leeren Fenster des Hauses, das über drei aus gebrannten Etagen ein Notdach hatte, und dessen Mitteltrakt als einziges wohlerhalten war, ließen das verdünnte abendliche Blau des Himmels sehen. Im Garten rauschte Gesträuch.

Losch wohnte im Souterrain. Die Zimmer sahen zum Garten hinaus ebenerdig mit allen Fenstern in fahles Gras. In der Dämmerung hielt dort eine Stucknymphe über einem steinernen Becken die Hände schöpfend erhoben. In dem Becken raschelte Laub. Die Nymphe hatte kein Gesicht mehr, nur noch den Hinterkopf.

Losch war in Gesellschaft seiner Freunde, die Frau Abelssen schon kannte: Korn und König; der andere Dicke hieß Moschkow, der andere Dünne hieß Hiller.

Zwei Zimmer der Wohnung waren fast leer. Es stand da nur eine Blumenkrippe mit toten Pflanzen und ein Kinderdreirad. Losch erklärte: »Es gehört meinem Sohn. Meine Frau lebt mit ihm jetzt in Fürstenwalde. Sie hat hier immer noch Besitz. Nach und nach verkaufe ich alles für sie. Ich nehme mir natürlich, was ich brauche. Irgendwann werde ich auch nach drüben gehen. Wenn ich sehe, daß das alles hier keinen Sinn hat. Erst versuche ich noch zu leisten, was ich vielleicht vermag. – Treten Sie vom Fenster weg! Setzt euch alle hin!«

Er erklärte Frau Abelssen: »So um diese Zeit geht mein Vater am Haus vorbei. Es gehört ihm. Er wohnt zehn Minuten von hier. Was will man, er muß sich bewegen. Warum soll er sich nicht hier vorbei bewegen? Seit acht Jahren habe ich ihn nicht gesehen. Ein reicher Mann. Viel Besitz. Auch alles hier in der Gegend.«

Sie ließen sich in dem Zimmer nieder, das Losch als einziges bewohnte. Sein Bett war nicht gemacht. Ein großer Tisch lag voller Zeitungen, ein kleinerer Tisch trug leere Flaschen und gebrauchte Gläser. Frau Abelssen setzte sich in den einzigen Sessel, die fünf Männer setzten sich aufs Bett.

Sie tranken Klaren aus Wassergläsern. Korn legte sich bald auf die Erde und schlief; sein rosiges Mündchen röchelte fröhlich. Moschkow und Hiller stellten sich an die Wand, bis sie zusammensackten und in die Hocke auf den Fußboden gingen. König blieb neben Losch auf dem Bett sitzen, kratzte sich auf der Brust und blickte mit seinem einen feinen grauen Auge Frau Abelssen an, abwechselnd auch Losch.

»Die Hausbesitzer«, sagte Losch, »sind die Kaste, für die eine Hölle eingerichtet werden müßte. Vielleicht genügte es, wenn man sie verurteilen würde, in einer Hinterhauswohnung zu leben, so lange bis es keine Hinterhäuser mehr gibt. Da werden sie die geschundenen Treppen hinangehen, die Treppenhauswände betrachten mit diesen Resten niederträchtigen, zynischen Schmuckes, die Stufen, die zu ihrer Schonung mit einem Linoleumstreifen belegt sind, und das Linoleum ist in der Mitte durchgetreten, das zu schonende Holz zeigt sich dürftig und roh. Die Portiersfrau, diese Wahnsinnige, ölt ab und an das Linoleum, immer herum um die Löcher.«

»Ich bin«, sagte Frau Abelssen, »keine Hausbesitzerin. Aber bedenken Sie, diese Leute zahlen zwischen fünfunddreißig bis sechzig Mark für ihre Wohnungen. Sie wollen gar nicht heraus. Sie essen lieber Koteletts.«

»Sie sind wahrhaftig eine der Dümmsten! Handlangerin der Ausbeuter! Diese kapitalistische Gesellschaft schafft sich eben einfach alles, was sie braucht: ihre Helfer, die es selbst zu nichts bringen, und ihre Opfer, die sich doch Koteletts in die Pfanne hauen können. Dafür nehmen sie in Kauf, das Klo eine halbe Treppe tiefer zu benutzen und mit anderen Mietern zu teilen. Die Männer pinkeln in den Ausguß, die Frauen gehen auf den Eimer. Sonnabends hockt man sich zum Bade in die Zinkwanne in der Küche.«

»Ich las«, erwiderte Frau Abelssen, »das sei der Stolz des Proleten, dies Sonnabendbad in der Küche. Bitte, ich referiere nur, was ich las.«

»Was wissen Sie vom Proleten?« fragte Losch.

»Was wissen denn Sie von ihm? Sie wohnen nicht im Weddinger Hinterhaus. Es ist sehr gut möglich, daß Sie ein mehr sentimentales Verhältnis zum Proletariat haben.«

»Es hat keinen Zweck. Wir können nicht miteinander reden.«

»Ginge es nach mir, gäbe es kein Proletariat. Ich bin für ...«

»Eine Frau wie Sie sollte wirklich nur nach Arpège riechen. Warum geben Sie sich anderen Beschäftigungen hin?«

»Ihre Argumente sind unsachlich. Und Sie kauen alte Dogmen wie Kaugummi. Spucken Sie es aus, nehmen Sie doch mal ein neues!«

»Für ... für was waren Sie noch?«

»Jeder hat ein Recht auf Utopie! Ich bin für eine klassenlose Gesellschaft, in der alle anständige Manieren haben, anständig mit Messer und Gabel essen, sich schön anziehen, lassen Sie mich ausreden, ich bin für eine durch und durch ästhetische Gesellschaft. Warum soll es gerade darin keine Gleichheit geben?«

»Eine wohlriechende Gesellschaft! Reden Sie doch nicht so furchtbaren Quatsch! Was für Quatsch reden Sie! Was für Quatsch!«

»Unterschreiben Sie den Vertrag. Ich gehe.«

Losch unterschrieb den Vertrag. Korn röchelte und wälzte sich auf die Seite. Moschkow und Hiller lagen lang am Boden und atmeten schwer. Frau Abelssen war ein wenig schwindlig.

»Im Trinken sind Sie gut«, sagte Losch, »lassen Sie uns zum Taxistand vorgehen.«

Frau Abelssen hatte seinen Mund den ganzen Abend über beobachtet. Er hatte nur noch einige kleine, schadhafte Zähne. Aber seine blauen Augen empfand sie nicht mehr als quellend, seine Hände nicht mehr als zu fett, zu breit.

Sie öffnete ihren Mund dem warmen Raum hinter den wenigen kleinen Zähnen. Die Bäume rauschten. Die Gartentür klirrte. Auf der Straße ging ein Polizist. »Nehmen Sie uns fest«, sagte Losch, »sperren Sie uns in eine Zelle! Aber ihr wißt nicht, wie ihr zu handeln habt.«

Er nahm Lilis Brust in seine Hand. Vorhergegangen waren die Beleidigungen, jetzt kam die Unterwerfung. Er stellte sie an eine Linde und legte seinen Körper an den ihren an. Lilis immer auf Report bedachter Geist referierte: »Er stellt mich an einen Baum und drückt sich an mich.«

Nun erzählte er ihr noch, daß er sein erstes Mädchen auch an eine Linde gedrückt hatte. Mußte er jetzt an jene denken? Frau Abelssen war eifersüchtig. Erregt trank sie Liebe durch einen Strohhalm, durch seinen kleinen Mund. Sie liebte nicht die kleinen Männermünder. Richards Mund mit den breiten, dicken Lippen war passender für sie. Aber ein über seine Verliebtheit wütender Mann war immer ein Genuß. Nur ein Kommunist konnte in so prachtvolle Wut geraten über sie, Lili.

Sie sah später auf der Uhr nach: Eine Stunde lang hatten sie sich geküßt.

Nun saß Frau Abelssen im Zimmer ihres Mannes, der schon im Bett lag. Sie saß an seinem Schreibtisch, aß Wurstbrote vom Holzteller, trank Bier, rauchte.

»Das ist vielleicht ein Verrückter!«, sagte sie.

»Verpeste mir nicht die Schlafluft« bat Herr Abelssen.

Er kroch unter die Bettdecke, sie riß das Fenster auf. Er hörte, wie sie sich im Badezimmer die Zähne putzte. Sie trat an sein Bett, abgeschminkt, ohne falsche Wimpern, mit ihren erstaunten Kinderaugen im blassen Gesicht, das nicht mehr jung war, nein, wirklich nicht jung, aber von harter Kindlichkeit. Sie legte ihre Wange an sein Gesicht. Er küßte ihr Ohr, sie fühlte seinen Bart an ihrer Wange. Sie betrachtete ihn in rechnender Überprüfung. Auch er: Blaue Augen, aber doch normalen Ausmaßes; volles Haar, gewellt geschaffen von der Natur; ihre Wahl war bestätigt. Herr Abelssen, ästhetisch in jeder Weise gerechtfertigt, durfte einschlafen, mit dem Magazin in der Hand. Lili, im Nebenzimmer, versuchte noch, in einem Buch voranzukommen, aber Loschs Augen standen zwischen ihr und den Seiten. Sie schloß die Augen, das Bett drehte sich um sie. Sie ließ das Licht an, um die Richtung des Bettes nicht aus dem Bewußtsein zu verlieren.

So kam wieder die Zeit, da Lili nach dem Frühstück still dasaß und rauchte, die Augen über den Garten schweifen lassend, Zigarette um Zigarette. Sie fühlte, wie sie das ganze Zimmer blau rauchte. Die kreisenden Rauchschleier hielten sie fest. Sie konnte nicht aufstehen, obwohl sie sich viele Male den Befehl gab.

»Ach, nun ist es wieder soweit«, sagte Herr Abelssen. »Aber bedenke, du hast Schikowski und Hartmann überwunden. Bei Hartmann hat es drei Wochen gedauert, das war lange. Diesmal geht es hoffentlich schneller.«

»Es ist überhaupt nichts«, sagte Frau Abelssen und stand auf. Sie umarmte Richard und legte ihr Gesicht an seins. An Richard konnte sie niemals vorbeigehen, ohne ihn zu umarmen oder doch zu berühren.

Als es Abend wurde, gingen durch Lili viele Wünsche und Pläne hindurch, ohne sich in ihr festzusetzen. Herr Abelssen schlug zu ihrer Beruhigung und um sie im Hause zu halten, wieder einen Spielabend vor. Lili, die sich schon zu jener Villa fahren sah, willigte erlöst ein.

Sie spielten Piquet, bei Wein und Musik.

1. Spiel

Es war ein warmer Abend im September, dem eine warme Nacht folgte. Sie spielten auf der Terrasse.

»Es steht niemand draußen«, sagte Herr Abelssen, »du brauchst nicht unruhig zu sein.«

Hartmann hatte am Abend, ehe er wieder nach Warschau fuhr, eine Stunde lang am Gartenzaun gestanden.

Vielleicht war er es auch nicht gewesen, festzustellen war so etwas nie. Aber der Gedanke machte Lili Freude. Herr Abelssen gönnte ihr diese Freude nicht und ließ sie merken, daß er nur aus Gutmütigkeit zugebe, ja, Hartmann habe da eine Stunde lang gestanden. Aber er selbst war überzeugter als Lili: Ja, Hartmann hatte dort gestanden, allerdings nur zehn Minuten. Damals hatten sie darum gespielt, daß Lili, wenn sie gewänne, hinausgehen dürfe, um ihn zum Abschied zu küssen.

»Es ist gut«, sagte Herr Abelssen, »daß du damals verloren hast. Du wärest nach dem Kuß ja nicht wieder hereingekommen, nein, du wärest mit ihm gegangen, mindestens die ganze Allee hinunter, an jedem Zaun wäret ihr stehengeblieben, jeden Gitterstab hättest du im Rücken gespürt. Wie köstlich hätten dich seine Worte gesättigt: ›Komm mit! Entscheide dich! Komm mit nach Warschau! Wir werden dann auch jenes Städtchen besuchen, wo du immer deine Ferien verbracht hast. Vieles kann ich dir geben ...‹ Aber die Gitterstäbe eines Westender Gartenzauns haben dich doch belehrt, wohin du gehörst. Oder nicht? Stiegst du ein in den Zug? Lerntest du Hartmanns Frau kennen, die auf diese aus dem Westen mitgebrachten Damen immer schon gefaßt ist? Das nächste Mal fährt Hartmann nach Hamburg, von dort bringt er wieder eine Dame mit, und Hartmanns Frau sagt zu dir: ›Lili, deine Zeit ist abgelaufen ...‹

Da kommst du nun zurück und stehst am Gartenzaun. Du äugst erst einmal einige Tage und Nächte lang, wie es hier aussieht, ob dein Platz überhaupt noch frei ist. Morgens siehst du die Kinder zur Schule gehen, mit losen Schuhbändern, das erregt dich, denn du bist im Grunde eine so ordentliche Frau. Ja, wie gelangst du nun wieder an deinen Platz, nach einer solchen Verfehlung? Klein wirst du, immer kleiner, schließlich hast du nur noch die Größe einer Amöbe und lagerst unter der Fußmatte vor der Wohnung. Immer wenn wir uns die Füße abtreten, wimmerst du leise. Und ich sage barmherzig: ›Kinder, tretet nicht so stark auf die Matte, es könnte ein Wesen darunterliegen und leiden ...‹ Auch meine Geliebte geht jeden Morgen, wenn sie mich verläßt, über die Matte hinweg.

Dann weinst du laut auf. Meine Geliebte erschrickt, diese Sache ist ihr unheimlich.«

»Die Amöbe mache ich nicht mit«, sagte Frau Abelssen, um Gelassenheit ringend. Sie mischte die Karten. Nachtfalter flogen um die Lampe.

»Ich komme einfach herein«, sagte sie, »und bitte: ›Laß uns darum spielen, ob ich hier wieder meinen Platz einnehmen kann‹.«

»›Welchen Platz?‹ frage ich da und weiß von nichts. Ich sage: ›Gnädigste, dieser Spielsaal steht natürlich jedem offen. Ich stehe gut mit dem Direktor der Spielbank. Er wird Ihnen nichts Zurechtweisendes sagen, obschon Sie ein bißchen abgerissen aussehen. Gestatten: Baron Rinteln aus Riga. Ein Spielchen Siebzehn und Vier ist harmlos ...‹«

»Ja«, sagte Frau Abelssen, »laß uns ›Siebzehn und Vier‹ spielen!«

Sie spielten Siebzehn und Vier. Herr Abelssen verlor.

»Ich kann«, sagte er mit brüchiger Stimme, »nicht mehr in barem Gelde zahlen. Goldene Uhr, alles schon versetzt. So setze ich denn meine Yacht an der Havel.«

Frau Abelssen gewann.

»So setze ich denn«, sagte Herr Abelssen, »mein Jagdschloß im Hannoverschen. Meine zweite Frau hielt dort oft Fuchsjagden ab. Ein schöner Besitz.«

Frau Abelssen gewann das Jagdschlößchen.

»Gut«, sagte der Baron, »ich habe noch ein Pferd in Kampen. Ich setze das Pferd.«

Frau Abelssen verlor. Auch das Jagdschlößchen und die Yacht an der Havel gewann er zurück. Dann das Bargeld.

»Worum spielen wir nun, Gnädigste?«, fragte der Baron lüstern.

»Mein Schmuck!«, stammelte Frau Abelssen.

»Ihr Schmuck ist von schöner Arbeit, aber es ist nichts wert. Haben Sie dem Leben nicht besseren Schmuck abschöpfen können? Mit was für einer Sorte von Männern haben Sie sich abgegeben?«

»Ich habe mich mit Männern, nicht mit Schmuck abgegeben. Am liebsten war mir mein letzter Mann, der es zu überhaupt nichts gebracht hat.«

»Nun gut, um Ihre Ringe.«

Frau Abelssen verlor ihre Ringe. Sie bot dem baltischen Baron an, um eine Nacht mit ihr zu spielen. Sie machte sich schmalschultrig und zart, eine Frau, die Keuschheit und Ehre zu verlieren hat.

Sie verlor. Ratlos sah sie den Baron an.

Dann fiel ihr ein, daß sie von einer französischen Großtante ein kleines Schloß an der Loire zu erben Aussicht hatte. Sie setzte das Schloß der Großtante an der Loire. Als sie es verlor, entschloß sie sich unter Tränen, ihre Appartementwohnung in Nizza zu setzen.

»Sie liegt sehr schön«, sagte sie, »auf einem Berg, und doch nur zwei Autominuten vom Strand entfernt. Immer zum Karneval pflege ich mich dort aufzuhalten.«

Der Baron gewann die Appartementwohnung in Nizza.

»Wer soll«, fragte er, »mir dort die erste Nacht verschönern? Spielen wir um diese Nacht.«

Frau Abelssen verlor. Sie verspielte noch eine dritte Nacht, dann ihre Schuhe, ihre Strümpfe, ihr Höschen. Der Baron drückte es ehrfürchtig an seine Lippen.

Die Besitztümer gingen wieder an Frau Abelssen zurück. Die Nächte mit ihr gab der Baron freilich nicht her.

»Nein«, sagte er, »dann setze ich lieber meinen Frachter ›Antonia‹, er heißt nach meiner dritten Frau. Es ist ein einfacher Kahn, verkehrt zwischen Berlin und Lübeck. Neulich sah ich ihn unter der Schloßbrücke durchfahren. Ein kleiner Spitz hinkte an Bord umher, Geranien winkten aus grünen Kästen. Und ich, ich stehe auf der Schloßbrücke, ich, der Besitzer. Koks hatte der Kahn geladen. Grau glänzte er in der Sonne.«

Frau Abelssen gewann den Frachter. Auch zwei Nächte gewann sie zurück.

»Gut«, sagte der Baron, »so setze ich jetzt mein Rezept für einen Auflauf aus Zwiebeln, Käse und Rosinen. Das Rezept ist gestohlen vom Koch des ›Trois Ânes et Trois Vierges‹ in einem kleinen Rhonedorf. Ich speiste dort mit meiner fünften Frau an einem stillen Frühnachmittag. Die Angler spiegelten sich im grünen Wasser. Henri IV. ritt an uns vorüber mit seinem Gefolge, die schöne Jeanne an seiner Seite, fliegenden Haars.«

Danach verlor Frau Abelssen alles. Sie setzte noch etwas bares Geld, Zigaretten, Streichhölzer, auch die zurückgewonnenen zwei Nächte verlor sie wiederum.

Die matten Petunien auf der Terrassenbrüstung verströmten einen ältlichen süßen Duft.

Frau Abelssen warf wütend die Karten hin. Wütend warf sie das Geld hin. Herr Abelssen bückte sich, um geduldig alles aufzuheben. Ihr Höschen ließ er um seinen kleinen Finger kreisen.

»Und so«, sagte er, »zog Frau Abelssen wieder in ihre Wohnung ein, als Verliererin, nicht als Siegerin. Der Direktor der Spielhölle, jener Abelssen, jagte alle davon, auch den baltischen Baron. Er ging hinten hinaus in den Garten, wo auf der alten Bank Frau Abelssen schluchzend saß. Worum weinte sie? Um das Rezept, um das Jagdschlößchen, um ihr Höschen, um die drei Nächte? Ohne Schuhe und Strümpfe sitzt sie da.

›Komm‹, sage ich, ›der Baron stand bei mir tief in der Kreide. Die drei Nächte habe ich ihm abgekauft. Sie gehören mir. Ich habe sie hoch bewertet, er hat damit seine Schulden alle abgegolten. Natürlich hätte ich sie nicht so hoch anrechnen sollen, eigentlich ist ihr Wert für mich gleich Null. Aber nun erkennst du meine ganze Großzügigkeit. Noch dazu, da ich zunächst nichts von dir fordere. Die Zeit vergeht, noch immer fordere ich nichts von dir. Du wirst unruhig. Seltsam drehst du die Hüften beim Gehen. In deinen Augen wächst ein Flehen. Aber ich, ich habe Zeit ...‹«

»Bis ich komme«, fiel Frau Abelssen ein, »und unseren alten Spielabend vorschlage. Wir spielen Piquet, wie meist. Ich bin schon lange nicht mehr begierig, meine Drei-Nächte-Schuld bei dir abzuzahlen. Ich verdiene wieder Geld. Ich spiele mit dir um Geld.«

»Dann verlierst du wieder alles«, sagte Herr Abelssen freudig und schenkte das letzte Glas Wein ein. Auf dem Tonband spielte die Kurkapelle in Aix-les-Bains »Petite Fleur«. Zwischendurch hörte man, wie Frau Abelssen eine Tasse Kaffee ohne Zucker bestellte. Laub fächelte in der Sonne und warf scharfe Schatten auf den rötlichen Kiesweg. Helle Hüte flirrten in der Sonne.

»Nein«, sagte Frau Abelssen mit Festigkeit, »ich gewinne alles zurück. Das Geld häuft sich vor mir in Säulen.«

»Gut«, sagte er dann, »hier habe ich noch einen Restposten Nächte mit Ihnen. Drei, und wir spielen um die Nächte.«

Er gab noch einmal die Karten zum Piquet. Er gewann.

»Drei Nächte! Aber jetzt ist es sehr spät. Ich werde mir den Bestand weise einteilen.«

Sie legten sich schlafen, als im Garten helles Grau hochwuchs und die Amseln auf dem Rasen gingen.

2. Kapitel

Bob Hayes saß wieder am Klavier und tupfte »I'm feelin' like a million«. Gelbe Chrysanthemen breiteten sich vielfältig gefiedert aus weißen Bodenvasen und reihten sich zu endlosen Rabatten, gespiegelt von den Wänden, die vorgaben, der Raum sei ohne Begrenzung.

Die Damen und Herren der Modepresse und die Repräsentanten der Textilbranche wurden zu ihren Plätzen geführt, grauseiden bezogenen Stühlen, in vier Reihen zu Tribünen hochgestuft. Die Gäste setzten sich aber noch nicht, sie gaben sich ihren gewohnten Begrüßungsfreuden hin.

»Entzückend, Ihr Kostüm! Saint-Laurent!«

»Marga! Daß Sie gekommen sind! Wie frisch Sie wieder aussehen!«

»Liebe, wie schlank Sie geworden sind! Nicht wahr, beim letzten Mal waren Sie ein wenig zu voll.«

»Lassen Sie sehen: Ja, Ihre neue Weste bleiben Sie uns doch nicht schuldig! Entzückend, nicht wahr, Illa, schauen Sie her, das ist ein Westchen, was?«

»Was sagen Sie? Frau Martens ist tot? Wie schade, Sie hatte doch noch ganz gut zu tun.«

»Zufällig, ich muß mal sehen, ja, ich hab es bei mir: Ich hatte kürzlich eine ganze Seite in ›look‹.«

»Nun lassen Sie mal raten! Das ist Original-Patou, stimmt's?«

»Nun sehen Sie, die Helbig, die Helbig weilt noch unter uns. Lag sie nicht auf den Tod? Sie muß auf die Neunzig zugehen – fabelhaft!«

»Ilona, ja! Ganz in Rosa, aber sie versteht es zu tragen.«

»Die Gallwitz, mit einem ganzen Gestüt neuer junger Mädchen. Es kommt doch viel Nachwuchs.«

Man bat, die Plätze einzunehmen. Als alle saßen, kamen Herr und Frau Abelssen hereingehastet. Die Mannequins liefen mit den Strandmodellen des kommenden Sommers schon über den grauen Velours, als Spielkartenbuben gekleidet, mit Schnabelschuhen.

Herr und Frau Abelssen gingen vorsichtig zu ihren Plätzen, ohne den Parcours zu stören.

Herrn Abelssens Platz war, wie immer, in der zweiten Reihe, vor ihm in der ersten Reihe saß seine Frau. Sie flüsterte ihrer Nachbarin zu: »Entschuldigen Sie die Verspätung, aber wir kommen direkt aus dem Zuchthaus.«

Auf dem Gesicht des eben vorbeischreitenden Mannequins zuckte es, als sei sie mit einer Schere gestochen worden. Die Freunde der Abelssens lachten. Der Ansager sah strafend in die Gegend der Abelssens.

»Sie müssen wissen«, erklärte Frau Abelssen ihrer Nachbarin, der Korrespondentin von »Belle«, »wir haben die Entwürfe für die Anstaltskleidung weiblicher Häftlinge vermittelt. Alles aus ›Pretty‹, Sie wissen, das Faserfabrikat, das wir managen. Es wird ein immer größerer Erfolg.« Frau Abelssen klappte ihr Lorgnon auf und sah fromm einem vorbeigehenden Modell nach. Dabei flüsterte sie weiter: »Die Frauen da, ich kann Ihnen sagen! Ich dachte erst, es sind alles Krankenschwestern. Sie haben nämlich eine solche Tracht an, wirklich, man kann sie für Krankenschwestern halten. Ungeschminkt, alle, und so reine Gesichter. Wahrhaftig, man kommt auf den Gedanken, so ein Zuchthaus für Frauen – die reine Schönheitsfarm. Ruhe, kein Alkohol, wenig Rauchen, genügend Schlaf.«

»Ach, meinen Sie?« fragte die Korrespondentin von »Belle« zögernd.

»Wir haben alles besichtigt. Wissen Sie, ich kannte mich sofort aus. Ich bin sicher, in einem früheren Leben war ich schon dort. Ich kannte jede Tür, jeden Lichtschalter fand ich. Aber zu meiner Zeit durfte man sich nicht Kissen aufs Bett legen, es war nicht wohnlich. Aber ich entsinne mich, oder ich glaube doch, ich war glücklich dort. Man freut sich auf das Sonntagessen mit dem Pudding. Sonntag ist schon Glück. Es waren eine Menge Lebenslängliche dort. Erinnern Sie sich der Frau, die ihre drei Stiefkinder ermordete; sie ließ sie Blutegel essen. Sie sah aus wie ein Engel.«

Die Korrespondentin von »Belle« und Frau Abelssen rollten wieder in Aufmerksamkeit ihre Augen einem Vormittags-Ensemble nach: sandfarbener Rock mit Karo-Jumper, sandfarbener angeschnittener Schal, Karo-Kappe, roter Gürtel, rote Lackschuhe, rotgerandete Sonnenbrille. »Chic«, sagten sie einmütig.

Ein weiß besetztes Komplet aus schwarzem Seidenleinen ging vorüber.

»Warum«, flüsterte Herr Abelssen seinem Nachbarn zu, »läßt man uns nicht einmal eine Kollektion taufen! Ich würde dies nennen: ›Erster Ausgang der jungen Witwe.‹ Die aber nennen es ›Piazza Espagna‹.«

Sein Nachbar war Herr Mageot, der Noble-Coiffeur der Stadt.

Frau Abelssen wandte sich nach ihrem Mann um. »Bist du zufrieden?« fragte sie. »Ist genug ›Malve‹ vertreten?«

»Malve« war eine edel ausgerüstete Baumwolle, für welche Herr Abelssen im Auftrag der Baumwollfabrikanten die Mode-Industrie zu interessieren hatte.

Ja, Herr Abelssen war zufrieden. Der Ansager betonte bei etlichen Modellen, sie seien aus exklusiv für das Haus gefertigtem »Malve« gearbeitet.

Ladwig, der charmante Modezeichner, der rechts von Frau Abelssen saß, sagte: »Wenn Sie nur nicht den Ehrgeiz hätten, Abendkleider daraus machen zu wollen. Ich kann nur sagen, Malve hängt wie ein Putzlappen. Geben Sie es zu, der Stoff hat nun mal keinen Fall.«

»Lassen Sie nur«, antwortete Frau Abelssen, »der Stoff entwickelt sich noch. Und welches junge Mädchen möchte nicht ein waschbares Cocktailkleid haben?«

Die Pause wurde angesagt, auf Tischen trug man Erfrischungen herein. Füllige Damen aßen den gereichten Früchtecocktail froh auf, schlanke und magere Damen ließen Kekse und Sahne beiseite. Die fülligen tranken Sekt, die mageren langten grüblerischen Gesichts nach Tomatensaft.

Man stand umher, Gläser, Zigaretten in den Händen, nach kleinen Würstchen greifend, mit dezent geblähter Wange plaudernd.

Frau Abelssen sah mit Schmerz, daß jener Herr Huth, aus der Samt-Branche, eine ausgefallenere Weste als ihr Mann trug. Überhaupt war Herr Huth schöner als Herr Abelssen. Genaugenommen war Richard eben von keiner gängigen Schönheit. Zu hager war sein Gesicht, seine Augen standen ein wenig zu eng, seine Nase mußte man zu groß und zu kühn gebogen nennen. Huth war von ausgesucht plakativem Aussehen. In seiner Jugend war er Jungbannführer gewesen, da war Richard Abelssen die Blamage seines Fähnleins. Im Krieg war Huth Kommandeur einer Aufklärungsabteilung, Herr Abelssen Gefreiter. Nun standen sie da und wiesen einander ihre Westen.

»Siehst du«, sagte Herr Abelssen zu seiner Frau, »auch noch in der Weste ist er mir jetzt über. Hier stehe ich, der blode Jungvolkjunge, der furchtsame Gefreite, mit der schwächeren Weste.«

»In Paris«, erzählte der Modezeichner Ladwig, der ein weiches Lederkoller und einen bunten Schal trug, »sah ich eine Hundertjährige bei Esterel, wie sie ihre Garderobe für die nächste Saison aussuchte. Sie saß im Rollstuhl und wählte eine weiße Robe, die ›LSD‹ hieß. Auf ihrer blonden Lockenperücke saß ein Lampenschirm aus lauter Bougainvilleablättern.«

»Die Frauen dort«, erzählte Frau Abelssen wiederum, »sehen aus wie die Egel. Ich überlege: Sollte ein Gesicht nicht doch wie ein Gesicht aussehen, einfach funktionell – die Augen zum Sehen, die Nase zum Riechen, der Mund zum Trinken, Küssen, Essen?«

»Sicher«, fragte Herr Abelssen Herrn Huth, »waren Sie einer von denen, die mit dem Fieseler Storch noch ausgeflogen wurden? Mannschaften hingen an den Tragflächen, sie wurden abgeschüttelt. Ich aber saß in meinem Funkwagen und spielte Skat, bis ich in Gefangenschaft kam.«

»Herrn Huths Weste«, sagte die Frau des Noble-Coiffeurs, »ist vielleicht in ihrer Dezenz noch ausgefallener als die Ihrige, lieber Richard, aber Ihre, jetzt sage ich es frei heraus, ist lustiger, mutiger.«

»Sagen Sie es frei heraus, liebe Marion, es ist nicht ganz die Weste eines Herrn!«

Man bat, die Plätze wieder einzunehmen. Die Gäste wurden aber nicht wieder recht ruhig, wie man es von ihnen erwarten durfte. Sie plauderten, hier und da stieg ein Lachen auf. Der Ansager litt darunter, müden Gesichts.

»Wie mich die Spitzenroben anöden«, flüsterte Frau Abelssen der Korrespondentin von »Belle« zu. Sie konnte sich niemals ihren Namen merken. Sie redete sie mit »Liebe Freundin« an oder »Verehrte!«. Auch Herr Abelssen konnte sich Namen nicht merken. Namenlosen Damen küßte er zart den Hals und verbarg in der Mulde weicher, sahniger Haut seine Scham, daß er ihre Namen nicht wußte.

Er kannte schon zu viele Menschen.

Rechts von ihm saß der Modefotograf Henry. Man sagte von ihm, seine überraschend schnelle Karriere habe er seiner Gabe zu verdanken, sowohl mit Männern als auch mit Frauen liebevoll umgehen zu können.

Henry schrieb sich einige ausgewählte Modelle auf.

»Was finden Sie an diesem pompösen Gewand?« fragte Herr Abelssen.

»Es kommt gut raus. In Farbe. Kann ein Titel werden. Sie sehen das eben mit anderen Augen. Ich aber kann mir Ihre Augen nicht leisten.«

Eine schöne ältere Frau richtete ihr rotes, volles Haar. Dabei sah man eine chirurgische Naht in ihrer ausrasierten Achselhöhle, die keine Höhle mehr war, Weil ihre Busenfülle dort hineingezogen war.

Ein Abend-Hosenanzug aus Malve wurde gezeigt, weiß, fast ohne Dekoration, nur mit einem perlbestickten Matrosenkragen. Die Neunzigjährige, die eigentlich niemand mehr in diesem Herbst erwartet hatte, klatschte leise mit ihren mürben Händen. Darauf klatschten auch viele andere. Herr und Frau Abelssen wurden von allen Seiten angelächelt und notierten es befriedigt. Auch Henry notierte sich das Modell. Es hieß »Auf großer Fahrt ins Glück«.

»Sehen Sie, das ist original Costal«, sagte die Korrespondentin von »Belle«. Es handelte sich um ein Abendkleid aus weißem Georgette, durchsichtig, unter dem das Gesäß genau zu erkennen war, während die Vorderpartie Brust und Schoß verhüllte. Die Idee wurde abgewandelt: Das nächste Kleid zeigte den Schoß, nicht aber das Gesäß; das nächste war tief dekolletiert bis unter die Brustspitzen, die braunrosa durch eine Tüllrüsche schimmerten.

Die Damen und Herren im Publikum taten, als sähen sie nichts Besonderes. Doch war ihr Atemstocken deutlich zu merken. Die Modezeichner machten heimlich einige Skizzen. Das Skizzieren war verboten.

Die nächste Robe war aus Goldbrokat und zeigte nichts vom Körper. Sie hieß »Am Goldfischteich«, aber der Coiffeur und Herr Abelssen waren mit diesem Namen nicht zufrieden.

Mageot fand, es solle heißen: »Es ist sechs, wo warst du so lange!« »Denn«, sagte er, »es ist so recht ein Kleid für eine wütende Frau!«

»Ginge es nach mir«, fand Herr Abelssen wiederum, »sollte es heißen: ›Mein Mann fliegt zum Mond!‹ Haben Sie nie darüber nachgedacht, wozu eine Frau fähig ist, der ihr Mann langweilig wurde? Und kann einer, der sich zu einer Mondfahrt rüstet, einer Frau nicht langweilig werden? Falls sie gerade von einer Versuchung angefochten wird – wird sie nicht mit dem Anfechter verabreden: ›Warte, bis mein Mann zum Mond fliegt! Sechs Tage garantiert fort! Liebling, wir werden glücklich sein!‹ Und nun denken Sie sich den Mann, der zum Mond fliegt, und er ahnt, daß seine

Frau schon länger sündige Gedanken nährt. Was mag in ihm vorgehen?«

»Vielleicht«, sagte Herr Mageot, »ist es ihm einerlei. Ein Mann, der mehr Überblick über den Kosmos hat als wir alle. Kommt es ihm vielleicht auf die paar Zentimeter an, mit denen ein Irgendwer einer Irgendwelchen in den Leib dringt?«

»Doch«, erwiderte Herr Abelssen, »von diesen paar Zentimetern hängen viele Menschen ab. Immerhin – Sie geben mir zu denken. Befände ich mich in einer Rakete im Weltraum, und es käme eine Gefahr, so würde ich, um gerettet zu werden, meine Frau meterweise verschenken.«

Plaudern und Gelächter schwirrten hoch in die parfümgefüllte, bläulich verrauchte Luft. Der Ansager lächelte nachsichtig, doch auf seinem bräunlichen Teint erschien ein Anflug verärgerten Gelbs.

Zu Mittag aßen Herr und Frau Abelssen in der Glasveranda des »Danmark«. An allen Tischen saßen Leute der Modebranche. Auf dem Kurfürstendamm gingen junge Modistinnen in weißen Lackledercapes, in fliederfarbenen Samtanzügen, bedruckten Seidenmänteln. Modefotografen ließen ihre Modelle posieren. Neugierige Mengen gruppierten sich um die Szene. Kleiderständer wurden über den Bürgersteig geschoben. Wagenladungen goldener Stühle wurden zu den Entleihern befördert.

Herr und Frau Abelssen sahen am Nachmittag noch zwei Modeschauen. Zwischen achtzehn Uhr fünfzehn und achtzehn Uhr fünfundzwanzig zogen sie sich zu Hause um. Herr Abelssen legte seine weiß-lila gestreifte Weste an, die mit weißer Seide abgepaspelt war, eine Kreation seiner Frau, zum schwarzen Samtsakko. Lili wählte ein nußfarbenes Chiffon-Ensemble mit rosa Marabubesatz.

»Kein Schmuck, bitte«, ordnete Herr Abelssen an, »es ist genug Chi-Chi an dir!«

Die Mannequins der Gala-Modenschau führten in diesem Haus schon seit zehn Jahren vor und wurden von Jahr zu Jahr jünger. Ihre Gesichter stilisierten sich zu immer kühlerer Schönheit. Ihre Körper waren mager, aber ihre Haut war samtig. Die Roben, die sie zeigten, waren genäht für gemessenes Durchschreiten einer Hotelhalle, für kurzes Auf-einen-Wagen-Zugehen, für erhabene Viertelstundenauftritte auf Partys in reichen Häusern und aufwendigen Gärten.

Das kalte Büfett in der Pause zeigte ein wie lebend wirkendes Wildschwein in der Mitte der Tafel. In seinen Kopf waren feine Bissen Wildschweinfleisch gesteckt. Eine Dame mit einer Chinchillakappe stach mit einer Gabel einem Filmstar in den nackten Arm, was der Star mit gereizt silbernem Lachen quittierte. Vom Gatten des Stars, der ein noch viel größerer, vor allem viel älterer Star war, sagte man allgemein, er wirke reizend natürlich. Doch Frau Abelssen flüsterte ihrem Mann zu: »Mir kommt es vor, als wolle er verbergen, daß er einen kleinen Schlaganfall hatte!« Eine andere Filmschauspielerin ließ auf ihrer eckigen Schulter den etwas schmutzigen Träger ihres Büstenhalters sehen. Man warf einander Blicke zu deshalb. Damen mit großen Lockenaufbauten oder mit ungeheuren Hüten küßten einander auf die Wange. Zwei Herren begrüßten sich, da sie die Hände nicht frei hatten, durch Berühren zweier mit weißem Papier bekränzter Hühnerbeine. Zwei Kellner, die alle vornehmen Empfänge, die in der Stadt gegeben wurden, ausrüsteten, gingen mit dem Sekt umher. Jener Herr Huth, Kommandeur einer Aufklärungsabteilung bei Stalingrad, unterhielt sich kameradschaftlich mit dem einen der Kellner; dieser war damals als Unteroffizier in seiner Kompanie gewesen.

»Wie finden Sie die Schau?« fragten die Fachleute einander.

»Hören Sie! Nichts, absolut nichts Neues!«

»Aber! Aber! Es ist doch einfach traumhaft! Solche Schönheit! Solche Stoffe! Das ist eben die Mode der großen Damen!«

»Die großen Damen«, sagte Herr Abelssen, »sind doch aber passé. Damen sind heute höchstens große Damen, wenn sie ihre Garderobe selbst verdienen. Die aber tragen sich anders. Die Mode geht vom Volk aus. Die größten Häuser müssen das erkennen.«

»Abscheulich!« sagte die Neunzigjährige, »das ›Volk‹! Wenn Volk Mode machen sollte!«

In diesem Augenblick trat ihr eine Kollegin gegenüber, eine Generation jünger, erst etwas über sechzig; in den zwanziger Jahren war sie bereits eine der größten Modedamen gewesen, und sie war es noch immer. Beide Damen betrachteten einander in peinlicher Betroffenheit, denn beide trugen sie den gleichen Hut – große goldbraune Gebilde aus Organza.

Die Jüngere, die für ihren Charme berühmt war, überspielte die Situation, indem sie sagte: »Nun, unsere Madame Phyllis – da hat sie uns einen Streich gespielt!«

Die Damen legten die Hände ineinander und beschlossen beide, den Hut aufzubehalten, sich aber nach der Pause in verschiedenen Räumen niederzulassen. Gleich darauf entfernten sie sich in entgegengesetzter

Richtung. Schwerer goldener Schmuck klirrte an ihren Handgelenken.

Herr und Frau Abelssen stellten sich nicht an am kalten Büfett. Ihr Prinzip war, sich niemals nach etwas anzustellen.

Pracht und Perlen, Straß und Stickereien beschlossen den Abend. Ein junger Mann des Hauses führte das Mannequin, an dem das obligate Brautkleid gezeigt wurde. Die schöne Person lächelte mit eisig verträumter Zartheit, der junge Mann trug sein Los mit der Liebenswürdigkeit, die ihm anstand als einem, der für einen Auftritt solcher Art niemals in Betracht käme.

Als Herr und Frau Abelssen noch spät in ihrem Westender Stammlokal eintrafen, saß Losch dort. Lili machte ihn mit ihrem Mann bekannt. Aber Losch war in Gesellschaft seiner Kumpane, er hielt Hof für sich allein. Auf Herrn und Frau Abelssen wartete die Stammtischrunde.

Der Violinist Steiger und seine Frau waren zum erstenmal wieder da, seit sie aus Bayreuth zurück waren. Seine Frau sagte, sie bereite jetzt den Pfefferkuchenteig für Weihnachten vor.

Frau Abelssen ging zur Toilette und wartete im Gang, bis Losch nachkam. Er kam und flüsterte ihr ins Ohr: »Ich hasse dich!« Mehr hatte sie nicht gewünscht.

Er hatte, sagte Losch, in diesem Lokal einmal sein Glück versuchen wollen, ob er Lili wohl sähe, wenn es doch ihr Stammlokal war, und wenn er dort vielleicht sehen könnte, was für ein Mensch ihr Mann war.

»Dein Mann«, sagte er, »könnte mein Freund sein. Er gefällt mir. Wenn nur du nicht wärst. Wirklich, wie überflüssig, wie sehr im Weg du bist zwischen Männern.«

Zur Stammtischrunde gehörte ein Richter, der oft seine Frau mitbrachte. Sie erwartete ihr viertes Kind, einen Nachkömmling. Die älteren Kinder des Richters gingen in dieselben Klassen wie Frau Abelssens Kinder. Die Eltern trafen sich bei den Elternabenden.

»Die Kinder der zwölften Klasse«, erzählte der Richter, Krumme hieß er, »haben die Mathe-Arbeit zu schreiben verweigert. Sie waren nicht genügend vorbereitet.«

Frau Abelssen wurde übel. Ihr Sohn Conrad hatte ihr von der Revolte nichts erzählt. Sie tat aber, als wisse sie alles.

»Nun kommt es auf uns Eltern an«, sagte sie, »wie wir uns dazu stellen.«

Dem Drogisten war gerade wieder die Frau davongelaufen. »Meine Pfirsichblüte«, sagte er, »hat mal wieder genug von mir.«

»Das kann man verstehen«, sagte Frau Abelssen, »wo Sie dies ordinäre Parfüm jetzt verkaufen und davon noch ein Sonderfenster gemacht haben. Eine Schande für die Straße.« Sie sah zum Nebentisch hinüber, wo Losch saß und ihr zuhörte.

Zur Tischrunde gehörte auch ein Fernsehhändler. Er klagte, daß die Leute alles billiger von ihm haben wollten. Er blute sich aus, sagte er.

»Sie sollten sich eben mehr auf das Plattengeschäft verlegen«, riet Frau Abelssen. »Aber Sie sind nicht gut sortiert. Die letzte Beatleplatte haben meine Kinder gestern nicht bei Ihnen bekommen.«

»Lili ist heute wieder sehr herb«, sagte Herr Abelssen, halb tadelnd, halb entschuldigend. Er sah, daß Losch zur Toilette ging, und daß bald danach auch Lili folgte.

Im Gang, der zur Küche führte, flüsterte Losch in Lilis Ohr: »Ich liebe dich.« Aber sein »Ich hasse dich« hörte sie lieber.

Als der Kellner bei Korn, der in der Runde mehrere Lagen gegeben hatte, kassieren wollte, weigerte sich Korn, zu zahlen, und es gab eine Auseinandersetzung. Korn schüttelte den kleinen alten Kellner und schrie: »Ich zahle nicht! Denn ich habe kein Geld!«

»Frau Abelssen errötete bis in die Stirn und reichte Losch ihr Portemonnaie hinüber. Losch zahlte daraus Korns Zeche; von seinem eigenen Geld zahlte er für die übrigen drei. Danach ging die Runde aus dem Lokal.

»Lilis neue Freunde«, erklärte Herr Abelssen. Der Kellner zitierte noch.

»Solche Leute passen hier nicht her«, sagte die Kleintierhändlerin Lydia Pawlowski, »wollen Sie die etwa hier einführen?«

»Bedenken Sie«, sagte Herr Abelssen, »wie Sie sich benommen haben, als Sie das letztemal hier einen über den Durst getrunken hatten. Wie Sie der alten Frau sagten, die Tauben gehörten vergiftet, und sie dazu, weil sie diese räudigen Tiere auch noch füttert.«

»Das sage ich ihr auch nüchtern. Kam die doch mal in meinen Laden, in der Hand 'ne Taube, die leblos auf dem Damm gelegen hatte, und ich sollte helfen, sie wiederzubeleben. Da hab ich ihr schon mal meine Meinung gesagt. ›Haben Sie kein anderes Objekt für Ihre Liebe‹, habe ich gesagt. ›Diese Scheißtauben sind 'ne Pest für die Straße und für jede Stadt überhaupt.‹ Anzeigen wollte sie mich. Aber man wird ja noch Scheißtaube sagen dürfen. Jeden Morgen steht diese alte schwarze Wachtel auf der Straße und streut diesen widerwärtigen Viechern Futter. ›Verlassen Sie sofort‹, habe ich gesagt, ›mit diesem räudigen, verlausten Tier meinen Laden. Sie verseuchen sonst noch meine Sittiche, meine Kanaris!‹«

»Und wie«, fragte Trautmann, der Drogist, »hältst du es nun mit dem Schlangenmann? Wirst du ihm die Ratten beschaffen?«

»Wo denkst du hin! Nein, ich bin eine anständige Kleintierhändlerin, ich handle nicht mit Ratten. Obwohl ich natürlich welche beschaffen könnte. Westend wimmelt von Ratten.«

»Was ist das denn für ein Mensch?« fragte Herr Abelssen.

»Na, so ein perverser Typ. Hat zwei zwei Meter lange Boas in einem riesigen Glaskäfig, in seinem Wintergarten, der steht voller Dschungelpflanzen. Dann steht da ein Sofa, das ist mit Schlangenhaut bezogen, auf dem Sofa sitzt der Mann. An einer Seitenwand hängt ein Bild seiner verstorbenen Frau. Die hat auf dem Bild ganz glattes schwarzes Haar. Ich kenne sie noch vom Anstehen nach dem Krieg. Sie hatte was von 'ner Schlange. Na, nun ist sie tot. Kinder sind keine da. Der Mann pflegt die Schlangen sachgemäß, aber er klagt, die wollten doch auch mal was Lebendiges fressen. Und er denkt da eben an Ratten. Und ich denke, er erlebt da was dabei, ihr wißt schon, wenn er da zusieht, wie die Boas ihren Rachen aufsperren und die Ratten packen würden, und wenn die dann so langsam in den Schlangen verschwinden würden.«

»Ungeheuer!« sagte der Richter. »Aber verboten ist es nicht.«

»Ratten sind doch eklig«, sagte der Drogist.

»Na, hören Sie mal, aber ich besudle meinen Namen doch nicht mit Rattenhandel. Zehn Mark bietet er pro

Stück. Ich könnte sie in dem Käfig transportieren, in dem ich zuletzt meine Rhesusäffchen hatte.«

Sie bestellte eine Runde Schnaps. Ihre dunklen Augen wurden klein, ihre Ohren glühten unter dem dunklen starken Haar. Sie war oft verlobt gewesen. Zur Zeit war sie ohne Mann.

»Heute«, sagte sie, »habe ich den ganzen Tag nur getrocknete Wasserflöhe verkauft. Und dann muß ich mir von Ihren Kindern, Lili, noch sagen lassen, daß sie getrocknete Wasserflöhe woanders billiger kriegen. Und eine Schildkröte ist mir eingegangen.«

»Nach Bayreuth«, bemerkte die Frau des Violinisten, »kommt einem das alles so klein vor!«

»Hören Sie mir auf mit Ihrer Hitlermusike!« sagte Lydia Pawlowski.

»Nun seien Sie aber still! Bloß weil der Kerl Wagner liebte, laß ich mir doch meinen Wagner nicht vermiesen!«

»Um nochmals auf die Tauben zurückzukommen«, sagte Krumme, der Richter, »also bei mir war heute einer angeklagt, weil er mit 'nem Napf nach einer Möwe geschmissen hatte. Die Möwe hatte einen gebrochenen Flügel davon. Ich denke an Freispruch. Aber was soll ich euch sagen, der Staatsanwalt fordert vier Wochen Gefängnis, ohne Bewährung. Tierquälerei, da war mit ihm nicht zu spaßen. Der Mann, ein Bauarbeiter, hatte Frühstückspause. Es war irgendwo an der Spree. Kommt da eine Möwe, und der Mann denkt an sein Paddelboot, das er gerade am Vortag, einem Sonntag, von Möwen total bekackt vorgefunden hatte. Kriegt er also eine Wut auf Möwen so im ganzen. Schmeißt mal mit seinem Blechnapf, im Affekt, kann man sagen. Bricht dem edlen Tier einen Flügel. Na, ich hab ihn dann zu fünfzig Mark Bußgeld an den Tierschutzverein verknackt.«

»Für einen ermordeten Juden eine Minute Zuchthaus!« sagte der Violinist.

»Als ich Freunden in London erzählte«, sagte Frau Abelssen, »daß man bei uns erwägt, die Tauben zu sterilisieren, damit man der Plage Herr werde, sagten meine Freunde: ›Das ist das Volk, das sechs Millionen Juden umgebracht hat.‹«

»Ja, Kinder«, sagte Trautmann, »da kommen wir ja wieder auf die Letzten Dinge.« Und er bestellte eine Runde Schnaps.

Im Vorgarten der Kneipe saß an einem leeren Tisch ein Liebespaar. Über den Tisch raschelten harte Blätter. Herr und Frau Abelssen gingen heim. Er legte den Arm um ihre Hüfte.

Als Lili aus dem Bad kam, lag Richard in ihrem Bett und wartete auf sie. Eine ferne Lampe, auf die Erde gestellt, spendete sanftes, bräunliches Licht. Lili war nicht sicher, ob sie in der passenden Stimmung war. Hatten sie nicht zu viel getrunken? Ihre Gedanken schweiften ab, zu den Ratten jenes Mannes, zu Losch, zu Korn, wie er den kleinen, weißhaarigen Kellner geschüttelt hatte, zu Conrad, der ihr nichts von der Mathematikarbeit gesagt hatte, zum Frauenzuchthaus und jener Frau, die ihren Stiefkindern Blutegel vorgesetzt hatte, zu den Sofakissen mit dem Knick in der Mitte, in den Zellen der Frauen, zu den erstaunten Augen der Zuchthausdirektorin, als sie sah, wie gut Frau Abelssen sich mit den gefangenen Frauen verstand. Charmant und frisch hatte sie alle Fragen über Chemiefaserstoffe beantwortet. Am Ende hatte sie den Frauen die Hand geben wollen, die Zuchthausdirektorin hatte es noch eben verhindern können. Und wieder wurde Rosa die Modefarbe der kommenden Saison. Schnabelschuhe am Strand. Die Mode ginge vom Volke aus? Ja, obwohl die Stoffabrikanten lieber längere Kleider sähen, blieb das Volk doch bei der Handbreit überm Knie. Die Helbig und die Mahlau hatten die gleichen Hüte aufgehabt, von Madame Phyllis gearbeitet. Was hatte die sich dabei gedacht? Wann war jene Putzmacherin gestorben, zu deren Beerdigung alle ihre Kundinnen kamen, alle mit dem gleichen Hut auf dem Kopf? Die Bösenberg war bei der Gala-Modenschau des Abends auf dem ozelotbezogenen Sofa eingeschlafen, unter einem Hut, der war eine Kathedrale. Zum Winter mußte Lili einen Pelzhut haben. Losch hatte gesagt: »Ich hasse dich.« Was bedeutete ihr Losch?

Hier war Richard, sie spielte mit ihm das Liebesspiel, die ganze Zeit. Endlich wurde sie aufmerksam darauf, daß sie es spielte. Sie fühlte, wie die Süße sich vorbereitete.

In allen Teilen der Welt, oder gut, nur Europas, oder, vielleicht doch, des Universums, verabredeten sich die Zuckerfahrer, ihre Lasten zu jenem Ort zu fahren und dort auf einmal abzuladen und zu entzünden.

Sie mahnten einander, die Wege richtig einzuhalten. Vergiß die Zehen nicht! Nicht die Stelle unter der Zunge! Nicht die Fingernägel, nicht die Fingerkuppen!

Und es kommen die aus dem Norden, mit den Pelzmänteln. Ihre Fahrt über Eis und Schnee ist geschwind. Begeistert sind sie von ihrem Auftrag. Es kommen die vom Äquator, braun, halbnackt, mit Pferdegespannen, mit Kamelen, Vanille haben sie geladen.

Sie fahren mit Pferden, Kamelen, Maultieren; nicht mit Motoren wird solcher Zucker gebracht. Der Ghibli weht. Auch in Rennwagen, mit Kutschen wird solcher Zucker gebracht, in den Kutschen sitzen die geleitenden Beauftragten, in schwarzen Pelerinen und mit schwarzen Zylindern. Der Zucker der Welt wird aufgebracht, für diesen besonderen Auftrag, alles müht sich, daß die Ladungen gleichzeitig am verabredeten Ort eintreffen. Aber Abenteuer sind zu bestehen. Pferde sollen gewechselt werden, aber sie werden nicht gewechselt, es gibt Aufenthalte. An den Poststationen stehen die Gaffenden, erregt allein vom Anblick der Gefährte, die solche Lasten bergen, wohlfeile und kostbare, Cremehütchen, Pfefferminzbruch, türkischen Honig, Staubzucker, Puderzucker, feinen, feineren Zucker, Zucker von höchster Qualität.

Auf den letzten Strecken laden rasende Reiter die Lasten quer vor sich, oder hinter sich, auf das Pferd, Zucker stäubt durch die Landschaft, die sich betäubt hinbreitet. Die Reiter, mit ihren Zuckerballen, sie treffen sich in der Schlucht. Nun fällt der Funke, schon – schade – oder schön? Nicht zu früh? Immerhin: besser als zu spät.

Lili seufzte. Lili schrie. Vanille unter der Zunge, Pfefferminz in den Kuppen der Zehen. Zucker, Zucker, unter den Wimpern, in den Fingerspitzen.

Die Scharen der Zubringer ruhen an ihren Lagerfeuern. Allmählich wird ihnen kalt. Die aus dem Norden, in den zottigen Pelzen, schlagen sich die Arme um die Schultern. Die aus dem Süden, die Halbnackten, stieben schon wieder davon, goldener Haut.

Herr Abelssen bat seine Frau um die Gunst, sie möge ihm nun den Rücken kratzen.

Dennoch waren die Spiele auf der Terrasse notwendig. Sie ließen sie, wie gewohnt, in einen Wintergarten verwandeln. Fenster wurden eingesetzt, vom Gärtner gebracht, der auch die Pflanzen lieferte. Da Herrn Abelssen so sehr daran lag, seine Frau zu behalten, er aber nicht der Mann war, der um eine Frau kämpfte, benutzte er die List aus »Tausendundeiner Nacht«; er war ihr Märchenerzähler, ließ sie sogar teilhaben am Ausdenken und Erzählen schöner Geschichten. Dazu Kartenspiel und Wein, Musik und die spiegelnde Lampe in den Fenstern zur Nacht – nur von ihm, Richard, bekam sie, was sie wirklich wünschte.

2. Spiel

»Some of these days« legte Herr Abelssen auf den Plattenspieler auf und mischte die Karten. Ein fahler badischer Wein war in einfache Gläser eingeschenkt.

»Heute früh«, sagte Herr Abelssen, »du dachtest gerade an Losch, wurdest du ganz schön aufgeschreckt, als die Schuldirektorin anrief. Ich brauchte gar nicht mit hineinzuhören in das Gespräch, ich sah nur, wie weiß dein Gesicht wurde. Dann wollte ich eigentlich mit der Sache nichts zu tun haben. Komm, sei nur ruhig. Alles wird gut werden. Laß uns Piquet spielen.«

Der Abend stand schwarz vor den hohen Fenstern. Manchmal blieben Leute auf der Straße stehen, um über den Garten hinweg diese Leute in ihrem Wintergarten zu sehen.

»Vielleicht, eines Tages«, sagte Herr Abelssen, »wird es eine Revolution geben. Es wird klingeln, du öffnest die Tür, da steht viel Volks mit Morgensternen in der Hand, mit Handgranaten, Molotowcocktails, faulen Eiern, Farbtöpfen, bereit, dich zu bewerfen, dich zu schlagen, dich zu töten, aber noch rechtzeitig kannst du erklären, du seist nicht Besitzerin des Hauses, seist nur Mieterin, ausgebeutet wie sie, wie das Volk. Und du sagst es so liebenswürdig, daß sie sich entschuldigen, Verneigungen andeuten, und du sagst, der Hausbesitzer wohne eine Treppe höher, wonach sie mit ihren Handgranaten, ihren Morgensternen, ihren Eiern eine Treppe höher steigen. Auch dort aber ist der Hausbesitzer nicht anzutreffen, er weilt in Kalifornien, hat seine Wohnung vermietet und die Revolutionäre ziehen wieder ab, hilflos, mit allen ihren revolutionären Mitteln. Noch einen Blick werfen sie auf unseren Wintergarten, wo sie uns schon wieder sitzen und spielen sehen, aber gar zu charmant warst du doch – nein, sie können, sie mögen dir nichts tun!«

Herr Abelssen gewann und teilte neu die Karten aus. Sidney Bechet blies das Saxophon. Seine Freunde, dies wußte Conrad, hatten ihm neue Zähne gekauft. So konnte er wieder spielen. Abelssens mußten immer weinen, wenn sie die Geschichte hörten.

»Du warst weiß im Gesicht«, beharrte Herr Abelssen, »ich sah, wie du deine Miene in allen überzeugenden Varianten spielen ließest, aber sie konnte dich ja nicht sehen. Ulrich hat also Flaschen gestohlen. War er es oder war er es diesmal nicht? Vor zwei Jahren, damals, war er es doch auch. Wird er es da nicht auch jetzt gewesen sein? Aber wie kommst du gegen diese Dame an, die nach den Prinzipien des 19. Jahrhunderts eine Privatschule für gestrandete Kinder der besseren Stände leitet? Du kennst dich aus in Jugendpsychologie, besitzt Bücher darüber, nicht aber diese Dame. Außerdem bist du nicht sicher – sehr wohl kann dein Sohn wieder Flaschen gestohlen haben. Du setzt dich. Du denkst an Conrad, der Unterschriften fälschte und mit dem fremden Motorrad gefahren ist, ohne Führerschein, und ich sehe, was du siehst: Sind es nicht deine lieben Söhne, die immer das Sonntagsfrühstück für uns bereiten? War nicht Con-rads Vater ein soweit anständiger, wenn auch verrückter britischer Korporal? Und, wenn du auch nicht weißt, wer Ulrichs Vater ist – hast du dich nicht nur mit anständigen Männern eingelassen? Schließlich, auch du selbst müßtest doch vorwiegend Gutes vererbt haben? War nicht in allen Lewinskys das Gute überwiegend? Denke an deinen Vater!

Sind es also nicht deine lieben guten Söhne? Jahre dauerte es, bis sie das Sonntagsfrühstück machen konnten, ohne unseren Morgenschlaf zu stören. Jahrelang hörte ich, wie Conrad seinen Bruder Ulrich beschimpfte und schlug, solange bis Ulrich nicht mehr vergaß: Salz mußte auf dem Tisch stehen, auch Zucker, und die Eier kamen in den Eierwärmer. Schließlich lernte Ulrich, mit einem in heißes Wasser getauchten Löffel eine Rose auf der Butter zu formen. Lili, gib zu, seit dieser Rose auf der Butter glaubtest du an das Gute in deinen Kindern.

Endlich steht fromm das Frühstück für die Familie da. Können das denn schlimme Kinder sein, die einen solchen Sonntagstisch decken können, mit einem Filterkaffee, der seinesgleichen sucht?

Und ich sehe, du wirst nicht wankend im Glauben an deine Kinder, auch dann nicht, wenn wir deine lieben Söhne schon jahrelang im Zuchthaus besuchen. Ich gehe nur mit als stummer Begleiter, sitze daneben, du aber blickst sie zärtlich an, mit einer Liebe wie Marmelade. Ja, du wünschtest, du könntest deine Liebe in Marmelade wandeln und sie damit füttern, damit sie groß und stark und, natürlich, auch gut werden.

Eines Tages stehen sie vor der Tür, keuchend, eben entsprungen, nach einem kühnen Fluchtplan; es ist gelungen, aber für wie lange, darüber machen sie sich keine Gedanken. Immer, schon in ihrer Kindheit, waren sie so kurzsichtig; nie bedachten sie, wie eine Sache ausgehen würde.

Nun – was bleibt dir übrig? Du nimmst sie auf. Es ist Sonntag. Leider bist du noch recht schläfrig. Am Abend, spätestens, werden sie ergriffen werden. Aber du, in deiner Schläfrigkeit, und in deiner Mutterliebe, du verdrängst es. Du drehst dich noch einmal im Bett um und sagst: ›Kinder, seid lieb, macht das Frühstück, so wie immer.‹ Und sie gehen auf Zehenspitzen. In ihren Zimmern legen sie ihre Beatplatten auf, aber nur leise. Deine feingliedrigen, schönen Söhne, sie bereiten den Filterkaffee, und der Kleine, er formt die Rose auf der Butter. Der Honig leuchtet im Glase. Du stehst auf, du kommst in deinem nicht mehr so tadellosen Negligé an den Frühstückstisch, gerührt bist du. Nichts siehst du als ihre Kindergesichter. Verklärt sind deine Augen. Ich existiere nicht mehr für dich, nur deine Söhne, Kinder von Männern, die ich nicht kenne, und die Eier sind gerade richtig, nicht zu weich, nicht zu hart, alles ohne Eieruhr, immer haben sie es schon so im Gefühl gehabt, deine Kinder. Du findest Scheckfälschung überhaupt nichts Schlimmes. Ein Kioskeinbruch – eine Jugendtorheit. Kinder sind es. Kinder werden sie bleiben, reizend, das Entzücken aller Partygäste, wenn der Große mit den großen Gläsern, der Kleine mit den kleinen Gläschen umhergeht. Reizend die Rose auf der Butter.«

Frau Abelssen weigerte sich weiterzuspielen. »Diese Rose auf der Butter«, wandte sie ein, unterstellst du mir als zu starkes Leitmotiv. Auch der Kioskeinbruch – du kannst nicht aufrechterhalten, daß ich ihn als Lappalie ansähe. Da ich mich doch gerade über die gestohlenen Flaschen so erregt habe. Ulrich hat sie nicht gestohlen. Er weinte nur, weil er schon wußte, daß er wieder verdächtigt würde. Nein, es ist doch ziemlich sicher, daß meine Söhne ordentliche, wenn auch leider nicht außergewöhnliche Menschen werden.

Ich erziehe sie streng, vielleicht, ich gebe es zu, ein wenig altmodisch. Aber sie werden rechtschaffene Bürger. Aus Abscheu vor unserem allzu heiteren Leben, mag sein, werden sie sogar wahre Spießbürger. Froh stürbe ich, würden sie eher Spießbürger als kriminell. Es fällt mir dabei jene Mutter ein, deren beide Söhne Spitzbuben und Mörder waren und im Handgemenge mit der Polizei erschossen wurden. Sie kam zu den Särgen und sagte: ›Nun, meine lieben Söhne, habe ich euch wieder bei mir!‹ Ich muß immer weinen bei der Geschichte, weil ich mit dieser Mutter so sehr mitfühle!«

Frau Abelssen putzte sich die Nase.

»Nun aber«, setzte sie das Spiel fort, »sind die meinigen doch rechtschaffene Menschen geworden. Und sie halten peinlich ihre Pflichten ein, die sie dir, ihrem Adoptivvater, schulden. Einmal in der Woche wirst du bei ihnen eingeladen. Sie ermahnen ihre Kinder, nicht zu sagen: ›Opa, wie ißt denn du?‹ Denn deine Hand mit dem Suppenlöffel zittert furchtbar. Die Kartoffelsuppe hängt dir in dicken Tropfen im Bart. Petersilie hast du auf den Backen, Dill, alles mögliche Grüne, und die Kinder der Kinder sagen: ›Opa, rechts oben hast du immer noch Dill.‹ Aber du weißt nicht mehr, was rechts und links ist, und wischst immer auf der verkehrten Seite. Da werden die Kinder der Kinder wütend.

Und dann kommst du zu liegen. Aber keiner will dich. Die Schwiegertöchter fürchten dich, immer tatschst du sie an.«

Herr Abelssen zahlte seinen Verlust an seine Frau hinüber und fragte: »Wo bist du denn dann?«

Frau Abelssen fächerte ihre Karten auseinander. Sie sagte: »Ich bin natürlich tot. Ich habe meinen schönen langen Leichenzug gehabt, ohne Kirche, auch ohne weltlichen Redner. Wie wir verabredet haben, hast du den Ablauf des Begräbnisses dem besten Kabarett der Stadt übertragen. Einer liest etwas aus Büchner, aus Heine, aus Benn. Und ein guter Regisseur kann wohl rechtzeitig den Daumen heben, wenn der Sarg weggetragen werden soll. Die Musik – du weißt ja: ›Über den Wellen‹. Conrad übt es schon auf der Trompete, ich sah eben die Noten in seinem Zimmer auf dem Notenständer. Vielleicht noch ›Trauriger Sonntag‹, wenn du eine Zigeunerkapelle auftreiben kannst.«

Herr Abelssen bekam alle Stiche.

»Vielleicht«, sagte er, »bist du es aber, die mich überlebt und zweimal in der Woche auf die Suppe deiner Söhne angewiesen ist. Und deinen Schwiegertöchtern bist du ein Unbehagen. Weil du so frei von deinen tollen Jahren sprichst. Niemand mag mehr die Geschichte hören, wie du beinahe Battista geheiratet hättest. Und wie du dann in Neapel kleine, schwarzlockige Enkel hättest, wie du als Herrscherin säßest in einem

Palazzo mit marmornen Fliesen. Du, eine Mamma, eine Norma, breit auseinandergeflossen, im Salone, und – das sagst du ja immer – du wärst so sehr Neapolitanerin geworden, daß die mit dir von Battista hervorgebrachten Söhne zitterten, wenn sie sich in ein Mädchen einer dir nicht genehmen Familie verliebt hätten. Sagtest du nicht sogar, du hättest dann einen Damenbart?

In solchen Visionen schwelgst du dann, und vielleicht wäre nur eine einzige kleine Berliner Enkelin da, die so etwas gerne hört. Was ihre Großmutter hätte werden können, wenn die Sitten in Neapel weniger streng und sie von Battistas Familie akzeptiert worden wäre. Die Enkelin kommt nach dir, ein häßliches Kind, eine kleine Nymphomanin. An die wirst du alle deine Geschichten los. Aber deine Söhne und Schwiegertöchter sehen es nicht gern. Sie ängstigen sich am meisten, wenn du mit dem Einmarsch der Roten Armee anfängst, mit den Vergewaltigungen. Alle zittern, Wenn bei Gesellschaften die Rede auf das Jahr 45 kommt. Schließlich laden sie dich nicht mehr ein. Denn zuletzt hast du ihnen noch die Partie deiner Enkelin Rosalie mit einem Krupp-Nachkommen verdorben.«

»Ach«, erwiderte Frau Abelssen und betrachtete kurz ihr gläsernes Spiegelbild in der nachtschwarzen Fensterscheibe, »schließlich ging ich auch nur gezwungen dorthin.Werden denn die Kreise meiner Kinder meine Kreise sein? Als sie Kinder in meinem Hause waren, mögen sie vielleicht begeistert von meiner Art zu leben gewesen sein, aber haben sie meine Hochstimmungen wirklich begriffen? Die Begeisterung ist von ihnen genommen worden wie eine Last. Immer kam ja der Augenblick, wo das Geld ausging.«

Herr Abelssen lenkte ein und sagte: »So laß uns einen guten Ausgang finden. Wir sind beide im Altersheim. Wir dürfen einander in unseren Zimmern besuchen. Doch immer, wenn ich zu dir komme, bist du fort. Verabredet, zum Skat im Männer-Gesellschaftsraum. Unser Kartenspiel zu zweit, unser Piquet, unser Siebzehn-und-Vier, hast du vergessen. Weil du den Männern in ihren Gesellschaftsräumen so nachläufst, hast du dir schon viele Feindinnen gemacht. Skandale hat es gegeben, Tadel, Verweise, Drohungen. Nur mir zuliebe, weil ich ein so höflicher Herr bin, eben ein wirklicher Herr, behält man dich noch. Und natürlich lege ich immer wieder ein gutes Wort für dich ein.«

Frau Abelssen hielt ihrem Mann ihr Glas hin, mit strahlendem Gesicht. Sie sagte: »Das kommt, weil du nicht einmal mehr Piquet spielen kannst. So ist Skat eben interessanter. Zwei alte Männer sind lustiger als ein alter Mann. Öfter aber, gib es nur zu, erbarme ich mich deiner doch und spiele ›Mensch, ärgere dich nicht‹ mit dir. Wie immer spielen wir um hohe Einsätze, es geht schließlich um Millionen. Wir sind listig, verdoppeln den Einsatz so lange, bis das Spiel wieder Null : Null steht. Aber in der Männerabteilung gibt es zwei, die spielen Skat um Viertelpfennige. Das ist, du mußt es zugeben, interessanter. Der eine gefällt mir besonders. Er ist achtundsechzig. Das ist nicht so übel.«

»Zehn Jahre jünger als du, das ist für dich gerade recht, eben das Gewohnte von früher. Du kommst angerauscht mit deinem elfenbeinfarbenen Spitzenensemble aus dem Jahre fünfundsiebzig. Oh, wie du leidest, wenn dieser Mann etwas anfängt mit der Köchin. Am Fenster deines Zimmers wirst du sitzen den ganzen Tag und rauchen und hinausstarren. Wenn ich komme, dich besuchen, hast du die Sonnenbrille auf, um mir deine gesehwollenen Augen nicht zu zeigen.«

Lili legte die Karten verdeckt auf den Tisch und ließ ihre Unterlippe empört zittern.

»Du bist zu weit gegangen«, sagte sie, »die Köchin nimm zurück!«

Richard legte ebenfalls seine Karten verdeckt auf den Tisch und sagte: »Dann nimm du den Dill auf meiner Backe zurück! Die Kartoffelsuppe in meinem Bart!«

Die Musik auf dem Plattenspieler endete. Herr Abelssen suchte neue Platten heraus. Zehn alte Platten englischer Tanzmusik legte er auf. Mit »The touch of your lips …« begann die neue Serie.

Frau Abelssen nahm die Karten wieder auf und sagte: »Nun gut. Wenn du auf dich achtgibst, muß es ja so schlimm nicht kommen. Aber du mußt das ganze Altersheim zurücknehmen.«

»Bitte«, gab Herr Abelssen nach, »bitte! Gut, also: Du bist reich, aber sehr alt, sehr einsam. Du besitzt ein Haus, das im ganzen Viertel berühmt ist durch seine hohe Hecke. Da du jede Schönheit verloren hast, zeigst du dich niemandem mehr. Nicht einmal Dienstboten hältst du dir. Du telefonierst nur mit dem Gärtner, der dir stets nach deinen Launen den Garten neu anlegen muß. Erst versuchst du es mit dem romantischen Garten, und du bist wie schon immer närrisch auf Meisen und Amseln, Baumtauben, Nachtigallen. Alles ist voller Vogelhäuschen und Starkästen. Auf der Terrasse findest du im Petunienkasten alle Jahre das Amselnest. Du sitzt da und siehst starr und schweigend zu, wie die Amsel die Eier legt. Sie atmet heftig dabei, du fühlst mit ihr wie mit einer menschlichen Wöchnerin, am liebsten möchtest du ihr erzählen, wie es bei dir war. Wie schon früher siehst du mißbilligend, daß die Amsel das fünfte Ei nicht ausbrüten will. Am Ende aber bist du mit ihr einig: Ein Wesen, das nichts als Natur ist, muß hart sein wie die Natur. Verächtlich siehst du den Amselvater an, den kohlschwarzen, mit dem gelben Schnabel. Leider ist er viel schöner als seine Frau. Auch er brütet, immerhin. Du denkst dabei an mich, der niemals brüten wollte. Später, die Jungen, sie lernen fliegen. Aber es ist ein kleiner Schwacher dabei, der es nicht lernen will. Vater und Mutter entfernen sich nach einer letzten Fluglehre. Du denkst an deinen Sohn Ulrich. Auf dem Fliesenboden der Terrasse hockt der arme Amseljunge. Da stellst du ihm – denn, Lili, wie weich ist doch dein Herz noch immer! – eine Fußbank hin, dahinter einen Stuhl, und du steigst auf die Fußbank, auf den Stuhl, machst große, flatternde Bewegungen, eine riesige, schwarze Amsel bist du, ein Muttervogel, wie er in den schönsten Mythen der Vögel erscheint. Du flatterst und flatterst, der kleine Vogel hüpft auf die Fußbank, dann auf den Stuhl, dann auf die Terrassenbrüstung. Endlich fliegt er, schwachen Flügels. Er fällt, er fällt vor das Kellerfenster. Eine Ratte hat auf ihn gewartet. Das ist sein Ende. Du schluchzt. Aber so hat nun auch diese Geschichte ein Ende. Denn so – das weißt du ja – ist einmal das Leben.

Der romantische Garten ist schließlich dein Geschmack nicht mehr. Keine englische Lieblichkeit wünschst du fortan. Immer mehr dringt die Wildnis ein, denn du bist zu geizig, den Gärtner regelmäßig zu beschäftigen. So läßt du einen französischen Garten anlegen, fertigst selbst die Zeichnungen an. Dein eigener Le Nôtre bist du. Dann hast du zu tun, mit der großen Schere die Taxusbäume, die Taxushecken zu schneiden: Der rote Kies knirscht unter deinen alten Schuhen. Seidig kreischt deine große Schere in der Mittagssonne. Sind die geilen Gerüche denn aus deinem Garten nicht zu bannen? Wo denn wächst dieser wilde Holunder, diese Schafgarbe, die dich immer an den Jungen in Wulkow erinnern? Du merktest nicht, daß eine große Aufregung zwischen euch war. Oder du wußtest nicht, daß dies etwas Geschlechtliches war. Zu spät. Zu spät. Jener Knabe ging dir verloren. Nur der Geruch ist noch da, der Geruch der Wiesen von Wulkow, der wilden, verrückten Hecken, der fauligen schwarzen Seen. Du schneidest diesen Geruch aus der Luft weg. Mit deiner riesigen schwarzen Schere schneidest du in der Luft umher, und an den Taxusbäumchen. Kegelförmige Schatten sollen sie werfen. Vögel sollen nicht in ihnen nisten. Du hast die Vögel satt. Auch die Ratten. Gegen beide gingst du sehr streng vor, damals. Es gibt nichts mehr bei dir außer einigen Pfauen. Im Goldfischteich gibt es keine Goldfische mehr. Fische, erinnerst du dich, sind etwas so Niedriges, sie sind nur zum Essen da. Zu oft sahst du, wie ein Fisch den anderen im Todeskampf auffraß, der andere fraß wieder einen dritten, noch während er selbst gefressen wurde. Einer hing im Maul des anderen, der wieder in eines anderen Maul hing. Du hast es eigentlich nur ein einziges Mal gesehen und wußtest ein für allemal Bescheid. Also – keine Fische.

So kommst du endlich auf den maurischen Garten. Da sitzt du, am Rande des großen Steinbeckens voller Wasser. An seinem Rande sind steinerne Blumenschalen aufgestellt, in der Mitte spielenWasserspiele. Auf steinerner Bank sitzt du in der Sonne und siehst in die steigenden und fallenden Wasser. Nun hast du Ruhe. Schwarz, ganz verschleiert bist du. Eines Tages tippt einer, der ins Haus drang, dich an; da fällst du tot von der Bank. Noch im Tod hast du gewußt, wie das feingestochene Schwarz deiner Gestalt ausgeklügelt gut zu dem maurischen Garten paßte. Pfaue knattern mit ihren Rädern, sie stehen starr und hilflos da, in stählernem Schillern, bis sie merken, es ist zwecklos, du siehst sie nicht mehr, durch deine schwarzen Schleier.«

Frau Abelssen trank ihr Glas aus.

»Aber«, sagte sie, »der Himmel spiegelt sich im Wasser. Und neben mir auf der steinernen Bank sitzt du. Zwar tot, aber doch zur rechten Zeit gerufen, im beigefarbenen Anzug, mit dem Panamahut, mit dem Stock mit der silbernen Krücke. Der Stock, obwohl von deiner toten Hand nicht mehr gelenkt, er scharrt im Kies.

Ein wunderbarer Abend, was für ein schönes Spiel heute!«

Herr Abelssen öffnete eine neue Flasche Wein. »When you are laughin'« sang Ella. Und sie spielten Piquet, bis draußen die ersten Omnibusse mit ernsten Menschen vorüberfuhren.

3. Kapitel

Die Portiersfrau des Hauses in Wedding rief an, mehrere Mieter beklagten sich über ihre Gasherde, die alt und verbraucht seien.

»Wie schön!«, sagte Herr Abelssen, »da kannst du ja mal wieder hinfahren. Aber vielleicht ist Losch nicht da?«

Frau Abelssen ging diesmal nicht zuerst in den »Nassen Hund«. Sie ging aber nicht in die ehemalige Tischlerwerkstatt, aus Aberglauben: Sie wußte, ersehnte Zufälle ereigneten sich nicht, wenn sie direkt angesteuert wurden. Sie setzte sich zur Portiersfrau in die Küche und ließ sich Streuselkuchen vorsetzen. Zum Verwundern Frau Schroppes mußte sie schwer schlukken, ehe sie einen Bissen herunterbekam. Die Portiersfrau brühte noch einmal Kaffee auf.

»Sie haben wohl heute einen trockenen Hals?« fragte sie. Der Kuchenbissen wurde in Lilis Mund zu einem Klumpen, der sich erst allmählich in Kaffee löste. Sie fühlte, wie ihre Ohren heiß wurden.

»Sie sehen ja heute richtig rosig aus!« sagte Frau Schroppe.

Der Herd war bei Malowskys kaputt und bei Adams und bei Buttgereits.

»Bei der Töpke«, sagte sie, »müssen Sie nicht soviel drauf geben. Die behandelt ihren Herd nicht richtig. Wenn sie immer alles überlaufen läßt. Und bei Zimmermanns wäre ja der Ofen. Aber nun ist es wieder zu spät. Nächsten Sommer müssen dann da die Töpfer kommen.«

Frau Abelssen graute es vor dem Gang in jene Wohnungen, sie lagen so weit entfernt von Losch. Während sie sich dort aufhielte, verließe er womöglich gerade seine Räume. Würde sie ihn im »Nassen Hund« noch treffen?

Aber sie wollte den Zufall täuschen. Schließlich – wer war schon Losch?

»Und ist bei diesem ... diesem, na, dem Dingsda alles in Ordnung?« fragte Frau Abelssen die Portiersfrau.

»Wen meinen Sie?«

»Na, dieses, dieses Kinderkino.«

»Na, die Kinder sind nach dem Mann ganz verrückt, sage ich Ihnen! Der läßt die malen, da gehen alle hin. Und die Mütter, die sind ganz verrückt nach ihm.«

Lili fühlte schneidenden Schmerz. Was – diese Frauen, sie auch? So war also mit Bestimmtheit etwas Besonderes an ihm. Wenn diese einfachen Frauen es merkten, wie konnte sie, Lili, sich dann getäuscht haben? Vielleicht lockte er junge Proletenmütter in sein Kino, drückte sie an die Wand, küßte sie? Und wenn er es nur in der Überzeugung tat, diese Frauen hätten auch ein Recht auf ein wenig Aufregung, auf etwas Besonderes, auf besondere Worte, wie er sie zu sprechen verstand, und nie würden sie diese besonderen Worte vergessen? Mit größter Dreistigkeit könnte ein Mann wie er dies gute Werk betreiben, denn die, die aus gutem Hause stammten, die, die Bildung besaßen, hatten die Macht, mit besonderen Worten einfache Menschen zu bezaubern, zu verwirren, ihren trüben Blick ein einziges Mal auf vorher von ihnen nicht gesehene Höhen zu richten. Die Frauen litten danach unter der Gewöhnlichkeit ihrer Männer und wurden nachlässig ihren Kindern gegenüber. Aber diese hier, nun, sie benutzten ihre Kinder, um zu Losch zu kommen, um ihm nahe zu sein. Und wenn Losch liebevoll zu den Kindern war, wurden sie fast eifersüchtig auf ihre Kinder.

Frau Schroppe setzte sich und stippte ihren Kuchen in den Kaffee. »Ach«, sagte sie, »wissen Sie noch, damals, das war auch so um diese Zeit, es waren gerade die großen Angriffe, wie Sie da die Badewanne haben überlaufen lassen?«

Die Portiersfrau erinnerte sich bei jedem Besuch Frau Abelssens an die Zeit, als sie in jenem Haus in der Soorstraße Portiersfrau und Frau Abelssen noch ein Fräulein und die Tochter der Mieter Lewinsky war.

»Als die Frau unter Ihnen, wie hieß sie noch, schrie und die Hände rang, dachte ich, wir kriegen Sie niemals groß! Immer so leichtsinnig. Und jetzt, wie soll ich sagen, man wird aus Ihnen nicht schlau.«

Frau Abelssen hatte ihr die Portiersfrauenstellung und die gute Wohnung vermittelt.

»Damals gingen Sie auch so furchtbar kurz. Aber jetzt gehen Sie sogar noch kürzer. Ich seh Sie noch, im letzten Sommer im Krieg, wie Sie in weißen Shorts mit dem Rad zum Baden fuhren. Das ganze Haus hat sich aufgeregt.«

Hatte Losch eine Freundin, eine Geliebte? Mit was für einer Frau schlief er? War es denkbar, daß er längere Zeit mit keiner geschlafen hatte? Wenn er aber mit einer schlief, kämen ihm vielleicht mitten dabei Gedanken an sie, an Lili? Am meisten vermochte ein Mann die Frau zu lieben, mit der er niemals geschlafen hatte. Was für ein Opfer aber mußte die Frau bringen, die solche Liebe erzeugen wollte. Auch erfuhr sie es nie verläßlich, daß sie so etwas anrichtete. Frau Abelssen hatte Männer gekannt, die in ihren Armen am Verlangen nach einer anderen Frau litten. Immerhin, hatte sie sich dann errechnet, wurde jener anderen nicht das Vergnügen zuteil, diesen Mann leiblich, mit aller Wärme seiner Haut, seiner körperlichen Liebeskraft, kennenzulernen. Was aber zählte mehr? Für Lili war der Körper ein hoher Posten in der Liebesrechnung. Beinahe zählte er ganz allein. Sie verabscheute das bloße Wort »Seele«, kam aber doch nicht ganz aus ohne dieses Wort. Diese Seele drückte sich aber doch aus im Körper. Jedenfalls sie, Lili, wußte, so meinte sie, solche Vereinung einem männlichen Körper abzugewinnen. Sie hatte sich sogar oft errechnet, daß ein intelligenter und sensibler Mann dazu zu bringen sein müßte, daß er an eine Frau in fürchterlich reuigem Verlangen zurückdenken müßte, mit der er geschlafen, aber damals nicht hoch genug ihre Originalität veranschlagt hatte. Frau Abelssen hatte das Selbstbewußtsein, eine solche Frau zu sein, freilich hatte sie auch beinahe immer die Genugtuung erlebt, daß der Mann ihre Originalität sofort erkannt hatte. Alle verwunderten, alle bewundernden, alle hilflosen, alle wohlgefundenen Worte hatte sie sich gemerkt. Sie gehörte nicht zu den Frauen, die in der Liebe nicht genug Worte gehört hatten.

»Immer die nackten braunen Beine, bis obenhin ...«

»So fahre ich noch immer zum Baden. Ich habe jetzt so ein Minirad.«

»Mein Gott! In Ihrem Alter! Was sagt Ihr Mann dazu?«

»Er sieht es gern. Er fährt mit.«

»Und haben Sie noch immer kein Auto?«

»Was sollen wir mit einem Auto? Immer betrunken?«

»Na na ... So schlimm wird es doch auch wieder nicht sein?«

Loschs Hand an ihrer Brust. Es gelang Lili wieder, den Schauer zu erleben. Vielleicht war er ein sehr kundiger Liebhaber. Man konnte einem dicken Mann vieles nachsehen, wenn er sehr kundig war. Immerhin, wenn sie sich eine letzte, schöne Erinnerungsvision vorstellen dürfte, auf ihrem Sterbebett, in der Agonie, so hatte Frau Abelssen sich doch jenen Totò in Syrakus vorgemerkt. Er war der dünnste Junge, den sie gehabt hatte. Mittags in der glühenden Sonne war er barfuß über die Fliesen ins Hotel gekommen, am Morgen hatte er sie gerade erst verlassen, aber da war er schon wieder. Ohne Liebe, ohne Verliebtheit, ohne Beteiligung der Seele, des Herzens, ohne Mitspiel dieser Albernheiten, war das Körperspiel das höchste Vergnügen. Damals hatte sie sich feierlich vorgenommen: Ja, an Totò wollte sie auf ihrem Sterbebett denken. Sie, Lili, zweiundneunzig, er, Totò, fünfundsiebzig oder sicher schon tot, streckte sich noch einmal neben ihr aus, mit diesem dünnen, braunen Körper, siebzehn Jahre alt, sehr verworfen, sehr kundig, ein Lehrer schöner Spiele.

Wer war der vorletzte in Syrakus, wie hieß jener Archäologe, wie hieß er? Als sie mit Rico, dem Fünfzehnjährigen, die Villa Landolina besuchte, Platens Grab betrachtete. Damals verehrte sie noch Platen. Später teilte sie Heines Ansicht über Platen. Vielleicht war Heine aber doch ungerecht. Die Villa Landolina jedenfalls war sehr wild, sie duftete nach Kräutern, in ihrem Wörterbuch lag gepreßt noch ein Kraut aus dem Garten. Rico zeigte ihr dann die antiken Gräberstraßen. Was aber geschah? Oben in der Sonne pfiff ein Mann, Rico verschwand, der Mann kam herunter, Frau Abelssen war jetzt so, als habe er Enzo geheißen, er gehörte zu den ausgrabenden Archäologen der Stadt Syrakus, ein Doktor, er übersetzte ihr alle Inschriften. Er zeigte ihr die römische Arena. In einem der Gänge, in welchen die Löwen zur Arena liefen, fiel er über sie her. Lili war zu höflich, ihm die Freude zu verwehren. Er war nicht schön, aber er hatte ihr so viel Wissenswertes gezeigt, ohne ihn wäre sie halb so wissend aus Syrakus abgereist. Wehren war sehr anstrengend, Gewähren bequemer. Am andern Tag aber mußte er seine Braut besuchen. Da traf sie auf Totò, die Sterbebettschönheit. Wie war sie auf Totò gekommen?

Ja – hatte sie, die solche Schönheit in ihrer Hand gehabt hatte, nötig, sich nach einem dicken Mann zu verzehren?

Loschs Hand um ihre Brust geschlossen.

»Sie sind so rot! Kommen Sie wohl in die Wechseljahre?«

»Na, hören Sie!«

»Na, ab Vierzig kann man mit rechnen ...«

»Nein, kein bißchen.«

Frau Abelssen lachte.

Sie ging mit in alle Wohnungen. Sie gewährte neue Herde. Sie gab sich gewinnend; sie hörte, wie freundliche Worte ihr entströmten. Es war so leicht, einfache Menschen zu entzücken. Immer merkte sie genau, wie in diesen Küchen, in diesen guten Stuben mit den Couches und den vielen Kissen, die Stimmung entstand: Die ist nicht hochmütig, sie versteht mit uns zu reden. So irre, wie sie aussieht – aber sie ist nicht so!

Es grämte Frau Abelssen, daß man ihr zunächst unterstellen mochte, sie sei hochmütig. In ihrer Familie, in ihrer Verwandtschaft, hatte sie so viele kleine Leute. Sie fühlte sich den kleinen Leuten zugehörig, sie konnte sich nur nicht dazu verstehen, auszusehen und zu leben wie sie. Schließlich, gewiß, war noch ein Unterschied zwischen Kleinbürgern und Arbeitern. Man sagte ihr dies immer wieder. Aber sie erkannte diesen Unterschied nicht an für die Gegenwart. Sie empfand, daß beinahe alle Menschen der zivilisierten Welt lebten wie kleine Leute. Es handelte sich um eine Zivilisation der kleinen Leute. Es war nur bedauerlich, daß noch nicht alle ein eigenes Bad und eine eigene Toilette besaßen. Frau Abelssen war der Meinung, daß dies das nächste Ziel aller sozialen Bestrebungen sein sollte. Über diesem Ziel konnte sie in Feindseligkeit gegen die Bewunderer alter Kulturen geraten. Die Male überlieferter Kulturen zeigten sich als Produkte der Ausbeutung glückloser Menschen. Im »Ohr des Dionys« in Syrakus konnte der Tyrann hören, wie weit unter ihm die Sklaven stöhnten, beim Schuften an den Denkmälern, welche später die gebildete Welt Europas bewunderte. Auf den Stufen des vom Tyrannen begönnerten Theaters saß Platon.

»Frau Buttgereit«, sagte die Portiersfrau, »wenn sie in den ›Nassen Hund‹ geht, trinkt nie Bier. Weil sie dann so oft muß. Und immer die halbe Treppe runter. Nee, sagt sie, sie trinkt nur ein paar kleine Schnäpse.«

Aus dem Haus von Marx in Dean-Street, Soho, wurden heute die besten Rezepte für die Zubereitung von Froschschenkeln in alle Welt geschickt.

Die Umkehrungen, welche der Snobismus zuwege brachte, beschäftigten Frau Abelssen immer wieder. Snobismus war die mächtigste Macht, ihr erlagen alle, auch die Aufbegehrenden aller Länder, sie schufen ihren eigenen Snobismus. Frau Abelssen aber hatte die These aufgestellt, daß ein Mensch, der auf sich hielte, jedwedem Snobismus aus dem Weg zu gehen habe. »Man« tat nicht, was »man« tat. »Ich muß«, sagte sie sich, »so viel aus mir machen, daß ich es mir leisten kann, mich auf meine eigene Art zu vergnügen und damit Bewunderung und Respekt bei anderen Menschen zu erwecken.« Freilich gab sie zu, ohne Bewunderung und Respekt anderer lebe sie nicht gern. Wie sonst könnte sie sich als existent betrachten? Niemals zog sie Vorhänge zu, wenn sie mit Herrn Abelssen trank und spielte. Immer mußte man sich Zuschauer denken können.

»Ich werde«, sagte Frau Abelssen den Mietern, »alles schnellstens in die Wege leiten.«

Sie schüttelte Frau Schroppe die Hand.

Die Portiersfrau sagte: »Sie können ja mal zu Herrn Losch reinsehen. Wenn er da ist. Es heißt, das Bezirksamt unterstützt ihn.«

Aber es war niemand da. Auch im »Nassen Hund« war Losch nicht. Frau Abelssen trank zwei Schnäpse, sie ließ Musik spielen. Aber niemand kam. Zu Mittag wollte sie zu Hause sein. Sie nahm ihre Gedanken zusammen, um an die Mathematikarbeit ihres Sohnes Conrad zu denken. Manchmal mußte sie achtgeben, dann hatte er das Heft nicht in der Mappe, sondern in der Manteltasche, innen. Sie fürchtete sich vor ihren Ausbruchen: »Was soll aus dir werden? Warum hast du es mir nicht gesagt? Warum hast du kein Vertrauen zu mir? Ich hätte dir helfen können.« Diese Ausbrüche waren wirkungslos. Ihre Kinder glaubten nicht, daß jemand ihnen helfen könnte. Nur sie selbst konnten sich helfen.

Vierzehn Tage später gab es Differenzen wegen der Herde.

Frau Abelssen, die Losch schon etwas vergessen hatte, ging leichtfüßig, leichtfertig, hinüber ins zweite Hinterhaus, rechts, da saß Losch, mit seinen Kumpanen, mit einer Mutter und zwei Kindern aus dem Haus.

Der vordere Raum lag voller Phasenzeichnungen zu einem Zeichentrickfilm.

»Der Film«, sagte Losch, »sollte auf einfache Weise die Vorteile der Bodenaufteilung zeigen.«

»Die Kinder dieser Gegend, dieser Stadt«, fragte Frau Abelssen, »haben sie eine Vorstellung von ›Boden‹, von Landbesitz?«

»Es handelt sich«, erwiderte Losch, »um ein Märchen, um eine Mythe, deren Werte es zurechtzurücken gilt. In unserem Abendland wird jeder Mensch mit gewaschenem Hirn geboren: als Christ, als Untertan, als Anerkenner des Besitzes. Die von euch so übel beleumundete kommunistische Gehirnwäsche wäre als Gegenmittel durchaus gerechtfertigt. Doch ich gehe so weit nicht. Ich bin ein Lehrer der sozialen Logik. Falls du das verstehen kannst.«

Es war Frau Abelssen peinlich, daß er sie in Gegenwart der Frau aus dem ersten Hinterhaus duzte. Zu ihrem Entsetzen und voller Eifersucht stellte sie fest, daß er sich auch mit dieser Frau, die Ilse hieß, duzte. Es war eine recht hübsche Frau, aber sie war in zimperlicher Bürgerlichkeit gekleidet. »Warum mir solches Übelwollen unterstellen?« fragte Frau Abelssen. »Das ist doch alles gut, ich bin derselben Meinung. Ja, wir werden mit gewaschenen Hirnen geboren. Im Glauben an die gottgewollten Autoritäten.«

Jene Mutter Ilse klatschte in die Hände, die beiden Kinder waren die ihren, und sie rief: »Nun aber Schluß!«

Losch und seine Freunde waren nüchtern. Den ganzen Tag über waren sie fleißig gewesen. Im Empfangsraum gab es Garderobenhaken, hohe für die Erwachsenen, niedrige für die Kinder. Im ersten Vorraum waren Zeichentische aufgestellt. Die beiden Kinder, Mädchen, waren enttäuscht. Zu ihrer Freude bemerkte Frau Abelssen, daß Losch gegen die Beendigung ihrer Arbeit nichts einzuwenden hatte. Jedoch bereitete es ihr Mißvergnügen, daß die Mutter die Kinder in die Wohnung ihrer Großmutter schickte und mitkam in den »Nassen Hund«.

Um dies Mißvergnügen zu überspielen, widmete sie sich ausschließlich dieser Frau, bis ihr Mann kam, ein Bohrleger, ein dunkler Typ, nicht übel aussehend, etwas zigeunerhaft. Er trank auf Einladung einen Klaren, dann ging er mit Ilse, seiner Frau, fort. Losch sah ihr nicht nach, er sah Frau Abelssen in die Augen.

»Da bist du also wieder«, sagte er.

»Ich war vor zwei Wochen hier«, berichtete Frau Abelssen, »da hätte ich dich gern getroffen. Aber du warst nicht da.«

»Du hättest mich gern getroffen? Warum?«

»Ich sehnte mich danach, dich zu sehen. Oder nur, dich zu hören – wer weiß.«

Die Kumpane verließen das Lokal. König, ehe er durch den grünen Filzvorhang entschwand, ließ den Blick seines einen feinen grauen Auges noch einmal über Losch und Frau Abelssen schweifen.

Frau Abelssen hörte auf, Schnaps zu trinken. Sie fühlte, wie unsinnlich der Schnaps sie machte. Losch führte sie nochmals durch seine Räume im zweiten Hinterhaus. Es langweilte sie. Sie sehnte sich nach seinem »Ich hasse dich«.

Endlich, im Taxi, fielen diese Worte. Das Taxi brachte sie zum Haus im Grunewald. Aber in der Wohnung trieben die Kumpane ihr Wesen. Immerhin genierte es Frau Abelssen nun schon nicht mehr, in ihrer Gegenwart sich von Losch küssen zu lassen.

Es kamen noch Mädchen dazu; sie zogen sich die Schuhe aus; sie hatten Löcher in den Strümpfen. Sie legten Beatplatten auf und tanzten. Losch tanzte mit Lili, aber er tanzte in altmodischer Tanzhaltung, eine Art Foxschritt, und Lili fühlte sich mit ihm als altes Paar. Losch sagte: »Vor fünfunddreißig Jahren war ich der Beau von Grunewald.«

»Ich war in der Tanzstunde das Mauerblümchen«, sagte Lili, »ich fuhr zu allerlei Bällen, aber niemand forderte mich auf. Auf dem Heimweg, in der Stadtbahn – jeder Arbeiter hätte mich haben können. Aber ich war zu häßlich. Außerdem – natürlich nicht ›haben‹. Ich wußte von nichts. Ich meinte nur: küssen.«

»Komm, wir werden uns jetzt küssen.«

Sie gingen hinaus, zum intaktgebliebenen Fahrstuhl des ehemals dreistöckigen Hauses. Sie fuhren hinauf und hinunter, eine Stunde lang, und küßten sich. Am Ende saßen sie auf dem Boden des Fahrstuhls, sie küßten sich wie Wahnsinnige. Aber Losch, empfand Lili, war schamhaft, er berührte nur ihre Brust. Sie war leicht angezogen, er hätte sie überall berühren können, doch er tat es nicht, und sie wunderte sich und bedauerte es.

»Dein Haar«, sagte Losch, »wie du es ruinierst durch das Bleichen.«

Lili antwortete nicht, sie sah ihn nur unterwürfig an.

Sie wußte, daß ihr Haar gesund aussah. Ihre wahren Mängel bemerkte Losch nicht. Er sagte nichts von ihrem Hals, daß er bei ungünstigem Licht schon etwas mürb wirkte. Lili machte sich nicht einmal etwas aus dieser mürben Stelle. Sie beherrschte die Sprache, mit der man Männer, an denen einem lag, süchtig machte, und sie sahen einem solche Stellen nach. Manchmal dachte sie: Sollte sie sich irgend etwas liften lassen, hochziehen hinter die Ohren? Wo finge es an, wo hörte es auf? Sie sagte heiter im Familienkreise: Soll ich mich vor meinen Kindern schämen, wenn ich ein Gesicht habe wie ein Po? Sie fand, daß sie ihren Kindern stets vertraut aussehen sollte, eine Mutter, mit einem Muttergesicht, mit dem Hals einer Mutter.

Losch küßte sie mit der Zunge ins Ohr. Lili sagte kläglich: »Tu das nicht! Es regt mich zu sehr auf, warum tust du das?« Ihre Kläglichkeit war gespielt. Es war auch nicht mehr erregend, wenn das Ohr danach naß war und kalt wurde.

Noch nie in ihrem Leben hatte Frau Abelssen gefühlt, daß sie jetzt sofort, und unter allen, wenn auch entwürdigenden Umständen, mit einem Mann diesen letzten Vorgang, wenn auch nur technisch noch gerade zu bewältigen, hätte ausführen wollen. Aber Losch schien daran nicht zu denken. Als sie in die Wohnung zurückkehrten, war Loschs Bett noch immer besetzt von den Kumpanen und den Mädchen mit den Löchern in den Strümpfen. Auf dem Fußboden lagen Glasscherben.

Frau Abelssen fühlte sich abgestoßen.

»Meine Freunde«, sagte Losch, »sind meine ganze Freude. Manchmal, Lili, ja, manchmal sind sie eine Last.«

Er küßte ihre beiden Hände. Er geleitete sie zum Taxi, sie fuhr allein nach Hause.

»Laß von dir hören«, waren seine letzten Worte. Sie waren der Schlüssel. Aber Frau Abelssen wußte, daß sie den Schlüssel nur gebrauchen würde, wenn diese Sache zu Ende gebracht werden könnte.

Frau Abelssen entdeckte mit Entsetzen, daß ihr manchmal Vorstellungen kamen, wie sie mit Losch zusammen leben würde. Sie entdeckte, daß sie in Gedanken ständig mit ihm sprach. Sie sprach in Ge-danken mit ihm, wenn sie ihre Topfpflanzen goß, und er hörte sie an, ohne sie mit seinem vernichtenden »Alles Quatsch!« zu unterbrechen. Sie achtete darauf, daß sie anmutig ging, sich anmutig bewegte, weil sie sich gern einbildete, daß seine Augen ihr folgten. Warum konnte sie nicht mit Losch leben, ohne Richard aufzugeben? Warum konnte sie sich nicht teilen, in zwei Lilis?

Herr Abelssen litt.

An einem Abend im November stellte er die Musik zusammen, wählte den Wein, rückte die Lampe zurecht, mischte die Karten.

»Piquet?« fragte er, »Chicaneuse? Siebzehn und Vier? Samba? Zweier-Skat? Pokern? Bettelmann? Mau-Mau?«

Frau Abelssen entschied sich für Piquet. In andächtiger Entrücktheit betrachtete sie sein Gesicht. Die Entrücktheit ging feierlich über in betrübten Gleichmut.

3. Spiel

»Eines Tages«, sagte Frau Abelssen, »werde ich dich, wer weiß, aus dem Haus schicken. Ich sehe dich, wie du deine Sachen packst, aber ich stehe daneben, und du darfst nur den kleinen Handkoffer nehmen. Ab und zu blickst du, über den Koffer gebeugt, fragend zu mir auf, aber ich bleibe hart. Ich schweige und blicke teilnahmslos über dich hin. Dann wendest du dich zur Tür, in der einen Hand den kleinen Koffer, in der anderen Hand die kleine Kasse, in der du deine Spielgewinne bewahrst. Sind es tausend, sind es fünftausend Mark? Ist es mehr? Es interessiert mich nicht. Es ist das einzige Geld, das ich dir lasse. Die Tür schlägt hinter dir zu. Du gehst den Gartenweg hinan, es ist Herbst, vom blauen Himmel wehen Blätter herab. Ein Blatt fällt auf deine Schulter. Du siehst dich noch einmal um, aber ich stehe nicht am Fenster. Allerdings stehe ich doch am Fenster, aber hinter dem Vorhang. Du siehst mich nicht. Die Gartentür quietscht. Du blickst zögernd hin und her, dann wendest du dich nach rechts. Du gehst die Straße hinauf, das Köfferchen in der einen Hand, die Kassette mit deinem Spielgeld in der anderen Hand. Hinter dir kommt ein kleiner fremder Hund gelaufen. Er schnuppert an deinem Koffer, in den ich dir, aus Mitleid, wer weiß, noch eine Wurst gelegt habe. Das weißt du aber noch nicht, deshalb wunderst du dich. Auf der Bank am Platz setzt du dich hin, in der Herbstsonne, unter fallenden Blättern, und blickst über die Straße, in der du so lange gelebt hast. An deinem Koffer schnuppert der kleine Hund ...«

»Hör auf!« rief schmerzgepeinigt Herr Abelssen, Tränen liefen ihm übers Gesicht. »Das mit dem kleinen Hund, das hättest du nicht sagen dürfen.«

Frau Abelssen lächelte.

»Warum nicht?« fragte sie und hielt Herrn Abelssen ihr Glas hin, damit er ihr noch einmal einschenke.

»Kannst du den kleinen Hund nicht zurücknehmen?« fragte Herr Abelssen.

Aber seine Frau blieb hart. Sie hielt es für möglich, daß sie einmal eine solche Härte besitzen könnte, wie jene Lili, die hinterm Vorhang stand und Richards Davongehen erleichtert betrachtete.

Sie fügte also nur hinzu: »Vielleicht, das kann sein, bin ich es auch, die dich verläßt. Eines Tages, wer weiß, gehe ich fort.«

»Und dann endest du eines Tages bei einem Zirkus«, fiel Herr Abelssen freudig ein. »Wir haben jede Spur von dir verloren, die Kinder fragen vergeblich nach ihrer Mama. Sag, Lili, haben wir das nicht schon hinter uns? Mir ist, als hätten wir es erlebt, erinnere dich: Die Kinder waren noch klein. Es gelang mir, dein Bild in ihrem Gedächtnis auszulöschen. Dann, nach Jahren, kam der Zirkus wieder in unsere Stadt. Die Kinder bettelten, sie wollten sich die Vorstellung ansehen, zögernd willigte ich ein. Wir saßen in der Loge, die Kinder in schneeweißen Anzügen, ich in einer Weste mit Brillantknöpfen. Dann kamst du, als Helferin eines Magiers, du stelltest seine Sachen auf einen Tisch und lächeltest. Kalt und mitleidlos blickte ich auf dich, ließ nur meine Knöpfe funkeln.

Oder nein, es war anders: Während der Vorstellung warst du gar nicht zu sehen! So dachte ich, daß ich in der Pause mit den Kindern die Tiere besichtigen könnte. Es kostete eine Mark extra, aber das gab ich gerne aus, und die Kinder bettelten mich auch darum. Da gingen wir zwischen den Wagen und Käfigen entlang, und da sehe ich dich, wie du gerade die Tiere fütterst. Du bist alt und grau, versteinert, du siehst uns, aber du erkennst uns nicht, du hast alles vergessen. Du fütterst nur die Tiere. Da ruft unser jüngster Sohn mit dünnem Stimmchen: ›Mama! Mama!‹«

Frau Abelssens Hand, in der sie die Karten hielt, zitterte.

»Das mit dem Tierefüttern ist gräßlich«, sagte sie weinerlich.

»Aber so hart warst du«, versicherte Herr Abelssen. Er verdoppelte seinen Einsatz. Er gewann.

Frau Abelssen war recht gereizt.

»Ich weiß nicht«, rief sie, »ich könnte mir ganz deutlich vorstellen, daß auch du bei einem Zirkus endest! Dann kommt der Tag, an dem unsere beiden Zirkusse durch Zufall in dieselbe Stadt kommen. Aber der, bei dem ich bin, ist der modernere, wir haben Motorrad-Balanceakte auf Drahtseilen hoch in der Zirkuskuppel und so etwas, ihr aber, ihr seid total veraltet. Alles bei euch ist deshalb schon gepfändet. Eure Pferde sind alte Klepper. Nun ruinieren wir euch noch ganz und gar, ihr seid erledigt, und nur aus Mitleid kaufen wir euch noch dies und das ab. Zum Schluß sage ich dann: ›Den alten Mann da, den könnt ihr uns auch in Zahlung geben.‹

Dann sagt dein Direktor jammernd: ›Ach, ach, das ist mein alter Clown, er hat immer alle Kinder zum Lachen gebracht!‹

Und du siehst mich bittend an, aber du bist schon sehr schwach, mit wackligen Beinen stehst du auf deinem alten Teppich, auf dem du immer aufgetreten bist ...«

Herr und Frau Abelssen sahen sich bange an. Ihre Augen funkelten.

Leise sprach Frau Abelssen weiter: »Dann sage ich: ›Gut, geben Sie uns den alten Mann, wir lassen Ihnen dann die Schulden nach.‹ Und sie wickeln dich in deinen Teppich und liefern dich bei uns ab ...«

Frau Abelssens Stimme brach.

Herr Abelssen sah sie an und lächelte böse.

»Wohin deine Phantasie dich doch so führen kann«, sagte er kopfschüttelnd.

»Es war nur, weil du mir das mit dem Tierefütttern angetan hast«, sagte Frau Abelssen und ließ die Karten sinken.

»Zu denken, daß ich grau und steinern aussehe und euch vergessen habe. Ich habe Angst, daß ich davon träume!«

»Ich habe das Gefühl, daß wir das Spiel sonst schöner gespielt haben«, sagte Herr Abelssen bekümmert, »aber heute hast du gleich so hart angefangen!«

»Ach, die Geschichte, wie du aus dem Hause gehst? Mit dem Köfferchen und der Spielkasse, im blauen Himmel mit den matten Blättern? Und wie hinter dir der kleine ...«

»Nicht den Hund! Nicht den Hund!« rief Herr Abelssen und hielt sich die Ohren zu. Er blickte verstört in die Augen seiner Frau, und Frau Abelssen erschrak. War sie wirklich zu weit gegangen? Sanft sagte sie: »Hör zu, nun will ich dich wieder heilen. Der kleine Hund wendet sich wieder ab, er läuft zurück. Du stehst auf, nimmst dein Köfferchen und die Kassette, rückwärts gehst du von der Bank fort, rückwärts die Straße zu unserem Haus. Die Gartentür quietscht. Kannst du mir folgen?«

Herr Abelssen nickte. In seinen Augen standen aber noch die Tränen. Er putzte sich die Nase.

»Die Gartentür fällt wieder ins Schloß«, sagte Frau Abelssen, und ihre Stimme war brüchig dabei. »Du kommst wieder, rückwärts kommst du ins Haus, du klingelst nicht, denn ich stehe noch in der Wohnungstür. Ich empfange dich und sage: ›Komm, laß uns leben wie immer‹, und es wird Abend. Du machst den Wein auf, ich mische die Karten … Bist du nun glücklich?«

»Ja, ja«, sagte Herr Abelssen und nickte, »nun bin ich wieder glücklich.«

Sie tranken sich zu. Sie hatten Angst, schlecht zu träumen, deshalb spielten sie noch Piquet, bis sie auf der Straße die Milchlieferanten mit ihren Flaschen klirren hörten.

4. Kapitel

Losch hob seine schweren Lider und sah Lili an, die neben ihm am Tisch im »Nassen Hund« saß. Seine blauen Augen waren voll eines so starken Gefühls, daß sie ihre Höhlen fast zu verlassen schienen. Dann aber sah er immer wieder in sein Glas. Er trank viel Schnaps, auch Frau Abelssen trank Schnaps, aber nicht so viel wie er. Der Wirt, der immer kam und einschenkte, ließ sie auf ihre Bitte ein ums andere Mal aus.

Losch fragte: »Warum trinkst du so wenig?«

Frau Abelssen antwortete nicht, sie sah ihn nur an. Im Lokal nahmen alle Rücksicht auf sie. Einmal war es voller, dann wurde es wieder leerer. Aber immer nahmen alle Rücksicht auf sie. Die Stunden verrannen.

Nun wurde es Abend.

Der Musikautomat spielte einen südamerikanischen Tango. Korn, der immer die Mark einwarf, tanzte mit einer Frau, die älter war als er und einen schwarzen Mantel aus Persianerklaue trug.

Das Telefon klingelte, der Wirt kam um die Theke und ging in die Zelle.

»Wer?« fragte er in den Apparat. Dann trat er mit dem Hörer und der Strippe vor die Zelle und fragte: »Ist Bernhard hier? Bernhard?«

Er rief noch einmal laut: »Bernhard!«

Aber niemand meldete sich. Der Wirt sprach in das Telefon, daß Bernhard nicht da sei.

Frau Abelssen wartete, daß Losch einen Weg fände, aus dem Lokal fortzukommen. Aber er fand keinen. Er hielt nur ihre Hand und sah, wenn er ihr nicht ins Gesicht oder in sein Glas sah, hinunter auf ihre Hand. Ihre Hände waren ineinander verschlungen.

Wenn der Wirt kam, um neu einzuschenken, sagte Losch manchmal: »Für dich auch einen, Wilhelm!«

Dann stieß er mit dem Wirt an und sprach mit ihm, so als gebe es natürlich auch unter Männern noch immer etwas zu bereden. Frau Abelssen war eifersüchtig auf den Wirt.

Um dem Wirt die Mühe abzunehmen, hinter seiner Theke hervorzukommen, ging Losch ans Telefon, als es wieder klingelte.

»Ich werde fragen«, sagte er, und er sprach ins Lokal hinein: »Bernhard wird verlangt.«

Aber niemand meldete sich.

Noch öfters klingelte das Telefon. Jeder der Gäste ging aus Gutmütigkeit einmal hin und sagte Bescheid, daß Bernhard nicht da sei.

Frau Abelssen fragte Losch: »Ist es eine Frau, die nach diesem Bernhard fragt?« Ja, es war eine Frau.

Frau Abelssen, die ihre Hand fortwährend an die Hand Loschs hingab, hatte Mitleid mit der Frau, die Bernhard suchte. Zwar hatte sie nicht viel Muße, nur wenig Gedanken in diesen Stunden übrig, aber das Lokal schien ihr voll großen Kummers, weil Bernhard nicht da war. Aber dann sah sie wieder Losch in die Augen.

Herr Abelssen stand schon eine Weile vor dem Fenster des Lokals und blickte hinein. Da sah er seine Frau mit dem Mann am Tisch sitzen, wie er es vermutet hatte. Er ballte nicht die Fäuste, wie er es für seine Pflicht gehalten hätte. Er bat nur die ihm unbekannten Mächte um Kraft und Geschick, diese Sache zu beenden.

Er ging hinein und setzte sich zu den beiden an den Tisch, und sie tranken zusammen. Lili und Losch hatten die Hände voneinander gelöst.

Frau Abelssen hatte ihren Mann erkannt, als er durch den Filzvorhang hereinkam, wie man die Luft erkennt, die man täglich atmet. Er war ihr so vertraut, daß ebensogut ein Sessel oder ein Schrank aus ihrer Wohnung hätte zur Tür hereinkommen können. Die Vertrautheit bewirkte aber nichts. Sie nahm sie nicht an, sie lehnte sie ab.

Herr Abelssen versuchte, seiner Frau ins Gesicht zu sehen und ihre Hand zu ergreifen. Aber die Haut auf ihrer Hand wurde spröde unter der Haut seiner Hand.

Korn, der die Mark für den Musikautomaten spendete, tanzte mit der älteren Frau in Persianerklaue; die Musik spielte: »Bei mir bist du schön, für eine Mark und zehn, die ganze Nacht ...«

Das Telefon klingelte. Der Wirt kam hinter der Theke hervorgerannt und schüttelte Herrn Abelssen an den Schultern: »Endlich!« sagte er und lachte. »Gehen Sie ans Telefon! Sie sind doch Bernhard!«

Gedankenlos gehorchte Herr Abelssen. Eine Frauenstimme fragte: »Ist Bernhard da? Bitte rufen Sie Bernhard an den Apparat!«

Herr Abelssen sagte: »Warten Sie!«

Er trat mit dem Hörer und der Strippe vor die Zelle und rief leise nach Bernhard. Niemand hörte ihn, aber man sah, was er sagte, und die Leute lächelten bekümmert, weil der Gesuchte nicht da war.

Frau Abelssen empfand wieder, wenn auch nur nebenhin, weil sie so beansprucht war, Schmerz darüber, daß am Telefon jemand, der so sehr vermißt wurde, vergeblich gesucht wurde.

Herr Abelssen kam zum Tisch zurück und blieb stehen. Er fragte: »Kommst du nun mit?«

Seine Frau sah zu ihm hoch. Losch sah mit schweren

Lidern in sein Glas. Herr Abelssen beugte sich zu seiner Frau nieder und wollte mit seinem Blick ihre Augen erreichen und seine Hand über ihre legen. Aber ihre Augen nahmen seinen Blick nicht an, ihre Haut nahm seine Haut nicht an.

Herr Abelssen ging vom Tisch fort. Der Musikautomat spielte, weil Korn, der die Mark einwarf, sich nur noch diese Platte aussuchte: »Bei mir bist du schön ...«

Das Telefon klingelte. Herr Abelssen ging in die Zelle, antwortete aber nicht mehr. Er ließ den Hörer fallen, der Hörer baumelte an der Schnur. Herr Abelssen ging hinaus und stellte sich wieder vor das Schaufenster.

Zwischen Biersiphons, es gab sie auch außer Haus in verschiedenen Größen, sah er hindurch in das Lokal, das von einer Birne ohne Schirm weiß ausgeleuchtet war. Kalte Buletten türmten sich auf der Theke. Er empfand, daß kalte, braune Buletten eine grausame Speise waren. Steine waren sie. In der Telefonzelle baumelte die Schnur mit dem Hörer. Aus dem Hörer war schwach die Stimme zu hören, die noch ab und an »Bernhard!« rief.

Aber niemand wußte, wer Bernhard war.

Frau Abelssen begann zu weinen. Sie wunderte sich nicht, als ihr Mann wieder hereinkam in das Lokal. Diesmal setzte er sich nicht. Er sah kalt und streng aus.

»Wenn du jetzt nicht mit mir kommst«, sagte er, »ist es aus mit uns. Unsere Ehe ist dann kaputt.«

Frau Abelssen erschrak sehr. Sie wünschte keine zerbrochene Ehe. Ihre Ehe, dieses große Unternehmen, mußte geschützt, erhalten, gepflegt werden. War niemand da, der es einmal übernahm, ihr diese Ehe freizuhalten, sie zu hegen und zu pflegen, wenn sie, die

Ehefrau, gerade unabkömmlich war? Konnte Richard nicht einmal die großartige Ehe eine Weile lang allein halten, konnte er sie nicht hegen und pflegen, sah er nicht, daß sie gerade jetzt sich an der Erhaltung der Ehe nicht beteiligen konnte, wenngleich sie ihr das Höchste war in der Welt?

»Ich habe«, sagte Herr Abelssen, »einen Tisch bei ›Henry‹ bestellt.«

Schnecken auf elsässische Art, die Sauce mit Gewürztraminer angerichtet. Flambierte Seezunge. Hasenrücken mit Pistaziensauce. Unter der schweren Schraube ächzten die Hasenknochen und gaben den Extrakt für die Sauce her. Crêpe auf Erdbeereis, Mokka, Cognac, Champagner. Frau Abelssens Nase war verstopft von Leid, von Hochgefühl und von Einsicht in die Schwärze des Glücks. Sie stand auf und ging mit ihrem Mann mit.

Schluchzend kam sie noch einmal zurück und suchte ihren Schirm. Im hängenden Telefon rief es noch einmal: »Bernhard!« Jene Unglückliche, sie hatte niemanden.

»Geh!« sagte Losch rauh. Seine Augen hoben ihre Bläue auf zu ihr, als habe er sich sattgetrunken an aufschwemmender Hoffnungslosigkeit.

Frau Abelssen saß weinend im Taxi neben ihrem Mann. Richard war mit ihr, vertraut, gewohnt, ein Schrank, ein Tisch, ein Sessel aus ihrer Wohnung, jede Stelle kannte sie des Tisches, des Schrankes, des Sessels. Herr Abelssen sagte nichts. Sie ergriff den Saum seines Mantels, den sie nicht so gut kannte. Es war ein Mantel, den in einem Londoner Steak-House ein dreister Kellner gestreichelt und dazu gesagt hatte: »Das ist der Stoff, den wir nur exportieren!« Sie, Lili, hatte diesen Stoff erkannt im Stoffregal des Schneiders. Inmitten einer Skala langweiligsten wollenen Schwarzes erkannte sie den erregenden Stoff, das einzige starke Schwarz. Nur sie, Lili, war imstande, einen Schneider zu zwingen, einen schilfgrün-maisgelb gestreiften Stoff als Futter zu verwenden, der als Futterstoff nicht gedacht war.

Wie könnte sie ihre Talente je an Losch wenden? Losch trug ein Jackett, das ihm zu eng war, dessen Knöpfe schlecht schlossen über seinem Bauch. Aber er hatte diese schweren Lider, über dem quellenden Kinderblau seiner Augen. Dergleichen konnte Lili sich nicht ausdenken, niemals ein so stillendes Trinken tiefer Liebe ersinnen.

Länger aber als das gestillte Blau liebender Männeraugen, vielleicht, dauerte die flauschige, frische Schwärze eines eleganten Mantels, getragen von einem Mann, der ihn zu tragen verstand. Die Sachen und der Stil, in welchen Sachen sich einfügen ließen, überdauerten Gefühle, von denen sich später herausstellte, sie waren flüchtige Ekstasen. Gab es nicht die banale Probe auf eine jede Situation: In fünfzig Jahren, oder wann – sicher schon viel eher – werden wir uns darüber amüsieren?

Würden Richard und sie sich nicht eines Tages amüsiert fragen: »Damals, erinnern wir uns, hatten wir viel Kummer wegen dieses fetten kleinen Mannes, wie hieß er doch?«

Lili teilte sich in zwei Lilis. Die eine weinte, die andere berichtete schon, wie es ihr damals mit diesem Mann ergangen war.

Die heitere, die berichtende Lili war stark. In Rom war Battista endlich angekommen, unvermutet stand er nachts in der Via Napoli. Ihr erstes Telegramm hatte ihn nicht erreicht, erst das zweite. Vier Tage lang hatte sie ohne Geld in der elenden dreieckigen Kammer gelebt, mit dem Fenster zum Hof, wo auf den Balkonen die Frauen anderer Häuser saßen und Gemüse putzten, zum plärrenden Schlagergesang aus den Radios. Battista kam nicht. Wie lange konnte es eine verrückte Frau auf der Stazione Termini aushalten, wartend auf jeden Zug aus Neapel, vier Tage lang?

Sie ging mit ihren letzten tausend Lire zur Via Veneto, lernte einen pickligen Schweizer kennen, der die Höflichkeit besaß, sie zur Via Napoli zurückzugeleiten, eine traurige Erscheinung, er war glücklich gewesen, ihren Espresso bezahlen zu dürfen.

Da aber im Schatten stand Battista. Kaum war der picklige Schweizer fort, warf er Lili ihre Briefe, ihre Fotos, vor die Füße, er trat auf ihnen herum und schrie: »Aus meinen Augen, Putana!«

Eine Lili starb vor Entsetzen, die andere Lili lachte.

»Höre«, flehte die eine, »alles ist ein Irrtum! Höre mich an! Höre! Ich beschwöre dich! Dieser Mensch – es war bloß, weil er deutsch sprach. Ich warte auf dich seit vier Tagen!«

Sie gingen hinein ins Hotel »Bella Napoli«. Da saß der Portier zwischen verstaubten Palmen und addierte Zahlen in einem großen Buch. Er wirkte, als treffe ihn der Schnitt eines Rasiermessers ins Gesicht, als er sah, daß dieser vornehme Neapolitaner mit der armen deutschen Touristin bekannt war. Aber seine toten, verhornten Augenlider hob er doch nicht, blicklos gab er die Schlüssel heraus.

Lili ging hinter Battista her bis zu seiner Zimmertür, aber er ließ sie nicht ein. Sie standen vor der Tür und erregten sich. Battista glaubte ihr kein Wort. Eine Frau ging nicht mit einem fremden Mann auf der Straße, wenn sie nichts mit ihm gehabt hatte, oder hatte, oder haben wollte. Nur eine Unterhaltung? Das gab es nicht. In aller Unschuld? So etwas hatte er noch nie gehört. Er öffnete seine Zimmertür, Lili gelang es, in das Zimmer zu dringen, aber er wies ihr so zornig die Tür, daß sie entsetzt wieder in den Korridor zurückwich. Danach raste sie wie wahnsinnig die ganze Nacht zwischen ihrer dreieckigen Kammer und seinem schönen Doppelbettzimmer hin und her. Sie hatten nur so wenige Nächte. Davon sollte nun schon eine Nacht ganz vergeudet sein? Oder er sollte ihr ganz und gar verloren sein – Battista, der schönste Mann, den sie je in ihrem Leben gesehen hatte, einbezogen alle Filmstars?

Er wies sie immer wieder ab. Sie war sicher, daß sie sich gegen Morgen an der Gardinenschnur ihrer dreieckigen Kammer erhängen würde. Ihre beiden Kinder wären Waisen, aber wenn eine Frau aus Hoffnungslosigkeit ausblutete, konnte sie eben keine Mutter mehr sein, sie hing an einer Gardinenschnur, schlaff, fertig, erledigt, die Schönheit eines dummen Mannes war stärker, als eine intelligente Frau ertragen konnte.

Lili, die andere, erzählte verzückt im Kreise der Freunde: »Und denkt euch: Er schmeißt mitten auf der Via Napoli, violett in römischer Nacht, meine Briefe von sechs Monaten hin, meine Fotos, er tanzt und trampelt auf ihnen herum, unbeschreiblich komisch, wäre er nicht von so außergewöhnlicher Schönheit, und alles wegen eines pickligen Schweizers, dessen Namen ich nicht einmal wußte! Ach, wie ich raste! Die ganze Nacht, zwischen meiner Kammer, hinten im dritten Stock, und seinem Zimmer, im ersten Stock vorn, die Fenster zu einem Palmenhof sehend.«

»Ich nahm«, berichtete Lili, die andere, ihrem Freundeskreis, »die Vorhangschnur in meine Hand, sie war glatt genug, und ich dachte, ich mache es damit, aber dann hätte ich es euch wieder nicht erzählen können. Einmal wollte ich es also noch versuchen. Ich rannte wieder hinunter die Treppe, vorn die Treppe hinauf, klopfte an Battistas Tür. Da kommt der Portier und sagt, alle Hotelgäste beschwerten sich über den Krach, und so mußte Battista mich endlich hineinlassen in sein Zimmer. Ich winselte um die Gunst, mich neben ihm in diesem Doppelbett auszustrecken. Ihr könnt euch denken, dann war alles ein leichtes Spiel. Ich vergaß die glatte Gardinenschnur, ich dachte in mütterlicher Geschwollenheit meiner Kinder, ich dachte an euch, Freunde, wie ich euch wieder erheitern würde mit meinen Geschichten ...« Battista war wieder der Ihre. Er verging auf ihr, er jammerte, er schwor, sie allein sei seine Seligkeit. »Allmählich«, sagte er dann endlich ruhiger, »vergeht meine Wut auf dich.«

Am Morgen sagte er demütig: »Und sollte ich dich mit einem Mann auf dem Bettrand sitzend antreffen, so würde ich dich dennoch nicht der Treulosigkeit verdächtigen! Nein, nie wieder! Ich vertraue dir!«

Lili, die ihm tatsächlich seit ihrer ersten Begegnung, und die lag schon ein Jahr zurück, treu gewesen war, fühlte traurig ihre Treue schwinden. Sie dachte an diesen und jenen, den sie nach ihrer Heimkehr erhören würde. Der jeweils Erwählte müßte seine Sachen alle auf einen einzigen Stuhl legen und, stünde Battista tatsächlich vor der Tür, wie es schon geschehen war, um ihre Treue zu prüfen, hätte der Erwählte mit dem

Stuhl zusammen im Zimmer der Untermieterin zu verschwinden. Alles konnte organisiert, alles verabredet werden.

Die irrwitzige Liebe aber war vorüber, Lili lag im Bett Battistas und atmete tief, vor Glück, daß nach einer solchen Nacht des Rasens und der Todeslust die Liebe sie gnädig wieder verließ.

Später, erinnerte sich Frau Abelssen, war sie noch wochenlang allabendlich durch die Alleen Westends gerannt, in der Hoffnung, seine Schönheit zu vergessen. Ihre Freunde hatten sich um sie gesorgt.

Jetzt versuchten ihre Fingerkuppen die lose und doch nahe Berührung mit dem Mantelsaum ihres Mannes, eines gänzlich anderen Typs von Männlichkeit, eine Männlichkeit, die nichts vom hoch und blöde krähenden Hahn hatte, nichts vom törichten, mutig schrillen Kikeriki des männlichen Mannes. Es war der Mantelsaum eines männlichen Menschen, eines Menschen, der durch einen glücklichen Zufall anderen Geschlechts war als sie, Lili. Da saß er zurückgelehnt im Polster des Taxisitzes, mit dem weichen Blau seiner Augen, seinem hängenden Schnurrbart, der weißen Haut seiner Stirn, der weißen Haut seiner Handgelenke. Bräunlich, rötlich, grünlich war das Haar seines Bartes, der Haare auf seinem Handgelenk. Wer ahnte, was in den Pulsen dieser Handgelenke vor sich ging? Mordlust? Totschlagsaffekte? Trauer? Siegesgewißheit? Ergebenheit in die Niederlage? Freude Narzissens an sich selbst? Narziß sähe sich noch in der letzten Quelle gespiegelt, wäre ihr Wasser auch verseucht, todbringend. Die Spiegelbilder der Gewässer bleiben tröstlich. Richard, ohne Kenntnis davon, wie ein bräunlich-schwärzlicher Mann auf eine Frau des nördlicheren Teils Europas wirkt, würde seinem Bilde grüßend zuwinken, immer mit sich einverstanden, obschon bleich, grünlich, eine Ophelia männlichen Geschlechts.

Warum, fragte sich Lili, kam in der Poesie selten das Problem des traurigen, sich verzehrenden Mannes auf – war Werther der letzte gewesen? Und wie viele Selbstmorde damals, wie viele Pistolenschüsse? Bei so kleiner Auflage? Neuerer Werthers entsann Lili sich nicht. Wer in seiner Nachfolge stand, hielt sich doch kraft seiner Reflexion am Ende leidlich am Leben. Reflexion führte nicht mehr zur Hingabe des Lebens an die Macht Unglück.

Handelte es sich indessen um eine traurige, sich verzehrende Frau, ergab es stets und sicher eine Ophelia. Wo war der Mensch an sich anzutreffen? Gab es keinen weiblichen Werther, keine männliche Ophelia? Fand überhaupt kein Tausch der Rollen statt? Wie denn wollten die Geschlechter sich je vermenschlichen, eines des anderen Gefühle kennenlernen?

Richards Gefühle wurden nicht bestimmt von seinem Geschlecht. Er war traurig, voller Angst, und er suchte sich ein bißchen Stolz zusammen, um zu überstehen, falls er das Glück, an dem ihm lag, nicht erhalten konnte.

Frau Abelssens Fingerkuppen wurden, je länger die Fahrt währte, um so sensibler. Als sie in der Meineckestraße hielten, kannte sie jeden Stich an der vorderen Naht des Mantels von Herrn Abelssen.

Sie erschrak, als sie ihr tränenverschwollenes Gesicht im Spiegel sah. Sie setzte ihre dunkle Brille auf. Bei allem Schmerz bereitete sich auf ihrer Zunge die Sensation der Sauce Alsacienne vor.

Die Kellner waren diskret und beachteten nicht, daß Frau Abelssen hohe Trompetenstöße in ihr Taschentuch entsandte. Herr Abelssen lächelte, aber es war Kälte in seinem Gesicht.

»Wähle dein Zwischengericht«, empfahl er.

Lili war beeindruckt von der Arroganz ihres Mannes. War er der Macht seiner Escargots, seiner Poulets auf Reis mit Estragon, seiner Crêpe aux framboises, seines provenzalischen Ziegenkäses so sicher? So sicher seines Orangen-Aperitifs, seines Muscadet, seines Fine, seines Champagners? Was käme danach? Käme danach vielleicht etwas Ungewöhnliches? Etwas anderes als sein gewohnter Mund, die gewohnte mäßige Wärme seiner Haut? Die gewohnte Kundigkeit seiner Hände, seines Körpers, das gewohnte Immer-Dasselbe?

Es war, vielleicht, mehr die Schönheit der Kellner, erlesener Persönlichkeiten, schmiegsamer Existenzen des gastronomischen Gewerbes, die Frau Abelssen überzeugten: Dies sei nun einmal ihre Welt, und sie werde sich für sie niedermetzeln lassen, würde sie je bedroht. Richard hatte sie in ihre Welt zurückgeführt, sie war ihm dankbar.

Herr Abelssen sagte: »Niemals wieder möchte ich dich aus einer solchen Kneipe, aus einer solchen Situation herausholen müssen. Merke dir das!«

Frau Abelssen merkte es sich, sie schrieb es sich auf eine Gesetzestafel. Zum erstenmal in ihrem Leben gab sie sich überhaupt ein Gesetz. Die Tafel war aus Stein, aber ihre zehn Gebote hatte sie noch nicht beisammen. Dieses eben gefundene war das erste, vielleicht würde es das einzige bleiben. Es hieß: Mute deinem Mann nicht zu, dich aus einer Kneipe aus der Hand eines anderen Mannes zu lösen. Moses, in einer modernen

Ausgabe der Zehn Gebote für Frauen, würde formulieren: Laß dich, so du eines Mannes Weib bist, nicht begehren von einem anderen Manne! Doch kam Frau Abelssen dies allzu einschränkend vor. Ihr schien, es ging mehr um das Bild der Sünde als um die Sünde selbst. Das Wahrnehmen des Bildes schmerzte den leidenden Betrachter mehr als das Faktum Sünde, das sich nicht abbildete im Auge von Zuschauern. Sollte das Gesetz nicht heißen: Setz deinen Mann nicht dem Betrachten deiner sündigen Verstrickung aus? Das einzig richtige Gesetz wäre natürlich: Laß deinen Mann nicht leiden! Willkommener wäre aber doch ein geschmeidigeres Gesetz. Gesetze, die ihren Befolgern jede Lust mißgönnten, führten durch sich selbst zur Übertretung. Zwischen dem Gesetz und dem Sträflichen müßte noch ein Streifen Niemandsland sein, ein Streifen milde zu beurteilender, klug zu verwaltender Lustbarkeit, für welche diejenigen, die sich ihr hingaben, durch nichts als durch eigene Seelenqualen bestraft würden.

So formulierte Frau Abelssen ihr erstes Gesetz: Kannst du nicht umhin, deinen Mann leiden zu lassen, so verkürze sein Leiden auf das kleinste mögliche Maß!

Endlich, erschreckend, gab sie sich das Gesetz: Verliere deinen Mann nicht!

Dies war aber schon die Formulierung der Selbstsucht. Als sie ihre Selbstsucht erkannte, erinnerte sie sich auch, daß sie sich doch schon einmal ein Gesetz gegeben hatte, und daß sie oft nach ihm gelebt hatte. Dies Gesetz betraf den Besitz und die Lust an Besitz. In Wulkow, im Garten des Ferienhauses, war sie gezwungen, mit ihrer Kusine Erna zu spielen. Lili, damals Betti, wollte nicht spielen, sondern sich eine Hütte bauen, um darin allein zu sein und zu lesen. In eine solche Hütte ziehen und darin lesen konnte sie aber nicht, sie fühlte es deutlich, ohne daß auch Erna eine Hütte hätte. Betti, nicht human, sondern selbstsüchtig, baute Erna auf der Wiese hinten im Garten eine sehr schöne Hütte, mit großem Eifer, als handle es sich um ihre eigene. Erna zog ein in ihr Gemach aus Brettern, sie war befriedet. Nun erst baute Betti sich selbst die Unterkunft ihrer Absonderung. Sie legte sich auf eine Decke, zog ihre Bonbontüte hervor, las Gösta Berling.

Ehe man zum Genuß des Lebens nach eigenen Wünschen kam, hatte man prospektiven Störenfrieden ihre Wünsche zu erfüllen. Man konnte ihnen sogar Wünsche einreden, die sie vorher nicht hatten, und sie ihnen dann erfüllen, um selbst Ruhe vor ihnen zu haben.

Noch immer, merkte Frau Abelssen, war dies der Kern ihrer sozialen Gesinnung. Ja, sie hatte schon ein Gesetz gehabt, ehe sie das heutige fand. Dieses erste hieß: Baue deinem Nächsten ein Haus, ehe du dir selbst eins baust.

Herr Abelssen, als er seiner Frau Feuer für die Zigarette gab, erkannte hinter den dunklen Gläsern ihrer Brille ihre Augen, die nun endlich ohne Tränen waren.

Frau Abelssen sann nach weiteren Gesetzen, fand aber keines mehr. Das Gesetz vom Hüttenbauen, meinte sie, enthielt alles, was über die Respektierung des Mitmenschen moralisch zu beachten war. Befolgte man dies Gesetz, tötete, verletzte, mißachtete man nicht. Auszuklammern war nur das Ehegesetz; es konnte nicht formuliert werden, ohne eine zuweilen notwendige Verletzung zu berücksichtigen. Die angedrohte Strafe für beide Gesetze war: Sonst wird es dir schlecht ergehen! Frau Abelssen wußte, es werde ihr schlecht ergehen, verlöre sie ihren Mann.

»Verliere nicht deinen Mann!« gebot sie sich, nahm die dunkle Brille ab und sah tränenlos ihren Mann an.

Herr Abelssen war gütig, er begleitete seine Frau eine Woche nach diesem Vorfall zur Einweihung des Weddinger Kinderkinos.

Der Bezirksrat hielt eine Ansprache. Die Leiterin des Kunstamtes würdigte Loschs Verdienste.

Es waren viele Kinder mit ihren Eltern da, etliche junge Zeitungsvolontäre, und in den hinteren drei Reihen saßen Mitglieder des »Revolutionären Arbeiter- und Studentenbundes«, einer neuen Gründung der Radikalen, deren Ideologie von der des Sozialistischen Studentenbundes abwich.

Losch kündigte die Vorführung an: »Liebe Kinder, liebe Gäste! Das Leben des Menschen kann glücklich sein, wenn unter den Menschen Gerechtigkeit waltet. Das Zeitalter der Gerechtigkeit ist uns zum Greifen nah, aber ein großer Teil der Menschheit ist noch zu blind, das Nahende zu erkennen. Genügend Aufklärer gibt es, die erwachsenen Menschen sehend zu machen; diese Aufklärer werden siegen. Meine Freunde und ich haben es uns zur Aufgabe gemacht, Blindheit bei Kindern zu verhindern. Der Mensch wird geboren mit aller Empfänglichkeit für Humanität. Die Erwachsenengenerationen von Jahrtausenden haben, aus in keiner Weise verteidigungswürdigen Gründen, die wahre, angeborene Humanität ihrer Kinder erstickt. Jedes Mittel, diese ihre angeborene Humanität zu erhalten, ist recht. Der Film ist ein solches Mittel. Der Film ist aber nicht vorbehalten der Handhabung durch die Mächtigen, der Film muß nicht Medium in der Hand einer erfolgskalkulierenden Industrie sein. Der Film kann Ausdrucksmittel jedweder Gruppe sein, welche die Welt verändern möchte. Er kann Ausdrucksmittel einer Gruppe von Kindern sein, die noch nicht wissen, wie die Welt, in die sie hineinwachsen sollen, beschaffen ist. Der Film kann ausdrücken, wie eine Gruppe gerecht und human denkender junger Geschöpfe die Welt haben möchte, eine Welt, die sie im Grunde für gegeben halten. Es kann durch Kinder fixiert werden, was sie von einer humanen Gesellschaft erwarten.

Unsere Vorführung wird eingeleitet mit Szenen aus dem Chaplin-Film ›The Kid‹. Danach werden Sie eine Montage von Kinderzeichnungen sehen: ›Teile mit deinen Freunden‹. Der Hauptteil der Vorführung ist ein Zeichentrickfilm ›Die Erde gehört uns‹.

Ich danke dem Bezirksamt für seine Unterstützung.«

Chaplin lag hinter einem Zaun, mit seinem Hund, zugedeckt mit Zeitungen. Chaplin rannte mit dem kleinen Jackie Coogan um sein Leben.

In der Sequenz der Kinderzeichnungen war vielfach die Kamera an den Blättern entlang- oder an sie herangefahren. Die Kinder, die ihre Zeichnungen zu solchem Leben erwachen sahen, gerieten in atemlose Bewunderung ihrer Werke. Viele wußten aber nicht mehr, welche Bilder sie gemacht hatten. Man sah, wie ein Mann von einem gut tragenden Pflaumenbaum viele Pflaumen hinüber in des Nachbars Garten warf, dessen Bäume nur wenige Pflaumen trugen; wie eine Frau Eier über einen Zaun reichte, hinter der sich viele wohlgelaunte Hühner tummelten, während jenseits des Zaunes nur ein einziges Huhn beschämt vor einem Ei stand. Danach sah man, wie die Frau mit dem einen Huhn der ersten Frau mit den vielen Hühnern, den vielen Eiern, einen großen Korb mit Kirschen hinüberreichte, während die Bäume der Hühnerfrau keine Kirschen aufwiesen. Nun fuhr die Kamera an einem Panorama entlang, das eine grüne Gartenlandschaft ganz ohne Zäune zeigte, wo nun alles voller Kirschbäume, Hühner und Eier, Pflaumen und Ferkel, Tulpen und Erdbeeren war. Alte Männer rauchten Pfeife, Kinder spielten Ball, die mittlere Generation gab sich der Beschäftigung des Erntens, des Eiersammelns und Kochens hin. Um einen großen Kessel standen Männer und Frauen mit Näpfen. Ganz rechts hinten beschritt froh eine Frau die Stufen zu einem Abort. Die Zuschauer lachten gerührt.

König bediente den Vorführapparat. Er war ein wenig betrunken, oder war er nur sehr aufgeregt? Er mußte eine kleine Pause einschalten. Dann zeigte er weitere Serien von Kinderzeichnungen, die zu einem Film montiert waren. Korn ließ auf einem Tonband Musik dazu laufen, durch die die Bilder noch mehr Leben gewannen. Jeder auf den Bildern teilte etwas mit einem anderen. Die Halbrunde zweier Kindergesichter waren hinter dem großen Halbrund eines Kelches zu sehen, darunter stand: »Ich und mein Freund teilen eine Weiße.« Ein Junge ließ einen anderen Jungen von seinem Frühstücksbrot abbeißen. Dieser Vorgang war in Phasen aufgeteilt: Der Junge mit dem Frühstücksbrot betrachtete seinen Besitz; der Junge neben ihm, ohne Brotpäckchen, sah ihm zu; der Besitzende sah den Nichtbesitzenden an; er reichte ihm ein Brot zum Abbeißen; der Nichtbesitzende nahm es, biß ab und reichte es zurück; es folgte ein Hin- und Herreichen aller vier Brote, bis sie aufgegessen waren. Es waren frohe, bunte Bilder. Die Zuschauer lachten.

Es unterlief später ein Bild, auf dem ein Junge seinem Freund einen Schuh gegeben hatte. Jeder mit einem bloßen Fuß, gingen sie durch den Schnee.

Frau Abelssen, die neben Losch saß, sagte: »Wie christlich das alles ist!«

Losch antwortete verdrossen: »Das ist nur aus Versehen hineingekommen.«

Der Zeichentrickfilm zeigte einen reichen Bauern, der fast alles Land besaß, während seine armen Nachbarn mit geringen Streifen Ackers auskommen mußten. Sie dienten bei ihm, um ihm die Ernte einzubringen, bis eine Unzufriedenheit unter ihnen ausbrach. Sie blickten in den Ziergarten des reichen Bauern, der dort mit dickem Bauch am Tisch saß und eine gebratene Gans verzehrte.

Hier brach der Film ab, weil König am Vorführapparat zusammensank. Er war nicht betrunken, sondern allzu aufgeregt, erklärte Korn, der heute völlig nüchtern war. Er sah rosig und gesund aus, trug einen Anzug mit weißem Hemd und Krawatte.

»Was ist mit Ihnen?« fragte Frau Abelssen erstaunt, »Sie sind so nüchtern, so adrett?«

»Die Behörde ist im Saal«, flötete Korn. »Habe ich mit einer Behörde zu tun, bin ich stets nüchtern, stets adrett!«

Im Zuschauerraum war eine Diskussion entstanden. Die Leiterin des Kunstamts sah ängstlich hin und her zwischen dem Bezirksrat und den Revolutionären Studenten. Die Studenten riefen: »Wir wollen diskutieren!« Der Bezirksrat fand, dies sei eine Veranstaltung vor allem für Kinder, und eine Diskussion sei ihnen nicht zuzumuten. Außerdem hielt er es für richtig, den Film erst zu Ende vorzuführen.

Der Film konnte aber nicht weiter gezeigt werden, weil König leblos auf drei Stühle gebettet lag, vielleicht war er doch betrunken. Der Vorführapparat war beschädigt, er funktionierte nicht, weder Losch noch irgendeiner der Anwesenden verstand sich darauf, ihn instandzusetzen. Die Kinder waren enttäuscht; sie bekamen dann aber doch den Applaus, auf den sie warteten. Alle Eltern gingen mit ihren Kindern in den »Nassen Hund«, auch die Studenten sammelten sich dort. Sie wollten von Losch wissen, was er mit diesen von Kindern gezeichneten Filmen beabsichtige, und wie weit das Werk überhaupt das Werk dieser Kinder sei.

Die Mitglieder des »Radikalen Arbeiter- und Studentenbundes« waren Praktiker, die die Bewohner aller Bezirke politisch und sozial aufklären wollten. Losch war mit einigen von ihnen befreundet. Es waren sogar einige junge Arbeiter in diesem Bund. Sie verhielten sich abwartend und waren dabei nicht unempfindlich gegen das höhere soziale Niveau, aus welchem die Studenten des Bundes kamen; diese stammten vor allem aus wohlhabenden oder zumindest bürgerlichen, gebildeten Elternhäusern. Viele waren aus Westdeutschland.

Herr und Frau Abelssen beteiligten sich an der Diskussion. Frau Abelssen warf den Studenten vor: »Eure Sprache ist noch immer zu hochgeschraubt und zu häßlich. Eure Fremdwörter versteht kein Arbeiter, nicht einmal ich verstehe alles, was ihr sagt.«

»Ich würde auch«, sagte Herr Abelssen, »diesen Staat doch nicht faschistisch oder faschistoid nennen. Dazu ist dies System viel zu listig. Es betreibt eine geradezu masochistische Toleranz- und Ermutigungspolitik gegenüber den kulturellen Leistungen der

Linksradikalen. Es vergibt Preise und Auszeichnungen an seine Schmäher. Daneben, das gebe ich zu, betreibt dieser Staat eine beängstigende Aufwertung der Staatsautorität. Wie unglaublich sind die Bemühungen um die Wiederherstellung des ›vaterländischen Bewußtseins‹. Ich halte vaterländisches Bewußtsein für sehr schädlich. Ich selbst habe keins. Habe nie eins gehabt.«

»Das wird ja wohl nicht alles sein, was Sie abschaffen wollen«, sagte der Leiter der Radikalen. Er war ein Mann über dreißig, kein Student mehr, er betrieb eine kleine Druckerei. Sein Kopf war von blonden Locken umwallt, auch sein Vollbart war blond und lockig. Er sah aus, fand Frau Abelssen, wie der Jesus auf dem Bild, das im Raum ihres Konfirmationsunterrichtes gehangen hatte. Er hieß Sandberg und war sanft, frisch, ermunternd, geduldig.

Frau Abelssen hörte, wie jemand sagte: »Gibt er sich wieder mit liberalen Scheißern ab.«

Sie sah dem Sprecher erstaunt ins Gesicht, der blickte sie kalt und ablehnend an. Frau Abelssen lächelte ihm zu, darauf ließ er ein wenig Kälte aus seinen Augen weichen, und sein Mund sah aus, als wolle er beinahe auch lächeln.

Frau Abelssen sagte: »Benutzt uns doch, solange wir euch nützlich sein können. Laßt uns doch mal mit euch auf eine Demonstration gehen, stoßt uns nicht immer vor den Kopf.«

»Links ist chic!« sagte der Radikale und sah böse in sein leeres Schnapsglas. Frau Abelssen mied die Taktlosigkeit, ihm einen neuen Klaren zu bestellen.

»Ebenso schlimm wie das Vaterland«, sagte Herr Abelssen, »ist die Kirche, ist die Unduldsamkeit der

Staatsreligion. Daß jemand wegen Gotteslästerung bestraft werden kann. Wir leben im Mittelalter.«

»So erkennen die Liberalen«, sagte der verächtliche Radikale, »immer nur die kleinen Wehwehchen. Sonst, gegen die Ausbeutung des Menschen durch die kapitalistische Gesellschaft haben sie nichts einzuwenden.«

»Laß doch«, sagte Sandberg, »wie willst du Leute überzeugen, wenn du nicht mit ihnen redest. Ihr beide«, versicherte er den Abelssens, »werdet auch noch Marxisten werden. Ihr seid doch denkende Menschen, da bleibt euch gar nichts anderes übrig.«

»Ich werde nie Marxistin!« sagte Frau Abelssen, »denn ich habe keine Zeile von Marx gelesen und werde auch Marx nicht mehr lesen. Mir genügt ›Diktatur des Proletariats‹. Ich will in keiner Diktatur leben. Und ich sehe nicht ein, warum das Proletariat eine Diktatur ausüben sollte. Ich denke, das Klassensystem soll abgeschafft werden. Ihr werft diesem Staat vor, daß es in ihm ein Proletariat gibt. In eurem Staat soll es das Proletariat weiterhin geben, nur mit dem Privileg, eine Diktatur zu errichten. Es sollte gar keine Klassen mehr geben, und es sollte auch keinen Staat mehr geben. Aber wohin man sieht: Die sozialistische Gesellschaft schafft den Staat mit einem vaterländischen Bewußtsein. Ist nichts für mich.«

»Marx«, sagte Sandberg, »würde Sie überzeugen, wenn Sie ihn nur läsen. Lesen Sie wenigstens ›Das Kapital‹.«

»Keiner der etablierten marxistischen Staaten«, sagte Herr Abelssen, »macht auf mich einen attraktiven Eindruck. Da leben wir doch lieber in unserem Staat, in dem ihr durch eure Revolutionsbestrebungen uns Reformisten unsere Reformen besorgt. Dieser Staat hat furchtbare autoritäre Züge angenommen, unsere Presse besorgt die tägliche Gehirnwäsche, aber doch ist bei uns noch immer ein bißchen mehr Freiheit als bei den anderen.«

Losch saß die ganze Zeit mit gesenkten Augenlidern da und sah leidend aus. »Was für einen Quatsch ihr da redet«, sagte er, »was für einen Quatsch!«

»Wir würden mit euch demonstrieren«, sagte Herr Abelssen, »wenn es einmal zum Beispiel allein gegen den Bundeskanzler ginge. Aber für Nordvietnam will ich nicht marschieren, mir fehlt die Übersicht über die Rechtfertigung solcher Aktionen. Ihr habt sie, ich habe sie nicht, und die Bürger haben sie alle nicht, von den Arbeitern zu schweigen.«

»Man schütze uns bloß vor solchen Demonstranten«, rief der Liberalenverächter mit dem leeren Glas.

»Ich bin da nicht ganz deiner Meinung«, sagte Sandberg. »Wer sagt denn, daß das Liberale sind. Die wissen noch gar nicht, was sie sind.«

Sie gingen alle in Sandbergs Druckerei, wo sie sich im Hinterraum niederließen. Die Druckerei war auch Sandbergs Wohnung. Seine Frau kam dazu, aus der Küche, wo ihr Kind schlief. Sie trug ein Samtband im langen schwarzen Haar, und eine Brille.

»Losch«, erklärte Sandberg den Abelssens, »ist ein guter Kopf. Wir sind uns aber nicht einig. Er steht der SEW doch noch ziemlich nahe. Natürlich aber müssen wir auch manchmal gemeinsam mit der SEW vorgehen.«

»Das ist es, was mich stört«, erwiderte Herr Abelssen und stellte drei Schnapsflaschen auf den Tisch.

»Er hat sein Parteibuch zurückgegeben. Aus Protest gegen die Todesstrafe drüben. Er leidet aber. Er hat in der DDR alle seine Freunde. Er kennt auch alle wirklich guten Errungenschaften dort.«

»Gäbe es euch und eure gesellschaftspolitische Dummheit nicht«, sagte Losch, »würde überall alles schneller gehen, schneller gäbe es dann auch die Freiheit, von der ihr dauernd redet. Im Übergang kann es so viel Freiheit nicht geben. Außerdem – was für ein relativer Begriff. Überall, auch in den westlichen Staaten, nur ein kleiner ausgesparter Bezirk, reine Illusion. Das ganze sogenannte Abendland hat sich jahrhundertelang ›frei‹ gefühlt, obwohl niemand sich auflehnen durfte gegen den Unsinn religiöser Dogmen. Mindestens solltet ihr einmal zugeben, daß ein Sozialist sich in einem sozialistischen Staat frei fühlen kann, weil er die durchgeführten und einzuhaltenden gesellschaftlichen Maßnahmen für richtig hält.«

Frau Abelssen fühlte sich friedlich. Richard war einbezogen in ihren neuen Kreis, das entlastete ihre geheime Beziehung zu Losch.

Ein junger Mann mit langem Haar und lustigen Augen setzte sich neben Frau Abelssen und sprach sie an: »Ganz bestimmt werden Sie noch Marxistin, ganz sicher! Ich werde mich Ihrer annehmen!«

Frau Abelssen packte eine Tüte Buletten aus, die sie aus dem »Nassen Hund« mitgebracht hatte.

Es kamen noch Mädchen hinzu, unter ihnen einige, die Frau Abelssen schon kannte. Sandbergs Frau reichte Brot herum. Losch beschloß an diesem Abend, sich der Aktionsgruppe anzuschließen. Sie würden aufklärende Filme herstellen und zeigen. Sie wollten Filmmaterial über Handlungen der Polizei, der Verwaltung, auch einiger Senatsdienststellen in einem Zentralarchiv sammeln und umsonst vorführen.

»Sie werden«, sagte Herr Abelssen, »Ihren Bezirksrat damit bitter enttäuschen. Ihr Kinderkino ist doch schon sehr riskant. Mich wundert überhaupt, daß das Bezirksamt Sie unterstützt.«

»Der Wernecke«, sagte Losch, »ist nicht schlecht. Er ist einer der rötesten Sozialdemokraten weit und breit. Wahrscheinlich ist ihm selbst in seiner Haut nicht wohl. Mir tut es leid, daß man ihn reinschliddern lassen muß, aber es muß sein. Natürlich wird er bald seinen Posten verlieren und aus der Partei rausfliegen. Darauf warten wir bloß. Dann machen wir Stunk.«

Von der Wand herab sah der heilige Che auf die Szene, nazarenische Reinheit im Gesicht.

Als sie gegen Morgen auf die Straße traten, saß Korn vor der Tür und schlief. Losch und Sandberg zerrten ihn hoch und zogen ihn in die Druckerei. Sie legten ihn auf eine Bank und deckten ihn zu. Er fiel herunter, schlief aber so fest, daß sie ihn liegenließen.

»Wenn meine Freunde nur«, sagte Losch zu Herrn und Frau Abelssen, »diesen ganzen Sex-Quatsch wegließen. Die Sex-Revolte ist eine Masche der Kapitalisten. Daß die das nicht sehen. Sex lenkt ab von der Revolution. Außerdem – Liebe als komplexer Begriff ist mir lieber. Gefühl, Wärme – na, und so weiter.«

Er sah Frau Abelssen an. Herr Abelssen merkte, wie der Friede, der die ganze Nacht seine Frau gekühlt hatte, wieder der Unruhe wich.

Sie hörten lange Zeit nichts von Losch. Doch saß Frau Abelssen jeden Morgen nach dem Frühstück noch lange am Tisch und starrte dem Rauch ihrer Zigaretten nach in die Allee, wo noch wenige Blätter an den Zweigen flatterten. Als die Bäume ganz kahl waren, eine Zeile schwarzer Zeichen vor milchigem Novemberhimmel, trank Lili morgens noch ein Glas Wein. Ihre Augen wurden dann lebhaft, sie ging freundlich und gelöst durch die Zimmer, in ihr Büro. Es schien Herrn Abelssen, als reiften in ihr gewisse Pläne, an deren mögliche Verwirklichung sie glücklich dachte.

Manchmal ging sie abends allein spazieren. Nach zehn oder fünfzehn Minuten kam sie wieder. Er glaubte nicht, daß sie Losch traf. Nur unruhig war sie. Vielleicht meinte sie, ihn draußen in der Nähe zu treffen. Vielleicht waren sie auch wirklich verabredet, nur um ein paar Worte miteinander zu reden. Nur, um sich zu sehen. Wenn alles vorüber wäre, würde Herr Abelssen alles erfahren. Es erleichterte ihn, daran zu denken, daß dieser Tag, an dem alles vorüber wäre, ganz sicher einträfe. Wie aber sollten sie die Zeit bis dahin verbringen?

4. Spiel

Es regnete gegen die Scheiben. Herr Abelssen legte die Platten auf, stellte den Wein hin, mischte die Karten. Lili holte die Gläser.

»Zank-Patience?«

Gut, damit wollten sie heute beginnen.

»Du bist recht unruhig«, bemerkte Herr Abelssen, »manchmal auch wieder besonders ruhig.«

Er legte ihr fünf Karten auf ihren Talon zurück. Die offenen Plätze füllte er mit seinen Karten. Er hatte eine lange Erfolgsserie und wurde viele Karten los. Frau Abelssen wurde darüber ein wenig gereizt.

»Vielleicht«, eröffnete Herr Abelssen das eigentliche Spiel, »kommt es dir noch einmal sehr zustatten, daß du Losch kennst. Stelle dir vor, die Armee der DDR marschiert ein in West-Berlin. Hinter ihr ist die Rote Armee. West-Berlin wird Teil der Deutschen Demokratischen Republik, es wird sozialistisch. Deine Hausbesitzer werden alle enteignet. Da alles Ausländer sind, mußt du sie bei Enteignungsverhandlungen vor den neuen Behörden vertreten. Dabei regst du dich auf, machst unvorsichtige Bemerkungen, auch sonst benimmst du dich wie immer zu temperamentvoll. Auch die Vertretung von ›Pretty‹ nimmt man dir selbstverständlich. Kammern werden gebildet, in denen wird über die Verwendung der berufslosen Handlanger des Kapitalismus beraten. Jeder besinnt sich jetzt, wen er kennt aus dieser neuen sozialistischen Gesellschaft, jemanden, auf den er sich berufen und der für ihn aussagen kann: Ja, er ist eingliederungswürdig, seine Beschäftigung in seiner erlernten Tätigkeit, mit seinen Erkenntnissen, ist vertretbar. Du hast großes Glück, so denkst du wenigstens, als du Losch als Beisitzer in einer solchen Kammer siehst. Hart und ernst ist sein Gesicht, breit sitzt er da, in einem groben bürgerlichen Anzug. Seine Augen blicken kalt an dir vorbei. Nur an einem kleinen Funken siehst du, daß er noch an deinem Haar hängt. Vielleicht bildest du dir das auch nur ein. Jedenfalls tut er nichts für dich. Weil er ja selbst nicht sicher sitzt. Zwar hat er wieder das Parteibuch, aber man hat ihm diese Sache nicht vergessen. Und seine Rolle bei den Radikalen Aktionsgruppen ist recht undurchsichtig. Die Außerparlamentarische Opposition ist pauschal als unernst und revolutionsschädigend verurteilt worden. Ihre Mitglieder stecken fast alle in Bewährungsgruppen.

Bei deiner Vernehmung wagst du dich mit deiner Verteidigung zu weit vor. Es ist leicht zu erkennen, daß du nicht fähig noch willens bist, dich der sozialistischen Gesellschaft anzupassen. Du erregst dich, sagst Falsches, deine ganze Diktion ist verdächtig, nun äußerst du dich auch noch kritisch. Man bittet dich dazubleiben, du wirst in einen Raum geführt, der hinter dir abgeschlossen wird. Du möchtest schreien, ermahnst dich aber, besonnen zu bleiben. Am Nachmittag wirst du in eine Gefängniszelle gebracht. Am Abend mußt du mit einer Reihe von Frauen an eine Rampe treten. Unheimlich wird dir zumute. Wirst du nicht noch zur Nacht entlassen? Losch muß sich doch für dich eingesetzt haben. Hinter der Rampe steht ruhig und sympathisch eine Frau, die dir, wenn die Reihe an dich kommt, einen Kübel gibt wie den Frauen vor dir. Mit ihnen verschwindest du dann in einem langen Korridor. In dir erheben sich mächtige Schreie, ein brüllendes Klagen, aber du erkennst deine Lage und weißt, du kannst sie nicht ändern. Du denkst an die Zukunft, vielmehr daran, ob du noch eine …«

»Und du?« fragte Frau Abelssen verzagt, »wo bist du denn dann? Was sollte uns denn trennen?«

»Gibt es nichts«, fragte Herr Abelssen kühl, »was uns trennen könnte? Wäre nicht in einer solchen Situation der Augenblick gekommen, und wärest du nicht vielleicht zu sorglos, zu phlegmatisch, um rechtzeitig die Stadt zu verlassen? So gab es wohl Differenzen zwischen uns, und ich, ich bin eben noch mit der letzten Maschine weggeflogen.«

Frau Abelssen sah ihn an, mit Tränen in den Augen. Sie liefen ihr über die Lider und zogen schmale, nasse Bahnen über ihr Gesicht. Sie tupfte sich die Wangen ab und sagte dann leise und bitter: »Dann sitzt du wohl, denkst du, in Pariser Cafés, oder spazierst in Londons

King's Road, auf der Suche nach den Freunden. Auf der Suche nach Frauen womöglich. Es ist ja noch Geld in der Schweiz, auch hast du Vollmacht für mein Konto in London. So möchtest du wohl erst einmal dein Leben genießen. Aber die Lage in allen westlichen Ländern wird katastrophal, du kommst an das Geld nicht heran. Und da du keine fremde Sprache sprichst, kannst du dich nicht ernähren. Du findest keinen Freund, du findest niemanden. Bald wirst du überall ›der Stumme‹ genannt. Zusehends verarmst du. Im Sommer kannst du dir noch im ›Séverin‹ an der Ecke Rue de la Huchette, Boulevard St. Michel, ein großes Löwenbräu abends leisten. Der Besitzer, so viel verstehst du, fragt nach Madame, und da mußt du beschämt die Augen niederschlagen. Denn du hast mich im Stich gelassen. Du hast mich verraten. Dann wirst du immer ärmer. Im Winter spülst du im Hinterraum der arabischen Teestuben Gläser. Es ist mühsam, weil sich soviel Zucker in ihnen ansetzt.«

Herr Abelssen vernahm dies ohne allzu große Unruhe. Lili blieb mit dreißig Karten sitzen.

»Wie gut du dagegen dran bist«, entwarf Herr Abelssen weiter, »hast deine ordentliche Arbeit, kannst dich fortbilden, wirst endlich die sozialistische Literatur lesen. Sicher hast du die Bibliothek unter dir. Eines Tages wirst du begnadigt, sicher auf Betreiben von Losch, der aber nichts mit dir zu schaffen haben will, das kann er sich nicht leisten. Auch bist du nun ältlich, dein Haar ist aschblond, farblos, vielleicht grau. Ja – grau natürlich!«

Frau Abelssen überblickte die ausgelegten Karten und preßte die Lippen zusammen. »So, so«, sagte sie, »grau, meinst du ...«

»Nun gut«, erzählte sie weiter, »man schiebt mich ab, in die Bundesrepublik, es gibt gerade einen Austausch. Gleich gehe ich zum Friseur. Lang strecke ich mich auf dem Bett des Kosmetiksalons aus. Und du weißt ja, wie die Frauen im Zuchthaus neulich aussahen, ohne jede besondere Pflege: wie die Engel. Ja, Gefängnisruhe, kein Alkohol, keine Ausschweifungen, das macht schön. Eines Tages, ziemlich bald, sitze ich im Café de la Paix. Ich habe meine Haftentschädigung in der Tasche, Lastenausgleich für meinen verlorenen Besitz in West-Berlin. Da sehe ich einen Bettler, dessen Gestalt und Gesicht mir bekannt vorkommen. Neben mir sitzt der alte Monsieur Leclerc, der mich schon immer verehrte. Nach zehn Jahren Zuchthaus überlege ich mir, ob er der erste sein soll. Ob er nicht ein wenig zu alt ist ...« Sie legte Herrn Abelssen zwei Karten auf den Platz und spielte weiter. Sie war im Vorteil, hatte nur noch einen kleinen Talon.

Richard fiel ein in ihre Geschichte: »Ich, der Bettler, flüstere dir etwas zu und biete dir an, einen jungen Mann zu verschaffen – natürlich nicht umsonst ...«

Lili rief empört: »Hör auf! Nie werde ich für die Liebe etwas zahlen! Das nimm zurück!«

»Dann mußt du aber den ›Stummen‹ zurücknehmen!«

»War der zu hart? Nun, aber du kommst doch wirklich sehr herunter ...«

»Kannst du mich nicht Bote in einer Firma sein lassen? Alles ist adressiert, und ich finde mich gut in Paris zurecht. Kannst du mir nicht ein Fahrrad geben? Und dann könntest du mich vielleicht noch etwas befördern – vielleicht zum Expedienten?«

»Nein, du mußt doch deine Strafe haben. Aber gut, in einer Reinigung nehmen sie dich auf. Du ziehst immer der Drahtpuppe die Kleider über zum Dämpfen. Warmer weiblicher Kleiderdunst weht dir den ganzen Tag um die Nase, du beginnst, Frauen zu verabscheuen …«

»Gut«, erwiderte Herr Abelssen, zufrieden mit der Milderung seiner Strafe, »und nun treffe ich dich. Du glaubst, ich sei ein Bettler, weil du mich gern als Bettler sehen möchtest. Dabei bin ich nur sorglos, lässig gekleidet; daß ich arm bin, schließt du nur daraus, daß ich so dünn geworden bin, aber das, gerade das ist sehr vorteilhaft für mein Aussehen. Du dagegen, bist du nicht von der Gefängniskost ein wenig gedunsen?«

Frau Abelssen verneinte: »Nein, ich bin nicht gedunsen. So etwas wird man in wenigen Tagen los.«

»Gut, ich trete also zu dir, höflich bittest du mich, Platz zu nehmen, schließlich kannst du einen Mann nicht abweisen, mit dem du so lange gelebt hast. Deine Höflichkeit, wirklich, wird dich nie verlassen. Du lädst mich zu einem Kaffee ein.«

»Möchtest du nicht lieber ein Eis? Mit warmer Schokoladensauce?«

»Nein, das nähme ich nicht an. Ich suche ja keine Wohltat, nur aus Anstand nehme ich einen Kaffee, eben um etwas zu verzehren. Du bist es ja, der ich wohltun will, und so biete ich mich selbst dir an. Ich weiß doch, wonach du verlangst, und nach so vielen Jahren, wieviel, sagtest du? Zehn? Nach zehn Jahren wäre es dir vielleicht doch etwas Neues, und in jedem Fall besser als nichts. Tatsächlich, du folgst mir in mein Hotel. Es ist natürlich ein sehr einfaches Zimmer, in einer Ecke ein elektrischer Kocher, doch um das Bett ist ein Paravent mit Ansichten vom Park von Versailles …«

»Ach«, sagte Lili, »nicht den Park von Versailles. Vielleicht ist es doch etwas Aparteres. Sagen wir, eine bretonische Szene, im Stile der Nabis, nach einem Bild von Emile Bernard, eine Frau mit geflügelter weißer Haube unter Apfelbäumen, neben einer Kuh, alles natürlich sehr verblichen, aber es geht mir ans Herz, in diesem deinem dürftigen Zimmer ...«

»Halte dich«, sagte Herr Abelssen, ihr sechs Karten aufpackend, »mit diesem Paravent nicht unnötig auf. Hinter ihm, auf dem Bett, liegt meine Freundin; es gilt, sie auf gute Art loszuwerden, damit ich dir die verabredete Wohltat erweisen kann.«

Frau Abelssens Hand, die gerade das Glas ergriffen hatte, zitterte so stark, daß sie das Glas wieder absetze mußte.

Auf dem Tonband lief »Nachmittag eines Fauns«.

Die Spieler warteten, bis das Stück zu Ende war.

Wahllos war die Musik aneinandergereiht, nun folgte die »Valse« von Ravel, danach französische Militärmärsche.

»Vielleicht«, sagte Frau Abelssen mit zager, tiefer Stimme, »sind Faune auf dem Paravent. Ich hole meinen Filzstift aus der Handtasche, gehe hin und male obszöne Krakeleien auf die Bilder ...«

»Ach«, sagte Herr Abelssen überlegen, »da gibt es nichts Obszönes, was du noch hinzufügen könntest. Meine Freundin und ich haben da schon alles vollbracht, natürlich immer in der Nachahmung Picassos. Die Geschlechtsteile der Faune fliegen in rasendem Tanz, ihre gewaltigen Hände sind vergraben in den Schößen der Nymphen. Die haben schreiende offene Münder, verdrehte Augen, ihre Haare breiten sich über den Boden, als Moos und Wurzelwerk ...«

»So werde ich an eine freie Stelle, und die werde ich schon finden, einen Faun zeichnen, der keine Nymphe erwischte, einen Faun, der nur abwartet, daß ein anderer einmal ermüdet und ihn bittet, für ihn einzuspringen. Dieser Übriggebliebene, ein wenig schmächtig, lehnt an einem Baum, sein Haar in Geäst und Blattwerk verflochten, Daphne nämlich ist seine eigentliche Sehnsucht, er ist auf der Suche nach ihr, und wenn es soweit ist, wird er für niemanden einspringen können, er lebt schon im Baum. In den Händen hält er ein Heft, darin schreibt er auf, was er sieht, ehe er ganz in die Baumrinde eingeht, ehe seine Hände Geäst, seine Füße Wurzelgeflecht werden. – So! Und wie sagtest du doch? Hinter dem Paravent liegt deine Geliebte?«

»Ein junges, zauberhaftes Geschöpf«, bejahte Herr Abelssen glücklich, »von unerhört schönem Wuchs, schmalen Leibes, aber kräftigen Arms und Beins, die Füße ein wenig dümmlich. Du weißt ja, wie dümmlich ein Frauenfuß sein kann, besonders wenn auf zu kleinen Nägeln zu bemühter Lack aufgetragen ist. Immer beim Anblick ihrer Füße, Lili, habe ich deiner Füße gedenken müssen, mit sensiblen Zehen wie Finger, und nicht einmal der kleine Zeh ist einfältig, nein, auch er hat Ausdruck und kann gedankenreich aussehen.«

Frau Abelssens Gesicht wurde weich. Sie nahm ihr Glas und trank und sah Herrn Abelssen in Dankbarkeit an, bis er zu härteren Schilderungen zurückfand:

»Aber was will ich von der Kleinen erwarten? Ist sie doch noch gar nicht recht ausgewachsen. Fünfzehn sei sie, beteuerte sie mir, aber ich bekam heraus, sie ist erst dreizehn.«

Es war Frau Abelssen sehr angenehm, daß sie gerade eine gute Auslageserie hatte und ihrem Mann dreizehn Karten hinüberlegen konnte. »Nun kommst du«, fuhr Herr Abelssen irritiert in seiner Erzählung fort, »mit deinen ich weiß nicht wieviel sechzig Jahren und willst sie verdrängen.«

Frau Abelssen lehnte sich zurück und legte die Hände in den Schoß.

»Was ist?« fragte Herr Abelssen. »Gibt es Einwände?«

»Nach den Regeln – nein, keine. Sprich weiter«, sagte Frau Abelssen mit einer Stimme, aus deren Härte ihr Mann entnahm, daß er in dieser Sache nicht weiter gehen dürfe, weil er dann Lili nicht mehr ins Herz träfe.

»Du weißt«, sagte er deshalb und legte fünf Karten auf leergewordene Plätze, das Spiel nachdenklich überblickend, »auf die Dauer kann ich mit so einem dummen Ding nichts anfangen. Außerdem, das gebe ich zu –« hier legte Herr Abelssen das Timbre einer gewissen Beschämung in seine Stimme, »in meinem Alter bekomme ich dergleichen nicht mehr umsonst. Du, immerhin – alles ist umsonst, es kommen hinzu die Erinnerungen an die Zeit, da du eine blühende Vierzigerin warst, und gepflegt bist du noch immer, und vielleicht doch noch keine Sechzig, nein, du bist eine Fünfzigerin, der man höchstens zweiundvierzig gäbe ... Kurz, ich schicke die Kleine weg.«

»Ich zahle ihr«, sagte Frau Abelssen, »was sie zu bekommen hat. Ich runde den Betrag auf und sage mütterlich: ›Liebe Kleine, laß ab von diesem Leben. Sonst wirst du noch blutige Tränen weinen.‹ Und sie knickst und sagt: Ja, Madame‹, und ich habe sie sehr gern, wie sie da so aus der Tür geht, mit ihren hübschen Gliedern, im billigen Kleid.«

Herrn Abelssens Erfolgsserie war vorüber. Lili überblickte die ausgelegten Karten und fand eine Karte, die er übersehen hatte. Sie sagte: »Ich nehme dir nichts übel.«

»Sollte ich denn etwa zehn Jahre warten?« fragte Herr Abelssen.

»Wie solltest du? Nein, das konnte ich nicht erwarten. Ich selbst hatte schließlich etwas mit dem Leiter des Männerlagers. Im Sommer wurden wir zur Ernte eingesetzt. Die anderen Frauen, dümmer als ich, suchten Kontakt mit gefangenen Männern. Ich aber bekam den Lagerleiter. Zwar erst im vierten Jahr, aber in den folgenden sechs Jahren hatte ich eine ganz gute Zeit mit ihm. Er war leidlich gebildet, etwas dekadent, kurz bevor ich entlassen wurde, versetzte man ihn zur Strafe. Ich hatte Zweifel in ihn eingepflanzt, sie quälten seine Seele. Es war eine lohnende Aufgabe für mich. Wäre die Sache mit mir nicht aufgedeckt worden, wäre ich niemals freigekommen. Er war dabei, meine Entlassungspapiere zu unterschlagen. Er wollte mich nicht verlieren. Auch mir fiel der Abschied nicht einmal leicht ...«

»Welche Romanze!« bemerkte Herr Abelssen, und sein Bart zitterte ein wenig an den Spitzen.

Trotz vielen Nachdenkens wurde Lili nur eine Karte los. Richard war wieder an der Reihe. Doch war er so wütend, daß er eine Pause einlegte und neuen Wein holte. Auf dem Plattenspieler setzte Zigeunermusik ein: »Hoch droben fliegt der Rabe.«

Lilis Gesicht glühte.

Richard war, als er aus dem Keller kam, etwas weiß.

»Ich werde dir jetzt sagen«, nahm er das Spiel wieder auf, »daß du gar nicht mehr lebst. Und das kam so: –« Er machte eine lange Pause, legte alle Karten aus, gewann, zählte den Gewinn, schrieb für seine Frau den Verlust von einhundertzwanzig Mark auf. Frau Abelssen teilte neu die Karten aus; vor jedem lagen zwei Haufen, zwischen ihnen war das Kampffeld gebreitet, herzgezierte Damen mit Nelken in weiß gebogener Hand, bewehrte Knappen mit Hellebarden, Könige mit weichen Augen und gelockten Bärten, schwarze, sorgfältig gestielte Blätter, Fluten roter Herzen, grelle Karos in militanten Formationen.

»Das kam so«, sprach Herr Abelssen. »In eurem Zuchthaus habt ihr Frauen immer gut zusammengehalten, Frauen können das. Sogar Liebespaare fanden sich. Auch du wirst von einer jungen Person begehrt, doch erhörst du sie nicht, weil du dir nun einmal aus Frauen nichts machst. Ich weiß, ich weiß: Wie albern käme es dir vor, mit deinen Brüsten an die Brüste einer anderen zu rühren, und wie ungern verstündest du dich dazu, den Geruch einer Frau einzuatmen Ja, gut, eines Tages hattest du etwas mit dem Lagerleiter. Aber, wie gesagt, er wurde versetzt, nur schon viel früher, als du zugibst. Sein Nachfolger war für dich unmöglich, ein Mann mit einem Specknacken und mit falschen Zähnen. Du gibst allmählich den Wunsch auf, dir Gegenwart zu schaffen. Du lebst mit den Visionen deines einstigen Lebens. Ihr Frauen habt ferner das Talent, eurem Leben doch immer ein paar gemütliche Stunden abzugewinnen. Die Woche über spart ihr für den Sonntag, dann backt ihr einen Kuchen. Ihr spielt ›Sonntag‹, und Lili muß aus ihren früheren, ihren glänzenden Tagen erzählen, von ihren Festen, ihren Liebhabern, ihrem Mann Richard, und wie sie gekleidet waren bei festlichen Anlässen, wo sie speisen gingen, welche Gänge aufgetragen wurden, und worauf es bei ihnen ankam, welche Gäste sie zu Hause empfingen, welche Geschichten und Geschichtchen sich da abspielten, feinste Anekdoten, traurige und hochkomische, und du ziehst deine Show ab jeden Sonntag.«

Scheppernd fiel eine neue Platte, das Impromptu As-Dur von Schubert.

»Ich erzähle«, griff Frau Abelssen weich die Erzählung auf, »wie ich als kleines Mädchen das Impromptu As-Dur von Schubert übte. Es ist ein sehr leichtes Stück. Ich spielte es Silvester, nach Tisch, wenn wir den Karpfen gegessen hatten, die zerlassene Butter stand mir noch im Hals, mein Papa tupfte sich noch mit der Serviette das Fett vom Mund, bei den Arpeggien schummelte ich, was kam es darauf an, niemand in der Familie wußte, wie das Stück sich eigentlich anhören mußte. Abends kam die Verwandtschaft zum großen Abfüttern, Köche mit hohen weißen Mützen standen in der Küche, ich schrieb mit silberner Tusche die Speisekarte, trotzdem nahm sich Tante Olga zuviel Kartoffeln zum Fisch, so daß sie hernach beim Rehrücken sich das Korsett öffnen mußte, und ich wurde abermals ans Klavier geschickt, um einen Walzer von Chopin zu spielen, den leichten, langsamen, c-Moll, er spielte sich von selbst, war aber sehr traurig, so daß die Tanten riefen: ›Betti, warum spielst du so was Trauriges?‹ Und beim Spielen kamen mir Zweifel, ob wir wirklich eine gute Familie waren, es kam mir die Ahnung, daß es Feineres gab als meine Familie. Mein Papa, er wußte auch, daß es Feineres gab, wir wußten einer vom anderen, daß er es wußte, das verband uns, und ich erzähle von meinem Papa. Die Frauen freuen sich.«

»Darüber«, widersprach Herr Abelssen, »werden die Frauen sich gar nicht freuen. So etwas haben viele von

Ihnen erlebt. Sie werden selbstverständlich nach deinen pikanteren Geschichten verlangen. Sie betteln dich: Erzähle doch noch einmal, wie du es mit dem Postbeamten mitten auf dem Marktplatz von Palermo getrieben hast. Und du sagst: Nun gut, also – der Mond schien auf den leeren Marktplatz. Was sollten Paolo und ich tun? In mein Hotel konnte ich ihn nicht mitnehmen, es war ein bürgerliches Hotel, es gehörte Schweizern und wurde streng bewacht vom Portier. Paolo aber lebte bei seiner Familie mit vielen Geschwistern, in zwei Räumen. Ich war aber eben so verrückt nach ihm. Wo sollten wir es tun? Ein außerordentlich perfider Typ war er. Aber hat nicht jede Frau einmal das Gelüst nach einem wirklich perfiden Typ? Sein Haar kringelte sich im Nacken in blauschwarzen Locken in seinen weißen Hemdkragen. Diese Locken, seine verdorbenen Blicke, seine breiten Lippen, seine braune Haut machten mich rein verrückt. So mußte es in der Kutsche gehen. Er hatte sie, so glaube ich, für teures Geld gemietet; im Preis inbegriffen war der Gleichmut des Kutschers. Die Pferde scharrten auf dem blanken Pflaster im Mondschein; Paolo und ich liebten uns in der Kutsche, und als es vorbei war, stieg Paolo aus, das schmerzte mich, ihr wißt ja, auch wenn es ein Perfider war, bleibt im Herzen der Frau etwas zurück. Plötzlich aber kommt der alte Kutscher hereingekrochen, unter der Plane, mit einem Gesicht wie ein Schrumpfapfel und blitzartig wird mir klar … Und hier, Lili, flichst du ein, wie gut du die sizilianische Mentalität schon kennst, mit einem eleganten Nebenbei läßt du wissen, daß du sogar im sizilianischen Dialekt sprechen kannst, daß wiederum der sizilianische Dialekt etwas anderes ist als die sizilianische Sprache.

Hier machst du gelehrte Abschweifungen zur Sprache, die in Malta gesprochen wird, eine Sprache, die du kennenlerntest, als du mit deinem späteren Mann Richard in Malta warst, und du verlierst den Faden, weil du ja schon ein wenig alt wirst, die Frauen werden ungeduldig, sie mahnen dich an den Marktplatz von Palermo.

Ja, besinnst du dich, richtig, der Mond schien auf die blauen Pflastersteine, drinnen unter der Plane tauchte das schreckliche Gesicht des Kutschers auf, und dir, die du dich plötzlich erinnerst, welche schrecklichen Wege sizilianische Tücke gehen kann, dir fällt jetzt ein, daß Paolo gerade eine Reise nach Paris gemacht hatte, wofür er sich Geld hatte leihen müssen, und in diesem Augenblick weißt du, daß Paolo mit dir Schulden begleichen will. Wie hoch mag er dich eingesetzt haben? Für zehntausend Lire, für hunderttausend?

Und du sagst den Frauen, du bist froh, daß du das nie erfahren hast. Du bist aus der Kutsche gesprungen, schreiend, von Sinnen, bis zu deinem hochanständigen Hotel, wo der Portier dich staunend einließ. Du warst arm und gabst ihm kein Trinkgeld. Ja, so etwas hören die Damen im Zuchthaus gern, die Kriminellen ebenso wie die Politischen. Auch von den Gesellschaften, die du mit Abelssen in deinem Hause gabst, später, als du es endlich zu etwas gebracht hattest, als du einen Vater für deine beiden unehelichen Kindern gefunden hattest. Diese beiden Kinder, ihre Väter! Nun, das ist eine andere Geschichte. Heute also lieber von den Gesellschaften. Wie charmant betrunken alle waren! Wie diskret ein Herr mit einer Dame in einer Nische stehen und sie küssen und zu einer intimen Zusammenkunft überreden konnte! Gar deine Faschingsfeste! Menschen tummelten sich in deiner Wohnung, die du gar nicht kanntest, das war das Tolle! Wie begeistert alle waren von deinen Söhnen! Der Große verwaltete den Sekt, der Kleine die Schnäpse. Welche Kostüme! Sie kamen mit wagenradgroßen, unsäglich traurigen Hüten, deine Gäste, in außerordentlichen Verschalungen, in welchen sie sich kaum bewegen konnten; so warfen sie bald alles ab, und die Wohnung war voll madengleicher Körper in schwarzen Trikots, sie zuckten wild, nach der Musik, die in allen Räumen zu hören war.

Die Türen waren ausgehoben und im Keller gestapelt. Gesellschaftlich war alles ganz durcheinandergemischt, wie du es eben durchaus wünschtest. Lydia Pawlowski, die Kleintierhändlerin war da, und der Richter Krumme mit seiner Frau, natürlich die Textilbranche, die Modeleute, Persönlichkeiten der Industrie- und Handelskammer, des Kaufleute-Vereins, und du warst stolz, kaum Künstler dabeizuhaben, denn Künstler hatten alle anderen schon, dafür hattest du schon früh ein paar Kommunisten dabei, später jede Menge, sie waren dein Glanz.

Jener Hartmann, Untergrund-Kommunist, zerschlug eine Beethoven-Sinfonie auf dem Kopf eines Werbeleiters der Kunstseidenindustrie, ein wenig Blut floß jenem über die Stirn; der Leidende war stolz betroffen, daß so etwas Heftiges an ihm vollzogen wurde; launig ergriff er eine Schostakowitsch-Sinfonie und zerschlug sie auf dem Kopf dieses Hartmann. Hartmann ertrug es mit einer gewissen Achtung, er tupfte sein rotes Blut von der Stirn und betrachtete es fasziniert: Rot! Sein Blut! Seit dem Warschauer Aufstand hatte er sein rotes Blut nicht mehr fließen sehen. Und deine Söhne begriffen, welche wunderbaren Streite und seltsamen Versöhnungen das Leben der Erwachsenen bereithielt. Es war im letzten Quartal vor der Versetzung, und sie blieben sitzen, aber dergleichen mußte hingenommen werden.

Wie schnell so ein Sonntag vorbeigeht! Wie bald aber ist der nächste da! Lili, sagen die Frauen, erzähle von deiner Garderobe! Du bist aber hartnäckig und bleibst bei deinen Kindern, von denen du schon so viele Jahre nichts mehr weißt. Denn auch ich, der dir einmal im Monat schreiben darf, weiß nichts von ihnen zu berichten. Sie sind fort, verschollen, aber, nicht wahr, fürs Leben doch gerüstet, bei so viel Charme ...«

»Warum«, fragte Frau Abelssen »weißt du denn nichts von ihnen?«

»Weil sie durch unsere, sie fürs Leben rüstende Erziehung sich stark genug fühlten, im Augenblick, da du fort warst, zu entweichen. Natürlich entwichen sie in den Westen, über Minenfelder, es gelang ihnen gut, nur der Kleine verlor einen Fuß ...«

Frau Abelssen schrie auf. Sie rannte ins Zimmer ihres Kindes Ulrich. Da lag er, das Profil mit der kindlichen Nase, mit der noch immer kindlichen Stirn zum verhangenen Fenster gewandt. Sie beugte sich über ihn, atmete den Duft ein, den er noch immer ausströmte: Kindesgeruch, sanft auswehend von seiner runden Wange, von seinen leicht wie rosa Blätter aneinanderliegenden Lippen. Sie hob das untere Ende der Bettdecke und betrachtete seine Füße.

Sie ging zurück in den Wintergarten, zum Spieltisch, zum nächtlichen Fensterglas, hinter dem Novemberregen stäubte.

Herr Abelssen legte neu die Karten aus und fuhr in seiner Erzählung fort: »Die Damen im Zuchthaus lieben das Extravagante, nicht das Warm-Familiäre, das sie ja alle selbst gehabt haben. So erzählst du, wie du deinen älteren Sohn, als er sechzehn war, in das elegante Nachtleben einführtest. Warum sollte er nicht gleich das Beste kennenlernen? Du sagst: Wir hatten Gäste aus Stuttgart auszuführen, wir gingen ins ›Zarah‹, das erste Transvestitenlokal der Stadt, es war ein Sonnabend, was wollt ihr – am anderen Tag war keine Schule, und so nahmen wir Conrad mit. Zarahs Gewänder – Zarah war natürlich ein Mann – waren neuerdings aus ›Pretty‹, dem Chemiefaserstoff, den wir herausbrachten, nicht teuer, aber ungemein effektvoll, in der Zeitschrift ›Zauberfaden‹ brachten wir ein Titelbild von Zarah, es war eine freche Werbezeitschrift, kurz und gut, wir waren bekannt im Lokal. Mein Sohn, ein schöner junger Mensch, genoß gleich Achtung dort, nur trank er sehr viel Sekt, der dort natürlich sehr teuer ist, und wir waren nicht reich.

Das ist ja das Tolle: Ihr müßt wissen – wir waren nicht reich, wir lebten von der Hand in den Mund, aber – immer im Glanz. Später, wenn dieser mein Sohn wußte, wir führten Leute aus der Provinz ins ›Zarah‹ aus, kam er einfach hin, warf seinen Mantel in der Garderobe ab, keinen Pfennig Geld in der Tasche, aber mit Achtung wurde er behandelt, der Sohn eben seiner Eltern.

›Lili?‹ fragen die Damen im Zuchthaus, aber du, was hattest du an?‹ Und du sagst: ›Ein giftgrünes Charlestonkleid, blaue Spitzenstrümpfe, giftgrüne Schuhe, die Nägel blau lackiert…‹

›Beschreibe noch einmal‹, bitten die Damen, ›was du beim Gartenfest dieses Modearztes trugst!‹ Und geduldig beschreibst du: ein weiches, weißes Lederhemd mit sparsamer bronzefarbener Brokatprägung, einen sehr großen Hut aus Organza, Paris, Balenciaga. Die Frauen dürsten stets nach der Beschreibung dieses Hutes. Du hast manchmal das Gefühl, daß die Frauen bei der Beschreibung dieses Hutes eine Art bösen Funkelns in ihren Augen haben. Deshalb bringst du etwas von deiner immer erfolgreichen Selbstironie in die Schilderung: ›Abelssen‹, sagst du, ›trug dazu einen sehr hellen Anzug, auf fünf Knöpfe geschlossen, und ein Plastron aus altrosa Satin. Als wir kamen, flüsterte ein etwas zynischer Mensch: ›Ah! Le bonheur!‹ In deiner taktvollen Art erklärst du wiederum, daß jener Mensch ausdrücken wollte, dort käme ein Paar dahergeschritten, welches das Glück gepachtet hatte, ja, welches das Glück schlechthin selbst ganz repräsentierte. Du aber und dein Mann Richard, erklärst du, nahmen diesen Zuruf als echte Bewunderung und Auszeichnung. ›Ja!‹ rufst du stolz, wir waren das Glück, wahrhaftig, das sprichwörtliche Glück, wahr geworden in beispielhafter Weise.‹

Die Frauen, an diesen Zuchthaussonntagen, mit der mühsam ersparten Sonntagstorte, wünschen sich diese Schilderungen, dennoch vertragen sie sie nicht mehr so gut, mit den Jahren. Sie lassen es sich nicht merken.

Noch schweigen sie.

Dann gibt es noch andere Sachen, die sie jahrelang gern hörten, die sie aber allmählich zu reizen beginnen. Nur aus Gewohnheit bitten sie dich noch sonntags, aus deiner herrlichen Zeit zu erzählen. Wie oft du zur Kosmetik gegangen bist, wie zweimal wöchentlich der Masseur zu uns kam, gegen Mittag. Bei verhangenen Fenstern lagen wir ausgestreckt auf den Massagebetten, und der fette Masseur politisierte mit uns. Es gelang uns, ihn zu einer seinem Geist eben noch passenden Liberalität zu bekehren. War es aber nicht deine rechte Wade, wo er sich erinnerte, jener Fackelzug Januar 33 durchs Brandenburger Tor sei doch ein unvergleichlicher Eindruck in seinem Leben gewesen? Wenn du widersprachst, massierte er deine Wade sehr schmerzhaft, so daß du es schließlich aufgabst. Wir erregten uns sehr dabei, immer wieder mußte er uns ermahnen, uns ganz zu entspannen. Manchmal hatte der Mensch, so erzählst du mit drollig aufgerissenen Augen, die Dreistigkeit, uns nach unseren Rücklagen zu fragen. Und nackt, wie wir dalagen, sagten wir demütig, die Gesichter auf den Händen, wir hätten nicht eben viele Rücklagen, fast gar keine. Und er verrieb das teure, duftende Massageöl auf unseren Rücken, unseren Hinterbacken, auf Menschen, die keine Rücklagen zu machen imstande waren, weil sie auf den Wohlgeruch dieses Öls nicht verzichten mochten.

Irgendwann einmal wunderst du dich, daß die Frauen dich nicht bitten zu erzählen. Dein Hofstaat ist versammelt, aber er huldigt dir nicht. Du fragst: ›Na, was soll ich euch heute erzählen?‹ Und sie sehen einander schweigend an, sie wollen das Unheil nicht direkt, aber du selbst beschwörst es herauf. Da sie schweigen, beginnst du die Geschichte, wie wir winters in Rom sind, am nebligen Tiber spazierengehen, du in deinem Zobelmantel. ›Aber die römischen Kinder, denkt euch, sagst du, tragen weiße Socken. In Rom zieht man Pelze im Winter eben nur an, wenn man sie hat.‹ Abends eingeladen beim Attaché der Handelskammer. Abelssen trägt einen Smoking mit geblümter Schleife, zu geblümtem Kummerbund – äußerst gewagt. Aber, so sagst du, immer habe ich mit Richard eben sehr viel gewagt. Sein Hemd ist ganz mit Rüschen besetzt. Nichts Besonderes! winkst du ab. Alle haben natürlich an ihren Smokinghemden diese Rüschen. Aber es ist unendlich schwer, jemanden zu finden, der diese Rüschen gut plättet.

Bei den Rüschen sehen sich die Frauen merkwürdig an, du aber weißt ihre Blicke nicht zu deuten. Du erzählst weiter: Daß du selbst ein knappes Kleid aus reinseidenem Imprimé trägst, dazu ein flatterndes Mäntelchen, aus reinseidenem Chiffon, auf dem dasselbe Muster aufgedruckt ist. Da du so taktvoll bist, hast du niemals gesagt, was reinseidener Chiffon kostet. Gern würdest du es irgendwann einmal los. Aber du ahnst, auch heute ist nicht der Tag, an dem du es endlich einmal sagen kannst.

Beim Souper sitzt du neben einer Eccellenza, einem älteren Herrn mit schönen Gesichtszügen und silbernem Haar. Kokett fragst du ihn: ›Seien Sie offen, Exzellenz, ist meinem Italienisch nicht doch anzumerken, daß ich es ohne Lehrer, nur hier im Lande, vorwiegend von ganz einfachen Menschen, gelernt habe?‹ Und er versichert dir, nein, Signora, keine Spur, ganz kultiviert sei dein Italienisch. Und innen in dir staunt etwas: Soll das dieselbe Frau sein, die damals in der Postkutsche auf dem Marktplatz von Palermo … und wie arg hatte doch die Kutsche gewackelt. Immerhin beeilst du dich, den Frauen zu erklären: Ich lernte ja auch viel von den Gymnasiasten, sie sprechen natürlich ein sehr gutes Italienisch. Und jetzt kommt die bestimmte Stelle deiner Erzählung: Agrigent! Lillo! Ugo! Stefano! Nachts durch die Bohnenfelder, vorbei am Juno-Tempel, den Säulen des Kastor und Pollux, ans Meer. Hinein in die Brandung. Und mitten in der

Brandung, auf den Steinen, tatest du es mit Lillo. Später mit Ugo. Schließlich mit Stefano. Die Sonne ging auf über dem homerischen Veilchenblau des Mittelmeeres. Ihr habt euch gewaschen, mit Frascati, und du hattest sehr feierliche Gefühle dabei. Frascati – an dieser Stelle deines Köpers ...

Auf diesen Augenblick, auf diese Stelle deiner Erzählung hat die Gereiztheit der Frauen gewartet. Es bricht in allen zugleich aus. Alle zugleich sind entschlossen. Eine hebt die schwere Zange. Sie hat sie sich von einem Kalfaktor aus der Feinmechanikerwerkstatt besorgen lassen. Eine andere Frau hat sich ein Fleischmesser besorgt. Die anderen Frauen haben Schraubenschlüssel und Bohrer, manche fühlen ihre Hände zu Werkzeugen werden.

Die erste nimmt die schwere Zange, sie haut sie dir auf den Kopf. Die mit dem Messer sticht dir in die Wangen, in den Hals, ins Herz. Obwohl du schon nichts mehr spürst, packen die mit den bloßen Händen dich noch bei den Haaren und reißen daran und schütteln dich. Dazu schreien die Frauen: ›Frascati! Eccellenza! Balenciaga! Imprimé! Attaché! Organza! Homer! Kummerbund! Zarah! Gardenparty! Eccellenza!«

Frau Abelssen glühte in Begeisterung.

»Ein feierlicher, ein schöner Tod!« rief sie. »Gleich beim Schlag mit der Zange, sagst du, bin ich schon hinüber? Das ist gut. Doch gern würde ich noch diese Zauberworte hören: ›Balenciaga! Attaché! Eccellenza! Imprimé!‹ Sollten nicht einige Frauen, vielleicht die mit den bloßen Händen, im Chor ›Richard! Richard! Richard!‹ brüllen? Ja«, rief Lili feurig, »sie rufen es, bis die Wärterin kommt. Ein wenig war ich, bis zu meinem letzten Herzschlag, doch noch imstande, deinen Namen zu hören: ›Richard! Richard! Richard!‹ Von diesem furiosen Weiberchor, der dich niemals sah, der dennoch dein Bild niemals vergessen wird, mit dem hellen Anzug, auf fünf Knöpfe geschlossen, dem Panamahut ...«

Herr Abelssen raffte die Karten zusammen und holte das große Sambaspiel. Er mischte die Karten, eine langwierige Aufgabe, auf ein gründliches Mischen kam es besonders an, denn es waren über hundert Karten.

»Ich habe«, sagte er beim Mischen, und es folgte auf dem Plattenspieler das sehr altmodische »Play Bach«, »offenbar diese Geschichte sehr zu deinem Entzücken gestaltet. Nun wohl, welche Schmerzen immer wir einander zufügen können, wir sind allzu geübt, sie als Huldigung aufzufangen. Wie nur treffe ich dich noch? Allzu gern sehe ich doch, wenn du die Unterlippe hängen läßt, wenn deine Hand zittert, wenn deine Wimpern flattern. Am liebsten sehe ich dich, wenn dein Gesicht fahl und ältlich wird vor Angst. Ja, ich sehe dich gern in der Angst. Was schert mich deine Schönheit; lieber sehe ich dich in der Angst und ältlich.«

Er ließ sie die Karten abheben.

Sie genoß noch diesen gedachten Tod. Wie schon oft fand sie, sie hätte Blut zu vergeben, sehr viel, vielleicht sollte sie ihn als Blutspenderin melden. Doch kannte sie die Formalitäten nicht, hatte auch den Verdacht, es handle sich um eine sentimentale Geste.

Lili dachte oft daran, einmal auf nicht allzu gefährliche Weise überfahren zu werden, dabei sehr viel Blut auf der Fahrbahn zu verlieren.

Deshalb folgte sie der Erzählung Herrn Abelssens ein wenig gelangweilt und fiel ihm mit leiser Stimme gereizt ins Wort: »Da du mich nun auf so sehr gemäße Weise hast erschlagen lassen, ist es nur mein Geist, der ins Café de la Paix eilt. Er verfolgt dich, in meiner dir gewohnten Gestalt. Du siehst mich, obwohl die Nachricht von meinem Tod durch die Weltpresse ging und Flüchtlinge für die Wahrheit der Meldung zeugten.«

Herr Abelssen unterbrach sie zweifelnd und hob die Flasche, um ihre beiden Gläser neu zu füllen.

»In den ersten Tagen meines Totseins«, erzählte Frau Abelssen, »wird mir meine leibliche Gestalt noch nicht entzogen. Ich trage das weiße Wollkostüm, dazu den runden roten Hut, der ein bißchen zu kindlich für mich war, wie du immer zu meinen Lebzeiten fandest ...«

»Aber dein Anblick«, fiel Herr Abelssen ein, »rührt mich, und damit rechnest du! Ich, der Dampfreiniger, sehe mit Bewegtheit, wie noch die tote Lili die Zuckerstückchen vom Café de la Paix in ihre Handtasche steckt ...«

Herr Abelssen erbeutete den angewachsenen Kartenhaufen in der Mitte zwischen ihnen.

Das Spiel ging um hohe Summen. Mißvergnügt sagte Frau Abelssen: »Ich denke mir, auch du bist dann tot. Nicht rechtzeitig bist du herausgekommen. Hast du vielleicht Talent zu solchen Taten? Dein Herz ist einfach zersprungen. Die Aufregung der Organisation, die ein fluchtartiger Umzug mit sich bringt, war zuviel für dich. Von nichts konntest du dich trennen, schließlich brachst du zusammen unter Kisten von Büchern, Haufen von Bildern, umwallt von den großen Cellophantüten, in denen deine Anzüge und Hüte aufbewahrt wurden. Du gibst deinen Geist auf unter solcher Last, er wird frei. Du weißt, wenn ich sage ›Geist‹, so meine ich die sogenannte Seele mit dazu. Dein Geist sucht nun den meinen. Es ist ja klar, daß der deinige schon immer bestimmt war, sich dem meinigen zu verbinden. Gedanke jener Nacht, die du im sibirischen Lazarett verbrachtest und wie du hörtest: Er wird den Morgen nicht erleben, und der Broteinteiler überging dich schon mit der Portion des morgigen Tages. Weil du das hörtest, nahmst du deine Kraft zusammen und überlebtest…«

»Lili! Ja! Um dich zu finden!« sagte Herr Abelssen mit etwas böser Emphase und nahm wiederum einen Haufen Karten an sich.

Frau Abelssen folgte dem Spiel mit Mißmut, auch ein wenig sieghaft lauernd. Sie hatte genügend Möglichkeiten, das Spiel gleich zu beenden und ihren Mann mit vielen Minuspunkten sitzenzulassen.

»Wir einigen uns also, sagte sie, »auch du bist tot. Dein Geist, ebenso wie der meine für kurze Zeit noch als Vision eines leiblich vorhandenen Menschen belassen, sucht mich. Du suchst mich in Rom, denn es ist Winter, du schreitest eilig am Ufer des Tiber entlang, begegnest aber nur einigen Weihnachtsmännern und Kindern in weißen Wadenstrümpfen. Eigentlich, denkst du, es hätte mich am meisten gleich nach Neapel gezogen, aber sicherheitshalber suchst du erst Rom nach mir ab. Noch immer hebst du dir Neapel auf, denn dort hielte ich mich gewiß am längsten auf. So versuchst du, ob ich mir vor den Stunden in Neapel nicht kurze Zeit in Venedig gönne. San Marco ist leer. In den Wasserstraßenbahnen sitzen verdrossen die Winter-Venezianer. Von den Dolomiten herabgeschritten kommen Skiläufer, ihre Ski über den Schultern, mit Elchen auf ihren gestrickten Pullovern. Du trinkst einen Grog bei Pepe, stehend, in deiner Kamelhaarjoppe mit der tief angesetzten Passe. Frierende Venezianer drängen herein. Dampf vor den Mündern. Eine lustige, lärmende Gesellschaft kommt, dein totes Herz klopft noch einmal rasend, denn, gibt es Lustigkeit und Lärmen, in welche nicht das laute, lärmende Wesen deiner Fran mit hineingemischt sein könnte? Was ist denn dort für eine Dame dabei, hat sie nicht Stichwunden in den Wangen, am Hals, blutet es nicht aus ihrem Haar? Sie wendet dir ihr Gesicht zu, nein, es ist nicht deine Frau.

So gehst du doch nach Neapel, es ist deine letzte Hoffnung, auch deine stärkste. Die Mittagssonne scheint dort warm. Bei ›Zi Teresa‹ werden die Tische hinausgetragen in die gelbe Flut von Mittagslicht, die Leute stecken sich weiße Servietten in die Wintermäntel. Rot leuchten die Langusten über weißen Tischtüchern. Die Sänger stellen sich auf in breiter Formation, sehr alt sind sie nun geworden, Franco, der Anführer, ist fast ganz zahnlos, doch noch immer schließt er die Augen gefühlvoll beim Singen. Der lyrische Tenor ist erneuert, ein junger, kurzbeiniger Mensch, seine Stimme erinnert an die des ›Lirico‹ von damals. Er kommt mit dem Sammelteller an deinen Tisch, du gibst ihm fünfhundert Lire, er dankt dir nicht, denn wie sein Vorgänger ist er Kommunist, alle Liricos, denkst du, sind Kommunisten. Du siehst dich um nach dem alten Franco, du möchtest ihn fragen, ob er deine Frau, Signora Lili, nicht gesehen hat. Aber noch immer kannst du kein Wort Italienisch. Erkennt dich Franco nicht wieder? Nun, so bestelle doch einfach eines unserer Lieblingslieder, vielleicht ›Palumella‹. Doch auch daran erkennt man dich nicht, schließlich bestellen das auch andere Touristen. Die Sänger breiten die Arme aus, schließen die Augen. Der Gitarrist, der Violinist, der Mandolinist, der Lirico, der Comico, alle spielen und singen: ›Palumella …‹ Und du vergißt mich, weil dich jetzt die Einsicht überwältigt, du wirst Neapel nie wiedersehen, dies schöne Lied nie wieder hören. ›Addio, mia bella Napoli‹ läßt du noch einmal für dich singen, und du erschrickst: Hier nie wieder zu sitzen ist noch schlimmer, als mich nie wiederzusehen!«

Frau Abelssen überrechnete noch einmal ihre Möglichkeiten, dem Spiel überraschend den Schluß zu machen. Doch sie hatte jetzt eine Karte zuviel. Sie zitterte beim Aufnehmen der nächsten Karten. Es waren die falschen. Nun hatte sie drei zuviel. Von diesem banalen Umstand war sie verärgert, zugleich aber litt sie noch an dem Schrecken über die eben von ihr selbst entworfene Vision: Niemals mehr im Dezember in Neapel in der Wintersonne Languste essen?

Sie fuhr in ihrer Erzählung fort: »Noch immer fahren auf schneeweißen Booten die Amerikaner ein, stehend, in weißen Uniformen, von ihrem Atomschiff, das draußen im Meer liegt, Sendboten von einem anderen Stern, sie schieben vor sich die Kulisse von Santa Lucia. Nur noch kurze Zeit ist dir gegeben. Sollst du sie nicht nutzen, um in Neapel zu bleiben? Warum mich suchen? Warum?«

Frau Abelssen legte ihre Karten verdeckt auf den Tisch und sagte, weißen Gesichts: »Ich bekenne, es gibt eigentlich keinen, wahrlich keinen einzigen Grund, mich zu suchen! Wer war ich denn? Wenn du es gut mit dir meinst – und immer hast du es doch vor allem mit dir selbst gut gemeint –, so verbringst du diese schwindende Zeit in Neapel. Schöne Mädchen sprechen dich nachts an, hinter dem ›Vesuvio‹, und erstmals bleibst du stehen, wenn dir Freude für Geld versprochen wird. Ich rate dir, bleibe, wo du bist. Suche mich nicht!«

»Ich kenne aber doch meine Pflicht«, erwiderte Herr Abelssen und ordnete eine enorme Menge Karten in seinen weißen Fingern. Er begann, etliche Sequenzen auszulegen, die ihm eine große Anzahl Punkte verschaffen würden. Ihm fehlte eine Karo-Neun, eine Pik-Acht. Diese hielt Lili in der Hand und fühlte sich stark.

Sie konzentrierte sich auf das Spiel, abwartend, siegessüchtig. Das Kontokurrent ihrer Spiele stand sehr zu ihren Ungunsten.

Mit dunkler Stimme nahm Herr Abelssen das Erzählspiel wieder auf.

»Ich begegne Losch«, sagte er und nahm zwei neue Karten auf. Ein bunter Joker war dabei, nur noch zwei fehlten ihm zur Serie, sein Gesicht wurde hell und kalt.

Lili aber spielte unvorsichtig, weil sie auf die Wendung der Geschichte zu Losch neugierig war.

»Losch«, Richard lächelte Lili konziliant an, »soeben durch Selbstmord geendet, aus Verzweiflung an der niemals nahenden Revolution, erinnert sich deiner, er sucht dich, so wie ich dich suche. Er schließt sich mir an, der Verdammte, weil er meint, ich hätte die sichere Spur. Vergeblich versuche ich ihn abzuschütteln. Wir bleiben in Neapel. Er sitzt mir gegenüber, ich lade ihn zum Essen ein, noch im Tode ist er ohne Geld, der Verdammte, er läßt es sich schmecken. Ich erzähle ihm vom kommunistischen Parteibuch dieses kurzbeinigen lyrischen Tenors, Losch läßt es sich zeigen, und es kommen ihm wahrhaftig Tränen in die schweren Augen. ›Ohne Hoffnung! Ohne Hoffnung!‹ seufzt er und saugt an den Langustenscheren. Schwerelos und zeitlos leben wir. Zu unserer Verwunderung ist unsere Zeit noch nicht abgelaufen. Es wird Frühling, die Touristen kommen, da fliehen wir und suchen dich in Amsterdam. In Amsterdam endlich bricht der fällige Streit zwischen uns aus. In einer indonesischen Kneipe würfeln wir um dich.«

Frau Abelssen betrachtete mit Zorn zwei neue Karten, die sie wieder nicht gebrauchen konnte. Herr Abelssen bekam den sechsten Joker. Lili glühte. Sie hatte drei Joker in der Hand, er würde die Serie nicht schließen können. Nebenhin aber fand sie es empörend, daß ihr Mann mit Losch um sie würfeln wollte.

»Richard!« sagte sie, »du erniedrigst dich unnötig! Ich erbitte dringend, daß du gleich beim erstenmal Losch den Becher mit den Würfeln vor die Füße knallst und weggehst.«

Wahrhaftig, sie mußte weinen. Richard! Und würfeln sollte er mit Losch!

Kühl sagte Herr Abelssen: »Ich würfle mit ihm, wir spielen ›Chicago‹! Ich gewinne. Ich sehe noch, wie Losch mit einem Amsterdamer Mädchen auf dem Fahrrad davonfährt, er hinten auf dem Gepäckständer, sie, mit kräftigen Waden, tritt ordentlich durch, er schaut sich noch einmal nach mir um, er haucht: ›Grüßen Sie Lili!‹«

Herr und Frau Abelssen wurden bei diesem Bild von einem großen Lachen befallen. Durch dies Lachen wurden sie beide wieder kräftiger und gesünder.

»Dann, was bleibt mir übrig«, fuhr Herr Abelssen im Spiel fort, »gehe ich natürlich nach Paris. Ich kombiniere, daß du die letzten bewußten Stunden deines Daseins doch im Mittelpunkt der zivilisierten Welt verbringen möchtest. Auch sprichst du am besten wohl doch Französisch. Natürlich, da sehe ich dich schon, im Café de la Paix, ja, im weißen Wollkostüm, mit dem runden roten Hut. Er verdeckt die Wunden in deinem Haar. Auf deinem Gesicht sind Narben, auch auf deinem Hals ist ein blutroter Streifen. Wer dich sieht, möchte dich auf diesen blutroten Streifen küssen ...«

»Und du«, schlug Frau Abelssen vor, »hast deinen alten fliederfarbenen Anzug an, auf zwei Knöpfe geschlossen, sehr hoch sitzen die Knöpfe, im Profil hast du etwas Ähnlichkeit mit Proust. Deinen Panamahut trägst du in der einen Hand, in der anderen hältst du den Stock mit der silbernen Krücke ... Ich stehe auf, gehe dir entgegen ... Wir wollen uns umarmen. Aber da – unsere Zeit ist abgelaufen – lösen wir uns auf. Schließlich ... was hatten wir erwartet?«

Herr und Frau Abelssen sahen einander an, mit scharfen, traurigen Augen. »Nimm dies Bild noch einmal auf!« sagte jeder zu sich selbst. »Nimm es auf. Vergiß es nicht. Steh auf, fasse das Bild an. Fühle, daß das Bild ein Körper ist, warm, voll unerschöpflicher Zärtlichkeit, für ewig?«

Sie standen aber nicht auf. Sie berührten einander nicht. Das Spiel der Karten war zu spannend. Frau Abelssen beendete es endlich, gewann aber nur dreizehn Mark dabei.

Die Musik lief auf dem Tonband weiter, während sie ihre Betten richteten: »Lucy in the Sky with Diamonds ...«

Sie hatten schwere Träume.

5. Kapitel

Alsbald stellten sich Schrecknisse ein. Herr Abelssen hatte eine Geschäftsreise nach Hamburg zu unternehmen. Er fragte seine Frau: »Willst du nicht mitkommen? Immerhin, es handelt sich um Werbefilme für ›Pretty‹. Bist du nicht voller Ideen für Werbefilme?«

Lili fand, sie sei nicht voll solcher Ideen. Die Kinder, zudem, waren schlecht in der Schule. Sie wagte sich nicht fort. Von der Sekretärin, die zwar gute Schulzeugnisse hatte, mochte sie nicht verlangen, daß sie Ulrichs Schularbeiten beaufsichtigte. Lili sagte entschieden, gerade jetzt, kurz vor Weihnachten, wo in den Schulen über die Warnbriefe beraten wurde, sei sie im Hause und als Mutter unabkömmlich.

Herr Abelssen gab zu bedenken: »Du weißt, ich werde Marianne treffen. Da sie mir diesen Brief schrieb – warum soll ich mich nicht um sie kümmern?«

»Ja, unbedingt«, stimmte ihm Frau Abelssen zu, »sie ist unglücklich. Kümmere dich um sie.«

Sie erstickte fast an ihrem Brötchenbissen vor eifersüchtigem Kummer.

Am Nachmittag aber schrieb sie an Losch: »Sei am Freitag nachmittag um fünf Uhr im Café Möhring.«

Sie ging zu Möhring, langsam, sich verspätend, sehr gewiß, Losch werde nicht da sein. Jahrzehnte waren vergangen, seit sie Mißerfolge bei Männern gehabt hatte. Aber diese Mißerfolge hatten Narben hinterlassen.

Als sie aus dem Taxi stieg, eilte ihr Losch schon entgegen. Er hatte einen leidlich passenden Wintermantel an. Drinnen im Café zeigte er sich wieder im zu engen Jackett. Das übervolle Blau seiner Augen zwang sie, nicht an dies Jackett zu denken.

»Richard«, sagte sie, »verreist am Sonntagabend.«

Sie erzählte: »Es ist sehr merkwürdig. Immer war ich unglücklich, auch nur eine Stunde ohne Richard zu sein. Waren wir einmal einen Tag voneinander getrennt, telefonierten wir fast stündlich. Jetzt aber – natürlich bin ich so unglücklich wie immer, zumal er eine alte Freundin treffen will – immerhin ich möchte dich bitten, mich in diesen Tagen zu besuchen. Ich meine: an den Abenden. Wenn die Kinder schlafen. Es werden fünf Abende sein.«

Losch sah schwer und tief in seinen Kaffee.

»Dein Mann«, sagte er, »ist ein Mann, wie ich ihn leiden kann. Wie gern wäre ich sein Freund. Nun verreist er. Fünf Abende, sagst du. Was für eine fürchterliche Frau du bist. Ich liebe dich, ich bin erschöpft von der Liebe zu dir. Was soll uns noch die Verwirklichung? Wie fürchterlich du bist.«

Lili verzehrte in wütender Kälte eine Makrone.

»Ich dachte nur«, sagte sie leise, »ich sollte es dich wissen lassen.«

»Wie oft«, fragte Losch, »hast du ihn schon betrogen?«

»Noch nie«, antwortete Lili. »Es waren Anfechtungen da, aber es gab keine Gelegenheit.«

»Dann bist du also eine Gelegenheitswahrnehmerin«, stellte Losch fest.

»Aber ja!« sagte Lili verwundert, »aber ja!«

»Gut«, sagte Losch, »so soll ich also am Sonntag abend kommen. Wann?«

Lili antwortete: »Die Kinder sind schon groß. Vor zehn kann ich Conrad, vor neun nicht Ulrich ins Bett schicken. Dann müssen sie erst fest eingeschlafen sein. Du solltest also um elf kommen.«

»Ich war«, bekannte Losch, »einmal vor deinem Haus. Ich sah von der Straße aus, wie du dort saßest, deinem Mann gegenüber. Gern hätte ich das gefilmt: Bourgeoises Paar beim Vergnügen, das gegen die eheliche Langeweile hilft. Ich sah, wie dein Mann dein Glas füllte. Ich sah, wie du trankst. Zu meinem Entsetzen fühlte ich: Ich kann solche Harmonie nicht zerstören.«

Lili fühlte, wie er lauerte, daß sie zugab, sie verrate ihren Mann. Sie aber hatte für »Verrat« eine andere Definition. Das Wort»betrügen« zählte für sie zu einem Katalog kleinbürgerlicher Worte.

Sie gingen noch durch die Straßen, bogen zur Stadtbahnbrücke in der Schlüterstraße ein. War es nicht die Stelle, an der damals Albert sie an die Mauer gepreßt hatte? Damals hatte die Verdunkelung die Liebe begünstigt. Jetzt brannten alle Laternen.

»Es ist so viel Stoff zwischen uns!« klagte Losch und öffnete seinen Mantel. Auch sie öffnete ihren Mantel ... Sie fühlte ihn, aber die Unbequemlichkeit verdroß sie.

»Ich soll also«, sagte Losch, »am Sonntag zu dir kommen.«

Lili stellte verachtungsvoll fest, wie dieser Mann sich scheute, sie zu besuchen und alles zu tun, wonach es ihn verlangte. Sie merkte: Er freute sich nicht.

Losch sagte: »So verteilst du deine Almosen. Es kommt dir wohl nicht der Gedanke, dich von Abelssen zu trennen und für immer zu mir zu kommen – um für immer mit mir zu leben.«

»Ist das nicht«, fragte Lili vorsichtig, sanft, »etwas sehr naiv?«

»Ah ja, eine Zumutung! Arm mit einem armen Mann willst du nicht leben!«

»Du fixierst eine Situation«, sagte Lili, »die es nicht gibt.«

»Mit mir zu leben – dazu verstündest du dich also nicht.«

Lili antwortete nicht. Sie fühlte, daß Losch ihrem Gesicht anzumerken glaubte, daß sie echten, zweiflerischen Gefühlen nachhinge. Er glaubte, ahnte sie, daß sie vielleicht doch daran dachte, Richard zu verlassen. Aber Losch kam zum Miteinanderleben überhaupt nicht in Frage. Sie wollte von ihm nur das, was man einen Mann »haben« nannte. Um ihn zu gewinnen, ließ sie ihm seinen hoffenden Zweifel.

Herr Abelssen packte seinen kleinen Reisekoffer. Er wandte die liebende Sorgfalt dabei an, die er immer für sich aufbrachte. Er tat es mit stillem, weißem Gesicht. Manchmal hob er seine Augen, er legte etwas Heiterkeit in ihre Bläue. Sein Blick war tapfer. Seine Stille, sein Schweigen brachen Lili das Herz, zugleich war sie eifersüchtig auf ihn selbst: dies sorgliche Einpacken von Sachen, mit denen er sich verwöhnte, mit denen er sich seine Liebe zu sich selbst bezeugte, schmerzte seine Frau. Sie sah: Er hatte doch noch immer sich, Richard, sein Bild im Spiegel, angenehm, er besaß diese feinen Hausschuhe, diesen schönen schwarzen Schlafanzug, fünf feine Maßhemden für fünf Tage, zwei einfache für die Reisetage, die blauen Geldscheine in weicher Brieftasche, er wählte bedachtsam Krawatten, Taschentücher, Slips, Strümpfe. Lili beneidete ihn: er liebte sich. Sie selbst liebte sich nicht, ging nicht andächtig mit ihren Sachen um, gab sich Verwöhnungen nur mit dem Gefühl hin, daß sie ihr eigentlich nicht zukämen; sie betrachtete sich im Spiegel nur mit zager Zufriedenheit; ein eigentlich ausdrucksloses Gesicht durch viel Raffinement interessanter machen – es war hochstaplerisch, sie hatte für sich keine zärtliche Anerkennung übrig, wie Richard sie für sich aufbrachte, wenn er sich allein gelassen sah.

Sie war auf sein von ihm so geliebtes Selbst eifersüchtiger als auf jene Marianne, die er zu besuchen gedachte.

Nun stand er fertig im Zimmer, bereit, den Koffer aufzunehmen. Jetzt, in diesem Augenblick, verließ ihn die Selbstliebe. Das Blau seiner Augen war so viel schöner als das Blau von Loschs Augen, sein Gesicht weich und freundlich. Sein Mund stand fragend und ratlos ein wenig offen.

»Es ist leicht zu erraten«, sagte er, »was passieren wird.«

»Aber – nicht! Nicht!« sagte Frau Abelssen leise und trat auf ihren Mann zu. Sie legte ihr Gesicht an seine Schulter, umfaßte ihn, fühlte durch den Mantel seine Schulter, ihre Brust legte sich an seinen Körper an. Sie legten ihre Köpfe aneinander, fühlten die Haut ihrer Wangen aneinander, küßten sich still, einfach, mit der Süße ehelicher Küsse, die ohne Leidenschaft sind, aber Gestilltes mit immer abermaliger Sättigung bestätigen, ein reines, vertrautes Anrühren der Zungen, sanftes Ansaugen der Lippen, die Gedanken konnten frei schweifen dabei; traurig schweiften Frau Abelssens Gedanken zu dem gebratenen Hahn, der schon, vor der Haushälterin versteckt, in einem Archivschrank ihres Büros verwahrt war.

Sie begleitete Richard bis zur Gartentür, winkte dem Taxi nach.

Vom Flugplatz rief er noch einmal an, und sie sagten einander, wie sehr sie sich liebten. Lili saß am Schreibtisch ihres Mannes, sie fühlte sich bei ihrem zärtlichen Gespräch in großer Reinheit, aller Sünden ledig, in einem Dom von Gnade und Erlösung. Sie sah danach in den Spiegel: Groß waren ihre Augen, von ungewohnter Klarheit, es war ein einfaches, unsinnliches Gesicht, schmaler geworden in den letzten Wochen, mit einem Mund, der mehr Wortfrohsinn als Liebesraublust ausdrückte.

Für die Kinder war es Zeit, einmal wieder an eine pünktliche Lebensordnung zu denken. Aber Nervosität durfte man nicht zeigen. Die Kinder bemerkten, daß ihre Mutter sich umgekleidet hatte – warum? In ihrer Stimme war Sanftmut, aber zuviel, es zitterte Gereiztheit in dieser Sanftmut. Ihre Geduld war ungewohnt, ihre Mutter wirkte unruhig und hilflos, in diesem Kleid, mit diesen aufgekämmten Locken über den Ohren.

Alles war ein großes Risiko. Beide Kinder wandelten manchmal im Schlaf umher. Conrad stand oft nachts auf und suchte seine Trompete. Ulrich kam manchmal ins Zimmer seiner Mutter und weinte: »Es ist Krieg! Was sollen wir machen? Es ist Krieg!«

Trotzdem zog tiefe Stille in die Wohnung ein. Es wurde halb elf. Frau Abelssen stand am Fenster. Auf dem Plattenspieler liefen die Walzer von Chopin. Die Töne bewegten sich die Alleen Westends auf und ab, gespielt vom kleinen britischen Korporal Stuart Wood, der sich mit der Kunst solchen Klavierspiels ihre erste Sünde, ihren ersten Verrat, damals an ihrem Bräutigam Albert, gewonnen hatte. Wood konnte man ewig lieben, einen in der Welt verlorengegangenen Mann, dessen Schatten nur noch selten hier an einem Gartenzaun entlangstreifte, hastig um die Ecke jener Straße bog, wo die Dienststelle gelegen hatte. Nun wartete man schon wieder auf einen Augenblick des Treuebruchs, aber es war große Stille in der Wohnung, große Stille auch draußen. Es schneite, es war der erste Schnee in diesem Winter. Das Dunkel im Garten ging langsam über in graues Aufdämmern von nächtlicher Helligkeit. Es wurde elf.

Das Telefon klingelte. Losch war am Apparat.

»Du meinst also, ich solle kommen? Warum? Warum?«

In Lili zeterte eine Marktfrau um das Eintreffen einer versprochenen Lieferung. Aber sie sagte leise: »Ja, ich meine, du sollst kommen. Ich habe den Trubel in deiner Wohnung satt. Einmal möchte ich eine Stille mit dir erleben.«

»Gut, ich komme. Bis gleich.«

Sie ging zur Gartentür, sich nochmals zu vergewissern, daß sie nicht verschlossen war. Sie stellte sich ans Fenster. Askenase spielte die Walzer, es war eine große Stille, drinnen, draußen, in Frau Abelssen, hinter ihr in den Zimmern der Kinder, über dem Haus, in einem ruhig verhangenen Himmel, aus dem weiche bläuliche Kristalle sich langsam herabsenkten.

Da kam Losch die Stufen herauf und sah sie an. Sie hängte seinen Mantel auf einen Bügel. Er sagte: »Dieser alte Mantel, er braucht keinen Bügel.«

Mit ordnendem Eifer antwortete Frau Abelssen: »Ich kann es nicht ansehen, wenn ein Mantel nicht auf einem Bügel hängt.«

Sie traten ins Zimmer. Die Musik stand still. Losch war da und beherrschte den ganzen Raum, der groß und hoch war. Er stand da, mit breiter Brust, starken Armen, schweren Händen, und sein Kopf war denn doch ein Kopf, den niemand vergaß. Seine empfindsamen, kleinen, dünn geschwungenen Lippen waren geschlossen. Breit und ausdrucksvoll war seine Stirn. Kindlich dünn, hoch geschwungen waren seine Augenbrauen. Seine Augen richteten sich auf sie. Es war klar, daß einem solchen herrscherlichen Mann eine Frau entgegenzugehen hatte. Sie trat auf ihn zu. Immer wieder war es verwunderlich, daß ein kleinerer Mann es doch verstand, die größere Frau so zu küssen, als sei sie nicht größer als er. Es war ihr erster Kuß in so großer Ruhe. Er währte lange, ein nicht enden wollendes Spiel, voller Ohnmacht, daß das Spiel nicht gewährte, wonach verlangt wurde. Die Ruhe, die Stille waren das Beste an dieser Sache, die sich Abenteuer, Betrug, Untreue nannte – alles Worte, die sich nach Raserei und Tollheit anhörten, aber niemals hielten, was sie versprachen. Die Sünde, konnte sie endlich begangen werden, nahte sich in Klarheit und in der Ruhe, die kundige Sünder sich mit List zu verschaffen wußten.

Losch war kein kundiger Sünder. Aus seiner Unterlegenheit vor Lili aber machte er sich eine Tugend. Sie traten auseinander, Losch ging vor ihren Büchern auf und ab. Nun würdigte er sich sehr herab, indem er sagte: »Davon hast du wohl nicht die Hälfte gelesen!« Lili war so voll Verachtung, daß sie sagte: »Nimm an, was dir angenehm ist!«

In der Tür – sie ging hinaus, um den Hahn aufzubraten – wandte sie sich um und setzte hinzu: »Und du weißt wohl, daß es die dümmste Frage ist, die man an den Besitzer einer Büchersammlung richten kann!« Sie vermied das Wort »Bibliothek«. Es reizte jeden, der etwas von Büchern verstand, zu entgegnen, dies wolle der Besitzer wohl nicht im Ernst eine Bibliothek nennen. Auf Loschs Gesicht nahm sie wahr, daß er sich auf diese Verhöhnung vorbereitet hatte, sie nun aber nicht aussprechen konnte. Achtung zeigte sich auf seinem Gesicht. Es gelang ihm aber, diesen Ausdruck in den Ausdruck des Mitleids zu verwandeln, des Mitleids mit der doch immer schwächeren Frau, mit deren Schwäche ein Mann ihres Liebreizes wegen rechtzeitig Erbarmen haben sollte. Lili verfolgte alle diese Regungen in seinen Zügen und war von einer müden Zufriedenheit erfüllt. So lief es immer ab.

Sie deckte den Tisch, sie aßen den gebratenen Hahn, sie tranken Wein. Losch aß mit großem Appetit, Lili zwang sich zum Essen, um ihre Verliebtheit nicht zu sehr zu zeigen.

»Leg noch eine Platte auf«, bat er, »Mozart, wenn du was hast.« Sie legte die Sinfonie g-Moll auf. Sie bot ihm die Zigarrenkiste Herrn Abelssens an. Es war eine große, flache Kiste, mit Zigarren und Zigarillos für Kenner. Sie sah, wie Losch mit sich kämpfte. Er überblickte und prüfte alles, er atmete den Geruch der bleichen und der braunen Tabake ein, er studierte die bunten Ringe. Sicher, glaubte sie, kannte er alle diese Zigarren-Noblesse aus dem Hause seines Vaters. Sicher hatte der junge Arnold Gästen eine solche Kiste anbieten müssen zum Auswählen.

Losch dankte. »Ich werde«, sagte er, »deines Mannes Zigarren nicht rauchen.« Er zog ein Päckchen Roth-Händle aus der Tasche. Auch Lili rauchte eine Roth-Händle, obwohl sie ihr nicht schmeckte. Aber es verband sie mit ihm, der sie nun schon so lange nicht mehr geküßt hatte. Sie saßen still in ihren Sesseln und hörten die Musik an. Lili wendete die Platte um und kam zurück zu ihrem Platz. Sie respektierte seine Ergriffenheit vor der Musik. Es war klar, daß eine solche lange Nacht durchaus mit dem Anhören einer solchen Musik beginnen konnte, und es war klar, daß vor aller Sinnenfreude die Respektierung eines übersinnlichen Kunstgenusses stand. Sie kannte das, sie kannte das auch bei Männern. Die Geläufigkeit, mit welcher sich Männer ihrer Behandlung durch geschickte, taktvolle, kultivierte Frauen überließen, war erstaunlich, erheiternd, ermüdend. Gewiß war es aber sehr schön, dem Rauch dieser Zigaretten nach dieser Musik nachzusehen. Die Musik veredelte die Situation. Kunstverständige, geistig privilegierte Menschen nahmen sich eine Sünde heraus – nun, da versicherten sie sich zunächst des Gleichmuts der großen Geister, ihrer Erhabenheit über solche trivialen Fehltritte, meinte Lili Abelssen.

Als die Sinfonie zu Ende war, stand Losch auf und schritt wieder an Lilis Büchern entlang. Dann sah er sich im Zimmer um. »Liegt nirgends ein Buch umher, dir zur Hand? Ein Buch in dem du gerade liest?«

Frau Abelssen hatte umherliegende Bücher ins Regal eingeräumt. Sie widerstand der Versuchung der Frauen, eindrucksvolle Literatur an einem sichtbaren Platz auszulegen, wenn sie den ersten Besuch eines Mannes erwarteten.

»Was liest du denn gerade?« fragte Losch.

»Katajew, die Defraudanten«, antwortete Lili. »Es scheint, die erste Zeit nach der Revolution hat auch ihre burlesken Aspekte gehabt.«

»So, du amüsierst dich darüber. Das ist doch wirklich das Schlimmste ...«

»Mir scheint, daß auch Katajew sich nicht nur erbitterte, sondern ebenfalls belustigt war!«

»Belustigt! Einen Quatsch redest du wieder, nicht anzuhören!«

»Alle revolutionären Schriftsteller beleben ihre Werke mit der Beschreibung des verurteilten Sumpfes, der verurteilten Ausbeuter, der verurteilten Genießer. Da liegt ihr großer poetischer Stoff, die Protagonisten ihrer eigener Ideen aber reden ziemlich langweilig ...«

»Hör auf, ich gehe!«

»Geh doch, geh! Aber denke doch an Puntila! Ist er nicht der Liebling? Was dagegen ist Matti?«

»Nun spiele dich nicht noch auf, als kenntest du Brecht!«

»Die kapitalistische Gesellschaft hat ihre großen Poesien geschaffen, darum kommst du nicht herum ...«

»Deine abgedroschenen Phrasen! Alles kommt daher, daß du dich nicht von der törichten bürgerlichen Vorstellung vom Individualismus trennen willst. Ihr wohnt der Zerstörung des Lebens bei, denn die Unterdrückung der Massen ist die Zerstörung des Lebens. Die Massen aber werden sich rüsten, die Geschicke der Erde in ihre Hände zu übernehmen. Nenne das Thema ›poetisch‹ – ohnehin ein idiotisches Wort ...«

»Nicht idiotisch! Du verstehst nur nicht, das Wort in seiner korrekten Bedeutung zu gebrauchen, deshalb verstehst du mich auch nicht.«

»Wenn du etwas intelligenter wärst, machte ich mir die Mühe, dir zu zeigen, daß die Intelligenz sich selbst verhöhnt, wenn sie die Dienerin des Kapitalismus bleibt. Die Intelligenz sollte sich verstehen als Helferin beim Aufbau des Sozialismus!«

»Die Intelligenz sollte sich auszeichnen durch objektives Verhalten; es paßt nicht zur Intelligenz, mit Begeisterung zusammenzugehen. Die Intelligenz behält sich vor, Zweifel zu haben, sie behält sich vor, zu Bereinigungen beizutragen ...«

»Furchtbar! Du kennst nicht einmal den sozial aufzufassenden Begriff ›Intelligenz‹ ...«

»Intelligenz ist nicht sozial auffaßbar, sie ist keiner Bestrebung zuzuordnen, sie ist ein wertfreier Begriff ...«

»Nun höre auf mit diesem Unsinn! Läsest du Marx, so wüßtest du, daß bei ihm nirgends steht, im Sozialismus dürfe niemand Zweifel haben ... Aber du ziehst ja vor, Unsinn zu reden, ohne zu wissen, wovon du sprichst!«

»Wohin ich sehe, ist in den etablierten sozialistischen Staaten der Zweifel am Sozialismus nicht erlaubt.«

»Deshalb fühlst du dich so großartig: lebst in einer Gesellschaft, die dir großzügig den Zweifel am Kapitalismus ebenso wie am Sozialismus gestattet ...«

»Du selbst kostest diesen Vorteil ebenfalls voll aus. Ich denke nur an die Bezirkszuschüsse für dein Kinderkino ...«

»Ich unterwandere die Verhältnisse, ich richte da auf meine Weise etwas aus ... Seltsam, daß du doch auch die Bodenaufteilung gerecht fandest. Aber wahrscheinlich hast du es nur hingesagt, alle deine Rede ist Hingesagtes.«

»Mit meinem Gerechtigkeitsgefühl stehe ich auf der Seite der Benachteiligten, der Minderbegünstigten. Ahne ich aber, daß sie die Macht übernehmen und eine neue Gesellschaft bilden wollen, die wieder andere Benachteiligte und Minderbegünstigte unterdrückt, so gehe ich wieder auf die andere Seite: Es sind immer die Bedrängten, die mich auf ihrer Seite haben.«

»Widerlich wäre das, könnte ich auch nur etwas an diesem Quatsch ernst nehmen. Du gehörst zur Bourgeoisie, und glaube nur nicht, du gehörtest zur feineren, nein, du gehörst nur der kleinen Bourgeoisie an, daran ändert auch diese eure lichtdurchflutete Wohnung nichts. Wie blöde eure Lampen sind. Wie stumpfsinnig ihr da um diesen Eßtisch sitzt, und bilde dir nur nichts ein auf diesen geltungssüchtig zusammengesuchten Bücherhaufen. Georg Heym – nur so angeflogen ist dir der Gedanke, diese Ausgabe denn auch noch in Gottes Namen zu kaufen ...

›Die Wasser stehn am Kai und sie entzünden sich dunkelrot in trüber Abendglut ...‹ Hast du je hineingesehen!«

Frau Abelssen vollendete:

»Wo in den Hafen dunkle Fleete münden
und schwarze Schatten wiegen auf der Flut.
Wo hohe Häuser, dunkel und verraucht,
wie Mumien sind am Wasser aufgepflanzt,
drin nachts der Mond die gelben Füße taucht,
der auf der Wasserrosen Teppich tanzt.«

Sie setzte hinzu: »›Der auf der Wasserrosen Teppich tanzt‹ ist nicht mehr so gut. Oder? Immer, bei allem, kommt einmal die schwächere Zeile ...«

Losch ging auf sie zu und küßte sie tief ins Ohr. Er flüsterte: »Ich liebe dich. So sehr liebe ich dich. Du weißt nicht, wie sehr!« Frau Abelssen, obwohl beklommen von ihrem Mut, erkühnte sich zu flüstern: »Doch, ich weiß es!«

»Hier, sehe ich«, sagte Losch, »hast du die Platte von Benn. Leg sie mal auf. Ich habe über Benn alles zu Ende gedacht. Er ist gerade eben ein guter Feuilletonist, sonst nichts.«

Frau Abelssen ermattete. Nach dem Anhören der Platte wurde ihr die Unterhaltung langweilig. Ein unermeßlich langer Weg war zur Couch zurückzulegen. Mit ihrem Mann unterhielt sie sich besser. Sie suchte die reale Erfüllung neuer Wünsche. Aber sie war nicht imstande, auch nur einen einzigen Schritt in der Richtung dieser Couch zu tun. Sie sah sich mit nur ungenügender Kühnheit versehen, diesen so sehr begehrten Mann auch nur darauf hinzuweisen, daß dort eine Couch war, auf der man sich nebeneinander ausstrecken könnte, wenigstens dies.

Sie trat noch einmal auf die Bücherregale zu, um ihm dies und jenes zu zeigen. Endlich wagte sie es, sich mit einem aufgeschlagenen Buch auf die Couch zu setzen, so als erfasse sie eben die Laune, sich einmal dort niederzulassen, wo das Sitzen zwar nicht bequem war, aber dem Blättern in einem Buch gerade deshalb angemessen.

Sie sanken nebeneinander hin auf der Couch. Aus ihrer Hand fiel ein Band Heine.

»Ach, die Sterne
sind am schönsten in Paris,
wenn sie dort des Winterabends
in dem Straßenkoth sich spiegeln …«

Loschs Mund löste sich von Lilis Mund. Sein breiter Leib streckte sich neben ihr aus. Er sah zur Zimmerdecke.

»Das ist es nun also«, sagte er.

Sein Atem wurde sehr regelmäßig. Lili lauschte diesen Atemzügen noch ergeben und still wartend. Sie waren von ihrem Gefühl sehr erschöpft. Große Ruhe war im Zimmer. Sie lagen zusammen, endlich, auf der Couch. Zeit, ein großes Tuch Zeit wölbte sich über ihnen, ein Zelt, dämmerig und still ein Licht von draußen filternd. Keine Eile, keinerlei List mehr, kein Zweifel, sie lagen zusammen, niemand störte sie. Loschs Atemzüge wurden noch tiefer, noch langsamer, noch regelmäßiger. Er schlief. Aus seinem erlösten Ein- und Ausatmen wurde ein Schnarchen. Er schlief und schnarchte. Lili lauschte diesen Tönen amüsiert, geduldig, aber doch verwundert. So hatte ihr Vater geschnarcht, mittags, in den Ferien, hinter wehender Gardine, hinter flirrend weißer Hauswand, so hatte er geschnarcht im Schlafzimmer, so stark, daß Weihnachten im Salon das Lametta am Baum bebte.

Immerhin, dachte sie nach einer halben Stunde mißlaunig, war es nicht das, was sie erwartet hatte. Wut zog in sie ein, kalt, und Verachtung. Dann wieder fragte sie sich: So alt, wie sie war, hatte sie so etwas doch noch nicht kennengelernt – war es am Ende als besondere, als äußerste Huldigung zu verstehen, daß ein sie liebender Mann, endlich zum ersten Mal an ihrer Seite liegend, in tiefen Schlaf fiel? Daß er dabei schnarchte, war ihm vielleicht nicht besonders anzulasten. Schließlich weckte sie ihn. Die Liebeshandlung begann, und sie lief ab, wie sie anders eigentlich nicht zu erwarten gewesen, wie sie aber doch anders erwartet worden war. Das tiefe Gefühl ersetzte, was an Lust fehlte. Das Gefuhl, fand Lili wieder bestätigt, stand der Lust im Wege. Doch Lili hatte, hatte, hatte, sie hatte, was sie wollte.

Später breitete sie Laken und Bettzeug auf der Couch aus. In die Wärme der Kissen wurden leise die verzweifelten Worte gesprochen, bei denen Lili jedoch darauf achtete, daß die Worte: »Ich liebe dich« nicht von ihr gesagt wurden. Dieser Verrat an Richard kam nicht in Frage. Auch die Fahrer und Reiter mit den Zuckerlasten wurden nicht bemüht. Dies war Lilis Art von Treue. Sie liebte und küßte den Mann, wie sie immer alle Männer geliebt und geküßt hatte: in tiefer Verehrung, in Anbetung des Männlichen an sich. Sie liebte selbstlos und stillte ihre Lust am staunenden Entzücken des Mannes, an seiner Freude, die ihre Freude neu steigerte, bis ihre eigene Ergebung kam, bis sie ihre kleinen Schreie hörte, verwunderlich weither, aber die reflektierende, die reportierende Lili erlosch endlich in der schönen Schwäche aller ihrer Glieder. Ihre Körper klebten aneinander. Immer aber tat man, als mache das nichts aus.

Über den Korridor ging ein Kind auf die Toilette. Lilis Herz klopfte stark, bis die tappenden bloßen Füße wieder vorüber waren. So sprachen sie denn über Kinder.

»Manche Nächte«, sagte Lili, »denke ich, ich habe acht Kinder. So oft fällt ihnen ein, über den Korridor zu gehen.«

»Ich sehne mich nach meinem kleinen Sohn. Ich möchte einmal wieder mit ihm in den Zoo gehen.«

Es rührte Lili, daß ein solcher Mann, der sich quälte, ein politisches Leben zu leben, gern mit seinem Kind in den Zoo ging.

»Aber er ist in Fürstenwalde. Meine Frau ist sehr liebevoll zu ihm, vielleicht fehle ich ihm gar nicht. Doch ich weine manchmal, weil ich ihn nicht sehen kann. Kennst du das: eine körperliche Sehnsucht nach deinen Kindern?«

»Ich ahne nicht, wieviel von meiner Zärtlichkeit einfach der körperlichen Nähe meiner Kinder gilt, ihre Weichheit, ihrem süßen Duft, dem weichen Aufspringen ihrer Lippen,wenn sie schlafen, dem Verdunkeln ihrer Augen, wenn sie lügen. Ich selbst war auch ein so verlogenes Kind. Meine Eltern bekamen meine Lügen nicht heraus. Ich aber weiß immer, wenn meine Kinder mich belügen, und ich ahne, es muß wohl so sein. Sie fürchten meine blödsinnige Liebe, meine Erregung, meinen Kummer, die aus dieser Liebe kommen. Sie wünschten mich ruhig und gemäßigt.«

»Kannst du das jemals sein ruhig? Gemäßigt?«

»Was weißt du von mir? Ich bin sanft und freundlich.«

Losch sah still zur Decke und sagte: »Ja. Ich weiß es. Und ich weiß: es ist nichts Böses an dir. Kein Faden. Sprich weiter von deinen Kindern.«

»Sie haben jeder ein Leben für sich, nach innen gekehrt. Sie haben fast nie gespielt. Denke dir, sie konnten nicht spielen. Sie träumten nur. Jeder für sich. Einer weiß nichts vom Leben des anderen. Richard und ich, wir wissen alles voneinander. Von unseren Kindern wissen wir nichts. Die Kinder wissen mehr von uns, als wir von ihnen. Aber unser heiteres Wohlleben hält uns zusammen. Dem Genuß ist immer zuzustimmen, auch Kinder begreifen das. Ich habe von meinen Kindern nichts, als daß ich sie betrachten kann. Betritt einer meiner Söhne mein Zimmer – das sagt Richard –, so verklärt sich mein Gesicht in einer Weise, wie er selbst es niemals an mir sieht, wenn er ins Zimmer kommt. Er ist oft eifersüchtig. Meine Kinder sind sehr schön, mußt du wissen. Hoch, schmal, zart. Ich trauere um die Zeit, als ich sie vom Mittagsschlaf aufnahm und auf die Wickelkommode setzte, um sie anzuziehen zum Spazierenfahren. Habe ich diese Zeit genügend ausgekostet? Als Ulrich drei Jahre alt war, betrachtete ich seine Füße, die mir schon zu groß waren; ich meinte, ich müßte ewig neu ein sehr kleines Kind aus dem Schlaf aufnehmen dürfen, mit sehr kleinen, weißrosigen Füßen, die noch kein Stehen auf der Erde kennen. Ich habe ein sinnliches Verhältnis zu meinen Kindern, verstehst du das? Wenn sie nachts auf der Seite liegen, haben sie noch immer das Profil des eben geborenen Babys. Ich betrachte es jede Nacht sehr lange. Richard verhöhnt mich dafür.«

Sie sahen beide an die Zimmerdecke. Lili wandte sich Losch zu und küßte seine Brust. Die Haare auf seiner Brust schmeckten bitterlich, wie sie es liebte. Er atmete tief, regelmäßig, sie fürchtete, er werde wieder einschlafen. So führte sie einen neuen Sturz in die Liebe herbei. Er war trister, kühler, kundiger, sie bewiesen einander, wie kundig sie waren, bis alles in dem Überschwang endete, der zur Einfachheit führt, zu den tiefen, verzweifelten Blicken, zu Blicken, die die Geschichten ganzer Gestirne zusammenfassen und sagen wollen: die Geschichte aller dieser Gestirne ist nichts gegen das, was ich für dich empfinde.

Losch ging gegen Morgen. Lili schminkte sich ab und legte sich zurück in das sorglich zugedeckte Bett, wo warm der Platz des fortgegangenen Mannes zu wahren war, als das Telefon klingelte. Losch sprach zu ihr aus einer Telefonzelle, auf dem Heimweg: »Ich liebe dich. Ich liebe dich.«

Frau Abelssen aber blieb ihrem Mann treu und sagte ihrerseits nicht: Ich liebe dich. Sie tat, als sei sie allzu ergriffen, dies noch auszusprechen. Sie sagte leise, zärtliche Worte und fand, damit sei ein Geliebter auf dem Heimweg gut zu stillen. Am nächsten Abend kam Losch später als am Abend zuvor. In Frau Abelssen war eine gewisse Bitterkeit darüber entstanden. Ihr

Make-up war für präzise elf Uhr gerichtet, und als Losch kam – erst um Mitternacht – war es schon nicht mehr so gut. Sie hatte eine Stunde in Bangnis und leichter Wut verbracht. Doch als Losch im Zimmer stand, wieder sehr mächtig, zerschmolz alle aufgestaute Gegnerschaft wieder in ihr. Immerhin sagte sie: »Höre die Musik, die ich die ganze Zeit spielen ließ, als ich auf dich wartete!«

Es war ein Gemisch aus oldtime Jazz, marianischen Chorälen, Walzern, de Falla, Mussorgski, Letkiss. »Das ist idiotisch!« sagte Losch hilflos und biß in sein Schinkenbrot. »Mach das ab!«

»Hast du keinen Sinn für wahllosen Musikkonsum? Nichts übrig für den räuberischen Lustgewinn aus der Überraschung von zehn blind gegriffenen kleinen Platten?«

»Barbarei ist das!«

Losch wischte sich den Bierschaum vom Mund. Der Zigarrenkiste Herrn Abelssens widerstand er wiederum. Der Weg aus den Sesseln zur Couch war auch an diesem zweiten Abend beschwerlich.

»Deine Genußfähigkeit«, sagte Losch, »setzt sich seltsam zusammen.«

»Ich habe meine ganze Genußfähigkeit im Krieg kennengelernt. Ich verstehe, jeder Minute etwas abzugewinnen. Freilich ist das Warten auf einen Mann eine niederträchtige Situation, der ich noch immer nicht ganz gewachsen bin. Warten auf einen Mann – das einzige, was mich fertigmacht. Daß ich dir das bekenne, mußt du besonders würdigen.«

»Ich kam nicht eher, weil ich leider nicht wußte, warum ich eigentlich hier bei dir sein soll. Es führt zu nichts.«

Lili schwieg und unterdrückte ihre Empörung. Zur Not konnte man sich immer auf Gleichgültigkeit zurückziehen. Beleidigungen waren die besten Hilfsmittel, zu Gleichgültigkeit zurückzufinden. Nur noch mehr, noch etwas mehr: dann würde sie lachen und sich sagen: Da ist ja dann immer Richard, da ist mein Mann, den ich liebe, da ist diese Ehe, die durch nichts zerstörbar ist. Ich werde ihm dann sagen: Dieser Idiot hat mit den fünf Abenden nichts anzufangen gewußt!

Immerhin, Losch – betrug er sich auch befremdlich und nicht so, wie sie es fordern zu können glaubte – war ein anderer Mann als Richard. Die Abwechslung bereitete Vergnügen. Sie wollte mehr von diesem Vergnügen, zu dem so sehr beitrug, daß der Mann sie mehr liebte als sie ihn. Sie, Lili, liebte ihn eigentlich überhaupt nicht, nach einer solchen Stunde Wartens. Nun bat er um ein neues Glas Bier, Lili reichte es ihm.

Später sagte Losch: »Wirst du nun wieder schnell und mit damenhafter Geschwindigkeit dein Bett richten?«

Lili richtete es mit lässig geschwindem Griff.

Sie hatten viele Freuden aneinander in dieser Nacht. Auf dem Heimweg gegen Morgen rief Losch wieder von jener Telefonzelle aus an und flüsterte mehrere Male ins Telefon: »Ich liebe dich!«

Lili hatte das Telefon schon am Bett stehen und hörte die Worte süchtig. Am dritten Morgen kam früh der Masseur. Er stellte das Massagebett in der Mitte des Zimmers auf, diesmal nur eins, und begann wie stets mit Frau Abelssens linkem Fuß. Er neutralisierte mit seinen kreisenden Handbewegungen ihren Körper, aber doch nicht ganz: Es waren da Stellen, die schmerzten, und es gab Stellen, bei welchen der Masseur milde anmerkte: »Ist der Herr Gemahl für länger verreist?«

Sie hatte rote Male unter ihrer Brust und am Hals.

»Seit gestern«, sagte Frau Abelssen kühl. Der Masseur konnte denken, die Male seien durch einen heftigen Liebesabschied Herrn Abelssens entstanden. Am Schweigen des Masseurs merkte Frau Abelssen, daß er aber an diese Möglichkeit nicht dachte. Gegen ihren Willen empfand sie Freude darüber. Wenn niemand von der Sache etwas ahnte, war sie dann überhaupt geschehen? Jeden Abend stellte sie mehrere Gläser hin und füllte sie, so daß die Haushälterin annehmen konnte, sie habe mehrere Gäste bewirtet. Dennoch, auch die Haushälterin, eine ältliche Person mit trüben Augen, blickte merkwürdig beim Abräumen der jeweils verschiedenen Zahl der Gläser. Man merkte, daß sie rechnete: Es war so viel doch wieder nicht getrunken worden. Frau Abelssen überlegte, ob sie heute abend Bier oder Wein einfach in den Ausguß leeren sollte, um einen höheren Verbrauch vorzutäuschen. Denn, wenn Richard auch alles erfahren sollte, so sollte doch die Haushälterin nichts wissen. Kein Mitleid für Richard! Beim bloßen Gedanken, daß solche Gefühle sich bei anderen Menschen einstellen könnten, konzentrierten sich Frau Abelssens Wünsche darauf, in der Geschichte keine Mitwisser zu haben. Der Genuß, den sie sich gönnte, war in dieser Weise nicht zu erweitern.

Nach der Massage ging sie zum Friseur, am Nachmittag löste sie mit Ulrich quadratische Gleichungen, am Ende stand alles sauber im Heft. Sanft sagte die Mutter: »Siehst du, macht das nicht ein gutes Gewissen, mit so anständig gemachten Schularbeiten schlafen zu gehen?«

Sie sah nach, ob er einen harten Geometriebleistift hatte, ob sein Federetui einen Bleianspitzer enthielt, ob er sein Turnzeug eingepackt hatte. Als sie sich um zehn Uhr umzog und in der Badestube vor dem Spiegel stand, sah sie im Spiegel, wie ihre Söhne ihr Gesicht im Spiegel betrachteten, und sie merkte, daß sie alles wußten.

Als es elf war, trank sie einen Cognac und holte sich ein Buch. Unbehagen ergriff sie, weil Klim Samgin in vielem so dachte wie sie. Doch war er von Gorki als ein Verworfener erdacht, von Band zu Band des Werkes wurde er ja auch immer schäbiger. Wie konnte Gorki vier Bände über einen solchen Typ schreiben, wenn er meinte, diese Art Menschen müßten von der Erde verschwinden. Klim war, zumindest am Anfang, mit vielerlei anständigen Gedanken und guten Gaben ausgestattet, seine Wahrnehmungen waren voll berechtigten, traurigen Staunens. Frau Abelssen fand, sie habe viel mit Samgin gemeinsam, besonders dies traurig schöne Staunen.

Sie stellte die Cognacflasche auf den Tisch und konnte dann bald nicht mehr lesen. Öfter lief sie zum Spiegel, prüfte ihre Frisur, puderte ihre Nase, ging in der voll erleuchteten Wohnung auf und ab. Dann legte sie Musik auf, trank und rauchte und sah vor sich hin. Um ein Uhr dachte sie: Er komme eben heute wiederum eine Stunde später, und was mache es schon aus. Ein Viertel nach eins legte sie den Burgundy Street Blues auf Dauer auf und stellte sich ans Fenster. Die Pose, die Stirn an die kühle Glasscheibe zu lehnen, war nicht zu unterdrücken. Sie sah sich als Akteurin eines alten Ufa-Films, die Kamera im Garten, ihr Gesicht schön gesoftet hinter dem Glas, davor der Winter, mit

Schneelasten auf breitem Kiefergezweig. Über dem Telefon lag die Niedertracht eines breiten und hohen Gewölbes von Schweigen. Die Straße war mit böser weißer Leere übergossen. Niemand kam vorbei. Autos fuhren vorüber, keines hielt auch nur vor einem Nachbarhaus. Ein ganzes Areal von Häusern und Gärten war für diesen Abend gesperrt. Niemand durfte das Areal betreten, um einer kindischen Frau nicht die Freude eines Fünkchens Hoffnung zu bereiten. Vielleicht waren Polizeiketten aufgestellt. Um zwei Uhr fing Frau Abelssen zu weinen an. Der Burgundy Street Blues lief noch immer. Sie stand am Fenster und weinte.

Nun klingelte das Telefon. Der Hörer wurde naß von ihrer Hand.

»Höre, ich habe einiges erlebt. Ich war verhaftet. Rege dich nicht auf. Es war ganz gemütlich. Hat aber sehr lange gedauert. Soll ich noch kommen?«

Frau Abelssen schluchzte ins Telefon:

»Aber ja! Aber ja!«

Sie stellte den Gorki weg, frischte ihr Gesicht auf. Losch hatte nun vor allem Hunger. Der Burgundy Street Blues lief noch immer. Während er sich Butter auf Käsescheiben strich, machte Lili ihn auf die bescheidene, stille sweetness der Musik aufmerksam, auch auf ihre Strenge.

»Es war das einzige, was mir half«, sagte sie, »ich habe fast den Verstand verloren.«

»Jetzt sehe ich: Du bist ganz schön hysterisch.«

»Klar, konntest du dir das nicht denken?«

»Sie kamen zu Sandberg in die Druckerei. Rockers haben heute bei Karstadt die Fensterscheiben zerschmissen und drinnen alles von den Tischen gefegt. Es ging gegen das blöde, verlogene Weihnachtsfest. Das Anti-Weihnachtsplakat hat Sandberg gedruckt, es lagen noch Stöße davon bei ihm umher. So waren wir mit dran, weil wir gerade da waren. Ich habe mich auf dem Revier gemütlich mit den Polizisten unterhalten. ›Euer Scheißweihnachten‹, habe ich gesagt, ›wo ihr euch bloß ausblutet und lauter Tinnef kauft, den ihr entweder nicht braucht oder der nicht lange hält und für den ihr gar keinen Platz habt ...‹ Sie haben mir sogar zugehört, aber, haben sie gesagt, es muß doch den Leuten selber überlassen bleiben, ob sie was zu Weihnachten kaufen ...«

»Finde ich auch«, warf Frau Abelssen ein.

»Ich: ›Aber ihr könntet euch doch mal angewöhnen, etwas nachzudenken über diesen stumpfsinnigen Konsum. Wenn das eines Tages nicht mehr läuft, und ihr durchschaut nicht die Netze, die ständig für euch ausgelegt werden, also ihr werdet mit Gewalt naiv und kindlich gehalten, habt keine Ahnung von der Kehrseite dieses Wirtschaftssystems, aber eines Tages kracht das mal, und dann ist es zu spät. Dann werdet ihr endlich nicht mehr so dumm von den sozialistischen Staaten sprechen, wo so was nämlich nicht passieren kann.‹ Aber die waren wirklich nicht aufzuwecken aus ihrem Schlaf.«

»Es sind Beamte. Die gibt's immer; Polizisten gibt's immer, eine todsichere Anlage für ein Leben. Aber die Rockers, sage ich dir, schmecken mir nicht.«

»Mir auch nicht. Und deshalb, weil das alles nicht mehr mit anzusehen ist, werde ich wohl was machen mit Sandberg. Etwas Neues. Mit den Aktionsgruppen.

»Ach, und was wollt ihr machen? Festspiele stören? Bühnen stürmen, Leute zum Diskutieren zwingen?«

»Nicht nur, nicht durchaus, aber wo es richtig ist, ja, mit System.«

»Ich werde nicht auf deiner Seite sein. Ich will im Theater nicht gestört werden, und eure Diskussionen vertrage ich nicht, weil ihr untereinander nun schon so verfahren seid, daß ihr eure wissenschaftlichen Fremdwörter euch gegenseitig vorkaut.

›Ästhetisierung des politischen Theaters‹ – abgelehnt! Da sitzen wir, schon ein bißchen hingestimmt zum politischen Theater, auch wenn es langweilig ist, und dann wird es gerade von euren Leuten schon wieder fertig gemacht.«

»Du redest wieder viel Quatsch. Ach, wenn du bloß ein bißchen denken könntest. Außerdem – um die Theater werden wir uns gar nicht kümmern. Wir werden nichts als aufklären, und zwar über einen kommenden materiellen Notstand.«

»Den ihr euch wünscht wie nichts anderes in der Welt. Eine Revolution ohne notleidende Massen gibt es nicht. Aber wie willst du wissen, daß eine solche Not heraufzieht? Das ist doch gar nicht erwiesen, sondern im Gegenteil: die Konjunktur ist wieder einmal gerettet. Ihr wollt doch den Massen nur beibringen, daß sie es noch immer besser haben könnten als mit ihrem Discount-Wohlstand. Aber sie sehen nach drüben und vergleichen, was du ihnen wohl nicht übelnehmen kannst.«

»Komm, hör auf. Wirklich, hör auf.«

»Schön. Aber muß ich fürchten, daß, wenn ich zum Ball der Berliner Kaufleute gehe, du mir Farbeier auf meinen weißen Abendmantel wirfst?«

»Täte ich gern. Werde mich aber nicht damit aufhalten.«

»Ich hasse Zerstörungen, ich hasse Beschmutzungen. Ich hasse Unordnung. Trotzdem, wenn ich nachdenke über diese Weihnachtsaktion – auch ich hasse diese Art Weihnachten.«

»Du warst beim Friseur! Hübsch siehst du aus. Komm her. Ich hasse dich. Mein Gott, wie ich dich hasse. Stell die Musik ab. Ach ja, und nun das Bett. Grausam bist du. Diese Liebe, alle diese Nächte, das bindet doch, bedenkst du das nicht? Wie sollen wir nachher leben?«

Lili wandte sich um mit geweiteten Augen und sagte: »Bezahlen muß man für alles. Aber bedenke, wir haben noch unermeßlich viel Zeit! Noch zwei weitere Nächte! Dann erst fängt das Bezahlen an!«

»Laß mich noch einmal den Schnee im Garten betrachten. Wie soll ich von Freitag an leben! Da draußen stehen und sehen, wie du dich durch die Zimmer bewegst? Mich quälen? Habe ich vielleicht Zeit für solche Albernheiten? Warum betreibst du das: mich von meinen Aufgaben, meinen Plänen abzulenken.«

»Ich war sehr verzweifelt, die vielen Stunden, immer auf diesen Schnee gestarrt. Alles muß bezahlt werden. Das ist doch klar. Es wird mir sehr schlecht gehen, nach diesen Nächten mit dir.«

Es wurde schon hell, als sie auf dem Bett lagen und rauchten. Der Aschenbecher hob und senkte sich sanft auf Lilis Bauch. So, fanden beide, war alles gut auszuhalten. Überlegenheit stellte sich ein. Sie übersahen und erkannten die Lage.

Als er fort war, stellte Lili wieder das Telefon neben ihr Bett und wartete auf das Klingeln, auf Loschs Stimme. Seine Stimme war heiser und verzweifelt. Kurz danach hörte sie die Haushälterin kommen, die Kinder aufstehen, nebenan das Klappern der Tassen. Am vierten Abend kam Losch pünktlich um elf Uhr. Er las einen Berg Zeitungen durch, Lili las ebenfalls Zeitungen, und sie verbrachten den Abend in dem Behagen eines Ehepaars, mit Bier und Doppelkorn, belegten Broten, Sessel an Sessel unter der Leselampe.

Wieder rief er auf dem Heimweg an. »Immer«, sagte er, »möchte ich so mit dir leben. Ich liebe dich.«

Sie schlief drei Stunden, dann war Losch wieder am Telefon.

»Höre«, sagte er, »ich werde heute abend nicht kommen, ich werde mich diesem Zum-letzten-Mal-Schmerz nicht aussetzen.«

Frau Abelssen hatte es nicht gern, wenn ein von ihr erdachter, perfekter Plan gestört wurde. Sie verbarg aber ihren Ärger und schlug vor, sie sollten einen Winterspaziergang machen. Damit war Losch einverstanden.

Sie liefen die Straße hinan, in den Grunewald, bis zur Havel. Manchmal blieb Losch stehen und sagte, er liebe sie, oder auch, er hasse sie.

Im Restaurant mit Aussicht auf die Pfaueninsel wollte Lili mit Losch zu Mittag essen. »Ich lade dich ein«, sagte sie. Sie wußte, er war fast ganz ohne Geld. Sie steckte ihr Portemonnaie in seine Manteltasche. Der Kellner bemühte sich um sie, ohne Losch zu beachten. Es empörte Lili, daß dieser Kellner nicht so viel Menschenkenntnis besaß, auch einem schlechtgekleideten Gast anzumerken, daß er eigentlich als Herr gedacht war. Sie sah den Kellner streng und kalt an.

»Das wird das letzte bourgeoise Erlebnis für mich sein« sagte Losch und verzehrte mit Lust seinen Fasan. Frau Abelssen konnte nicht recht schlucken und ließ viel übrig, was Losch aber alles noch mit Freude auf seinen Teller nahm. Sie waren die einzigen im Lokal. Frau Abelssen mußte lachen, als im Radio die Toselli-Serenade gespielt wurde.

Die Havel war weiß und starr. Losch sagte anerkennend, lange sei er nicht so satt gewesen. Der Kellner legte Frau Abelssen die Rechnung vor, sie wurde rot vor Wut und Scham. Sie sagte: »Der Herr zahlt.«

Losch begriff, wie geschickt sie alles vorbereitet hatte.

»Wie abscheulich talentiert du bist«, sagte er, »einen abgerissen aussehenden Mann noch mit diesem unsinnigen Taktgefühl zu beträufeln. Warum hast du nicht einfach gezahlt? Laß den Kellner doch denken, du habest eben Lust verspürt, einem Armen mal was Gutes zu bieten ...«

Frau Abelssen blieb auf dem verschneiten Weg stehen und sah an den Bäumen hinauf. Sie sagte aber nicht warum, denn schon Herr Abelssen verspottete sie wegen ihrer gefühlvollen Blicke auf die bunten Vögel, die ihre ganze Hochachtung hatten dafür, daß sie mit ihrer Buntheit winters im Lande blieben und dem Auge dies Grüngelb, dies Blau und Rot boten. Sie empfand den Anblick als erotisch, oder sie stellte doch eine Stimmung in sich her, in welcher sie, vielleicht eben aus Lappland zum erstenmal in diese südlichen Breiten kommend, den Anblick so bunter Vögel als betäubende Farbfülle erleben konnte. Es war der Trick, mit dem sie sich tröstete, daß sie in einem Lande lebte, in dem leider der Winter länger währte als der Sommer.

Losch begriff davon nichts. Er sagte, und die Weichheit seiner Stimme wirkte auf Frau Abelssen komisch: »Das ist nun die Frau, die für den Kapitalismus und für

Krieg ist und dann wieder so an den Bäumen hinaufschaut, um den Meisen nachzusehen ...«

Es würde alles leicht werden: Konnte man um einen Mann weinen, der solchen Unsinn redete? Im Bus in die Stadt zurückfahrend, standen sie einander gegenüber und starrten sich an.

Frau Abelssen stellte sich kurz vor der letzten Station neben ihn und sagte beschwörend: »Bitte, komm auch heute abend noch! Ich bitte dich so sehr darum!«

Losch antwortete nicht und sah aus dem Fenster. Sie stieg aus, blickte sich nicht nach ihm um. In sich hörte sie wieder eine vulgäre Person zetern, die an der eingetroffenen Ware sehr viel auszusetzen hatte.

Doch am Abend kam Losch.

»Für eine Viertelstunde!« sagte er.

Lili blieb freundlich. Es war noch nie vorgekommen, daß ein in sie verliebter Mann nach einer Viertelstunde weggegangen war.

Die Unterhaltung mit ihm war ermüdend.

»Sieh den Schatten dieser Vase an der Wand an«, sagte er, »nicht mehr als solche Schatten blieben von den Kindern in Hiroshima.«

»Höre«, sagte Frau Abelssen, »mehr als tot kann niemand sein. Wenn meine Kinder tot sind, bin ich nicht getrösteter, wenn ich sie von einer einstürzenden Luftschutzkellerdecke zermatscht sehe. Was soll die Sentimentalität mit den wohlerhaltenen Leichen? Ihr tut alle, als wäre der letzte Krieg ein Zuckerlecken gegen den Atomkrieg gewesen.«

»Ich halte dein Gequatsche nicht mehr aus. Und denke nicht, ich kenne den Krieg nicht. Ich war alle jene sechs Jahre im Gefängnis, auch im KZ. Da hatten wir keine Luftschutzkeller, wie du vielleicht weißt.«

»Du hast eben gesprochen wie ein Ostermarschierer. Wie viele Ostermarschierer sind aber geblieben inzwischen? Und wie viele sind übergewechselt und betreiben militante Aufruhrpolitik, sammeln für Waffen, weil sie eben doch finden: Es gibt den gerechten Krieg? Wären Britannien, die USA, die UdSSR Völker von Ostermarschierern gewesen, wären wir heute noch ein Nazi-Deutschland.«

»Was in dir alles drin ist – man kommt aus dem Staunen nicht heraus. Wenn du bloß dein bißchen Verstand einmal anstrengen würdest, um deine paar Gedanken zu ordnen.«

»Ihr macht es uns zu schwer. Sicher hätte man heute auch andere Konzeptionen von der Wirtschaft, von den Klassen. Ihr aber lest Marx wie die Bibel. Und so viele Ausleger dieser Bibel seid ihr nun schon wie verschiedene Apostel, verschiedene Kirchen, verschiedene Sekten. Leider waren die Marktbeherrscher so schlau und haben euch viele Türen aufgemacht. Dahinter war allerlei Behagen, allerlei Wärme für eure geschundene Arbeiterklasse. Es kommen nicht genug zusammen, die einen Blick haben für die Proportion zwischen Kapitalanhäufung und Ausbeutung.«

»Es werden genug zusammenkommen. Vorher aber müssen wir uns von euch Sympathisierern reinigen. Ihr seid Läuse in unserem Fell. Ihr macht uns unglaubhaft. Eben erregt sich Lili noch über Mißproportionen und Ausbeutung, übermorgen aber steht sie wieder mit einem Whiskyglas auf einem Empfang feiner Leute der Wirtschaft und plaudert dort opportunistisch, denn mit jenen Kreisen will jemand wie du es sich ja keinesfalls verderben.«

»Ich werde mich nicht verteidigen. Bei euch erlebe ich, wenn ihr viele Male ›Frustrierung‹, ›Aktionismus‹, ›Manipulieren‹, ›Umfunktionieren‹ gesagt habt, wie es weitergeht mit ›Arschlöcher!‹, ›Scheiß-Spießbürger!‹ Es tut mir leid, aber danach bin ich ein aufsaugender Schwamm für die guten Formen des Establishments, für die nicht eben üblen Argumente der Liberalen, der Sozialdemokraten, und schließlich möchte ich sagen, daß man nicht alle Sozialdemokraten diffamieren sollte, nicht zu reden von den Liberalen, deren linker Flügel euch doch einmal nicht ganz unsympathisch war ...«

»Mir immer! Keine Aktionsgemeinschaften, keine Wahlgemeinschaften mit den Liberalen. Aber was verstehst du davon. Demnächst schwatzt du mir noch einen linken Flügel der CDU auf.«

»Du bist gemein«, sagte Lili. Sie hatte die Unterhaltung satt und sehnte sich danach, endlich mit Losch ins Bett zu kommen.

Losch aber wünschte jetzt, Mozarts Klavierkonzert d-Moll zu hören. In Lili stöhnte jene Person, die hungrig war und nicht gesättigt wurde.

Bei diesem Klavierkonzert war ihr noch jeder Mann in geistige Entrücktbeit übergegangen. Gleichwohl, es meldete sich in Lili doch auch jene Person besserer Kultur, die dies Klavierkonzert liebte.

Wie hieß noch jener Mann, der einmal nur bei ihr vorbeikam, um es, neben ihr liegend, mit ihr zu hören? Nicht einmal geküßt hatte er sie. Er ging, leuchtenden Auges, und Lili hatte erfolgreich ein gleiches Leuchten in ihre Augen gelegt.

Losch und Lili saßen in Herrn Abelssens Zimmer, auf seiner Couch. Doch kam auf dieser Couch eine Verführung nicht in Frage, ebensowenig wie Losch nach Herrn Abelssens Zigarren gegriffen hätte. Nach dem Konzert wollte Losch gehen. Lili erlitt einen solchen Anfall von Hysterie, daß er blieb und sich zu ihr ins Bett legte. Sogleich war sie ruhig: Sie hatte gesiegt.

Sie sagte später: »Ich leide ebenso wie du.«

»Was war das nun? War es das wert?«

»Nenne mich kleinlich, habgierig, geizig, was du willst, aber ich meine: Es war besser als nichts.«

»Ja, du bist habgierig, krämerhaft. Lilis Fehltritt – ihr gegönnt. Und sie fädelt es schon so ein, daß sie nicht zuviel draufzahlen muß. Sagst du es Abelssen?«

»Gleich morgen.«

»Und dann gehst du mit ihm ins Bett.«

»Sicher.«

Losch ging gegen Morgen. Lili begleitete ihn, nur den Mantel übergeworfen, zur Gartentür. Der Schmerz wütete mit Scheren und mit Messern in ihr, ganze Finger und Zehen wurden ihr abgeschnitten.

Sie jammerte: »Es ist wie mit Battista! Mein Gott, es ist wie mit Battista!«

Die Gartentür fiel hinter Losch zu. Im Zug von Neapel nach Rom saß Lili, zerschnitten von Scheren und Messern. Battistas Gesicht – wann wieder?

Ein junger Mann vergoß eine Aranciata auf ihren Hut, aber es war ihr einerlei. Sie nahm den Hut ab und warf ihn aus dem Zug. Der junge Mann war nicht hübsch genug, sonst hätte sie sich vielleicht an ihn lehnen können und im dunklen Zug von ihm küssen lassen, in Schwäche und Trostbedürfnis.

Frau Abelssen blickte in der Dämmerung auf das Telefon an ihrem Bett. Aber es kam kein Anruf mehr. Das Abenteuer war beendet.

Mit der Post kam eine Einladung zu einem Empfang bei einer amerikanischen Dienststelle, von der Frau Abelssen noch nie etwas gehört hatte. Sie rief Herrn Abelssen in Hamburg an, berichtete ihm davon, verabredete, sie werde ihn am Flugplatz mit seinem Smoking empfangen.

Herr Abelssen sah blaß und freundlich aus, als er mit seinen verwöhnenden Sachen auf sie zutrat, am Flugplatz. Er ging zur Toilette und zog sich den Smoking an. Im Taxi legte er seine Hand auf ihre Hand. Sie prüfte sich, ob es ihr etwas bedeutete. Ja, es bedeutete ihr viel.

In jener Dahlemer Villa waren sie die ersten Gäste. Kellner traten auf sie zu mit Tabletts. Sie nahmen beide Whisky, und Herr Abelssen erzählte, was er in Hamburg ausgerichtet hatte. Man hatte für den Werbefilm jemanden gefunden, eine junge, frische, sehr ideenreiche Firma.

»Aber der beste Film«, sagte Herr Abelssen, »nutzt nichts, wenn der Name des Produkts von den Zuschauern nicht behalten wird. Ich habe mich für die jungen Leute jedenfalls eingesetzt. Schließlich hat das Argument ›Waschen und in zwei Stunden trocken‹ doch eine immense Wirksamkeit.«

Mehr Gäste erschienen, am Ende fanden Herr und Frau Abelssen heraus, daß sie eingeladen waren, einen amerikanischen Ehrengast zu treffen, einen Werbeagenten, der von seinem Werbebüro aus eine effektvolle Reform der amerikanischen Baumwollwirtschaft durchgesetzt hatte.

Herr und Frau Abelssen aber blieben mit ihren Whiskygläsern einander gegenüber stehen und sahen sich an.

»Wie war es mit Marianne?« fragte sie.

»Sie hatte gerade Übergangszähne im Mund, wartete auf eine Brücke. Ich habe sie im Taxi gestreichelt, aber sie fühlte sich welk an. Und du? Wie war es mit Losch?«

Frau Abelssens Augen füllten sich mit mutiger, gut dosierter, feuchter Bläue. Sie zog an ihrer Zigarette und senkte einen auf alles vorbereitenden Blick in die bänglichen Augen ihres Mannes.

»Schön!« sagte sie, »und nun ist es vorbei. Sei ganz ruhig!«

Herr Abelssen schwankte etwas, sein Whiskyglas zitterte so stark, daß das Klirren der Eiswürfel zu hören war.

»Wirklich?« fragte er. »Ist es vorüber?«

»Was soll noch kommen?« fragte Frau Abelssen. »Es kann nichts mehr kommen.«

Sie nahmen Platz zum Essen. Jemand hielt eine Rede auf den Ehrengast. Danach setzte man sich in Gruppen zueinander und plauderte. Frau Abelssen sprach ihr von anderen Empfängen schon leicht amerikanisiertes Englisch, Herr Abelssen unterhielt sich mit einem Afrikaner, dessen Englisch ebenso einfach war wie seines.

In dieser Gesellschaft war niemand banausisch gekleidet, niemand sprach unausgereifte Gedanken aus, jeder verstand sich auf sein Thema, die Teppiche waren weich, die Vasen voller hoher Blumen, junge Männer, die mit dreißig Jahren schon hohe Positionen erworben hatten, flegelten sich mit Chic in weiße Kunststoffgefäße, die sie umschlossen wie eben ausschlüpfende Küken, an den Wänden hingen ein Janssen, ein Fuchs, ein Lichtenstein. Mokka wurde serviert, Cognac, danach Champagner.

»Warum?« fragte Frau Abelssen ihren Mann, »sollen wir warten, bis die sozialistische Gesellschaft uns so viel Spaß und Genuß bereitet?«

»Unser einziges Leben«, stimmte Herr Abelssen zu, »und über die Hälfte sind wir schon hinüber.«

Später wurde getanzt. Herr und Frau Abelssen tanzten Charleston. Richard wurde weiß im Gesicht, aber Lili fand, er müsse durchhalten. Er sah allzu elegant aus bei diesem Charleston – kein wirksameres Mittel gegen Losch.

»Ich lasse mich«, sagte sie mitten im Tanzen, »töten für diese gesicherten Formen menschlichen Vergnügens. Massenglück ist nicht Menschenglück.«

Immerhin vergaß Herr Abelssen, als sie heimfuhren, nicht, daß seine Frau diese fünf Nächte mit einem anderen Mann verbracht hatte.

»Du siehst ein«, sagte er, »es muß eine Strafe vollzogen werden.«

Frau Abelssen sah es ein. Die Aussicht auf die Strafe, die sie erriet, hätte sie sehr erregt, wenn sie nicht ihre wirkliche Ausführung voraussehen mußte.

Zu Hause legte Herr Abelssen den Bolero von Ravel auf den Plattenspieler und packte, sehr harten Gesichts, sein verwöhnendes Köfferchen aus. Frau Abelssen hängte alles gehorsam auf Bügel. Die Musik kam noch von sehr weit her.

Frau Abelssen legte die gebrauchten Hemden in den Wäschekorb, sie hängte die Krawatten ihres Mannes in den Schrank, sie stellte seine Schuhe in die Küche zum Putzen.

Die Musik war noch sehr leise.

Herr Abelssen nahm die Betten, die frisch bezogen waren, aus dem Bettkasten und richtete das Bett seiner

Frau. Frau Abelssen trat in der Badestube vor den Spiegel und nahm die künstlichen Wimpern ab.

Sie reinigte sie, tupfte sie ab, legte sie zum Formen in das dafür bestimmte Kästchen. Es war lächerlich: Dies waren die Wimpern, mit denen sie Losch die tiefen Blicke gegeben. Da lagen sie, ein Paar Wimpern, sich aufbiegend, immer noch fragend, nach Liebe und Verzweiflung ausblickend.

Die Musik kam ein wenig näher.

Frau Abelssen verrieb die Reinigungslotion auf Gesicht und Hals. Ihr einfaches Gesicht im Spiegel blickte bekümmert: Konnte ein Mädchen so furchtbar für eine Sache bestraft werden, in die es notwendig hineingeraten war?

Der Bolero wurde bereits ein wenig zeterig und ungeduldig. Herr Abelssen stand da, nackt unter seinem schwarzen Schlafrock, mit Ruten, Stöckchen, Stöcken und einer Peitsche in der Hand. Er ordnete diese Instrumente auf dem Tisch neben dem Bett. Noch gestern hatte Losch an diesem Tisch gesessen und Lachsbrote gegessen.

Herr Abelssen duldete, daß seine Frau ein Nachthemd anzog, doch riß er es ihr alsbald ab. Sie lag auf ihrem Bett und sie hörte von ihm, wie blutig ihr Rücken zerkratzt sei. Sie wußte davon nichts.

Der Bolero wurde festlich, er verriet Gepränge, sehr nahen Frohsinn.

Herr Abelssen fing mit den kleinen Ruten an, seine Frau zu schlagen, die ausgestreckt auf dem Bett lag, das Gesicht in die Kissen gedrückt. Vom Sommer war sie noch überall braun, nur dies naive Doppelrund war weiß.

»Magst du es so?« fragte er leise.

»Du weißt, ich mag es überhaupt nicht.«

Die Musik nahte sich aggressiv. Es gelangten die Stöckchen zu ihrem Spiel, dann die Stöcke.

Lili schrie nicht, der Kinder wegen. Nur die Leute im Hause würden sich über die laute Musik beklagen. Aber die Kinder schliefen fest und würden nur vom Geschrei ihrer Mutter erwachen.

»Ist das nicht«, fragte Herr Abelssen begeistert, »das großartigste Crescendo, das es in der Musik überhaupt gibt?«

»Kannst du nicht aufhören? Und nicht immer auf dieselbe Stelle?« schluchzte Lili.

»Von einer Stelle, von immer derselben Stelle«, rief Herr Abelssen, »wollen wir nicht reden!«

Die übrigen Bewohner des Hauses richteten sich in ihren Betten auf. Viel Ungewöhnliches gab es bei diesen Menschen, die oft nachts Gäste hatten und lärmten. Jetzt aber – schrie da nicht jemand? Eine Frau? Ja, es brüllte eine Frau.

Neben dem Bett stand noch das Telefon. Lili langte brüllend danach. Richard hielt ihre Arme fest, sie befreite trotzdem ihren rechten Arm, wußte aber die richtige Nummer nicht.

Wenig später kam die Feuerwehr, fand aber das Haus dunkel und in Ruhe vor. Herr Abelssen öffnete in seinem schwarzen Morgenmantel und sagte: »Es muß ein Irrtum vorliegen.«

Die Kinder holten sich ein Glas Wasser in der Küche und begrüßten ihren Vater. Sie sprachen untereinander nicht über diese Sache, aber beide Söhne gingen sehr ruhig wieder in ihre Betten. Irgendeine Art Ausgleich war vollzogen worden, sie waren zufrieden.

Herr Abelssen legte sich zu seiner Frau und fragte

zärtlich: »Ist es nicht schön, wenn der Schmerz nun nachläßt?«

Er küßte alle ihre Wunden, auch die von Losch auf ihrem Rücken. Sie weinten und sie liebten sich, aber in den Räumen waren noch immer Mozart und Lachsbrote, Roth-Händle, Marx und Losch.

Weihnachten ging vorüber. Während Frau Abelssen in den Zimmern hin und her ging, die Topfpflanzen goß, sprach sie in Gedanken noch immer mit Losch. Sie holte Gespräche nach, zu denen sie nie gekommen waren. Nachts vollzog sie in Gedanken neue Begegnungen mit ihm, neue Zankgespräche, neue Umarmungen, nach denen sie erschöpft erkannte, daß ein Leben mit ihm nicht wirklich erträglich wäre.

Viele Male am Tag bat sie Herrn Abelssen, neben ihrem Stuhl stehen zu bleiben; dann schlang sie die Arme um ihn, legte ihr Gesicht an seinen Leib, der still und beruhigend atmete.

Dann kam eine Zeit, da sie abends trank, noch lange, nachdem Herr Abelssen im Bett war. Manchmal ging sie nachts noch fort, zur Telefonzelle, rief in den Kneipen an, wo Losch sein konnte. »Ist zufällig Herr Losch da?« fragte sie, und sie erinnerte sich jener Frau, die damals so hartnäckig »Ist Bernhard da?« gefragt hatte.

»Nein, Herr Losch ist nicht da.«

Endlich faßte sie Mut, Sandberg anzurufen.

»Losch ist in Fürstenwalde«, sagte er, »seit Weihnachten. Anfang Februar kommt er zurück. Kommt vorbei, wenn euch interessiert, was wir machen. Du weißt, Lili, ich denke über euch anders als Losch.«

Das Kinderkino war geschlossen. Der Bezirksrat, der es unterstützt hatte, war seines Postens enthoben und aus der Partei ausgeschlossen worden. Sandberg sagte, die Räume des Kinderkinos wolle er übernehmen.

Als Frau Abelssen später hörte, Losch sei zurück, schrieb sie ihm, sie wünschte, ihn einmal wiederzusehen, ob er an einem Freitagvormittag bei Möhring sein wolle.

Sie saß einen Vormittag lang bei Möhring am Fenster. Losch kam nicht. Die Niederlage peinigte Lili.

Am Nachmittag sagte Herr Abelssen, der sie oft lange und in mitunter kühler Nachdenklichkeit ansah: »Wir sollten einmal wieder einen großen, schönen Spielabend abhalten. Du bist so weiß im Gesicht. Du siehst verhärmt aus. Du bist älter geworden. Das Spiel wird dir guttun.«

5. Spiel

Sie spielten Piquet, aber nicht besonders aufmerksam. Herr Abelssen verlor gleich zu Beginn über zweihundert Mark.

»Ich habe«, sagte Herr Abelssen, »einen sehr leichten Wein ausgesucht, denn ich ahne, es wird ein langes Spiel, und ich wünsche dir nicht, daß du danach betrunken die Zimmer auf und ab rennst und dir die Haare raufst wie neulich. Du dachtest, ich schliefe, aber ich habe es wohl gemerkt. ›Meine Kinder! Meine armen Kinder!‹ hast du gewimmert. Du mußt dich sehr erbärmlich gefühlt haben.«

»Es war nur gewöhnliche Betrunkenheit«, antwortete Frau Abelssen steif. »Ich leide dann an der banalen Einsicht, alles Leben sei durch ein Versehen entstanden, und ich möchte gern aussteigen aus diesem Versehen, gäbe es die Kinder nicht, die man erst noch tiefer in das Versehen hineinführen muß, damit sie dieselbe banale Bestürzung auch zu kosten bekommen.«

»Du leidest wirklich zu sehr an Losch«, sagte Herr Abelssen und teilte die Karten aus.

»Denke dir«, entwarf er den Beginn ihres eigentlichen Spiels, »du ziehst also zu Losch. Du schläfst mit ihm, und er wird dich jede Nacht fragen: ›Was lasest du heute von Marx, was von Engels, was von Lenin? Was weißt du von Mao? Hast du eine vernünftigere Meinung zum Fall Israel angenommen?‹ Und bedrückt mußt du bekennen: Wieder hast du rein gar nichts von den Stiftern, von den Heiligen, von den Propheten gelesen. Isaac Babel hast du vielleicht gelesen, Alexander Blok, Katajew, Gorki. Und die Neuen, die Verbannten, aber diese Lektüre paßt Losch schon gar nicht. Und Losch wird sagen: ›Die Dichter sind der Weltrevolution zu nichts nütze. Sie agitieren nicht. Immer wieder werden sie Individualisten, eigensüchtige Bestauner ihrer schwärmerischen Gedanken, sie ordnen sich nicht ein.‹ Dann wirst du schüchtern einwerfen: ›Aber du selbst? Du liebst doch auch die Dichtımg? Sogar die unpolitische ... ich erinnere mich, du warst bewegt von Heym.‹ Dann wird er vielleicht sagen: ›Speisungen von gestern. Abschiede. Museale Verlockungen ...‹ Du aber in deiner Schläue sagst dann nichts mehr; du weißt, in seiner breiten Brust ist viel Traurigkeit. Er aber legt dir seine schwere Hand auf die Brust und sagt dir, wie sehr du dich irrst, in allem. Dann wieder sagt er dir, welches Parfüm, welches Kleid, welchen Hut er an dir liebt. Da er kein Geld von dir annimmt, platzt seine eigene Jacke aber bald aus allen Nähten, du kannst dich nirgends mit ihm sehen lassen; die Leute raunen, wenn sie euch sehen: ›La Belle et la Bête!‹

Aber du wirst wohl zu ihm ziehen müssen, in seine Ruine, und mit den Trunkenbolden leben. Denn die Wohnung hier behalte natürlich ich, der unschuldige Richard. Mit einer sehr jungen, sehr angenehmen Gefährtin. Deine Söhne aber wachsen bei den Trunkenbolden auf. Da werden sie was Schönes werden!«

Irritiert nahm Herr Abelssen wahr, daß sein Spiel bei Frau Abelssen eine Art Hunger sättigte. Ihre Augen glänzten zustimmend.

Sie sagte: »Ich werde schon zusehen, daß ich die zweite Etage in dem Haus in der Königsallee freibekomme. Und in seiner Ruine werde ich mich nur aufhalten, wenn es mir paßt. Die Trunkenbolde trinken schon längst nicht mehr, sie sind eingesetzt für die Revolution. Wir trinken noch, aber nicht mehr soviel. Meine Kinder werden zu politischem Denken erzogen, aber ich werde gegen Loschs Einfluß wirken, wenn er zu stark wird.«

»Du wirst sie zu Zauderern erziehen wollen, aber das wird dir nicht gelingen. Doch macht das ja nichts, so werden sie doch nicht kriminell. Da sie dann nicht mehr zur Schule gehen werden, können sie dich auch nicht mehr mit gefälschten Unterschriften grämen.«

»Was aber«, fragte Frau Abelssen und stellte ihr Glas ab, gesenkten Gesichts, »wird mit uns beiden werden?«

»Wir sind getrennt. Das Paar ›Herr und Frau Abelssen‹, dies Monument des Glücks, stadtbekannt, ist zerschlagen, zerstört, vom Vandalismus, der sich aus Lili erhoben hat und alles vernichtet, was dies Paar besessen, was es umgeben, was es beglückt, womit es andere beglückt hat. Fassungslos, vielleicht, werde ich dich zuerst fragen: ›Da werden wir nun wohl teilen müssen? Alles? Und womit fangen wir an?‹ Dann fasse ich mich endlich und gehe kalt an die Bücher, teile sie in zwei große Haufen. Dann an die Platten, dir lasse ich den ganzen Jazz, alle Beatplatten, ich behalte die alten Charlestons und Tangos, denn ich verleugne nicht die glücklichen Abende meiner Jugend. Nimm du den ganzen langweiligen Mozart, Bach, Händel, vergiß nicht die stimmungsvollen Weihnachtsplatten, die du doch der Kinder wegen einmal angeschafft hast, oder deiner Mama zuliebe. Ich nehme den ganzen Strawinski, den ganzen Ravel, Mussorgski, Prokofjew, Schostakowitsch ...«

»Ich werde mir alles neu kaufen«, sagte Frau Abelssen, »diese zerkratzten alten Platten sind ohnehin nichts wert. Da wirst du dann sitzen, deinen Bolero hören, und immer an denselben Stellen mußt du aufstehen und hinrennen, weil der Sprung wieder da ist.«

»Ich werde direkt daneben sitzen und alles schnell richten. Gerade dieser zerkratzte Bolero mit dem Sprung ist mir natürlich viel wert, ich meine den Gefühlswert: Ich höre dazu dein Gebrüll!«

Frau Abelssen hob ihr Gesicht von den Karten auf, es war sehr blaß. Sie sagte: »Und dann? Unsere Kreise? Ich nehme natürlich die Mode ...«

Hier erregte sich Herr Abelssen, und er sagte mit Schärfe: »Die Mode gehört mir! Ich bin der Werbeberater von ›Pretty‹, ich sitze in der Baumwollbranche!«

»Ich aber habe ›Pretty‹ überhaupt erst durchgesetzt! Du wirst mir, außerdem, nicht die Modellkonfektionsschauen nehmen wollen!«

»Gerade die! Nimm du dafür das Frauenzuchthaus, wo du ›Pretty‹ eingeführt hast. Besuche die Damen öfter, sie werden sich freuen!«

Frau Abelssen suchte ihr heftiges Atmen nicht merken zu lassen. »Bei aller Ruhe«, sagte sie, »wirst du einsehen, daß die Firmen, deren Schauen wir besuchen, zwischen uns geteilt werden müssen. Nimm du vier vom Couture-Genre, ich nehme die anderen vier. Das Mittelgenre werden wir uns ebenfalls teilen. Den Verein der Kaufleute lasse ich dir allein. Da habe ich mich immer gelangweilt ...«

»Ach, aber hast du dich nicht immer sehr angenehm mit dem Präsidenten der Industrie- und Handelskammer unterhalten, und mit seiner Frau? Aber gut, ich übernehme diesen Posten Gesellschaft.«

»Dafür behalte ich den Maklerverband ...«

»Das wird Losch tiefen Eindruck machen.«

»Vielleicht werde ich es ohne dich überhaupt endlich zu einem eigenen Haus bringen.«

»Aber ja!« rief Herr Abelssen begeistert. »Dein Traum wird endlich wahr: Ein Haus am Diana-See, mit eigenem Boot, mit Trauerweiden. Wenn Losch kommt, läßt du das Frühstück auf dem Rasen am Wasser servieren. Langsam wird er träge und genießerisch. Er klopft sein Frühstücksei auf, die Sonne scheint ihm warm auf den Rücken, er hat vergessen, daß heute, während die Polizei ihr Sportfest hat, eigentlich das Polizeipräsidium besetzt werden sollte. Sandberg, so gern er dich hat, muß Losch empfehlen, sich von dir zu trennen.«

»Aber«, mahnte sie, »nun geht es an unsere Freunde! Das wird schlimm!«

»Aber nein, alles ist ganz einfach. Ich lasse dir die Arrivierten der Modebranche. Dafür werde ich mich um den Nachwuchs junger Moderedakteurinnen kümmern. Ich freue mich schon auf die kleine Bleiche mit den schrägen Augen, die von Jahr zu Jahr schöner wird! Ich lasse dir alle Schwulen; sie machen dir ja so zauberhaft den Hof. Nimm dich aber, sei so gut, auch der älteren Modedamen an!«

»Und ich«, sagte Frau Abelssen, »lasse dir den Stammtisch im Escheneck. Dafür möchte ich gern die Weitzels, die Ebenbaums, den Schröter, den Riek, die Ursula behalten.«

»Ach«, sagte Herr Abelssen gereizt, »also die paar wirklich gebildeten Leute, die wir haben, wünschst du für dich allein. Mit welchem Recht eigentlich?«

»Freunde, die ich mit in die Ehe eingebracht habe. Die einzigen Leute, mit denen ich nicht über Stoffe und Grundstücke reden muß.«

»O ja, deine Theatergespräche! ›An der Konzeption dieser Inszenierung‹ – so was kannst du zu diesen Leuten sagen, ›ist überhaupt nichts auszusetzen, es sei denn, man tadelt die Fülle der Komparsen, die im Stück selbst nicht vorgesehen ist.‹ Das muß ich wohl einsehen, dies Erbe kann ich nicht antreten, aber wer bleibt mir denn eigentlich? Die alten Kannegießers, die dummen Nadlers, die langweiligen Breitkopfs, aber ah, du läßt mir die schöne Isolde, die mollige junge Ruth, die schicke Architektin, wie heißt sie doch ... Pamela, richtig. Ja, ich freue mich besonders auf Pamela!

Schließlich müssen wir aber doch unsere Adressenkartei systematisch durchgehen. Vielleicht jede zweite Adresse hochstellen. Was sehe ich: ich bekomme den homosexuellen, pathologischen Säufer Ernesto, dafür ziehst du den Tod jeder Party, die Witwe Grabenholz. Nun aber laß uns Berlin zwischen uns aufteilen. Denn du siehst ein, dein bloßer Anblick geniert mich derart, daß ich ihn zu vermeiden trachten muß. Wenn du dann nach Grunewald ziehst, läßt du mir also Westend.«

Frau Abelssen legte langsam ihre Karten nieder. Ihr Glas war leer. Herr Abelssen füllte es neu, mit nicht ganz sicherer Hand. Auf seinem Gesicht lag das seifige Lächeln, das Lili an ihm zuwider war, vor dem sie sich aber ängstigte, weil es bedeutete, daß in solchen Augenblicken Richard sie weniger liebte. Manchmal überfiel sie, wenn sie ihn so falsch, so geschmeidig lächeln sah, die Angst, er könne eines Tages die Liebe zu ihr einmal ganz abstreifen.

»Vielleicht«, sagte sie und trank vom frischen Wein, »müßten wir uns erst über die Lokale einig werden. Sonst sperrst du mich womöglich aus der Gegend aus, wo alle meine Lieblingsrestaurants liegen!«

»Willst du dort etwa mit Losch auftreten? Ich schlage vor, behalte lieber das rechte Ufer der Havel. Dort ißt man auch sehr elegant, wie du ja weißt.«

»Nein«, beharrte Frau Abelssen, »ich will auch das Ritz. Nimm du ›Henry‹. Nimm auch ›Zarah‹. Wirklich, das ist ein gutes Angebot. Die italienischen teilen wir uns, auch über die anderen exotischen werden wir uns einig werden. Nun weiter zu den Stadtteilen!«

»Da du so vernünftig bist, werde auch ich entgegenkommend sein. Ich lasse dir den ganzen Wedding, dazu noch Moabit. Da hast du mit Losch zusammen ein schönes Feld. Mir aber laß bitte ganz Kreuzberg. Du weißt, wenn ich Geschäftsbesuch aus der Provinz bekomme, muß ich den Leute was Originelles zeigen. Da geht nur Kreuzberg.«

»Du meinst im Ernst«, fragte Frau Abelssen, »ich

kann dann nie mehr nach Kreuzberg? Aber man wird mich dort vermissen!«

»Jeder Mensch ist zu ersetzen. Ich werde andere Damen dorthin ausführen, jüngere, jeder wird mir recht geben: Kreuzberg war Lili Abelssen doch schon ein wenig entwachsen!«

»Damit«, sagte Frau Abelssen kalt und nahm die Karten wieder auf, »triffst du mich überhaupt nicht.«

Sie gewann das Spiel, was Herrn Abelssen auf neue Feinheiten seiner Träume brachte.

»Es geht nun«, sagte er, »um den Kurfürstendamm.«

Hierauf schwieg Lili erschrocken. Sie spielte zerstreut und geriet in Nachteil. Herrn Abelssens Hand, weiß, gierig, plötzlich fleischig, bekam in der rauchblauen Luft vor ihr etwas Hassenswertes.

»When I get older, loosing my hair ...«, sangen die Beatles.

Der Wein war nicht so leicht, wie Herr Abelssen es angekündigt hatte. Lili sah, der Wein war von einem vollen Gelbgold. Er umspielte die Zunge seitlich, ließ eine volle Säuerlichkeit unter der Zunge zurück, einen anhaltenden Reiz in der Kehle. Eine fürchterliche Traurigkeit erfüllte ihren ganzen Körper, in dem, ihrer Überzeugung nach, ganz und gar ihn durchdringend, auch ihre Seele wohnte, ausgedehnt bis in Fingerkuppen und Zehenspitzen.

Der Kurfürstendamm.

»Der Kurfürstendamm!« sagte Herr Abelssen und blickte steif über seine Karten in ihr Gesicht.

Frau Abelssen wußte, wie blaß ihr Gesicht jetzt war, und sie merkte, es rührte Richard nicht. Er verlangte seinen Teil vom Kurfürstendamm von ihr. Sie setzte zu einer Mutprobe an und verlangte kühn: »Ich nehme das Stück zwischen Gedächtniskirche und Uhlandstraße!«

Herr Abelssen warf seine Karten hin und lachte.

»Lili!« rief er, »versuche nicht diese überdreiste Art mit mir! Nicht mit mir!«

Frau Abelssen wurde klar, daß selbst bei echten Trennungsgründen eine Trennımg von Richard nicht infrage käme. Der Kurfürstendamm konnte nicht geteilt werden.

»Vernünftige Menschen«, fuhr Herr Abelssen sehr gelassen fort, »werden natürlich auch mit einem solchen Problem fertig. Vor allem intelligente Menschen, und das sind wir doch. Es ist eine Art Denksportaufgabe.«

Hier kam Frau Abelssen der erschreckende Gedanke, er könne die Frage einer Trennımg wirklich längst durchdacht und dabei schon besonders die Aufteilung des Kurfürstendamms berücksichtigt haben.

»Es ist doch schon einmal klar«, führte Herr Abelssen aus, »der Kurfürstendamm kann nur in Nord- oder Südseite aufgeteilt werden.«

»Wo ist denn Nord, wo ist Süd?« fragte Lili zag.

»Also gut, sagen wir einmal: die Möhring- und die Bristol-Seite. Verstehst du das besser?«

»Aber! Aber! Ich brauche doch beide Seiten! Wirklich, Richard, ich flehe dich an! Ich brauche beide! Allein der Geschäfte wegen!«

»Gut, ich lasse dir die Wahl. Bedenke, daß auf der Möhring-Seite, weiter oben, die Boutiquen liegen, wo du deine Söhne einzukleiden pflegst. Für jede Vier in Mathematik ein Hemd von Selbach. Für jedes Sitzenbleiben ein Mantel von Norbert!«

»Und wo willst du dann kaufen?«fragte Frau Abelssen gehässig.

»Denn dein Herrenausstatter ist auf derselben Seite!«

»Opfer muß man bringen«, gab Herr Abelssen zu und machte ein sehr geheimnisvolles Gesicht, als wisse er bereits von einem in Kürze auf der anderen Seite des Kurfürstendamms sich niederlassenden höchstklassigen Geschäft, wo er Kunde zu werden gedenke.

»Außerdem«, sagte er, »gibt es da noch Dietel.«

»Schließlich aber«, lenkte er ein, »können wir einander nicht ganz die Seitenstraßen des Kurfürstendamms verwehren. Es geht auch um die Theater. Richtig, die Theater!«

»Wir werden uns einigen«, sagte Lili, mit ihren langen Wimpern erste Tränen zudeckend, »wer in welchem Theater die Premieren, und wer wo die Zweitvorstellungen sieht. Ich werde nicht kleinlich sein.«

»Mit wem wirst du ins Theater gehen?« fragte Herr Abelssen höhnisch. »Wirst du Losch in einen dunklen Anzug locken?«

Lili sah sich allein im Theaterfoyer auf und ab wandeln, in Kleidern, zu denen es keinen Mann als Rahmen gab, mit dem Gesicht, das alle alleinstehenden Damen in den Theatern hatten, betrübten Sofakissen ähnelnd. Sie sah sich wieder an der Klippe, von welcher sie herabsah in die gähnende, entsetzliche Tiefe, in welche sie stürzte, setzte sie jemals Richard aufs Spiel. Allein in einem Theater!

»Es wird sicher immer jemanden geben«, sagte sie gepreßt, »der mich begleiten wird. Schließlich sind da noch meine Söhne.«

»Richtig!« erkannte Herr Abelssen an. »Wie heiter du wirken wirst! Rechts und links einen Sohn, in seidenen Jacken, mit vielen Ketten, an den Kragen das rote Mao-Abzeichen! Lange blonde Haare, blonde Bärte, doch, doch – sehr attraktiv.« Das fand Frau Abelssen auch und war wieder ein wenig zufriedener.

»Ich muß nun aber einmal in die Kantstraße, meine Schneiderin wohnt dort«, sagte Frau Abelssen, »und du mußt in die Lietzenburger, dein Arzt wohnt dort. Und jetzt, Richard, es ist eine Zeit vergangen, wir hatten Glück, trafen uns nicht. Aber jetzt ...«

»Nun, was meinst du, was ist?« fragte Herr Abelssen, und Lili wußte nicht zu unterscheiden, ob er jetzt wirklich ein wenig zerstreut war oder ob er nur so tat.

»Ich meine«, sagte sie, und als sei es nichts Besonderes, sich einmal mit der Fingerkuppe über die Wange zu fahren, tupfte sie eine Tränenspur weg, »nun stehen wir da, jeder auf seiner Seite des Kurfürstendamms, und wir sehen uns ...«

»Es ist Nachmittag«, sagte Herr Abelssen. Seine Stimme war gleichmütig, aber trist. »Die Sonne scheint voll auf Möhring. Die Ampel steht auf Rot. So haben wir Zeit, einander zu betrachten. Du trägst den weißen Leinenhut von Madame Phyllis, an deiner Seite ist ein etwas zu junger Mann ...«

»Und du«, fiel Frau Abelssen ein, »hast dich, wie ich zu meiner Bekümmerung feststelle, zu einem zu jugendlichen offenen Hemd entschlossen, und dein Sakko sitzt nicht, weil du, wie du zugeben mußt, eben keine rechte Taille hast, einen so stark taillierten Sakko konntest du nur aussuchen, weil du mich nicht zur Beratung hattest. Niemand sagt dir etwas. Es kommt ein Wind auf, du mußt deinen Hut festhalten, es ist noch der Panama, dabei gerät dein Anzug ganz aus der Linie, und wenn du die Hand wieder herunternimmst, denkst du nicht daran, ihn zurechtzurücken ...«

»Die Ampel wird grün«, nahm Herr Abelssen die Schilderung auf, »aber du beschreitest den Fahrdamm nicht. So bleibe auch ich noch stehen, um dich zu betrachten ...«

Auf dem Plattenspieler dirigierte Strawinski die »Scènes de ballet«.

»Auch ich habe natürlich ein junges Mädchen an meiner Seite. Sehr jung. Ich lasse sie auf die Kunstakademie gehen. Sie hämmert hübsche Sächelchen aus Email. Und ich sehe dich an und frage mich: Mehr als zehn Jahre so viel Mühe für diesen einen Menschen? Dein Anblick, nach so langer Zeit ... Oder ist es noch nicht so lange her? Stehen nicht noch Sachen von ihr im Hause? Sollte ich dich bei dieser Gelegenheit nicht einmal fragen, was aus den Sachen werden soll? Ich hebe leicht die Hand!«

Sie hatten aufgehört zu spielen und hörten auf die Musik. Herr Abelssen schrie plötzlich: »Hörst du? Ich hebe leicht die Hand!«

Frau Abelssen biß auf ihre Finger und sah auf die Rückseiten ihrer Karten.

»Ich höre«, sagte sie leise.

»Ich hebe leicht die Hand!« wiederholte Herr Abelssen leise. Es war nur die Musik im Wintergarten. Schwarz starrten die hohen Fensterscheiben.

»Die Sonne scheint auf Möhring! Die Ampel wird grün! Die Ampel wird rot! Ich hebe leicht die Hand! Lili, ich hebe die Hand! Lili, was tust du?«

»Auch ich«, sagte Lili, »hebe leicht die Hand. Nicht höher als die deine. Dann entschließe ich mich, leicht an meinen Hut zu fassen, damit du das Heben meiner Hand nicht als Entgegnung deutest. So läßt du deine Hand wieder sinken.«

»Vielleicht aber«, sagte Herr Abelssen, »hebe ich sie noch einmal. Vielleicht nun ein wenig höher. Ich sehe ein, ich muß dir etwas Mut machen. Wirst du es verstehen?«

»Was soll ich verstehen? Daß du wegen dieser Sachen noch mit mir sprechen, daß du mich quälen willst? Ich will keiner Sachen wegen mit dir sprechen. Ich sehe dich winken, und ich überwinde mich, winke dir auch, nur weil es schön und passend ist, immer taten wir doch das Passende. Aber ich gehe nicht über den Damm, auch wenn die Ampel nun wieder grün ist. So stehen wir, bis deine Freundin und mein Freund ungeduldig werden. Mein Freund ist ein spröder, aber anhänglicher Junge. Er ordnet die Blumen in meinen Vasen, legt mir abends die Platten auf, sucht mir meine Kleider aus, liest mir aus Marcuse vor, betrinkt sich mit mir, nachts habe ich ihn im Arm, gegen Morgen sehe ich die hübsche Linie seines Halses mit dem bunten Stein am Kettchen, sein sprödes, schönes, etwas graues, etwas versoffenes Gesicht ...«

Frau Abelssen hatte sich wieder gefangen. In den »Scènes de ballet« kam der große, hohe Aufschwung der Bläser.

Herr Abelssen sagte mit erstickter Stimme: »Diesem Knaben habe ich nichts entgegenzusetzen. Möchtest du nicht doch noch einmal zu jener Ampel zurückkehren? Lili? Kommst du dorthin nicht zurück? Schick den Jungen weg. Auch ich werde ohne das junge Mädchen sein. Einsam bin ich. Allein stehe ich dort. Nicht im neuen Anzug, habe mir keinen mehr machen lassen, weil ich deine Beratung entbehre, keine andere wollte. Lili, und du? Gib diesen Knaben auf!«

»Gut!« sagte Frau Abelssen und weinte jetzt heftig in ihr Taschentuch. »Ich stehe allein da. Allein. Aber ich kann nicht über die Straße, kann dir nicht entgegengehen. Ich bin gelähmt. So werden wir da stehenbleiben, mir gehört die Möhringseite, dir die Bristolseite des Kurfürstendamms. Ich kann nicht mehr. Nimm die Karten weg. Ich kann nicht mehr ...«

Schneematsch klatschte an die Fenster.

Herr Abelssen machte die Betten und zog seine Frau aus und legte sie hin. Er küßte sie nicht, er ging in sein Zimmer, legte ein Päckchen Papiertaschentücher neben sein Kopfkissen, riß eins nach dem anderen heraus und heulte sich in Schlaf, während er noch hörte, wie Lili einige Male hinausging, weil ihr übel war.

6. Kapitel

Frau Abelssen fühlte erfreut in den ersten wärmeren Februartagen, wie ihr Gefühl für Losch schwächer wurde und sie nicht mehr quälte. So ging sie zu dem Haus im Wedding, besuchte die Portiersfrau, aß Streuselkuchen an ihrem Küchentisch und war guter Dinge, fast ohne Herzklopfen. Sie war mit Sandberg verabredet, der das verlassene Kino übernahm.

Alles lag dort voller Trickfilmphasen, und die Portiersfrau sagte: »Ich verstehe ja nichts davon, aber die Kinder sind ja wohl verraten worden, oder? Sie haben sehr an dem Mann gehangen. Aber er war ja sicher ein Kommunist.«

»Hören Sie zu«, sagte Sandberg zu Frau Schroppe, »wir wollen doch einfach ›Sozialist‹ sagen. Damit Sie nicht immer so erschrecken müssen. Ist doch nicht nötig. Denken Sie mal: Wir haben in Berlin eine Karl-Marx-Straße. Ihr solltet alle nicht so schreckhaft sein.«

»Ich?« sagte Frau Schroppe, »ich bin überhaupt nicht schreckhaft. Was kann uns kleinen Leuten schon passieren? Kann man mir vielleicht was nehmen?«

»Prima!« sagte Sandberg, »wir werden uns schon verstehen.«

»Bloß«, sagte die Schroppe, »daß Sie solche langen Haare und solche Bärte haben müssen. Das soll nun so was sein. Sieht aber doch unordentlich aus.«

»Sehen Sie mal her«, sagte Sandberg, »sehen Sie mal, was ich für abstehende Ohren habe. Deshalb trage ich das lange Haar. Ich wasche es oft. Überhaupt – alles Kleinigkeiten, das müssen Sie einsehen. Oder?«

»Aber sagen Sie, wieso kann Herr Losch einfach in die Zone fahren? Da steckt doch was dahinter?«

»Er hat eine Sondererlaubnis. Schließlich lebt seine Familie da.«

Frau Abelssen half, die Blätter aufeinanderzuschichten. Frau Schroppe versprach, sie als Erinnerungen an die Kinder zu verteilen.

»Lili«, sagte Sandberg, als sie allein waren, »das soll ein Versammlungsraum werden. Du wirst mir keinen Ärger machen, nicht wahr, und du wirst auch keinen Ärger mit uns haben. Wir haben, in Abwesenheit von Losch, aber mit seiner Beteiligung, die »Radikale Aktion« gegründet. Wir lehnen aber die parlamentarische Demokratie nicht ab, sondern gehen ihre Wege. Es gibt kein anderes Mittel. Wer sich aus der allmählich aufgeriebenen Außerparlamentarischen Opposition endlich in eine sinnvolle Aktion gestellt sehen will, der macht mit. Ihr eigener Nachwuchs hat sie unbeweglich gemacht. Ich laufe jetzt den Resignierten hinterher.«

»Die Revolution frißt ihre Eltern – bei euch«, sagte Lili.

»Nun ja, das ist wieder eine deiner etwas versimpelnden Bemerkungen. Jedenfalls wird Losch zurückkommen. Es wird neue Demonstrationen geben. Mit einer neuen Disziplin. Aber erschrick nicht: Ohne die SEW werden wir nicht immer auskommen.«

»Ich will damit nichts zu tun haben!« rief Frau Abelssen. »Mit jedem von euch einzeln gern. Aber aufgereiht seid ihr mir unheimlich. Ich will nicht dasselbe wie ihr.«

»Du willst aber doch dasselbe abschaffen wie wir. Du kannst erstklassig hassen. Noch mehr deinen Mann. Wenn ihr nur nicht diese blödsinnigen kapitalistischen Jobs hättet.«

»Wenn ich diese zugegeben unbefriedigende, aber

einträgliche Arbeit nicht hätte, wäre ich jetzt Studienrätin. Müßte Klassenfahrten machen, erst in ein deutsches Mittelgebirge, dann ins Ausland: Rom, Paris oder London. Danach die Elternabende mit den Dias, mit launigen Vorträgen der Schüler. Und bei der Abiturientenfeier sagt jedesmal so ein gelackter Affe von Primus: ›Wir, die wir die Elite des Volkes sind, fühlen die Verpflichtung …‹ Ich aber hasse jede elitäre Gesinnung. Womit wir auch gleich bei den Studenten sind: Ihr Verhalten ist doch immer elitär. Auch die sozialistischen Studenten verhalten sich als Elite. Ich bin auch nicht ihrer Meinung, daß sie ein politisches Mandat haben. Weshalb? Warum fordern dann die Arbeiter kein politisches Mandat? Warum nicht die Beamten?«

»Aber du, aber du, Lili, läufst dein ganzes Leben lang schon ebenso elitär umher: Die kultivierte Bürgerin, elegant, wohlduftend, von feiner Lebensart – die Bourgeoisie deiner Sorte wird als elitäre Rasse geboren. Entschuldige, ich habe dich persönlich sehr gern.«

Korn, König, Moschkow und Hiller waren da. Sie tranken seit langem nicht mehr, als sie vertrugen. Korn und Moschkow arbeiteten für Sandberg als Setzer.

»Wenn es dich beruhigt«, sagte Hiller, »so sind wir dabei, den Arbeitern einzuhämmern, daß sie ein politisches Mandat haben.«

»Ich bin gespannt«, sagte Lili müde. »Wenn ihr ein bißchen clever wäret, machtet ihr ihnen einfach ein bißchen Angst. Die Abwanderung der Führungskräfte aus der Berliner Industrie: zunehmend, fast niemand mehr da. Wo ist Siemens? Warum puscht ihr die Siemensarbeiter nicht auf? Fragt mal, ob Siemens nicht zu Berlin gehört wie ein Wahrzeichen? Und heute? Eine Münchener Firma. Warum schafft ihr es nicht, die

Leute freundlicher zu stimmen gegen die Jugend aus Westdeutschland, die sich bei uns aufhält. Als überalterte Stadt, solltet ihr sagen, sollten wir uns freuen, daß wir im ganzen doch hier die meiste Jugend haben. Wie könnt ihr da so mies und gemein zu den Studenten sein? Eure Großväter haben genau solche Bärte getragen, seht euch eure Familienalben an!«

»Lili«, sagte Korn, »wenn du ein bißchen jünger wärst, würden wir dich noch hinfunktionieren.«

»Meine Kinder«, sagte Frau Abelssen, »rennen jetzt bei Demonstrationen mit. Als Mutter und Bürgerin möchte ich sie gern zurückhalten. Aber es geniert mich. Ich kann nicht zwei Rollen spielen. Nur mit den Rockers sollen sie nicht gehen.«

»Sie werden mit uns gehen. Wir sammeln alle, nicht nur die, die sich zurückgezogen haben, sondern auch die neuen Jahrgänge.«

»Aber ihr habt eine Ideologie. Für mich ist das: eine zu ständigem Diskussionsgebrauch zusammengestellte Fassung einiger simpler Ideen, die von euch ohne jede Geschmeidigkeit mit immer derselben Simplizität jedem vorgesetzt werden und niemals differenzierbar sind. Zum Beispiel: Warum sollen einem Unternehmer, der Maschinen kauft, an denen Arbeiter arbeiten, diese Maschinen nicht mehr gehören?«

»Weil er ohne Arbeiter die Produktionsmittel nicht benutzen kann. Er beutet Menschen aus, um seine Produktionsmittel rentabel zu machen, und dies ohne eigene Arbeit.«

»Aber in den sozialistischen Staaten, in den volkseigenen Betrieben, gehören den Arbeitern diese Maschinen doch auch nur auf dem Papier. Es handelt sich doch nur um eine Umwandlung in Staatskapitalismus.«

»Lili, gehörst du auch zu den Leuten, die sagen: ›Haut doch ab in den Osten?‹ Begreife doch: Was Marx wollte, ist überhaupt noch nirgends verwirklicht!«

»Freunde, laßt mich skeptisch bleiben. Wenn ihr aber einen einzigen plausiblen Grund habt ... wer weiß, vielleicht gehen wir auch einmal mit euch.«

»Zwing dich nicht, Frau Abelssen. Wir warten auf deine Söhne. Die reifen uns zu. Bei so einer liberalen Mutter!«

Nach einiger Zeit – Losch war wieder in Berlin, zeigte sich aber nicht – entstand die Gepflogenheit, daß Sandbergs Leute sich auch bei Abelssens trafen. Herr Abelssen sagte nach solchen Nächten zu seiner Frau: »Es ist klar – sie schätzen ein gastfreies Haus. Aber für zwanzig, dreißig Leute Bier und Schnaps, auch was zu essen – ich möchte vorschlagen, aus finanziellen Gründen, das etwas zu beschränken.«

»Immerhin«, erinnerte ihn Frau Abelssen, »amüsierst du dich ganz gut jedesmal.«

»Ach ja, die Revolutionsmädchen. Sehr reizend. Der Tilde brachte ich Tango bei. Es war sehr hübsch.«

Als Losch dann wirklich wieder erschien, umarmte er Richard Abelssen, beide hatten wässerige blaue Augen, und sie tranken zusammen in undurchsichtiger Verschworenheit, während Frau Abelssen in den Keller ging, um neuen Wein heraufzuholen.

Herr Abelssen erklärte Losch, er sei gegen die allgemeine Wehrpflicht, gegen die Kriegsdienstpflicht, denn er sehe nicht ein, wie einer eine Regierung, die einen Krieg heraufbeschworen habe, mit seinem Blut und seinem Leben im Kriegsfalle zu stützen haben solle.

»Sollen es Freiwillige tun«, rief er, »diejenigen, die diese Regierung gewählt haben!«

»Dann«, wandte Frau Abelssen ein, »müßte man nachweisen können, was man gewählt hat. Was ist dann mit den freien Wahlen?«

»Richard«, sagte Losch, »deine Frau redet wieder furchtbaren Quatsch.«

»Ja«, sagte Herr Abelssen, »wir wollen Lili aus unserem Staat verbannen. Oder soll sie den Schierlingsbecher trinken?«

»Nein, ja nicht«, meinte Losch, »ich fürchte mich vor ihrer Abschiedsansprache!«

Gegen Morgen stellte sich heraus, daß Losch nichts würdig war: Lili brachte ihn zum Gartentor. Er drückte sie gegen den Zaun, streichelte unter ihrem Pullover ihren nackten Rücken und stammelte: »Komm mit mir. Komm mit mir. Gleich! Für immer!«

Frau Abelssen dachte traurig und empört, daß dieser Mann sich seit eben einen Freund Richards nannte.

»Ich komme nicht«, sagte sie freundlich, »ich komme nie.« Höflich winkte sie ihm nach, als er die Straße hinunterging und sich viele Male nach ihr umsah.

»Laß uns«, sagte Frau Abelssen, als es Frühling wurde, »wieder etwas mehr unserer Gesundheit leben. Mittags wieder im Park spazieren gehen. Du hältst dich schlecht in letzter Zeit. Womöglich wirst du einer von den alten Herren, die so krumm gehen, daß ihnen auf dem Nacken diese furchtbare zarte Fettschicht wächst. Ich könnte dich nicht mehr lieben, bekämest du da ein solches weißes Polster. Komm, laß uns mal hundert Meter rennen. Man muß seinem Körper etwas abverlangen. Los, bis dort zur großen Tanne!«

Sie rannten, und Lili war schneller. »Sieh mal«, sagte sie atemlos, »die Knospen!«

»Dein ›Sieh mal, die Knospen‹ macht mir den Frühling noch einmal ganz verhaßt«, sagte Herr Abelssen.

Doch Lili zwang ihn sogar, sich auf eine Bank in die Sonne zu setzen, so lange, bis sie die frische Luft scharf auf den Lippen fühlten und tatsächlich Lust bekamen, sich zu küssen.

»Du mußt aber zugeben«, bemerkte Herr Abelssen ernst, »in dieser Jahreszeit einmal mit jemand anderem Neugierigkeiten bekunden, wäre doch aufregender. Aber wem sage ich das!«

Frau Abelssen blinzelte in die Sonne; die Worte ihres Mannes schmerzten sie. Sie wünschte sehr, das Schicksal möge ihr ersparen, daß auch Richard die Wonnen des Betrugs zu kosten bekäme. Im Augenblick konnte sie ihn auch nicht begreifen: Die Frische ihrer eigenen Lippen, heiß von der Aprilsonne, kühl vom Wind des jungen Jahres, verlangten nach Richards Lippen. Sie waren wieder neu für sie. »Weißt du noch?« fragte sie, und Herr Abelssen sagte mild »Ja, ich weiß, Trafalgar Square, die Aprilsonne schien verrückt, wir mußten ein Taxi nehmen und sofort ins Hotel fahren, weil wir es nicht aushalten konnten. Wir fuhren nicht zu Mr. Bush. Der alte Mann hatte den Teetisch gedeckt, aber du riefst an und sagtest, dein Mann habe leider einen Herzanfall. Ob wir wohl am Abend kommen dürften. Meine Herzanfälle, wie du über sie verfügt hast eine Zeitlang ... Abends waren seine Sandwiches verbogen und trocken. Mr Bush warf alles fort und kochte etwas Chinesisches. Er sagte ›Wie blühend Sie aussehen, Lili! Und Sie, Richard fühlen Sie sich besser?‹«

»Hör zu«, sagte Frau Abelssen, »nun sage ich noch etwas dir zum Ärger: Sieh, wie die kleinen Blättchen sich entrollen!«

Herr Abelssen verzog das Gesicht. Mit dem Stock zeichnete er ein Schachbrett auf den Weg. Er legte Steine auf die Felder, die zwei Könige, eine Dame, zwei Türme und einen Läufer bedeuten sollten.

»Daß du niemals mit mir Schach spielen willst!« klagte er.

»Es ist, weil du eine so häßliche Hand hast, wenn du mir Figuren wegnimmst«, sagte Lili und schob mit der Fußspitze ihren Turm über sechs Felder. »Schach«, sagte sie.

Herr Abelssen stieß mit einem Schuh ihren Läufer weg, hob ihn auf mit der Hand. Frau Abelssen sprang erregt auf und rief: »Siehst du! Ich kann nur Karten spielen!«

»In zwei Zügen wärst du matt gewesen!« sagte Herr Abelssen.

»Weil du schon alles so arrangiert hattest!« rief Lili. »Du siehst schon zu, daß du mich immer in der Hand behältst!«

Sie kauften die Abendzeitung und sahen darin das Bild Loschs und Sandbergs. Sie hatten die aktiven Linken gesammelt und die »Radikale Aktion« gegründet. Über Frau Abelssens Gesicht flog flammende Erregung. So hatte doch ihre Verliebtheit Sinn für Qualität bewiesen.

Loschs Kopf sah bedeutend auf dem Bild aus. Sandberg wirkte sanft und heilig.

»Er hat eine religiöse Ausstrahlung«, bemerkte Herr Abelssen. »Aber bemerke bitte: Bei uns haben sie alle miteinander herrliche Abende verbracht, Nächte durchzecht, aber anvertraut haben sie uns nichts.«

»Das muß uns angenehm und recht sein!« fand Frau Abelssen. »Es ist doch eine faszinierende Situation: von

Revolutionären sympathisch gefunden, aber nicht von ihnen in Unannehmlichkeiten hineingezogen zu werden. Es ist genau das, was ich mir wünsche. So hindern sie mich nicht, weiterzuleben, wie ich es gewöhnt bin und wie ich mein Leben liebe.«

»Täusche dich nicht, sie wollen uns einwickeln, eines Tages erwarten sie eine Entscheidung von uns. Haben sie nicht einen Anspruch auf unsere Entscheidung?«

»Ich fürchte, sie kennen uns zu gut als Schwächlinge. Sie können uns gar nicht gebrauchen. Es ist nur, daß sie ihrerseits eine Schwäche für uns haben. Und schließlich haben wir gemeinsame Feinde: diese alten Frauen, die uns ebenso gern totschlagen möchten mit ihren Schirmen wie die langhaarigen, bärtigen Jungen, wenn sie könnten. Eleganz und Revolution stehen auf einer Seite gegen die bösartigen Spießer, gegen die Unschönheit – oder ist es so: Die bösartigen, häßlichen Spießer sind eigentlich eingekreist: vom höchsten snobistischen Establishment, das die ästhetischen Werte einer oder zweier Saisons bestimmt, und der revolutionären Jugend, die sich, ganz nebenbei, diesen ästhetischen Werten begeistert hingibt, sie für sich als Abzeichen der Gegnerschaft gegen die fürchterliche Mitte umwandelt? Sahst du nicht Korn mit seiner schönen Weste? Und wie wiederum zehrt die Mode von den ästhetischen Schöpfungen einstiger Revolutionäre? Die runden Brillengläser mit den Nickelrändern, die weiche Ledermütze mit dem flachen Schirm – alles Austausch, alles Fluktuation. Der Kapitalismus beobachtet scharf die Trends des Geschmacks, er macht die Revolution ästhetisch gesellschaftsfähig, und die Revolution kann sich nicht dagegen wehren. Sie kleidet sich modisch, sie läßt sich das diktieren, es ist ja billig, die

Mode ist nichts Exklusives mehr, niemandem gelingt es, für sich allein einen besonderen Stil zu schaffen, es sei denn, er laufe umher wie ein heruntergekommener Großvater, der in den zwanziger Jahren auf den Höfen zahnlos seine traurigen Lieder sang.«

»Diese Radikale Aktion«, meinte Herr Abelssen, »wird einen dornenreichen Weg gehen. Eine kleine Teilrevolution wäre einfacher gewesen. Immer wieder ein Streich, immer wieder ein Attentat. Warum denn keine Attentate? Die Linke braucht nichts als endlich ein paar wirklich gekonnte Aktionen. Aber sie ist nicht imstande, jemanden umzulegen. In faschistoiden Hirnen können sich eher gezielte Aktionen auslösen als in dem präzis funktionierenden Hirn des Linksintellektuellen. Das Vertrackte ist, daß die Linke Objekte stellt, die Konservativen aber stellen so mittelmäßige oder uninteressante Figuren, daß sie ein Attentat nicht wert scheinen. Oder ein paar gute Leute, die man schonend würdigt.«

»Wenn die Radikalen«, meinte Frau Abelssen, »wenigstens ein paar wirklich zündende Parolen hätten!«

»Unmöglich. Sie liegen nicht in der Luft. Einem jeden geht es auf seine beweisbare Weise zu gut. Es läßt keine Arbeiterfrau ihr Kotelett in der Pfanne, um für Vietnam irgendwelche Bastillen zu stürmen. Lili, käme ich an die Macht, ich würde geblümte Kittelschürzen mit Steuern belegen, Damenkränzchen verbieten, den Unternehmern von Reisegesellschaften Berufsverbot auferlegen, den Männern eine bestimmte Länge ihres Haars vorschreiben. Toleranz hätte ich für Schützenfeste und Feuerwehrkonzerte, und diesen liebenswürdigen Musikzügen ließe ich als einzigen ihre Fahnen,

Standarten und Ehrenzeichen, ich stellte sie unter Denkmalsschutz. Staatliche Orden und Ehrenzeichen gäbe es bei mir nicht. Zum Präsidenten meines Staates machte ich einen Mann, der durch bloße Nennung seines Namens das ganze Volk zu Gelächter brächte. Es käme darauf an, rechtzeitig Nachwuchs für dieses Amt heranzuzüchten. Eine seriöse Viertelbildung, ein reibungsloses Durchlaufen aller Triviallehren der christlich-germanischen, europäischen, abendländischen Bewußtseinsbildung wäre Bedingung, und ich würde den Mann in alle Erdteile und Länder schicken, damit mein Land und meine Landsleute von Herzen über ihn lachen können ...«

»Damit«, stellte Frau Abelssen fest, »bist du nun von den Zielen einer Revolution weit abgerückt. Du bist ein satirischer Anarchist.«

»Eine Revolution«, begeisterte sich Herr Abelssen und klapperte mit seinem Spazierstock die Zaunstäbe fremder Gärten ab, »sollte vor allem dazu dienen, den Begriff ›Nation‹ abzuschaffen! Diesem Ziel würde ich gern dienen, aber von wie vielen Zielen, Lili, hast du mich schon abgebracht. Gäbe es dich nicht, mit diesen Kindern, deren Väter im Nebel des Lebens verschwanden, hätte ich längst mich wenigstens als Organisator einer Revolution zur Verfügung gestellt. Sozusagen als Beamter, oder auch nur als bezahltes Subjekt. Hätten Losch und Sandberg, vor einem Jahr, wirklich Revolution machen wollen, so hätten sie es gekonnt. Ein Fußball-Länderspiel im Stadion: hoher blauer Sommerhimmel, ganz West-Berlin schwitzt hin zum Stadion, alle Polizei ist aufgeboten. keine Hand frei für den Staatsapparat – in diesem Augenblick stiege ich ein in das Unternehmen, in das Abenteuer. Es ist leicht, Leute kennenzulernen, die alle Nachrichtenwege, alle Nachrichtenmittel kennen; es ist leicht, dann diese Mittel, diese Wege zu zerstören, zu unterbrechen. Im Handumdrehen ist das von ein paar Leuten gemacht. Danach muß man nur eine Art Opern-Statisterie um sich haben, die den Hintergrund bildet, wenn ich eine ›Regierung des neutralen demokratischen Stadt-Staates West-Berlin‹ ausrufe!«

»Korn und König, Moschkow und Hiller«, sagte Frau Abelssen, »haben das schon einmal machen wollen. Und du hast es auch nur von ihnen. Aber damals war Losch nicht bereit. Sie waren hundertfünfzehn Mann, und es ging nicht ohne Losch. Aber Loschs Frau war wieder einmal verreist, und er hatte das Kind. Daran kann eine Revolution scheitern!«

»Kinder«, rief Herr Abelssen, als sie in ihre Wohnung eintreten, »sind der Tod jeder Revolution! Keine Demonstration ohne fahrbaren Kindergarten, mit Laufställchen demnächst, mit Kindergartentanten, revolutionärer Gesinnung, versteht sich. Und wenn ich das sehe, dann weiß ich, es wird keine bessere Gesellschaft hervorgebracht werden. Sie wird nicht geschaffen von Paaren, die Kinder zeugen und sich zu ihnen bekennen wie die bourgeoise Gesellschaft. Welche Opfer, Lili, welche Opfer bringt die bessere bourgeoise Gesellschaft der Aufzucht ihrer Kinder! Fünfzehn Jahre leben Männer und Frauen unter ihrem Niveau, weil sie Kinder haben. Die Mütter verlieren alles, was ihnen einmal als Genius gegeben wurde, was sie zum Menschen deklarierte; die Väter verlieren, was ihnen als Freiheit und Lust des Mannseins erteilt wurde; sie leben als Halbweibchen, als Mitweibchen.«

»Richard«, sagte Frau Abelssen etwas grämlich, »gehst du nun nicht doch zu weit?«

Und sie bestellte bei der Haushälterin den Nachmittagskaffee, bitte an ihre beiden Schreibtische sowie an die Arbeitsplätze der Sekretärinnen zu servieren.

Wenig später erlagen auch die besonneneren Zeitungen der Stimmungsmache gegen Losch und Sandberg. Die Karikaturen der Massenzeitungen zeigten Losch als germanischen Mao, Sandberg als Höhlenmenschen der Steinzeit, wie er mit einer Keule seine Parolen auf anderer Menschen Köpfe einhämmerte. Es waren triviale, bösartige Karikaturen.

Herr und Frau Abelssen sahen einige Wochen Losch und Sandberg nicht. Doch waren in Wedding und Moabit viele neue Lokale gegründet worden, die Nutzen zogen von der neuen politischen Linksbewegung. Richard und Lili ließen sich dort sehen. Sie gestanden es sich ein: War ihr eigener, von ihnen erfundener Lebensstil vollkommen, ohne daß sie sich dort sehen ließen?

Schnappschüsse von Fotografen, die Sinn für das Besondere hatten, hefteten sich an die Wände dieser Lokale. Sie zeigten Richard, zeigten Lili im Gespräch mit phantastischen Erscheinungen, und sie selbst, diese auf schwankem Erdreich blühenden Sumpfblumen bürgerlichen Lebens, wurden exotische Gewächse im Kreis der Radikalen, die die Gesellschaft verändern wollten.

Die schnell berühmten Lokale, zu denen der »Nasse Hund« als erstes zählte, waren aber vor allem voller schwermütiger Jugend. Die Mädchen waren auf lokkende Weise ernst und leichtsinnig in einem, die jungen Männer ergaben sich genießerisch abwartend einer

Vor-Situation, die zur akuten Situation werden und sie dann brauchen könnte. Da etwas Akutes nicht eintrat, reichten sie einander kleine bräunliche Klumpen, die sie auf ihre Zigaretten steckten oder in mit Silberpapier ausgelegte Pfeifen. Auf ihre kleinen Autos hatten sie Blumen gemalt, oder Zebramuster, auch gab es schon einige, die Sandbergs Gesicht, lockenumwallt, auf den Kühler aufgemalt trugen.

Am Stammtisch im Westender Escheneck indessen freute sich der Violinist schon wieder auf Bayreuth; Lydia Pawlowski, die Kleintierhändlerin, lehnte noch immer ab, jenem Schlangenhalter lebende Ratten zu besorgen; der Richter indessen war beunruhigt, weil in seinem Hause Flugzettel verteilt worden waren, in welchen stand, daß auch er, ein liberaler, den Linken wohlgesonnener Mann, einmal im Krieg die Todesstrafe für eine Fremdarbeiterin gefordert habe. Er sagte, er sei nur Beisitzer gewesen und habe gegen das Todesurteil gestimmt. Seine Frau war im blühenden achten Monat.

Frau Abelssen war neidisch, wenn sie diesen Leib sah. Als Trieb war ihr gegeben, jedes Jahr ein neues Kind zu bekommen, es aus einem Körbchen zu heben und trockenzulegen. Oder, immerhin, ein neues Baby einer Säuglingsschwester zum Trockenlegen zu übergeben.

Unzählige Jahre war es her, daß sie die Säuglingsschwester gebeten hatte, ihr einmal das Kind Conrad im Kinderwagen allein zum Spazierenfahren zu übergeben. Verlaufen hatte sie sich dann; geängstigt war sie im Grunewald umhergeirrt. Ihr Kind lag im Kinderwagen, wohlig gesalbten Kopfes, honigduftender Wangen, mit runder Stirn, und sie, Mutter Lili, sprach zärtlich ein auf ihr Kind. Sie sah nicht den Funkturm, fand den Weg nicht zurück. Das Kind schlief. Das Babyjäckchen hob sich sanft über seinem kleinen, milchgedunsenen Leib. Halb Muttermilch, halb Kuhmilch. Es war nicht genug Muttermilch für ihn da, weil die Mutter einen neuen Geliebten hatte. Schwester Brigitte sah sie strafend an, sie ahnte alles. Sie nahm sich vor, noch in eine Wirtschaft einzukehren, wo es Ersatzbier gab. Dies Bier ließ Milch einschießen in die Brust.

Brigitte schimpfte nicht, wenn das Kind nur satt bei der Mutter wurde. Es war schön, wenn die Milch einschoß in die Brust. Es prickelte, machte die Brust hart. Lili meinte, an jener Schonung vorbeizukommen, wo Conrads Vater, der Wahnsinnige aus Kenton, sich zum letztenmal geweigert hatte, sie zu küssen. Sie fand nicht nach Hause. Es wurde schon dämmerig. Nach elf Monaten war schon wieder viel gepflanzt worden, man erkannte die Gegend nicht wieder. Sie meinte, vielleicht sei sogar hier in der Nähe dies Kind zum Leben erweckt worden; es war, als eine Kiefer im Himmel kreiste, eine wahnsinnige Kiefer im Junihimmel des ärmsten aller armen Jahre. Frauen in rosa Unterröcken aßen Brot mit Ersatzschmalz. Die Wimpern des Kindes lagen lang und weich auf seinen Wangen. Nie wieder, glaubte Lili, könnte ihr Kind so schön sein. Am Abend wartete auf sie Walter Bush, ein feiner, ältlicher, kundiger Geliebter. Seinetwegen hatte sie nicht genug Milch für das Kind. Aber sie hoffte auf das Ersatzbier in jener Kneipe, wenn sie nur den Weg fände. Rosa ging der Mond auf. Das kam davon, wenn man der Säuglingsschwester entlief und die Liebe des Kindes für sich allein haben wollte. Endlich fand sie sich auf der Teufelsseechaussee wieder und sah auch den Funkturm.

Es war das liebevollste Beisammensein mit ihrem Kind gewesen, das sie je gehabt hatte. Und diese Frau des Richters hatte das immer wieder, in kurzem hätte sie wieder ein Kind im Kinderwagen!

»Euer Losch«, sagte der Richter, »hat keinen guten Ruf. Frau und Kind in der DDR. Wie kann er da hier glaubwürdig sein? Und er ist als Säufer bekannt. Noch mehr seine Clique – alles Säufer.«

»Losch säuft nicht mehr«, erklärte Frau Abelssen eifrig. »Seine Clique auch nicht mehr. Sandberg hat immer nur Selters getrunken.«

»Trotzdem«, sagte Lydia Pawlowski, »würden die alle besser einen richtigen Untergrund aufmachen. Ich verstehe ja nichts davon, aber wenn mal was passierte, damit nicht ein paar hundert reiche Schweine uns noch weiter vormachen, wie man sich amüsiert, dann würde ich mich schon freuen.«

Der Drogist sagte: »Mir macht das nichts aus. Laß doch den Tüchtigen den Profit, wenn sie verstehen, Profite zu machen. Du, eine Frau, die mit Wasserflöhen handelt, hast natürlich einen anderen Horizont!«

Lydia sah mit gereizten kleinen Augen in ihr Bierglas.

»Ich handle mit Schleierfischen, mit Sittichen, mit Meerschweinchen, sogar mit Rhesusaffen. Mein Horizont ist nicht so klein wie deiner, du, der Kamillentee in kleinen Tütchen abwiegt.«

»Hauptsächlich verkaufst du doch Guppys, sei ehrlich. Die Kinder aus der Gegend können sich hauptsächlich nur Guppys leisten. Aber laß man – wenn du erst mit Ratten handelst: Die sind größer!«

»Dies Gespräch«, sagte der Richter, »ist unserer Runde unwürdig. Und um auf die Radikale Aktion zurückzukommen, so kann ich dazu nur etwas sagen, wenn die Sache überschaubar wird.«

»Das«, meinte Herr Abelssen, »ist sicher nicht gerade ihre Absicht: eine überschaubare Front zu machen. Da wären sie zur Erfolglosigkeit verurteilt.«

»Wären Ihre Freunde, Lili, sagte der Violinist, »nur ihrerseits etwas toleranter.«

»Sie werden«, sagte seine Frau in ungestümer Angst, »noch die Bayreuther Festspiele stürmen! Das ist ihnen doch zuzutrauen!«

»Seien Sie nicht böse«, bat Herr Abelssen, »aber da gäbe es manchen, der sich von Herzen freute!«

Eine Gruppe von korporierten Studenten trat ein, mit bunten Mützen und Schärpen angetan. Sie besetzten den nebenstehenden Tisch und verlangten frohsinnig nach Bieren und Schnäpsen. Es war einmal wieder die Zeit dieses Treffens in Berlin.

»Karneval ist ausgebrochen«, sagte Frau Abelssen vernehmbar und sah die jungen Männer feindselig an. In ihrer Verachtung für die Korporierten war sich die Runde einig. An einem dritten Tisch saß eine Runde englischer Soldaten in Zivil, kleine, etwas verkümmert wirkende Jungen mit zarten Gesichtern. An einem vierten Tisch hatte sich eine Runde vom Fernsehsender und einer Filmproduktion gebildet. An der Bar saßen ein Hörspielautor, ein betrunkener Rentner, ein schmiegsames Freitagabend-Kneipenweib und der Arbeiter, auf dessen Lohntüte sie es abgesehen hatte. Die Wirtin ging, frisch frisiert, in strammer weißer Seidenbluse von Tisch zu Tisch und redete mit den Gästen. Knackwürste verströmten ihren fetten, würzigen Geruch. Buletten wurden in Mostrich getaucht, neue Biere und Schnäpse wurden bestellt.

»Was sollen wir machen?« fragte der Wirt den Stammtisch. »Ich kann die Korpsstudenten doch nicht rausschmeißen.«

»Finde ich doch«, sagte Herr Abelssen. »Nach dem Kontrollratsgesetz, das in Berlin noch gilt, sind sie verboten. Und mir wird übel bei ihrem Anblick. Wissen Sie, ich bin ein feiger Mensch. Aber es könnte mich ein Rausch ergreifen. Dann prügle ich mich mit denen.«

Der Kellner, der ein feines Gesicht hatte und langes Haar, sagte angeekelt: »Für ihren gemeinen Haarschnitt müßte man sie schon verhauen!«

»Kinder«, sagte der Wirt, »macht keinen Stunk!«

Und sie machten keinen Stunk. Einer der kleinen Engländer machte ein paar Bilder mit Blitzlicht von den Buntbemützten. Ein prominenter Filmschauspieler setzte sich zu der Runde der Fernseh- und Filmleute. »Ich sage euch«, seufzte er, »das Tessin kotzt mich langsam an. Alles alte Leute. Berlin, gut, man sagt, das ist Provinz. Aber ich freue mich wie ein Kind, daß ich noch meine Berliner Wohnung habe.«

Herr Abelssen sagte in seiner Runde: »Wenn schon Berlin meinethalben Provinz ist, dann ist es mir doch die liebste Provinz von allen. Denn ich stamme aus Flensburg!«

In diesem Augenblick war auf der Straße ein Getöse zu hören. Eine Gruppe junger Männer kam ins Lokal und verteilte Flugblätter: »Arnold Losch von NPD-Anhängern zusammengeschlagen!«

Fünf Berliner Männer, älteren Jahrgangs, Kleinbürger, hatten Losch aufgelauert, als er aus der Druckerei Sandbergs kam. Es war am späten Nachmittag. Die Schläger standen im dämmerigen Hausflur, mit Eisenstangen und Kabeln. Sie schlugen auf Losch los, er brach zusammen, ein Bild zeigte die Blutlache, die sein Körper im Hausflur hinterlassen hatte. Das Flugblatt war bei Sandberg gedruckt und rief zu einer sofortigen Demonstration auf, an welcher alle teilnehmen sollten, die sich aus rechtlichen Gründen empörten über eine Tat, die als versuchter Mord anzusehen war. Losch war in ein Krankenhaus gebracht worden. Einen der Täter hatte man verhaftet, die übrigen vier hatten entfliehen können. Alle fünf gehörten einer neuen Schutzvereinigung gegen die Radikalen an, sie nannten sich Bürgerwehr, waren aber keine genehmigte Organisation. Der Verhaftete war siebzig Jahre alt und hatte schon während des Spartakusaufstandes der Bürgerwehr angehört.

Frau Abelssen war sehr blaß. Ihr Mann konnte nicht unterdrücken zu sagen, daß sie gleichzeitig auch einen gewissen Stolz im Gesicht zeigte.

Lili antwortete hart: »Jetzt gehen auch wir zum erstenmal auf die Straße.« Leise setzte sie hinzu, nur für Richard: »Das hat mit meiner vergangenen Beziehung zu Losch nichts zu tun. Das kannst du mir glauben.« Und Herr Abelssen glaubte ihr.

Zum erstenmal gingen Herr und Frau Abelssen nun zu einer Demonstration. Der Richter entschloß sich, ebenfalls mitzugehen.

»Er denkt«, sagte Herr Abelssen zu seiner Frau, »an die Flugblätter, die bei ihm zu Hause verteilt worden sind. Er schmiert sich an bei den Linken. Na ja, verständlich … «

Die Frau des Violinisten sagte: »Es ist ja irgendwie wichtig und feierlich, gegen solche Schandtaten aufzutreten. Mit fünf Eisenstangen! In einem Hausflur! Pfui Teufel!« Sie und ihr Mann zögerten eine Weile, entschlossen sich dann aber doch, lieber heimzugehen. »Vielleicht sehen wir was im Fernsehen«, meinte der Violinist.

Der Drogist empfand richtig, daß er »da« nicht hingehöre. Lydia Pawlowski sagte, sie habe noch etwas Geschäftliches zu erledigen. Die Korpsstudenten waren sichtlich erregt. Sie verhandelten, ob sie, ohne Mütze und Band, an der Demonstration teilnehmen sollten.

»Gehn wir doch«, sagte einer von ihnen, »dann haben wir auch mal so was gesehen.«

Die Engländer blickten unsicher und verdutzt. Die Film- und Fernsehleute teilten sich: Kameramänner rannten davon, der berühmte Schauspieler blieb sitzen und bestellte sich einen neuen Whisky. »Das Tessin kotzt mich an«, sagte er, »hier ist doch wenigstens was los.«

Das Freitagabend-Kneipenweib rückte näher an den Arbeiter heran. Der betrunkene Rentner ließ den Kopf auf die Theke fallen und schlief ein.

Herr und Frau Abelssen und der Richter Krumme nahmen ein Taxi und ließen sich nahe dort heranfahren, wo die Spitze des Demonstrationszuges war. Sie kamen bis an die Kochstraße. Bald darauf verloren sie Krumme aus den Augen, sie wurden auseinandergerissen.

Ihr Schicksal war, daß sie sofort auf Sandberg trafen, der sie beide in die Arme schloß und dann sofort in seiner Reihe mitnahm, in welcher sie, untergehakt mit jungen Leuten, die sie fast alle aus den Moabiter und Weddinger Kneipen kannten, im Laufschritt sich dem Springer-Haus näherten. Denn von dort kam die Verächtlichmachung und tägliche Beschimpfung der Radikalen Aktion und ihrer Repräsentanten.

»Das ist doch Blödsinn von euch!« rief einer vom Bürgersteig her dem Demonstrationszug zu. »Der war doch immerhin auch für das Verbot der NPD!«

Herr und Frau Abelssen sahen sich plötzlich in der ersten Reihe, einer Kette von Polizisten und dem Springer-Haus direkt gegenüber. Sie haßten sehr die Karikaturisten der Lokalpresse und waren überzeugt, daß die täglichen zeichnerischen Diffamierungen Loschs und Sandbergs eine wahre Pogromhetze darstellten. Auch die rote Fahne störte sie nicht. Es kochte etwas in ihnen, wovon sie vermuteten, es sei ihr Blut, und ihr Blut sprach das Rot der Fahne an.

Vor einigen Monaten noch hatten sie dort oben im Hochhaus an einem Empfang teilgenommen, einem Gala-Abend internationaler Mode, mit illustren Schauspielern geschmückt, einem bemüht kundigen Essen, doch der Stil der Räume hatte den Abelssens äußerst mißfallen.

Jetzt standen sie davor und sahen hinauf zu den erleuchteten Fensterreihen; vom Haß, der die Demonstranten erfüllte, waren sie mitgerissen, obwohl sie sich ständig prüften, ob es sich um ein massenhysterisches Mitgerissensein handelte oder um eine persönliche überzeugte Gegnerschaft. Sie sahen die Kinnriemen unter den Gesichtern der Polizisten. Einige dieser Gesichter waren verlegen, andere fleischig teilnahmslos; einigen der Polizistenköpfe sah man an, daß sie niemals im Leben einen Gedanken gedacht hatten. Frau Abelssen fragte sich, ob man mit diesen, deren Eltern sicher schon niemals einen Gedanken gedacht hatten, vielleicht Mitleid haben müßte.

Inmitten des Tumults wurden Nachrichten über Loschs Befinden durchgegeben: Schädelbasisbruch, etliche Brustknochen eingedrückt, beide Schienbeine zertrümmert, Verletzungen an der Wirbelsäule. Herr Abelssen sah seine Frau, wie sie Losch im Rollstuhl schob, aber er teilte ihr diese wehmütige Vision nicht mit. Es schien sogar, als habe sie vergessen, daß es sich um einen Mann handelte, der noch vor kurzer Zeit ihr mit Schmerzen aufgegebener Liebhaber gewesen. Sie hatte einen ihm fremden Gesichtsausdruck, als sei sie tatsächlich in der Lage, diese Vorgänge von ihren persönlichen Bindungen an die Radikalen zu abstrahieren.

Herr Abelssen sagte zu seiner Frau: »Verliere nur nicht dein Handtäschchen, Genossin. Und was hast du von Marx gelesen? Was von Engels?«

Jetzt fielen Schüsse. Fensterscheiben im Hochhaus sprangen und zeigten zierliche Löcher und Risse.

»Dies scheint«, sagte Herr Abelssen, »nicht mehr ganz Sandbergs Theorie von der praktischen, realistischen, gewaltlosen Überzeugungskampagne zu entsprechen. Ist der Untergrund unter uns? Oder sind es einzelne, die sich endlich zu wirklich einzelgängerischen Taten entschlossen? Wenn sie nur ihre Taten nicht heute nacht vergeuden, in der Masse. Wenn nur du nicht wärst und deine Kinder! Ohne Revolutionär zu sein, wäre ich doch der rechte Attentäter! Lust am Leben? Alles gehabt. Gibt es noch einen Wein, den ich nicht getrunken habe? Gibt es noch Speisen, die ich nicht gegessen habe? Tausend Frauen habe ich nicht gehabt, weil ich an dich geschmiedet bin. Sonst, immerhin, ich kenne alle Hochgefühle, die es gibt. Ich wäre bereit. Attentäter sollten nicht jung, sondern mittleren Alters sein. Männer, die der Welt überdrüssig sind. Sie handeln auch klüger, überlegter. Der jugendliche Attentäter – was für ein Verschwender!«

»Laß das!« sagte Frau Abelssen. »Ich verliere ständig meinen Schuh, und von rechts kommen jetzt die Wasserwerfer.«

Wieder knallten trocken ein paar Schüsse, Wieder sprangen einige Fensterscheiben im Hochhaus. Frau Abelssen hätte lieber einen Streifschuß erlitten, als einen Schuh verloren.

Aus der dritten Reihe der Polizisten knallten jetzt Schüsse zurück. Offenbar in die Luft über die Köpfe der Menge hinweggerichtet. Von rechts kamen die Wasserwerfer näher. In der Menge der Demonstranten entstand keine Panik durch das Schießen. Eher waren die jungen Männer und Mädchen vom Staunen über diese unerwartete Verschärfung des Ereignisses benommen. Durch Lautsprecher wurden die Demonstranten aufgefordert, nach rechts auszuweichen, also den Wasserwerfern entgegen. Links standen die Polizisten in fünffacher Reihe und drückten die Demonstranten der Wasserwand zu. Im Hochhaus gingen jetzt alle Lichter aus. Nur die Straßenbeleuchtung erhellte die Szene, die sich von allen Seiten mit neuen Zügen von Demonstranten füllte. Plakate mit Bildnissen von Losch und Sandberg führten die Züge mit sich.

»Gräßlich!« sagte Frau Abelssen weinerlich. »Ich hasse dies Mitführen von Heldenplakaten!«

Die Bildnisse von Marx, Lenin, Mao, Che Guevara, Ho Tschi Minh und Rudi Dutschke drängten sich zu einem Bilderwald.

»Lieber Gott!« seufzte Herr Abelssen. »Sind denn Losch und Sandberg wirklich so bedeutend? Gibt es da keine Ränge? Alle in gleicher Größe?«

Das Gedränge vor dem Hochhaus wurde Frau Abelssen unerträglich. Sie glaubte, Schüsse direkt über ihren

Kopf hinwegzischen zu hören und gedachte ihrer Kinder. Sie drängte sich mit Herrn Abelssen nach links und geriet in große Wut gegen die Polizistenkette, die sie dort nicht durchlassen, sondern mit der Menge gegen die Wasserwerfer drängen wollte.

»Sie können mich nicht zwingen, an dieser Demonstration weiter teilzunehmen, wenn ich nicht mehr will!« schrie sie.

»Alle Demonstranten werden auf Schußwaffen untersucht«, sagte ein Polizist.

Mädchen wurden von Polizisten weggeschleppt, mit langen Beinen in schönen Strumpfhosen strampelnd. Fotografen schossen ihre Bilder. Es konnten freilich auch Bilder gemacht werden, auf welchen Demonstranten zu zweit auf einen Polizisten sprangen und ihm den Helm vom Kopf rissen.

»Welche Sorte Bilder», sagte Herr Abelssen, »wird nun die Presse morgen auswählen? Ach, alles leicht zu erraten. Der nach hinten kippende Polizist ohne Helm wird morgen in allen Zeitungen sein. Die Wochenpresse bringt dann die Bilder mit den strampelnden Mädchen.«

»Ich will nicht mehr!« schrie Frau Abelssen. »Laßt mich durch hier!«

Ihre hysterischen Schreie erschreckten die Polizisten, sodaß sie das Paar durchließen, doch befanden sich Richard und Lili nun auf dem Plateau, das etliche Meter über Straßenhöhe lag. Herr Abelssen hatte sich noch nie im Leben genötigt gesehen, eine solche Höhe hinunterzuspringen, doch jetzt fand er sich ohne weiteres dazu in der Lage. Lili setzte sich auf den Rand des Plateaus und sprang endlich auch, von ihrem Mann und einem Weddinger Freund aufgefangen. Ihre

Strumpfhosen zerrissen dabei, sie fühlte an ihren Schenkeln Schürfwunden. Damit, dies war ihr Gefühl, hatte sie genug getan für die Linken, und sie kämpften sich durch die andrängenden Massen durch zu einem Straßenrand, wo eine Reihe Taxis laufend die Reihen der Schlachtenbummler aufnahm.

»Alles Kokolores!« sagte der Chauffeur, der Herrn und Frau Abelssen heimbrachte. »Wer mit gesundem Menschenverstand soll die denn stützen? Die Reden von diesem Losch, ich hab ihn mal gehört – alles Kokolores. Und die gehen doch mit der SEW zusammen, das laß ich mir nicht ausreden.«

Der Kurfürstendamm war ebenfalls voller Demonstranten. Herr und Frau Abelssen stiegen dort aus und mischten sich unter sie. Es waren hier auch andere ältere Bürger sehr erregt und vertraten ihre Meinung, daß diese heimliche Bürgerwehr eine Schande für die Stadt sei.

Springer aber fand viele Verteidiger. Über die Schüsse auf das Verlagshaus waren die meisten empört und legten sie allein den Radikalen zur Last.

»Es kommt hier noch zum Bürgerkrieg!« sagte ein alter Mann.

»Genosse! Morgen mittag um 12 Uhr Treffpunkt am Olivaer Platz, Demonstrationszug zum Rathaus!« Die Aufforderung wurde mit Megaphonen verbreitet.

»Genosse!« sagte ein Mann von etwa vierzig Jahren, »wenn ich das schon höre! Das habe ich drüben fünfzehn Jahre lang sagen müssen, immer ›du‹ und immer ›Genosse‹. Jetzt will ich, verdammt, leben, wo man ›Herr Müller‹ sagt, und ›gnädige Frau‹!«

Zum erstenmal, seit es revolutionäre Unruhen gab, hatte sich heute ein Demonstrationszug aus Arbeitern formiert. Er kam den Kurfürstendamm von der Damaschkestraße her. Man erkannte kaum, daß es Arbeiter waren, doch genügte es, daß sie sich im Aussehen von den Studenten unterschieden. Herr und Frau Abelssen erkannten einige Männer wieder, die sie bei Sandberg und im »Nassen Hund« gesehen hatten. Es waren Anhänger Loschs, die vielleicht politisch sich nicht für neue Ideen entscheiden mochten, die aber persönlich viel Sympathie für Sandberg und Losch hatten, immerhin zwei Männer, die sich wirklich um Mißstände in ihrem Viertel gekümmert hatten.

Sandberg hatte Erfolg gehabt mit seinen Arbeiterkontakten. Moschkow und Hiller war es also auch in der Eile gelungen, aus den in die trostlosen Vorstädte umgesiedelten Arbeitern einen Zug zusammenzubringen.

Ihr Lohn war nicht hoch genug, die Mieten dort zu zahlen. Sie betrugen oft das Vierfache ihrer alten Wohnungen in Kreuzberg, Neukölln, Wedding. Von dorther kamen Aufwartefrauen in Fülle in die Wohnungen der besseren Viertel, um das Einkommen ihrer Familien aufzubessern. Sie ertrugen stundenlange Anfahrten zu ihren Arbeitsstellen. Sandberg hatte in Buckow-Britz, wo schon einmal die Basisgruppen Erfolg gehabt hatten, neue Aktionsgruppen gegründet. Sie gingen mit vorsichtigen, sorgfältigen Untersuchungen vor, wobei sie entdeckten, daß die Neurosen der Frauen, die mit ihrem Geld nicht auskamen, Ehekrisen bewirkten. So steckten sich Provokateure hinter die Frauen und schürten ihre Erbitterung, brachten sie zum Nachdenken. Doch die Frauen klagten, ihre Männer seien zum Nachdenken weniger bereit. »Die Beine hoch, vors Fernsehen, das ist alles.«

Immerhin, Arbeiterzüge waren also zusammengekommen, auch Frauen waren unter ihnen. Man sah Transparente bei den Arbeitern mit den Worten: »Wer sichert unsereArbeitsstellen?« und »Losch und Sandberg haben recht – Mit West-Berlin steht's schlecht!«

Man sah aber auch kleine Gruppen mit roten, weißbedruckten Transparenten, auf denen stand: »Die Loschs sind selber schuld!« und »West-Berlin soll nicht kommunistisch werden!« Dies waren Gruppen der Nationalen Demokraten. Sie bahnten sich ihren Weg durch ein Gedränge Schaulustiger, von denen viele sich gegen sie empörten und sie laut beschimpften. Dann wieder sagten sie zu den Langhaarigen und Langbärtigen: »Daß es die gibt, daran seid ihr schuld!« Die Radikalen verteidigten sich wütend gegen diese Vorwürfe: »Uns gibt es, weil wir einen Staat haben, der wieder dem Faschismus entgegengeht!«

Es bildeten sich Diskussionsgruppen. Viele sprachen ohne Feindlichkeit miteinander. Sandberg hatte seine Disputanten in die Mengen hineingeschickt.

»Jeder sollte doch über alle Vorgänge in der ganzen Welt nachdenken. Die Welt wird immer kleiner. Biafra ist nicht weit.«

»Ungerechtigkeiten, Elend, Hunger – das wird es immer geben!« sagte ein Bürger bedächtig.

»Wenn Marx das auch gedacht hätte, dann hätten wir noch die Sechzigstundenwoche, und Kinderarbeit …«

»Na, aber die kapitalistische Wirtschaft hat eure Segnungen doch alle aufgegriffen!«

»Die Gesellschaft muß verändert werden. Auch wenn Sie im Augenblick keine persönlichen Sorgen haben. Alles stinkt.«

»Mir stinkt nichts.«

»Wissen Sie, daß unsere Wirtschaft Direktoren und Abteilungsleiter beschäftigt, die fünfzigtausend im Monat verdienen? Und Sie? Fahren einen alten VW, was?«

»Was wollen Sie nun eigentlich? Mir einen besseren Wagen aufschwatzen oder die Kinder von Biafra sattmachen?«

»Ihr wollt uns bloß unzufrieden machen, damit ihr eure Suppe kochen könnt.«

»Jungs, hört doch mal zu: Die Zusammenhänge der Weltwirtschaft müßt ihr doch erst mal studieren!«

»Danke, wir studieren das schon. Wir sind nämlich Studenten. In der ganzen kapitalistischen Welt herrscht das Prinzip der Ausbeutung des Menschen durch den Menschen ...«

»Aber, Jungs, der Block der sozialistischen Staaten hat doch seine Macht auch nur aufgebaut durch die Ausbeutung seiner Menschen. Die beiden großen Machtblöcke stehen sich verständnisinnig gegenüber. Da ist alles abgekartet, zwischen denen.«

»Laßt doch den, das ist ein sogenannter Realpolitiker!«

»Aber ihr, mit euren Idealen aus Südamerika! Aus China! Keiner von euch war da!«

»Entschuldigen Sie bitte, ich war in Kuba. Freie Wohnung! sage ich nur. Das ist das Land der Menschenwürde. Das Beispiel einer Gesellschaft, die auf dem Weg zum wirklichen Menschenglück ist.«

»Ich kann mir nicht vorstellen«, sagte Frau Abelssen leise zu ihrem Mann, »daß wir in Kuba eine Wohnung wie die unsere umsonst bewohnen dürften.«

»Es ist wie in England die kostenlose Krankenbehandlung. Kein Mensch möchte freiwillig sich dort ein

Gebiß kostenlos machen lassen, wenn er sich ein privat bezahltes leisten kann.«

»Immerhin – Wohnung, Gebiß, in der Not doch da, und umsonst ...«

Wieder kam ein Trupp mit einem rot-weißen Transparent. Sie gingen an einer Reihe junger Männer mit vollen weichen Bärten und junger Mädchen in schönen, phantasievollen Kleidern entlang. Die Jungen trugen vielerlei Ketten über ihren Hemden, bunte Ringe an allen Fingern. Einer sagte: »Da kommt mein Alter!«

»He«, rief er, »so sieht man sich wieder!«

Der angerufene Vater, ein Mann um die Fünfzig, blieb stehen und versuchte, auf den Jungen zuzugehen.

»Verlier den Anschluß nicht!« rief der Junge und spuckte aus.

Der Mann ging am Schluß des Zuges weiter. Noch mehrere Male blickte er sich um. Aber der Junge kehrte ihm den Rücken zu, das lange Haar fiel ihm auf die Schultern, er sah hinauf in den hell bestirnten Aprilhimmel. Später trat er auf Herrn und Frau Abelssen zu und sagte: »So ein Schwein ist mein Alter!«

»Wie heißt du denn, Junge?« fragte Frau Abelssen.

»Ingo.«

»Weißt du, legt doch erst mal diese Nazi-Namen ab! Alle diese Uwes, Ingos, Ulfs ... Die Kinder der völkisch-germanischen, nationalistischen Eltern – sie machen Revolution und denken sich nichts bei ihren nordischen Namen, die das Herrenrassige ausdrücken sollten ...«

Eine Reihe von Männern aus dem Arbeiterdemonstrationszug scherte aus, als sie das Transparent der Nationalen sah: »West-Berlin will nicht kommunistisch werden!«

Herr und Frau Abelssen gingen mit Ingo in ein Lokal, das als Haschisch-Umschlagplatz bekannt war. Ingo verehrte Frau Abelssen ein kleines Bröckchen, das er in eine Zigarette eindrehte.

Bisher hatte Frau Abelssen beim Haschisch-Rauchen nichts Außergewöhnliches empfunden, während ihr Mann leichte Anzeichen von Süchtigkeit zeigte. Er kaufte dem Jungen Haschisch ab und legte es auf die Glut seiner Zigarette. »Leider«, sagte er, »habe ich immer fabelhafte Gedanken und Empfindungen, die sich später als vollkommen nichtig herausstellen.«

»Wenn ich bekifft bin«, sagte Ingo, »bin ich einfach richtig glücklich. In ganz anderen Dimensionen, verstehst du. Ich fliege hoch. Und ich kann dir bei jeder Beat-Musik sagen: Paß auf, an dieser Stelle gehen sie hoch, da fliegen sie weg.«

»Ich weiß nicht«, sagte Lili nachdenklich, »ich glaube, ich bin bekifft geboren.«

Ingo küßte sie auf die Wange. Sein langer weicher Schnurrbart berührte sie zärtlich. Sie inhalierte tief den Rauch ihrer Zigarette und etwas später sah sie sich über Losch schweben, der in einem Krankenhausbett lag. Wer hatte gesagt: »Wie eine Kröte, die man einfach zertritt?« Wer zertrat hierzulande Kröten? Wer trat, wer wurde getreten? Sie suchte nach weißen, nassen Tüchern, um den Mann zu kühlen, ihm wohlzutun. Sie sprach zu ihm, aber nur süße Vogellaute kamen aus ihrer Kehle. Sie wollte die Worte formen »Ich liebe dich«, aber es wurde nur ein Gesang daraus, dem des Pirols ähnlich, einfältig lieblich.

Die Kneipe war voll jener mehr lethargischen Typen, die zu den revolutionären Aktionen nicht mehr zu gewinnen waren: jünger als die ersten Revolutionäre, waren sie schon zu alt. Sie sahen in den gegenwärtigen Aktionen nicht viel Sinn, sie waren resigniert. Sonntags lasen sie die Anzeigen der »Morgenpost«, um sich einen Job für die kommende Woche zu suchen, gerade so lange, bis sie genug Geld für ein paar Tage zusammen hatten. Sie waren Handwerker, Techniker, übten aber ihre erlernten Berufe nicht aus. Viele malten, waren Künstler, ihre Bilder hingen in den Kneipen. Andere fuhren Taxis und Mietwagen, Mini-Cars. Trotz des Attentats auf Losch wurde auf der Tanzfläche getanzt. Soul wurde aufgelegt, mit Orgelmusik. Ein Mädchen weinte beim Tanzen.

»Sie kenne ich vom ›Nassen Hund‹«, sagte ein Junge zu Abelssens und setzte sich zu ihnen. Herr Abelssen gab eine Runde Schnaps aus. Die Kellnerin kassierte sofort.

Romantische Typen kamen und bettelten um Geld, um Zigaretten, um einen Schluck Bier. Der Junge, den sie aus dem »Nassen Hund« kannten, hieß Ulf.

»Ich mache mir Vorwürfe«, sagte er, »gehöre nirgends hin. Nichts paßt mir. Keine Richtung. Aber ich leide wie ein Verrückter vor Sehnsucht, daß der Sozialismus verwirklicht wird. Du heißt doch Lili, nicht? Lili, ich bin vollkommen ausgehöhlt, in mir ist nichts mehr.«

»Wenn es euch schon so geht«, sagte Herr Abelssen, »was sollen wir da sagen!«

»Das werfe ich mir ja vor«, sagte Ulf, »auf meine Art bin ich nicht besser als ihr Scheißspießer.«

Losch wandte das Gesicht zur Seite. Die geschwungenen Bögen seiner schweren Lider waren geschlossen.

»Gibt es keine Möglichkeit, daß ich mich um Losch kümmere?« fragte Lili ihren Mann.

»Keine. Welche Legitimation hast du? Seine Frau wird längst bei ihm sein. Sonst – stelle dir doch vor, was da jetzt los ist. Willst du vielleicht die Sperren durchbrechen, schluchzend: ›Lassen Sie mich, ich bin die Frau, die er zuletzt geliebt hat?‹«

Es war am anderen Tag so warmes, fröhliches Wetter, daß sich die Frage ergab, wie Herr und Frau Abelssen sich zu dieser Demonstration kleiden sollten. Lili wählte ein gelbes Lacklederkostüm, Richard einen blaugrünen Schottenanzug, mit weich und hoch umgeschlagenem Cardin-Kragen. Lili trug eine grüne Lederkappe, Richard eine blaue weiche Schirmmütze aus Cord.

»Wir sehen aus wie die Affennummer der Revolution«, sagte Herr Abelssen vor dem Spiegel und richtete sich mit einem Kämmchen die Nackenhaare, die sehr hübsch unter dem Mützenrand eine Welle bildeten.

»Was wollen Sie jetzt am Olivaer Platz?« fragte der Taxi-Chauffeur.

»Demonstrieren«, gab Herr Abelssen Auskunft.

Der Chauffeur prüfte sie im Rückspiegel, und Frau Abelssen sah, wie es in seinem Kopf arbeitete.

In den Zeitungen und Extrablättern stand, daß es Losch schlecht ging. Besonders die Verletzung der Wirbelsäule machte den Ärzten Sorge.

Sandberg fuhr stehend in einem offenen roten Citroën vorüber und sprach durch ein Mikrophon zu den Demonstranten und zur übrigen Bevölkerung.

»Genossen! Berliner! Gestern nacht die Schüsse vorm Springer-Haus sind nicht von Angehörigen der Radikalen Aktion abgegeben worden, sondern von Provokateuren, die die Radikale Aktion in die Rolle des

Angeklagten drängen wollen. Die Radikale Aktion wendet keine Gewalt an, weder gegen Sachen noch gegen Personen. Unsere Worte sind unsere Waffen, unsere Aufklärung ist unsere Gewalt! Der Rechtsanwalt der Radikalen Aktion, Karl Krämer, wird die Verteidigung der fünf Attentäter übernehmen. Er wird sie als von der Massenpresse verführte Dummköpfe verteidigen. Er wird die Eröffnung eines Strafverfahrens gegen die Zeitungen fordern, die zum Pogrom gegen Losch, gegen mich, gegen die Radikale Aktion, aufgefordert haben. Berliner! Ihr seht, wohin die Sozialistenhetze dieser gehirngewaschenen Frontstadt führt. Reiht euch ein, protestiert gegen das Unrecht! Protestiert gegen die Tücke, die Niedrigkeit der Dummköpfe! Protestiert gegen die Regierung dieser Stadt, die mit Gewalt die berechtigte Empörung verschiedener Bevölkerungsgruppen vertuscht, unterdrückt, dann wieder mit väterlich scheinheiliger Fürsorge versucht, uns zu schwächen. Schluß mit den Phrasen. Schluß mit der Selbstbeweihräucherung dieser Teilstadt, mit diesem stolz heulenden Selbstlob, das uns überall nur Feinde macht. Einerlei, Berliner, welchen Alters ihr seid! Seid Zeitgenossen! Lebt in der Gegenwart! Hier sind mehr Jugendliche als in irgendeiner anderen Stadt Deutschlands. Hier sind auch die meisten älteren Menschen – aber warum sollen sie abseits stehen? Ihr älteren Berliner: diese jungen Demonstranten sind eure Kinder, oder Kinder eurer Altersgenossen in Westdeutschland. Bekennt euch zu der Generation, die ihr letztlich zu verantworten habt, ihr habt sie gezeugt, ihr habt sie erzogen, sie ist – wie immer ihr das versteht – euer Werk. Hört auf, beleidigt zu sein durch die Ziele dieser neuen Generation!«

Herr Abelssen sagte: »Sandberg ist schon gut. Aber ich weiß nicht recht, ob er nicht womöglich ein ganz gerissenes Spiel treibt. Die Schüsse – wer denn sonst soll sie abgegeben haben? Vielleicht hat er auch zugleich mit der offiziellen Radikalen Aktion eine Untergrundorganisation gegründet? Ich traue ihm das zu. Aber da wird noch manches schiefgehen. Ist König vielleicht ein Mann des Untergrunds? Von Korn gar nicht zu reden. Moschkow und Hiller kämen eher infrage, aber soweit ich sehe, sind sie ideologisch mit Sandberg nicht einig. Diese Aktion hat außer Sandberg offenbar keine Köpfe. Sie müßte sich welche kommen lassen. Der Untergrund dürfte nur verwendet werden, um Notstände herbeizuführen, damit es endlich wahrnehmbare Gruppen Unzufriedener gibt. Aber auch die genügen nicht. Es geht nicht ohne eine Klasse, die nichts zu verlieren hat. Alles, was sie bewirken, werden Reformen, Umwandlungen des Establishments sein.«

»Wir dürfen«, mahnte Frau Abelssen, »heute abend nicht wieder so versacken. Morgen früh zehn Uhr Schau bei Mack & Seidel, dann durch bis abends.«

»Seht euch doch den an!« schrie eine Frau auf dem Bürgersteig und zeigte auf Herrn Abelssen. »Das ist so' ,n Typ, auf den man ständig losdreschen könnte.«

Die Frau hätte gern sofort begonnen, auf Herrn Abelssen loszudreschen, aber sie stand hinter einer Kette von Polizisten, die sie beschwichtigten.

Besitzer von Kunstgalerien, Buchhandlungen, modischen Möbelgeschäften, Kunsthandwerksläden, Boutiquen und ihre Angestellten gingen mit im Zug der Demonstranten. Sie sahen anders aus als die Bürger auf dem Bürgersteig. Diese brüllten vor Haß, bogen sich vor Lachen, zeigten mit Schirmen nach ihnen.

Ebenso haßten sie die jungen Männer und die jungen Mädchen, die untergehakt herangestürmt kamen. So viel langes, so viel weiches Haar!

»Meinen würde ich so lange klappen, bis ihm die Haare vom Kopp fallen!« rief ein Mann.

Irgendwo sahen Herr und Frau Abelssen ihren Sohn Conrad. Ulrich hatten sie die Erlaubnis, an der Demonstration teilzunehmen, nicht geben können; er mußte eine Mathematikarbeit verbessern. Frau Abelssen war froh gewesen, diesen Vorwand für das Verbot zu haben. War es gut, zwei Söhne bei einer solchen Demonstration zu wissen?

Conrad rannte mit einem Trupp seiner Klasse, und es amüsierte seine Eltern, wie sie schonend Blumenrabatten umgingen. Berlin, die grüne, die blumenfreudige Stadt. Ein Berliner rennt nicht über Tulpen, trampelt nicht auf Stiefmütterchen.

An der Joachimstaler Straße stieß der Demonstrationszug, der vom Senat genehmigt war, auf eine breite Front von Wasserwerfern. Sie ließen den Zug herankommen und ließen dann die Wasserschläuche auf die ersten Reihen los. Sandberg schrie, im Wagen stehend, von Wasserstrahlen auf Brust und Leib getroffen: »Genossen! Das ist Unrecht! Macht euren Weg frei!«

Herr und Frau Abelssen waren, mitgerissen von rennenden Reihen Jugendlicher, dorthin gelangt, wo sie eben noch Wasserspritzer auf ihre Mützen abbekamen. Zu ihrer Verwunderung hörten sie sich beide schreien – Worte der Empörung, des Hasses, opferfreudiger Angriffslust.

Entzückt sahen sie, wie junge Männer gegen die Wasserwerferwagen vorgingen; sie umwimmelten die

Fahrzeuge wie gefährliche Ameisen ein größeres, plumperes Tier. Einige der Plumpen wichen zurück. Vorn blieb ein einzelnes Fahrzeug stehen, und Abelssens sahen, wie jener Ulf vom Vorabend, der sich ausgehöhlt wähnte, mit einem anderen Jungen von hinten auf den Wagen aufsprang, nach vorn kletterte, und wie es ihnen gelang, den Wasserstrahl gegen die im Wagen sitzenden Polizisten zu richten. Die Polizisten sanken zur Seite und fielen vom Sitz. Mehr junge Männer, etwa sechs, erklommen das Fahrzeug und zerwüteten es in kurzer Zeit, so daß fast nichts von ihm übrig blieb. Frau Abelssen verspürte eine unbändige Lust, auch zu solchen Sprüngen auf einen Wasserwerfer anzusetzen und bei seiner vollständigen Demontierung dabei zu sein. Sie vollzog jedes Hinaufklettern, jeden Sprung, jede Gewalttat an diesem öden metallischen Tier federnd mit; sie war voller Haß. Auch Richard war voller Haß. Er brüllte: »Sperrt doch die linke Fahrbahn!« Denn auf der anderen Fahrbahn fuhr ständig die Polizei mit Motorrädern, weiß, flitzend, um von anderen Stellen Nachschub zu holen.

»Radikal, aber immer Rechtsverkehr!« höhnte Herr Abelssen und eröffnete eine Kette auf die linke Seite des Kurfürstendamms hinüber. Dort freilich war die Demonstration nicht genehmigt.

Der Wasserwerferwagen sah aus wie ein ausgeweideter Elefant. Oben auf ihm saß König und war nicht herunterzubringen, obschon es kaum Sinn hatte, daß er auf dem entmachteten Metalltier noch saß und mit seinem einen feinen Auge überblickte, wie es also stand mit der Veränderung der Gesellschaft. Zumindest, dachten alle, die den Radikalen nahestanden, war Losch nicht umsonst fast getötet worden.

»Ein Staat«, sagte ein Pfarrer, der in den Reihen mitging und völlig durchnäßt war, »in dem so etwas möglich ist, macht jedenfalls einigen Kreisen der Bevölkerung bewußt, daß es diesem Staat in seinem Rechtsdenken vor allem darauf ankommt, daß Recht ist, was dem Empfinden einer gelenkten primitiven Mehrheit gemäß ist, und Unrecht, was dieser gelenkten primitiven Mehrheit als schändlich erscheint.«

Der Demonstrationszug teilte sich und gelangte auf wenig wirksamen Bahnen zum Schöneberger Rathaus, wo Wasserwerfer in breiten Kolonnen aufgepflanzt waren und Polizistenzüge in Zehnerreihen den Demonstranten entgegenzogen, so daß sie den Kennedy-Platz erst gar nicht erreichen konnten.

»Wie die sich aufgeputzt haben!« schrien Bürger aus den Fenstern von Parterrewohnungen.

In der ersten Reihe der Demonstranten drängten sich zwei bekannte Maler, von denen Bilder in bedeutenden Galerien hingen, zwei Folkloresänger, deren Platten in großen Auflagen herausgekommen waren, drei junge Schauspieler, eine Schauspielerin mit langem rotem Haar, alle in romantische Phantastik gekleidet, lila Samt, sandfarbenes Segeltuch, bunte Hemden, bunte Ketten. Ihnen gegenüber wirkten die großen Gesichter der Polizisten übel in ihrer verschwitzten Nacktheit, doch von den aus ihren Fenstern sehenden Bürgern wurden sie mit Genugtuung gebilligt und angetrieben: »Drescht ihnen ihre Fetzen vorn Leib!« Von einigen Balkonen aber entrollten sich breit erste rote Fahnen.

»Hier unten«, sagte Herr Abelssen, »geht heute die Crème de la Crème dieser Stadt – das Feinste, Talentierteste, was sie zu bieten hat. Ob die da oben mit den roten Fahnen davon endlich etwas spüren?«

Die langmähnige Schauspielerin trat im Anprall gegen die Polizistenreihe einem Polizisten auf den Fuß. Der Polizist riß sie dafür an den Haaren. Hinter ihm sah ein Polizist erschrocken aus, und es gab überhaupt in diesen hinteren Reihen viele zage, unentschlossene, sogar nachdenkliche Gesichter. In der zweiten Reihe der Demonstranten gingen noch mehr Schauspieler; eine Frau in Minirock und Lederjacke sprang vor und warf sich vor ihre rothaarige, vor Schmerz aufschreiende Kollegin. Sie führte einen Faustschlag gegen das Kinn des Polizisten. Darauf zogen die Polizisten ihre Gummiknüppel. Die Künstler der ersten Reihe wurden von vielen Schlägen getroffen. Frau Abelssen sah, wie ein zarter junger Mann staunend die Augen aufriß, wie sein Mund sich öffnete zu einem verwundert klagenden Laut, und wie er dann zusammenensackte. Herr Abelssen sprang hinzu und hob ihn auf. Mit Lili schleppte er ihn, ihm unter die Arme greifend, zur Seite, wo hinter einer einfachen Polizeikette die mißbilligenden, die hassenden, die ratlosen Bürger standen.

»Der hat selber schuld«, sagte ein Mann. Eine Frau mit hochtoupierter Frisur rief: »So'n Hänfling!« Aber in ihren Augen stand die dunkle Ahnung des Unglücks, daß ein so sanfter, schöner Junge niemals auch nur einen Blick auf sie wenden würde. Während er nun so von den Abelssens dahingeschleppt wurde, mit halbgeschlossenen Augen, sah sie ihm noch lange nach.

Sandberg fuhr stehend in seinem Wagen quer durch die Reihen seiner Demonstranten hindurch und rief: »Genossen! Laßt euch nicht sinnlos zusammenschlagen! Laßt euch nicht hinreißen von der Wut des Augenblicks. Wer aber entschlossen ist zu kämpfen, der kämpfe jetzt!«

In diesem Augenblick warfen Korn und König, Moschkow und Hiller Gummiknüppel und Helme in die Menge der Demonstranten. Viele griffen danach und bewaffneten sich. Die Schauspielerin fand Zeit, ihr ganzes Haar unter den Helm zu stopfen, doch riß ein Polizist sie gleich darauf bei den Füßen, ein anderer ergriff sie bei den Armen, und es entstand das übliche Bild: Weiße bloße Schenkel, zappelnd, mit Strumpfhaltern, wie im Krampf zuckende Frauenhüften.

»So zeigt der deutsche Vollmann der Frau seine Kraft und seine Herrlichkeit!« bemerkte Herr Abelssen. Sie lehnten den kleinen Schauspieler, ihn auf den Rinnstein setzend, gegen einen Baum.

Mit Helmen und Knüppeln bewaffnete Phalangen kamen angerannt. Sandberg mußte eine gewisse Strategie als notwendig vorausgesehen und ermöglicht haben.

Erschrocken sahen Herr und Frau Abelssen, daß hier die alten Rockers und ihre Nachkommen aufgeboten waren.

»Die Landsknechte der Revolution!« sagte Herr Abelssen. Und er gab zu: »So sehr wir sie immer abgelehnt haben, aber jetzt sind sie am Platze. Wer denn sonst! Wer schlägt denn wirklich?«

Die Rockers fuhren mit Motorrädern in die Reihen der Polizisten hinein. Die Polizisten zogen ihre Pistolen, teilten sich aber, keiner wollte schießen, wollte töten; in ihren Hirnen stand die Furcht vor Strafverfahren, stand die Unsicherheit des Gewissens, zugleich eine steigende Wut über die gleichmütige Rohheit der Angreifenden. Durch ein Mikrophon war die Stimme des Polizeikommandanten zu hören: »Es wird nicht geschossen! Pistolen einstecken!«

Danach breitete sich Tränengas aus und brachte die Schlacht zu Ende, ehe sie sich entwickelt hatte. Die Rockers ließen sich seitlich langsam von ihren Motorrädern herab und schützten mit den Armen ihre Gesichter. Abelssens setzten sich zu dem Schauspieler auf den Rinnstein und hielten die Hände vors Gesicht, entschlossen sich dann aber doch, wegzurennen. Auf Bahren wurden Verwundete vorübergetragen. Das lila Samtcape einer Sängerin fiel in schönem Faltenwurf von einer solchen Bahre herab. Polizisten hielten rote Taschentücher vor blutende Nasen; es war seltsam, dies Blutrot zu sehen, das Rot der Fahnen, die sich an Zahl in der letzten Viertelstunde vermehrt hatten.

Von einem Balkon schrie ein Bürger: »Hört auf, euch zu kloppen! Man kann doch miteinander reden! Man kann sich doch vertragen!«

»Du wirst dich noch wundern, da oben!«, schrie vom Bürgersteig einer hinauf, »wenn hier erst wieder die Russen einmarschieren!«

Sandberg schickte eine Autokolonne, die rote Fahnen verteilte. Es entstand ein Wald von roten Fahnen, dessen Anblick eine große Menschenmenge bis zur Hysterie enthusiasmieren konnte. Es war möglich, daß Feige, daß Zauderer, Unsichere, Begeisterungsbedürftige in einem solchen Augenblick sich für das massierte Rot dieser Fahnen entschieden. So hielt jene Frau mit dem hochtoupierten Haar plötzlich ebenfalls eine rote Fahne in der Hand, gab sie jedoch weiter, als sei sie ihr zu heiß in der Hand, und ein junger Mann im Tweedmantel hielt seine Finger um den Schaft geschlossen, verwundert das sanft wehende Tuch anblickend. »Die hebe ich mir auf als Andenken«, sagte er naiv und verschwand mit ihr in einer Haustür.

Das Tränengas zog in gelblichen Schwaden ab. Die Front der Demonstranten hatte sich nur entfernt, nicht aufgelöst. Polizeiwagen voller Verhafteter fuhren ab.

Überall zeigte sich Sandberg, und es erwies sich, daß sein langes Haar, sein lockiger Bart der Menge keine Äußerungen des Abscheus entlockten. Es war, als wohne in jedem die Erinnerung an das Bildnis des Hieronymus Holzschuher oder überhaupt des deutschen Mannes der Dürerzeit. Es war lockeres, sauberes, blondes, welliges, wirklich schönes Haar. Sandberg hatte hellgraue Augen, ein weiches Gesicht, sanfte Lippen, breite Schultern, eine ruhige, würdevolle Gestalt, gekleidet in einen billigen Anzug, mit Hemd und Krawatte; alles an ihm wirkte sorglos und natürlich. Die Frauen begannen ihn wohlwollend zu betrachten.

»Hinter dieser Aktion«, bemerkte Herr Abelssen, »steckt vermutlich eine ganze Menge Geld. Woher hat Sandberg das? Bedenke: die Helme, die Gummiknüppel, die Fahnen, die Wagen, die Rockers. Die Rockers müssen bezahlt werden, wenn sie zu einer disziplinierten Aktion verwendet werden sollen. Woher kommt das Geld? Nimmt er es von der SEW? Hat er es von den Liberalen, die auch nicht wollen, daß West-Berlin sich als Frontstadt mehr und mehr exponiert? Druckt er selbst Geld im Keller unter seinem Keller? Man sagt, im Paßfälschen sei er jahrelang genial gewesen.«

»Es fehlt dieser Radikalen Aktion«, fand Frau Abelssen, »ein Typ wie Goebbels. Einer, der ruft: ›Wollt ihr nichts als euch satt essen? Wollt ihr Ameisen unter den Schuhen der Multimillionäre sein? Wollt ihr eine schönere Erde? Seid ihr Tiere? Oder seid ihr Menschen mit Aufgaben?‹«

»Nicht einfach genug, liebste Lili«, fand Herr Abelssen. »Bringt unsere Erde in Ordnung, ehe wir zu den Sternen fahren!«

»Auch zu hoch«, meinte Frau Abelssen. »Siehst du, es ist dasselbe wie einen kassemachenden Schlagertext zu schreiben. Wie viele versuchen es, aber etwas wie ›Mit siebzehn hat man noch Träume‹ fällt eben nur einem ein. So wird auch so schnell keiner eine zündende Parole finden, die mit diesem autoritären Vaterstaat aufräumt.«

Ein Mann von etwa fünfundvierzig Jahren hörte ihnen zu und sagte, langsam neben ihnen hergehend:

»Sie haben eben keine Ideologen. Dutschke sympathisiert nicht sehr mit dieser Radikalen Aktion – gut. Man kennt seine möglichen geheimen Verbindungen zu ihr nicht. Sandberg ist gerissen. Losch ist es nicht, er war einfach nur der Vorgänger, einer, der es nicht aushielt, ohne etwas zu tun. Das ist nicht genug. Als Opfer, immerhin, hat er eine Menge bewirkt. Die Stadt ist in einem Aufruhr wie noch nie. Gebraucht aber wird ein Kopf wie Suslow, wie Breschnew.«

»Dürfen wir etwas klarstellen«, sagte Herr Abelssen, »wir sind keine Kommunisten.«

»Ein denkender Mensch kann nur Kommunist sein«, sagte der Mann. Er hatte krauses schwarzes Haar, einen wohlgeschnittenen Schnurr- und Wangenbart, eine breite, wie eingedrückte Nase, empfindsame Lippen, und trug eine nickelgerandete Brille.

»Der Kommunismus ist die einzige humane Lehre, die es jemals gab. Bitte, kommen Sie mir nun nicht mit dem Christentum.«

»Für was halten Sie uns?« fragte Frau Abelssen wegwerfend. »Es ist durchaus möglich, ich sehe es schon:

Die ganze Welt wird kommunistisch sein, aber nur dem Namen nach; der Kommunismus wird nichts als ein Lippenbekenntnis sein, wobei sich allerdings die Parallele zum Christentum aufdrängt.«

»Kämen wir erst einmal dahin! Dann wird man weitersehen. Das Schönste ist: Wir alle werden es noch erleben. Überall ist die Jugend in Aufruhr.«

»Aber aus gegensätzlichen Gründen!« rief Frau Abelssen. »Ich habe erlebt, wie emigrierte junge Tschechen hier in einer Revolutionskneipe fast den Musikautomaten zertrümmert hätten, als er irgendeinen russischen Marsch spielte. Prag ist in Aufruhr gegen Ihren verehrten Breschnew!«

»Die paar vom westlichen Kapitalismus Geblendeten!« sagte der Mann verächtlich.

Sie landeten in einem schwäbischen Feinschmeckerlokal in der Motzstraße. Der alte Mann an der Zither spielte wie immer, die Kellner in blauen Leinenjacken legten die Speisekarten vor.

Der Mann sagte: »Es wäre nett, wenn Sie mich zum Essen einladen könnten. Ich bin knapp mit Geld. Mein Name ist Stikker. Willy Stikker, Paris. Ich werde hier die nächste Zeit verbringen. Ich schreibe für den ›Combat‹. Übrigens bin ich hier geboren. Als die Kinder in meiner Schule anfingen, mich zu verdreschen, sind meine Eltern ausgewandert. Erst nach Prag, dann New York. Jetzt lebe ich in Paris. Aber dort haben mich die Sorgen erdrückt – vier geschiedene Frauen, alle haben Forderungen. So bin ich abgereist. Ich schreibe auch für deutsche Zeitungen, Lageberichte aus der DDR, auch Kulturelles.«

»Wo ist denn die linke Presse in Deutschland, für die Sie schreiben?« fragte Herr Abelssen.

»Ich schreibe für konservative Blätter. Ich muß mich ernähren, es läßt mich kalt. Außerdem unterwandere ich diese gepflegten deutschen Redaktionen.«

»Diese Kommunisten«, sagte Herr Abelssen später beim Schlafengehen, »kosten uns einfach zu viel Geld. Auch Zeit: wieder nur fünf Stunden Schlaf. Hast du deine Sachen zurechtgelegt für morgen früh? Was ziehst du an? Soll ich den Nußbraunen mit der blauen Weste?«

»Ja, den Nußbraunen«, erwiderte Lili schläfrig. Mit einem kleinen Massageapparat und einer vielversprechenden Creme bearbeitete sie ihr Gesicht, schon im Bett liegend.

Herr Abelssen fand sie schlafend, den Apparat auf der Bettdecke noch leise surrend. Ihr kindliches Gesicht rührte ihn, obwohl es ohne Aufmachung ungemein einfältig auf ihn wirkte. »Was für eine anstrengende, ermüdende Gefährtin du bist«, sagte er erbittert und küßte ihre weißlackierten Fingernägel. Dann legte er sich alles für die Modenschau zurecht, die in fünf Stunden begann.

»Sind Sie das, Lili, hier auf dem Bild?« fragte Ladwig, der Modezeichner. Ja, Frau Abelssen erkannte sich, nicht ohne Stolz.

»Und wo waren Sie?« fragte sie aggressiv.

»Ich habe mir alles von meinem Balkon aus betrachtet«, sagte Ladwig.

Er hatte eine Wohnung am Kurfürstendamm, sein Balkon wurde von kräftigen, frisch verputzten Karyatiden getragen.

»Wissen Sie«, erklärte er, »ich weiß nicht recht, wohin ich gehöre. Können Sie sich mich mit einer roten

Fahne vorstellen? Schließlich muß es auch Zuschauer geben. Auch Sie, Lili, sind im Grunde nur eine Zuschauerin. Nur aus Sensationslust mischen Sie sich ins Gedränge.«

»Aber, aber!« sagte Frau Abelssen gekränkt. »Sie sind ungerecht! Wir können diesen Staat wahrhaftig nicht leiden. Solange die Sozialisten uns aus ihren Demonstrationen nicht herausstoßen, verstärken wir ihre Reihen.«

»Und wenn die mal siegen sollten?« fragte Ladwig, »Lili, woher nehmen Sie dann die Mode? Haben Sie schon einen sozialistischen Staat erlebt, der die Sehnsucht seiner feiner veranlagten Menschen nach Eleganz befriedigt hätte?«

»Aber ja!« sagte Herr Abelssen. »In allen sozialistischen Ländern gibt es Eleganz, zumindest in Modellvorstellungen ...«

»Jedoch«, wandte Ladwig ein, »nur als Nachahmung westlicher Vorbilder. Eleganz als ästhetischer Beitrag zu einer sozialistischen Kultur wird nicht in Erwägung gezogen. Eleganz ist keine sozialistische Vokabel.«

Bob Hayes spielte tupfend: »I'm feelin' like a million ...« und »Tea for two«. Das Haus eröffnete seine Schau mit Après-Ski-Modellen in einem seidig ausgerüsteten »Pretty« – ein großer Erfolg für Herrn Abelssen. Ein Trupp Mannequins in Weiß, Apricot, Maisgelb, Kolibrirot eröffnete die Kollektion, in weichen Landsknechtstiefelchen, die mit bunten Steinen besetzt waren.

Herrn Abelssen hatte man wiederum neben Herrn Mageot, den Nobel-Coiffeur, gesetzt. Die beiden Herren waren wie stets ein wenig zu sehr amüsiert und ernteten beunruhigte Blicke des Ansagers.

»Der Lace-Tweed in Ecossé in den Farben Rosé-Doré und Nougat-Sable ist exklusiv für das Haus«, sagte er.

Frau Abelssen hielt sich ihr Lorgnon vors Gesicht, und da sie in der ersten Reihe saß, spielte sie wiederum das Spiel der fromm den Modellen nachblickenden Augen. Jener Herr Huth, aus der Samtbranche, trug wieder eine Weste, die ihresgleichen suchte: eine Handarbeit in Woll-Kreuzstich. Herrn Abelssens Weste aus blauem Jersey, in sandfarbenes Leder eingefaßt, mit lederbezogenen Knöpfen, war aus Paris, aber gegen Herrn Huth kam er wiederum nicht an.

Die Korrespondentin von »Belle« war durch ein Versehen von der ersten Reihe in die dritte Reihe versetzt worden. Gegenüber von Frau Abelssen wandte sie ihr gelblich verärgertes Gesicht gelangweilt den Modellen nach. In der ersten Reihe, Frau Abelssen gegenüber, saß eine geachtete Einkäuferin aus Celle, mit einem Wunder von einem Frühlingsblütenhut, einem weißen, vortrefflich sitzenden Kostüm, und tiefen Einblick zwischen ihre ältlichen Schenkel bietend.

In der Pause wurden Krebscocktails, Häppchen mit Leberpastete gereicht, und Herr Abelssen reichte die Teller bis hinauf in die letzten Reihen. Herrn Mageot suchte er zu überzeugen, daß auch er bei Demonstrationen mitmarschieren solle. Frau Mageot, die seit zwanzig Jahren immer gleichbleibend jugendlich gekleidet war und dieser Kleidung in frischer Gepflegtheit und heiterer Lebenszustimmung standhielt, meinte: »Vielleicht sollten wir dann aber gleich eine richtige Aktionsgruppe ›Mode‹ formieren. Stellen Sie sich diese Formation vor: Wir werden als erste erschlagen, von den Berlinern, oder besser: von den Steglitzern, den Lichterfeldern.«

»Wir alle werden erschlagen werden!« sagte Herr Abelssen in düsterer Sektstimmung und kaute auf einem Aalhäppchen. »Feinheit, Schönheit sind nirgends willkommen. Bedenken Sie, geliebte Marion, es gehört so viel dazu, Geschmack zu erwerben.«

»Aber die Jugend«, sagte Marion, »hat ihn aus dem Handgelenk. Paris ist als Modemetropole bald tot, die Haute Couture stirbt. Das müssen wir klar sehen. Aber der revolutionäre Modegeschmack entsteht in den kapitalistischen Staaten. Richard, es ist alles sehr kompliziert. Lili, noch nie waren Sie mit einem Zentimeter Nachwuchs bei einer Modenschau. Bis gestern haben wir auf Sie gewartet!«

»Wenn doch so viel los ist in der Stadt!« entschuldigte sich Frau Abelssen. »Dieser Zentimeter Nachwuchs – ist er denn sehr zu sehen?« fragte sie nervös.

»Herr Rainer wartet auf Sie«, sagte Frau Mageot, »und von hinten sehen Sie aus wie Sandberg. Sie sollten wieder mehr wie Lili Abelssen aussehen!«

Auf dem Kurfürstendamm wurden wieder Kleiderständer in Wagen getragen; Fotografen ließen Mannequins in der Aprilsonne posieren mit Chinchilla-Trenchcoats, schwarzen Kaninchenmänteln, zobelbesetzten Herbstkostümen, Kamelhaar-Doubleface-Mänteln mit kühnen Leder-Ballonmützen. Madamige Einkäuferinnen, niedliche Direktricen, Mannequins und Näherinnen schufen in zarter, extravaganter Optik die Atmosphäre »Durchreise«, ein Begriff, vor dem die Berliner immerhin noch Respekt hatten, obschon die Damenoberbekleidung seit langem nur noch die dritte Stelle in der Berliner Industrie innehatte.

Abelssens aßen mit den Mageots im »Danmarka«.

»Was für ein schizophrenes Leben!« sagte Herr Abelssen.

»Das ist allein Ihr Problem!« sagte Herr Mageot. »Da gehen Sie nun dahin, auf diesem Grat zwischen zwei Welten, keiner angehörend. Das heißt, natürlich gehören Sie nur der einen an, eben der gesicherten, der feineren. Auch wenn Sie öfter mit den Radikalen gehen – irgendwann werden Sie wieder genötigt sein, an einem Empfang teilzunehmen, wo auch der Regierende auftritt. Und Sie werden artig und wohlerzogen auch dort Ihren Sekt trinken. Und werden Sie vielleicht einen Dolch in Ihrer Smokingtasche tragen? Und trügen Sie einen Dolch bei sich, wiirden Sie ihn in diesen Bürgermeister senken?«

»Mit siebzig Jahren«, erklärte Herr Abelssen, »fände ich mich zu solchen Taten bereit.«

»Ich höre mit Staunen«, sagte Frau Abelssen, »wie du das Alter der zu Attentaten geeigneten Personen ständig erhöhst!«

»Die Lust des Lebens an deiner Seite, meine Lili«, entgegnete Herr Abelssen, »setzt meine Attentatsreife immer weiter zurück.«

Am frühen Nachmittag sahen sie Hutkreationen des kommenden Winters. »Die Feuerwehr von Ninive«, sagte Herr Abelssen, »liefert noch immer die hübschesten Vorbilder.«

In den am Nachmittag gezeigten Kollektionen war viel Malve vertreten. Herr Abelssen war sehr zufrieden. Die Mode-Durchreise dauerte zehn Tage, dann verbrachten die Abelssens erschöpft fast zwei Wochen nur im Bett, Zeitungen, Zeitschriften und die Flugblätter Sandbergs lesend. Den Senatsempfang der Durchreise für die Modeleute hatten sie nicht besucht.

»Leider«, kommentierte Herr Abelssen, »wird niemand gesagt haben: ›Nun, nun? Die Abelssens sind nicht da?‹ Hätten wir nur eine größere Position, hätten wir nur mehr Macht!«

»Damit würden wir Sandberg noch lange nicht imponieren.«

Die Radikale Aktion bereitete ihren 1. Mai vor. Losch war noch bewegungsunfähig im Krankenhaus, niemand außer seiner Frau und Sandberg durfte zu ihm.

Sandberg mobilisierte Schüler aller Gymnasien und Mittelschulen. Conrad verfaßte scharfe Glossen für die Schülerzeitung, und seine Eltern vernahmen erstaunt, daß auch einige Lehrer den Radikalen nicht durchaus ablehnend gegenüberstanden.

Ja, es gab sogar junge, radikale Lehrer.

Sandberg schickte Vertreter aus, die in bestimmten Gegenden, in bestimmten Häusern, rote Fahnen billig zum Kauf anboten. Die Leute, die sie kauften, fühlten eine gewisse Freude daran, etwas Ungewöhnliches zu tun, sich herauszuheben aus der Menge.

Ingo und Ulf waren von Frau Abelssen zu Sandberg geschickt worden und wurden Moschkow und Hiller zugeteilt, um die Obdachlosensiedlungen zu mobilisieren ebenso wie die Bedrängten in Kreuzberg, Neukölln und Wedding, die aus ihren Wohnungen vertrieben und in Obdachlosenquartiere eingewiesen werden sollten. Sie ließen sich von der Fürsorge anwerben, von der die Abholung der Möbel betrieben wurde.

Im »Nassen Hund« aber erzählten beide, diese Aufgabe gehe über ihre Kräfte.

»Komm ich da rein, zweiter Hinterhof hinten, vierter Stock«, schilderte Ingo, »steht da eine dicke Frau, jammert und weint, macht ihre Bluse auf, legt mir ihre Brüste über die Schultern und fleht mich an, ich soll die Wohnung nicht ausräumen. Wollte ich ja auch gar nicht, mach doch den Job bloß zum Schein. Zwischen diesen Brüsten sollte ich nun agitieren: Nimm am 1. Mai die rote Fahne! Laufe mit uns! Demonstriere! Zeige, daß es Unterdrückte, Entrechtete, Außerhalbstehende gibt!«

»Mir hat«, erzählte Ulf, »eine Frau von dreißig Jahren nacheinander ihre elfjährige Tochter, dann sich selbst angeboten. Ein Säugling schrie in einer Zinkwanne, die elfjährige Tochter schrie; die Frau zeigte sie jedem jungen Mann des Räumungskommandos, am Ende sind wir alle weggelaufen und wußten keinen Rat mehr. Nur die Aufrufe zum Marsch am 1. Mai haben wir in Mengen zurückgelassen.«

Bei Sandberg in den Hinterräumen der Druckerei versammelten sich oft nachts die aktiven Sozialisten sowie ihre emotionellen Subventionisten, unter diesen die Abelssens, die stets den Schnaps holen ließen, der benötigt wurde. Manchmal kam Sandbergs blasse, sommersprossige Frau aus der Küche, wo das Kind schlief, und spielte etwas auf der Gitarre.

Korn druckte Zettel mit dem Test der Internationale.

»Mit der Jugend alleine, sagte Sandberg, »schaffen wir es nicht. Warum nicht die Rentner scharfmachen? 150 000 Menschen müssen monatlich mit weniger als 500 Mark auskommen.«

»Macht doch noch«, ermunterte Herr Abelssen ironisch, »Aktionen in Altersheimen! Laßt Krüppel mit Krücken aufmarschieren! Stelle einen Peachum an, der Augenklappen und Lumpen verteilt! Und hoffentlich sterben dir die Alten nicht unter der Hand, noch ehe sie zum Einsatz kommen!« Stikker, der unter den Versammelten war, lachte.

Herr Abelssen fand, als sie heimfuhren, es sei nicht notwendig, dreimal wöchentlich abends bei Sandberg zu sitzen. Sandberg war auch nicht mehr so durchaus gütig zu ihnen. Überhaupt hatte er an Milde etwas eingebüßt.

»Sein sonnenhaftes Wesen«, sagte Herr Abelssen, »hat etwas Sengendes angenommen.«

Und Stikker, der sich stets in Lilis Nähe aufhielt, war eine neue Gefahr. Nur Lili selbst hatte sie noch nicht erkannt.

Die Scheiben aus dem Wintergarten waren noch nicht herausgenommen. Niemand hatte Zeit gehabt, sich darum zu kümmern. Die Pflanzen waren in keinem guten Zustand mehr. Agaven und Philodendron hielten sich mühsam am Leben. Frau Abelssen besaß noch immer nicht das volle Geschick, einen Wintergarten bei wirklich aufregendem Wachstum und in grüner, dunkler Lebensentfaltung zu halten.

An einem der letzten Aprilabende trug Herr Abelssen das Tonbandgerät hinaus, öffnete eine Flasche Wein, legte die Karten zurecht und lud Lili zum Spiel ein.

6. Spiel

Herr Abelssen legte die Kurparkmusik aus Aix-les-Bains auf. Als Spiel wählten sie den raffinierten, von ihnen selbst erfundenen Zweierskat, der freilich von der Ehrlichkeit beider Spieler ganz abhing.

»Es wäre«, meinte Frau Abelssen, »eigentlich Wichtigeres zu tun als dies Spiel. Morgen habe ich drei

Grundstücksbesichtigungen. Wir leben zu leichtsinnig. Nichts werden wir einmal haben, den Kindern zu vererben.«

»Mit den Radikalen«, stimmte ihr Herr Abelssen zu, »ruinieren wir uns noch ganz und gar. Der Geschäftsführer des ›Berliner Hofs‹ sagte mir schon, er sei über uns verwundert. Auch sein Herz, behauptete er, schlage mit den Linken, aber an einer Demonstration teilzunehmen kann er sich nicht erlauben, dann ist er gleich seinen Posten los. So sieht das nämlich aus in Berlin, und in Westdeutschland ist es nicht anders. Veränderung hätten sehr viele sehr gern, und sei es aus neugierigem Gefühl, aus Langeweile. Aber wer riskiert schon seinen guten Posten?«

Lili eröffnete das Spiel aggressiv.

»Und du?« fragte sie. »Wie kommst du mit deinem Image zurecht? Eröffnest du dir ein neues? Der Feinbürger, dessen Herz links schlägt? Der erkennt, daß in diesem anderen Lager kultivierte, sympathische Menschen für etwas kämpfen, das so übel ja nicht sein kann. Nach allen Seiten diskutierst du mit deiner Art Simplizität, der Ironie deiner eigentlichen intellektuellen Hilflosigkeit, und alle Türen in allen Kreisen öffnen sich uns noch weiter als bisher. Es wird chic, ein bißchen für die Radikalen zu sein. Man ist der bestehenden Parteien ja ziemlich überdrüssig. Nur daß man die wirtschaftlichen Vorteile von diesen alten Parteien hat.

›Erzählen Sie, Herr Abelssen‹, fragt man dich, ›was machen unsere gemeinsamen jungen Freunde?‹ Und du erregst dich, bist enthusiastisch. In den Kneipen der Sozialisten aber sagst du: ›Ihr müßt wissen, auch in diesem, von euch ›Establishment‹ genannten Teil unserer Gesellschaft gibt es denkende, fähige und moralische Menschen.‹

Natürlich gibst du deinen eleganten Stil nicht auf, dafür sorge ich schon. Aber – allmählich wirst du älter, du machst daraus deinen eigenen Stil, mit deinen gepaspelten Anzügen, hochgeschlossen, als kämst du aus der Edwardian-Epoche, und schon seit zehn, ach, seit fünfzehn Jahren trägst du diesen herrlichen Panamahut im Sommer. Du freust dich auf jeden Sonnentag, wenn du ihn tragen kannst. Nur zu Demonstrationen nimmst du nicht deinen Stock mit der silbernen Krücke mit, weil du dich ja unterhaken mußt. Du kannst schneller rennen als ich, das sah ich ja neulich, ich war viele Reihen hinter dir. Aber um deinen Hut wirst du doch immer große Angst haben, wenn man im Sommer Demonstrationen abhält. Was bist du noch, wenn du ihn nicht mehr hast? So kommt ein schöner Tag im September, die Sonne scheint, aber es ist wieder etwas Empörendes geschehen, wir müssen demonstrieren, müssen den Bürgern am Straßenrand zeigen, daß auch Bürger mit den Radikalen gehen, aus welchen Gründen immer. Das muß denen zu denken geben, und das Ganze ist eigentlich ein mathematisches Kalkül, aber die Bürger verhöhnen uns nur, besonders dich: Den Typ da, den können wir gerade besonders gut leiden, und einer schmeißt dir einen Dreckklumpen auf den Anzug. Da wirst du schon furchtbar wütend, aber die Polizeikette läßt dich nicht durch, du kannst mit dem Dreckwerfer nicht kämpfen, und darüber bin ich ganz froh. Der beigefarbene gepaspelte Anzug ist nicht mehr so neu – wer wird denn ganz Neues zu einer Demonstration anziehen –, er könnte aus den Nähten platzen, und wie sähest du dann aus? Ich fühle mich also der Polizeikette beinahe zu Dank verbunden. Später kommen wir auseinander, ich gerate in ein Gedränge, wo ein Junge einen Wasserwerfer ganz allein stürzt und kampfunfähig macht. Das fasziniert mich sehr, und ich verliere dich aus den Augen. Doch sehe ich, daß auf der Seite der Revolutionäre eine wahre Modenschau abgehalten wird: Felljacken, Lederhemden, ja, Fell und Leder sind die Materialien, mit denen man sich zur Revolution kleidet. Manchmal überlegen wir, ob wir nicht wasserabweisenden ›Pretty‹ als Revolutionskleidung kreieren sollen. Wir beide aber bilden immer eine Komposition. So bin ich also in einem weißen Leinenkomplet, uni, mit schwarzem, schlappigem Lederhut. Nun aber habe ich dich, mein wichtigstes Accessoire, verloren. Jemand schreit mir zu: ›Richard hat man den Hut vom Kopf geschlagen!‹ Und endlich treffe ich dich: mit wirrem Haar, es ist ja schon ziemlich dünn, und ich sehe bekümmert, wie sehr hoch deine Stirn geworden ist, das wirre Haar liegt kläglich darauf umher. Beschämt bekennst du, es habe dir niemand den Hut abgeschlagen, sondern einfach der Wind habe ihn dir entführt. Weit könne er nicht getragen worden sein . . .Die Revolution verebbt wie immer, du aber stehst noch da und suchst nach deinem Hut. Ein Polizist kommt und sagt: ›Guter Mann, gehen Sie nach Hause, für heute ist die Demonstration zu Ende.‹ Ich schäme mich deiner, weil du diesem Hut derart nachjammerst. Der Polizist hilft uns noch suchen. Dann geht er achselzuckend. Ich weine, weil du plötzlich so kindisch geworden bist. Oder warst du es schon immer? Hattest du schon immer diese tückische Selbstverliebtheit? Ja, vielleicht warst du immer so. Losch ist kindisch, du bist kindisch, Stikker ist kindisch, und es fällt mir im Augenblick kein Mann auf der Welt ein, der nicht kindisch wäre.

So vergehen die Wochen, wir stehen noch immer da und suchen deinen schönen Panamahut. Du kriechst unter jedes Auto, dein Anzug ist besudelt, der Verstand verläßt dich allmählich. Ich fahre nach Hause, bringe dir aber täglich etwas Essen. Der Winter kommt, es schneit, scharfer Wind weht, von dir sieht man nur noch die Beine unter einem Auto hervorragen, dann schneien auch deine Beine zu. Dann gehe ich natürlich nach Hause. Dann gebe ich es eben auf.«

Richard hatte etliche Spiele gewonnen. Trotzdem bebte seine Hand etwas beim Aufschreiben der Zahlen.

»Die Beine und der Schnee«, sagte er mit angegriffener Stimme, »das geht doch wieder viel zu weit. Aber ich weiß auch etwas für dich: Bush in London, Myers in Manchester, Kowalski in New York werden dir ihre Häuserverwaltungen entziehen. Dein Eigentumswohnungengeschäft gerät ebenfalls ins Stecken. Die Leute, mit denen du verhandelst, sagen: ›Viele denken wie Sie! Aber man geht doch nicht auf die Straße! Und man gerät nicht in die erste Reihe! Auf die Pressebilder!‹ So gehen unsere Geschäfte zurück. So müssen wir uns denn verkleinern. Ich natürlich nicht mit dir zusammen. Schon lange sind mir deine Söhne unheimlich. Ich fürchte mich vor ihnen – Kindern, die ihre Väter nicht kennen. Conrad weiß, sein Vater ist ein britischer Corporal der Siegermacht, und er behandelt mich wie einen Besiegten. Geht ihr alleine unter! Ich steige aus, ich verschwinde, noch ehe du einsiehst, daß wir ruiniert sind. Zu meinem dänischen Onkel gehe ich nach Kopenhagen, der ist ein erfolgreicher Fotograf. Auch ich war einmal Fotograf, ich fange von vorn an.

Du aber rennst durch alle Zimmer und ringst die Hände. Erinnerst du dich deiner Tanten, waren es nicht zwei, die sich verkleinern mußten, ihre Männer machten Geschichten. Aber du weißt überhaupt nicht, wie du dich verkleinern kannst. Pleite! Da fällt dir etwas ein: Du trittst in eine Kommune ein. Die Stadt ist voller Kommunen, fast alle Kinder entlaufen ihren Eltern, auch deine sind längst fort. In deinem Alter kannst du natürlich nur als Haushälterin in eine Kommune gehen, du bist ja auch dialektisch nicht gerüstet, vielleicht nehmen sie dich deshalb gar nicht. Du entdeckst aber deine großartige Kunst neu, aus fast nichts ein Essen zu kochen, damit immerhin machst du dich beliebt. Am Ende wird aus der Kommune eine Art bürgerlicher Familienpension. Die Jungen wischen sich mit weißen Servietten ihre nudelbehangenen Bärte. Die bleichen Mädchen sind manchmal etwas eifersüchtig auf dich. Denn ab und zu, wenn ein Junge betrunken genug ist, kommt er auch noch zu dir. Die Mädchen heulen sich manchmal bei dir aus, sie haben Liebeskummer.«

Lili wartete gierig, bis sie zu Worte kam. Sie mischte die Karten und sagte dabei streng:

»Die betrunkenen Jungen mußt du zurücknehmen. Als ob ich nicht verstehen werde, mit Anstand alt zu werden. Du aber, mit deinem Onkel! Soviel ich weiß, ist er ein ganz berüchtigter Aktfotograf in Kopenhagen. Er muß auch schon neunzig sein. Wie will er da mit der neuen Fotografierkunst noch mitkommen? Er macht noch neckische Bilder, wo die Mädchen schwarze Strümpfe und schwarze breite Strumpfhalter anhaben. Aber er kann sich schon gar keine Modelle mehr leisten. Da kommst du nun noch – wie wollt ihr euch durchbringen? Ihr kommt auf die Idee, selbst als perverses Männerpaar zu posieren, mit Selbstauslöser macht ihr das, es ist sehr komisch und findet ein paar belustigte Liebhaber. Du kommst auf allerlei Absonderlichkeiten, die nicht viel kosten. Allerlei Spiele erfindest du mit alten Damenkorsetts, mit Perücken und alten Federboas. Dann kommst du auf die Serie, wo der Lüstling an einer Hotelzimmertür flüstert: ›Wenn Sie wüßten, Gnädigste, womit ich klopfe!‹«

Sie spielte einen Grand und verlor ihn. Herr Abelssen schrieb sich hundert Punkte auf. Seine Schrift auf dem Block war recht zittrig.

»Welch ein Müll in deiner Phantasie«, sagte er, bemühte Gelassenheit in der Stimme. »Du wirst es nicht glauben, aber wir werden natürlich berühmt mit unserer Serie mit den Stiefelchen. Stiefelfetischisten gibt es zu allen Zeiten. Erst leihen wir welche aus einem Trödlerladen, ja, das gebe ich zu. Es sind vergilbte, einst weiße Seidenstiefelchen darunter, zu denen vergilbte, einst weiße seidene Sonnenschirmchen gehören. Stelle dir beides an einem nackten Mädchen vor. Welche Posen – was sie mit dem Schirmchen verhüllen oder nicht verhüllen kann. Dann kaufen wir moderne Stiefel, die ganzen Oberschenkel hinauf zum Schnüren, geben eigene Modelle in Auftrag, machen obszöne Montagen, allerlei schwebt mir da vor. Man kann zwei Mädchen nehmen, jede ganz in einen Stiefel stecken, der ihr bis zum Hals geht, die Stiefelschnürung zeigt ihre weißen Brüste. Nun sollen sie laufen, können aber nicht, sie weinen in kleine rosa Taschentücher. Schließlich sind wir so erfolgreich, daß die Damen es als einen Start zu beruflichem Aufstieg ansehen, in unsere berühmte Serie aufgenommen zu werden. Wir gründen eine Zeitschrift, ›Marquis‹, mit eingelegten Rollbildern, kein besseres Haus mehr ohne ein solches Rollbild gleich in der Diele.«

Er war dabei, zu gewinnen. Aber Frau Abelssen warf die Karten hin und sagte mit einem unguten Lachen: »Das sind ja hochfliegende Pläne. Da du aber noch nie einen hochfliegenden Plan verwirklicht hast, sehe ich mich schon, wie ich in London, in Soho, an einem Handler vorbeikomme, der unanständige Bilder verkauft. Ja, bis dahin wird euer Fotohandel vielleicht gedeihen. Ich erkenne dich auf den Bildern: du und dein Onkel haltet kleine Mädchen auf dem Knie. Auf einem Bild legst du ein Kind übers Knie und verhaust ihm den Hintern. Darunter steht: ›Wieder keine Schularbeiten gemacht!‹ Und vor Geilheit hängt dir die Unterlippe herab, die Augen triefen dir wie einem besoffenen Nöck ...«

Herr Abelssen schrie auf und hielt sich die Ohren zu.

»Lili! Das Spiel entartet! Wie du mich beschreibst! Fängst du etwa an, mich zu hassen? Lili! Was ist das? Lauf weg, geh, sieh doch mal nach, ob nicht draußen am Zaun Losch steht. Seinen Schatten wenigstens hat er geschickt. Oder ist es schon Stikker?«

»Nein«, sagte Frau Abelssen, »niemand steht da. Aber gut – also nicht das kleine Mädchen ...«

»Das kleine Mädchen, ja«, sagte Herr Abelssen und zog Tränen in der Nase hoch. »Aber die hängende Unterlippe, die Triefaugen, den besoffenen Nöck ...«

»Es fällt mir schwer«, sagte Frau Abelssen gepreßt. »Denn ich kenne deine geheimen Wünsche. Ich kenne dein Gesicht, wenn du an so etwas denkst. Haben wir nicht oft gespielt: Ich bin das kleine weinende Mädchen, das von einem Herrn gefragt wird: ›Aber, aber, hat dein Papa dich schon wieder verhauen? Wo denn? Ja, wo denn?‹ Kenne ich nicht genug deine Ruten, deine Stöckchen, deine Stöcke, die Peitsche mit den Knoten? Nur, daß du bei mir über das Vorzeigen der Instrumente meist nicht hinauskommst. Aber gut, ich nehme alles zurück, was du nicht ertragen kannst. Die Augen triefen dir also nicht.«

Die Comedian Harmonists sangen »Baby, my beautiful baby ...«

Herr Abelssen öffnete einen Bocksbeutel. Mit steiniger Kühle spülte der Wein über ihre Zungen. Dann spielte er weiter: »Vielleicht entsinne ich mich deiner, sage in Kopenhagen zu meinem Sekretär – mein Onkel ist schon lange tot: ›Wir könnten da jene Frau Abelssen, jene Lili, eine meiner früheren Frauen, als Agentin einsetzen ...«

Lili ließ die Karten liegen und entgegnete eifrig: »Ach, und da erreicht mich dein törichter Brief, er erreicht mich in New York, wohin er mir nachgeschickt wird. Erst sage ich, der Brief ist nicht für mich. Wer ist Frau Abelssen? Doch nicht ich! Ich nenne mich wieder Lewinsky, ich werde doch nicht den Namen eines Mannes tragen, mit dem ich nicht mehr lebe. Also kann ich mich auf diesen Namen kaum noch besinnen ...«

»Das geht zu weit«, unterbrach sie Herr Abelssen, bleichen Gesichts. »Den Namen – den Namen kannst du nicht vergessen.«

»Meinst du, ich kann ihn nicht vergessen?« fragte Frau Abelssen gedehnt. Aber vielleicht will ich nichts mehr von ihm wissen, fühle mich bedreckt, besudelt von diesem Namen. Immerhin, nun gut, ich erkenne also an, dieser Brief ist für mich. Ich halte mich auf in New York, als Delegierte der Vereinigten Europäischen

Anarchisten. Denn, das weiß ich schon, ich neige nicht den Sozialisten zu, sondern den Anarchisten. Ich lächle und stopfe den Brief in mein Handtäschchen. Ich bin ein wenig traurig, daß er mich so kalt läßt. Ich leide ein wenig, daß ein Mann, mit dem ich einmal ein paar Jahre lang schlief, solche Possen treibt.«

Herr Abelssen legte sein Blatt verdeckt auf den Tisch und lächelte.

»An jenem Tag«, sagte er, »wirst du dann gerade zur Alterspräsidentin der Europäischen Anarchisten gemacht. Du hast dich frisch liften lassen; auf den Händen hast du dicke weiße Paste aufgetragen, damit man die braunen Altersflecken nicht sieht ...«

Lili unterbrach ihn: »Das ist gemein! Deine Phantasie geht höchst häßliche Wege! Die Paste lasse ich nicht durchgehen.«

»Bald wird die Sonne aufgehen«, sagte Richard. »Loschs Schatten ist verschwunden. Gut, so nehme ich die Flecken auf deinen Händen und die Paste zurück.«

Frau Abelssen sagte besänftigt: »Du bist ebenfalls gerade in New York. Paßt dir das? Denn, hör zu, ich denke mir, meinetwegen, dein Onkel, er soll noch am Leben sein; er und du, ihr seid als Komiker entdeckt, feiert euren ersten Film, eine neue Form von Slapstick. Richard, was für ein Angebot. Steig ein!«

»Fabelhaft«, stimmte Herr Abelssen in hinterhältiger Erfreutheit zu. »Ich treffe dich in einem Restaurant, das ›in‹ ist. Dich stört natürlich das junge Mädchen, das ich an meiner Seite habe ...«

»Du hast«, rief Frau Abelssen, »kein junges Mädchen an deiner Seite! Dein Onkel sitzt neben dir, er ist hundert, und eurer beider Bärte hängen in die Suppe!«

»Lili!«

»Nun gut. Sie hängen nicht in die Suppe!«

»Es sitzt ein junges Mädchen neben mir, es fühlt sich geschmeichelt, mit mir gesehen zu werden. Die Fernsehleute kommen. Ich aber sage: ›Entschuldige, Kleines, aber ich habe hier eine gewisse Verpflichtung.‹ Und ich komme an deinen Tisch, verbeuge mich und sage: ›Madame, irre ich mich, oder waren Sie nicht einmal meine Lady, die First Lady meines Herzens?‹ Und du setzt deine dunkle Brille auf, und die Fernsehleute drängen sich, wir kommen zusammen ins Bild, ich arrangiere das so, und du siehst nicht älter aus als vierzig. Anderntags wirst du von deinen Leuten verurteilt werden, du wirst deiner Würden beraubt, man erkennt, du bist der kapitalistischen Welt und ihrem Glamour nicht zu entziehen. Dein Ehrensold entfällt. Mein Onkel und ich nehmen dich auf. Du kannst den jungen Mädchen beim An- und Auskleiden behilflich sein ...«

Lili weinte. Sie spielten noch einige Spiele. Richard spielte tollkühn nur noch Grands und gewann sie alle. Lili wußte nicht, welchen Betrag seine Spielkasse enthielt. Ab und an brachte er Geld auf sein Spielkassenkonto. Wieviel hatte er dort schon gespart? Dies war das einzige Geheimnis, das er vor ihr hatte. Waren es zweitausend, zehntausend, zwanzigtausend Mark? Hatte er schon Papiere davon gekauft, spekulierte er damit?

Groß brach Ravels Valse auseinander. Herr Abelssen verschloß mit einem unangenehm geschmeidigen Lächeln seine Geldkassette.

7. Kapitel

An Losch schrieb Lili nur einen einzigen Brief.

»... ich sorge mich um Dich, um Deine körperlichen Schmerzen und um das Leben, das Du nach Überstehen aller Leiden führen wirst. Zum erstenmal sind Richard und ich auf die Straße gegangen. Das wird Dich belustigen. Es belustigt uns selbst. Die Zeit ist abzusehen, da wird man uns nicht mehr dabei haben wollen. Gewiß, noch will Sandberg uns wohl. So bleibe auch Du uns freundlich gesonnen. Richard hat sich zu freundschaftlichen Gefühlen für Dich entschieden. Ich weiß, das bedeutet Dir doch ein wenig. Wie seltsam weit liegen die Tage zurück, als Du Zeit hattest, Dich allein mit mir zu beschäftigen. Eine stille, zugemauerte Kammer im Zeitgebäude, niemand mehr kann sie betreten ...«

Die Bevölkerung der Stadt teilte sich zum 1. Mai in zwei Lager. Die offizielle Maifeier sollte auf dem Kennedy-Platz stattfinden; als Redner waren Persönlichkeiten geladen, die eine stabile Verehrung genossen. Der Treffpunkt der Linken war der Herrmannplatz in Neukölln. Sandberg hatte eine feste Aktionsgemeinschaft mit dem Sozialistischen Studentenbund geschlossen.

»Es wird eine riesige Revue werden«, glaubte Lili.

»Man wird die Qualität der Menschen schon rein optisch erkennen: Die besseren Gesichter, die angenehmeren Gestalten, die gewählteren Menschen werden mit den Linken gehen.«

Am 30. April waren sie zu einem Essen des Protokollchefs in ein Hotel im Grunewald eingeladen. Wirtschaftsvertreter aus Indonesien wurden ihnen auf grünem Rasen vorgestellt. Kellner im Frack boten Aperitifs an. Die Indonesier waren Menschen mit zartem Kontaktsinn und herzlicher Schüchternheit. Die Frau des Protokollchefs saß bei Tisch neben dem Bürgermeister von Bandung, der Protokollchef führte die Frau des Bürgermeisters zur Tafel. Frau Abelssen hatte einen jungen indonesischen Wirtschaftsredakteur als Tischherrn. Seine Begeisterung, Deutschland und Deutsche kennenzulernen, rührte sie.

Vor den hohen Fenstern des noblen Hauses grünte weithin der Park. Es brauchte lange, bis ein Park solchen Stils gelang, bis schöne Bäume diese Höhe erreichten und lange, schöne Schatten warfen.

Spätlesen wurden getrunken,Trinksprüche ausgebracht. Der Protokollchef sprach in feiner Herzlichkeit Worte des Willkommens. Der Präsident der Industrie- und Handelskammer sprach, danach der Bürgermeister von Bandung, danach ein Vertreter des Vereins Berliner Kaufleute.

Die Spätlesen waren schwer. Frau Abelssens Zustimmung zu so viel Völkerverständigung wuchs. Sie fühlte sich auf weißen, sonnenbeschienenen, wolkigen Gebirgen unverbindlichen Wohlwollens einhersteigen, und wäre jetzt Sandberg mit einer Kolonne radikaler Sozialisten und seinem Ekel vor der Wohlstandswelt einmarschiert, so wäre sie bereit gewesen, auf der Seite des Establishments zu verbluten.

Wieder standen sie auf dem grünen Rasen. Sie tauschten Visitenkarten aus. »Wenn Sie einmal nach Bandung kommen ...« Und Herr und Frau Abelssen waren sehr sicher, daß sie sehr bald einmal nach Bandung kommen und dann selbstverständlich den Bürgermeister und alle diese neuen Freunde aufsuchen würden. Es würde ein äußerst billiger Aufenthalt werden, überall waren sie eingeladen – Hotel, Aufenthalt, Besichtigungsfahrten.

»Sind wir reich genug«, fragte Herr Abelssen seine Frau, »solche Einladungen nicht wahrzunehmen?« Und er notierte, daß er sich gleich nach dem 1. Mai vom Reisebüro eine günstige Flugreise nach Bandung ausarbeiten lassen wollte.

Am Stammtisch abends sagte der Richter: »Ich kann es mir natürlich nicht leisten, mit den Linken zu gehen. Also bleibe ich zu Hause. Meine älteren Kinder aber hindere ich nicht, hinzugehen, wohin sie wollen.«

Lydia Pawlowski wollte diesmal mitkommen. »Aus purer Neugierde«, sagte sie, »außerdem war mein Vater ein alter Sozi. Dem würden die heutigen Sozis auch nicht passen.«

Der Violinist und seine Frau neigten keiner bestimmten Ansicht zu, aber doch dem Gefühl, daß man die Jugend zu begreifen suchen sollte, und auch sie hatten zwei Töchter, die mit den Linken gingen.

Der Drogist und der Fernsehhändler äußerten, für sie komme das schon deshalb nicht in Frage, weil sie Rücksicht auf ihre Kundschaft zu nehmen hätten.

Eine Runde farbiger Studenten aus dem Studentendorf sprach mit Herrn und Frau Abelssen, und so hörten sie, daß auch viele Afrikaner morgen hinter den roten Fahnen gehen würden.

Herr und Frau Abelssen hatten am Morgen des 1. Mai nicht ausgeschlafen, aber Richard hatte ihren Aufbruch noch in der Nacht sorgsam vorbereitet: Brieftasche, Taschentuch, Wäsche, Strümpfe, Schuhe, Anzug waren ausgelegt über die leeren Tische in seinem Büro. Er hatte gestreifte blau-violette Hosen und eine blaue, sportlich abgesteppte Flanelljacke gewählt, dazu seinen Panamahut mit dem gestreiften Band. Lilis sandfarbenes Nadelstreifenkostüm hing außen am Schrank, ihr roter runder Hut leuchtete auf dem Hutständer in der Diele, auf dem Fußboden standen ihre roten Schuhe, entschlossen zu kleinen Schritten in Richtung der Revolution.

Am Treffpunkt sagte Frau Abelssen ergriffen: »Sieh dir das an! Die reinste Modenschau! Wie interessant alle aussehen!«

Zu ihr wiederum sagte eine junge Revolutionärin von mehr plumpem Äußeren: »Wie ihr euch immer auftakelt zum Demonstrieren! Unmöglich!«

Herr und Frau Abelssen prüften, ob nicht die Internationale, die um sie her immer wieder neu angestimmt wurde, sie zu einer Art Begeisterungsfähigkeit lenken könnte, die sie, als sie vierzehn Jahre alt waren, schon einmal hatte marschieren lassen: hinter den Hakenkreuzfahnen.

»Es muß festgehalten werden«, sagte Frau Abelssen streng, »daß ich meinen letzten 1.Mai als Marschierende auf dem Tempelhofer Feld erlebte. Wir kamen anmarschiert, standen in unseren Jungmädelröcken, den braunen Affenjacken, unter unseren Wimpeln, viele Stunden. Dann war der Platz endlich voll dieses entsetzlichen Brauns. Der Führer kam, wir sahen ihn, und es ging uns darum, Deutschlands Schande zu löschen. Denn so waren wir erzogen. Hindenburg kam, und er war es, dessen Gestalt mich eigentlich zum Erschauern brachte. Ich mußte Tränen zurückhalten. An Gott und Jesus glaubte ich schon lange nicht mehr, zum Ersatz an Deutschland und Hindenburg. Ich hielt ihn für unsterblich. Nun aber dies: seither ein Leben ohne jeden Aufmarsch, nichts. Heute: hinter roten Fahnen. Die Internationale.«

Der Zug bewegte sich durch eine Straße, wo ihre junge Aufwartefrau wohnte. Sie stand mit ihrer Familie auf dem Balkon und zeigte ihrem Mann und ihren Kindern stolz Herrn und Frau Abelssen:

»Das sind sie!« rief sie. »Sehn gut aus, was?«

Ihr Mann sagte: »Aber was treibt die bloß auf die Straße?«

Hier und da tauchte Sandberg in seinem roten Citroën auf. Moschkow und Hiller waren mit ihm und warfen rote Nelken in die Demonstrationszüge sowie rote Plaketten mit der Aufschrift: »Berlin bleibt rot!«

Die Demonstration der sogenannten Rechten erzielte eine höchst eindrucksvolle Beteiligungsziffer dadurch, daß die Firmen und Betriebe Vergünstigungen angeboten hatten. Es hieß sogar, es seien Schnapsflaschen ausgegeben worden.

»Fiele dieser 1.Mai auf einen Sonntag«, sagte Herr Abelssen, »sähe das Verhältnis bedeutend anders aus.«

Sie trafen auf einen alten Mann, der mit den Radikalen auf der Straße mitging. »Meine vier Söhne sind im Krieg gefallen. Schießen dürfen sie heute auch wieder mit achtzehn. Bloß wählen dürfen sie nicht. Wenn die Achtzehnjährigen wählen dürften, hätten wir eine andere Regierung. Meine Söhne sind alle mit achtzehn gefallen. Jedesmal, wenn einer achtzehn wurde, war er dran.«

Auf dem Hermannplatz versammelte sich die Radikale Aktion in Ruhe und Ordnung. Sänger der Revolution standen mit Gitarren auf einem Podium und sangen ihre Repertoires, die sie sonst in nächtlichen Kabaretts spielten.

Sie sangen einen Song auf Dutschke, einen Che-Song, einen Vietnam-Song, einen Griechen-Song, einen Spanien-Song. Diskussionen rief ein Prag-Song hervor, denn es zeigte sich dabei, daß in der linken Demonstration auch Leute mitgingen, denen die Intervention der Russen in der Tschechoslowakei nicht unverständlich, nicht unberechtigt schien. Eine junge Frau in rotem Lederhemd kam in eine Diskussion mit einem blondbärtigen jungen Mann, der aus Prag geflüchtet war. Sie geriet, als er auf die Russen schimpfte, in solche Erregung, daß sie ihn fast geschlagen hätte. Der Vater des jungen Bärtigen, der am anderen Tag nach Prag zurückfahren wollte, sagte, seit seiner Jugend sei er ein aufrechter, linientreuer Kommunist, und die Verhältnisse in Prag seien nicht so unzumutbar, wie sie hier dargestellt würden. »Bedeutet dir deine Heimat nichts mehr?« fragte er weinerlich seinen Sohn. Der Sohn sagte: »Heimat ist kein Begriff für meine Generation. Heimat ist für mich da, wo ich mit Menschen, die der Freundschaft fähig sind, leben kann. Ich bin ein Prager, aber ich kann die Luft Prags nicht mehr atmen. Ich werde versuchen, die Luft West-Berlins zu atmen und nicht daran zu sterben.«

Seine junge Frau erklärte: »Manchmal redet Jiri, als wäre er lieber zu der anderen Demonstration mitgegangen. Es ist nicht leicht mit ihm.« Langes rostbraunes Haar hing ihr herab auf ihre Lederjacke. Sie hatte die süße, leicht gerötete Nase einer jungen Katze, aber ihr Mund zeigte Energie.

Herr und Frau Abelssen gaben dem jungen Paar ihre Adresse und sagten, wie vorher schon zu vielen Fremden: »Heute abend, es kann sein, erleben wir noch ein paar schöne Stunden bei uns im Garten.«

Und Frau Abelssen äußerte nun beunruhigt zu ihrem Mann: »Ich habe das Gefühl, da flutet uns etwas ins Haus, das wir nicht bewältigen können.«

Aber Herr Abelssen hatte Beziehungen zu einer Brauerei, von der er auch an einem solchen Tag bedient würde. Freilich war seine finanzielle Lage im Augenblick etwas angespannt. Aber sollte man denkwürdige Situationen nicht auffangen, wie sie einem zufielen? Er liebte sehr, und auch hierin war er mit Lili einig, die ihnen zufallenden Situationen.

Sandbergs Rede war, wie zu erwarten, die beste aller vom Podium in der Sonne herabrinnenden Reden. Vor ihm sprach ein italienischer Verleger, der beinahe schon zum klassischen Programm des linken 1. Mai gehörte. Sein Unternehmen war ein kapitalistisches. Er schlug sich an die Brust und versprach, mit diesem Unternehmen allein der Weltrevolution zu dienen.

Sie trafen auch wieder auf den Pfarrer, den sie von der Losch-Demonstration schon kannten. Der Pfarrer vertraute Frau Abelssen an, er sei seiner religiösen Sache nicht mehr so sicher. Er hatte ein Taschenfläschchen Schnaps bei sich, und Frau Abelssen vertraute ihm an, daß sie mit sieben Jahren beschlossen hatte, Wanderpredigerin zu werden und die Lehren des Herrn Jesus zu verbreiten: Liebe deinen Nächsten wie dich selbst.

Doch sei sie alsbald auf Schwierigkeiten gestoßen: Einmal habe sie das Maß ihrer Liebe zu sich selbst nicht festsetzen können, ja, noch heute sei sie fast überhaupt nicht imstande, sich selbst zu lieben. Überdies aber, habe sie schon damals feststellen müssen, seien es zu viele Menschen gewesen, denen sie hätte Liebe zuwenden müssen, und unter ihnen so viele Unwürdige und Unzumutbare. Selbst die Würdigen und Zumutbaren aber seien zu viele gewesen – sie habe es nicht leisten können. Und es habe viele Bettler gegeben, die belegte Brote verachtungsvoll auf die Stufen der Hintertreppe gelegt hätten, weil sie lieber soffen, wofür sie bares Geld gebraucht hätten.

»Heute«, sagte Frau Abelssen, »habe ich für die Säufer Verständnis. Ich gäbe es ihnen in bar, was sie brauchen. Aber so eine junge nächstenliebeswillige Christin von sieben Jahren – wie sollte die das wissen? So wurde ich ein vaterländisch gesonnenes Kind. Nur wußte ich sehr bald: Auch das Vaterland würde ich verraten, wenn man mich foltern würde. Ich dachte immer an Foltern. An Scheiterhaufen. Ich schwöre Ihnen, für meine Familie könnte ich brennen. Aber für einen Glauben, für eine Idee leider nicht ...«

Sandberg sagte in seiner Rede: »Genossen! Berliner! Freunde in aller Welt! Unsere Reihen sind gesäubert von den Agenten der Reaktion! Jetzt stehen die Roten Kader. Eines Tages wird die Welt wissen, daß diese unsere Kader der heldenhafte Vortrupp der ersten deutschen Revolution waren, die nicht an Kleingläubigkeit, Muckertum und Dummheit scheiterte. Es lebe das rote Berlin – es lebe das wiedervereinte sozialistische Deutschland! Unser Tag kommt! We will overcome! Es lebe die Revolution!«

Danach sprach ein französischer Gewerkschaftsführer, und der durch Sandberg erzeugte Enthusiasmus verlor sich allmählich, weil die Veranstaltung zu lange dauerte. Viele ließen sich auf der Erde nieder, erschöpft vom langen Marsch, vom langen Stehen. Es wehte kein Wind, die Sonne stach, man war zu warm gekleidet. Die Gesichter aller waren schweißnaß. Herr und Frau Abelssen stiegen durch die Reihen der Sitzenden zum Rand des Platzes. Der Gedanke an kaltes Bier machte sie fast verrückt. Im »Roten Dreieck« trafen sie ihre Söhne. Conrad war betrunken. Ulrich blickte über eine Weiße auf die Freunde seines Bruders; er litt unter dem Lärm, Lili sah es an seinen flatternden Lidern.

In allen Lokalen der Viertel, in denen die Radikalen, zumindest als gesellige Trupps, Fuß gefaßt und ihre Treffpunkte hatten, fanden sich die Demonstranten wieder. Buletten, Schmalzbrote, Bohnensuppen wurden in Mengen gegessen, dann Klare getrunken, dann wieder Bier. Die Nachmittagssonne schien in trüb gefilterten Bahnen durch Kneipenfenster auf Theken und Holztische. Kinder leckten Schnapsgläser aus und nahmen sich Zigaretten. Rosa Luxemburgs Augen blickten erstaunt auf einen Bierzapfer, der einen Betrunkenen zusammenschlug, weil er nicht zahlen konnte. Lili wurde übel, als sie hörte, wie die Kinnladen des Geschlagenen knackten, und als sie sah, wie das Blut aus seiner Nase stürzte.

Auf der Heimfahrt sagte Herr Abelssen: »Ich habe das Gefühl, daß wir sehr vielen Leuten gesagt haben: Heute abend bei uns«

Als sie eintrafen, standen schon Gäste im Garten und unterhielten sich. Herr Abelssen geriet in Panik, Lili wurde von einer furchtbaren Müdigkeit überwältigt. Dennoch warfen sie sich ihren gemeinsamen Charme als einmalig liebenswürdiges Paar über, das auf seine Weise stets seinen Pflichten nachkam. Zuerst kamen Flaschenbier und Schnaps, später brachte die Brauerei die Fässer. Lili gab jungen Freunden die Kellerschlüssel mit den beschwörend zuversichtlichen Worten: »Wendet einfach euren gesunden Menschenverstand an! Ihr werdet alles finden, was gebraucht wird.«

Lili ließ kaltes Wasser in die Badewanne und stellte sich vorsichtig hinein. Langsam streckte sie sich im kalten Wasser aus. Richard trommelte an die Tür. Gelassen öffnete sie. Er erstarrte, als er sie sah. »Weißt du, was draußen los ist?« schrie er. »Es sind schon an die hundert! Und du ...«

»Ich mache mich frisch. Es geht mir schon besser. Ich hatte keine Lust, an einem 1. Mai zu sterben, an Altersschwäche.«

Sie betrachtete ihren Körper. Ihre Schenkel waren in der Kälte starr und schön. Ihrer Brüste war sie ohnehin sicher. Richard betrachtete die nackte Lili im kalten Wasser mit Wut.

»Ein Chaos wird ausbrechen«, flüsterte er, und Lili merkte, daß er ihr mit diesem Flüstern androhen wollte, er könne jeden Augenblick einen seiner nicht häufigen, aber erschreckenden Hysterieanfälle bekommen. Den ersten hatte er gehabt, als Conrad eine vom Stiefvater in die Ehe eingebrachte Badematte zerschnitten hatte. Lili und ihre Kinder hatten ratlos den fremden Mann angestarrt, den sie ins Haus genommen hatten, ohne ihn recht zu kennen, und der da nun auf der Couch lag und schluchzte. Lili hatte die Kinder fortgeschickt und sich dann neben den fremden Mann gelegt, sich geschickt unter ihn gedrängt, bis er mit seinem Schluchzen über ihr lag und alles in Liebe überging.

Heute rechnete sie eher damit, daß ihr Mann doch übersah, wann ein intelligenter Mensch sich einen solchen Anfall leisten konnte. Er würde erkennen, daß dies der Zeitpunkt nicht war. Lili selbst sehnte sich ebenfalls nach ihrer Stunde, in welcher sie einmal einen großen hysterischen Ausbruch haben dürfte. Manchmal dachte sie auch an einen Nervenzusammenbruch großen Stils. Doch immer mußte sie einsehen, daß ein günstiger Zeitpunkt sich noch nicht ergab. Konferenzen, Mietabrechnungen, Grundstücksbesichtigungen, Modeschauen, Schularbeiten, Elternabende, Geschäftsreisen, Urlaubsreisen, Empfänge, Partys, Premieren – keine Pause trat ein, in welche man eine Periode »Zusammenbruch« hätte einlegen können. Immerhin, Richard mußte behandelt werden. Lili behandelte ihn mit einem zärtlichen Blick, den sie langsam vom grünlichen Badewasser zu seinem Gesicht erhob. Sie erschrak, als sie merkte, daß das Zärtliche nicht auf ihn wirkte. So gab sie sich aufrichtig, wahrhaft bekümmert um seine Ängste, und versicherte ihm: »Ich bin in zehn Minuten unten. Verlaß dich auf mich. Du weißt, ich funktioniere. Hast du schon einmal erlebt, daß ich nicht funktioniere? Also. Leg dich zehn Minuten in Ulrichs Zimmer. Dieses Fest läuft von allein.«

Das Fest lief von allein, so wie sie es gesagt hatte. Sie kam in den Garten, und es gab Schnüre mit Glühbirnen an den Bäumen. Junge Freunde hatten das besorgt. Auch Lilis Söhne waren eingetroffen. Conrad zapfte Bier, die Gäste holten es sich selbst.

Die Gesellschaft indessen war aufs seltsamste gemischt. So waren auch einige Indonesier vom Empfang des Vortages erschienen. Journalisten kamen, unter ihnen ein englischer Korrespondent. Auch bemerkte man einige Engländer, die sich zum Kommunismus bekannten. Geschlossen war die Stammtischrunde des Eschenecks da. Lydia fühlte sich wohl, sie sagte: »Wenigstens keine falsche Ziererei unter diesen Leuten.« Der Violinist half das Klavier in den Garten zu tragen. Ulrich wurde in die Nachbarhäuser geschickt, die Bewohner um Entschuldigung zu bitten; wenn sie Lust hätten, seien sie eingeladen. Es kamen auf diese Weise Leute zu den Abelssens, die schon lange gern einmal gewußt hätten, was sie für Menschen waren.

In der Küche standen später junge Männer, die Lili gänzlich fremd waren. »Habe ich euch zuviel gesagt?« fragte einer. »Hier gibt's zu essen.« Und er schnitt eine der Speisekammer entnommene Wurst in dicke Scheiben.

In Herrn Abelssens Zimmer, wo der Plattenspieler stand, wurde getanzt. Dünne Mädchen hüpften, Flöhen gleich, Knaben reckten sich verzückt in den Hüften. Auf Lilis Couch lagen zwei junge Männer, die genug getrunken hatten, in sanftem Schlaf.

Im Garten wurde die Internationale gesungen. Polizisten kamen und erkundigten sich, was dies für ein Lärm sei. Die Leute des ganzen Viertels beschwerten sich, die Anrufe beim Polizeirevier hörten nicht auf.

»Dabei ist es noch nicht elf!« empörte sich Lili.

»Ja, aber! Um elf müssen Sie dann wirklich aufhören!« sagte der Polizist.

»Das wird nicht möglich sein«, beschwor Lili ihn, »sehen Sie doch selbst: dieser Sache werde ich nicht mehr Herr. Wollen Sie es etwa wagen? Dann steht das morgen in der Zeitung, und wie wollen Sie das machen, daß es nicht in der Zeitung steht? Sehen Sie, es ist besser, Sie sagen den Leuten am Telefon, es handle sich um eine genehmigte Veranstaltung. Ich bitte hiermit um die Genehmigung. Morgen reiche ich es schriftlich nach, vordatiert auf gestern. Dies ist eine einfache 1.-Mai-Feier. Schauen Sie, dort steht der Geschäftsführer der Industrie- und Handelskammer, da drüben der Korrespondent der berühmten englischen Zeitung ›Observer‹; die Presse ist da, es hat sich so ergeben, man redet miteinander, alle Parteien sind vertreten, man diskutiert, die Internationale dürfen Sie so ernst nicht nehmen, schließlich hat die Radikale Aktion auch ihren genehmigten Versammlungsort gehabt ...«

Hier unterbrach sie der Polizist: »Aber das hier ist nicht genehmigt, und die Genehmigung der Radikalen Aktion ist sowieso für heute abgelaufen ...«

»Darf ich Sie mit Mr. Bridgewater bekanntmachen«, unterbrach ihn Frau Abelssen, was den Polizisten verwirrte, so daß er sogar ein Glas Bier in die Hand nahm. Inzwischen schickte Frau Abelssen ihren Sohn Conrad zur Gruppe der Internationale-Sänger und ließ um Einsicht bitten, damit das Fest nicht jäh ende. Darauf wieder kam Conrad mit dem Bescheid zurück: Das wäre gerade großartig, genau das, was sie wünschten – Rabatz!

Frau Abelssen ging zu ihren Freunden und sagte: »Rabatz hätte ich nun nicht so gern in meinem Hause. Vergeßt nicht, ihr seid bei bourgeoisen Menschen – was ich euch nie verhehlt habe.«

Herr Abelssen kümmerte sich um nichts mehr. Er entwarf mit Ulf und Ingo einen Plan, was man unternehmen müsse, wenn im Herbst das bei der Bevölkerung so beliebte Polizei-Sportfest stattfände. Er rief: »Dieser Tag reizt zu einer Revolution auch den, der eigentlich keine Revolution will. Oder nehmt eins von diesen Fußballspielen. Aber ich weiß, da seid ihr anderer Meinung – alle seid ihr Fußballer, alle Radikalen sind Fußballer, darin seid ihr ganz auf der Seite des Establishments. Fußball – nach Jesus das größte Tabu dieser Gesellschaft und auch der neuen, von euch noch zu schaffenden. Sonntags trefft ihr euch in euren doofen Hosen und treibt den Ball über den Rasen. Deshalb werdet ihr auch keine Revolution machen, da kann ich ganz beruhigt sein.«

»Richard«, rief eine junge Radikale mit schwarzem Knabenkopf, »du Scheißbürger, was willst du eigentlich, wohin gehörst du?«

Ein Lederriemen, vom kurzen Rock über die Schulter gelegt, teilte interessant ihre junge Brust in der dünnen Bluse.

»Anarchie!« rief Richard. »Ich will die Anarchie! Bei freier Wirtschaft. Bei Erhaltung der nun einmal uns als Ernte zugefallenen Zivilisation.«

»So ein Scheißer!« schrie die junge Person, ließ sich aber doch von Herrn Abelssen küssen. Frau Abelssen sah es, und sie litt beim Anblick des küssenden Paares. Allerdings war sie sicher, daß Richard sie schon am anderen Tag nicht mehr wiedererkennen würde; er hatte kein Gedächtnis, weder für Namen noch für Gesichter.

Der Polizist, der sich mit dem Korrespondenten des »Observer« unterhielt, wurde unsicher und bahnte sich seinen Weg zum Gartentor. Frau Abelssen lief ihm nach und sagte: »Sie sehen ja, die Musik hat aufgehört. Ach, nun gut, zwei Klavierspieler, aber was spielen sie, eine ganz zahme Musik, das verhallt in der Nacht. Ich beschwöre Sie, beruhigen Sie Ihre Kollegen auf dem Revier. Und denken Sie auch darüber nach: Die Zeiten verändern sich. Ich bitte Sie, wenn schon Leute wie wir das merken. Wo waren denn Ihre Kinder heute? Haben Sie Kinder? Wie alt sind sie?«

»Meine Kinder sind fünfzehn und sechzehn Jahre«, antwortete der Polizist gemessen, »und sie liegen jetzt in ihren Betten. Den Tag über waren sie mit meiner Frau in der Laube. Der eine lernt Elektriker, der andere will noch weiter zur Schule gehen.«

»Sehen Sie«, ereiferte sich Frau Abelssen, »und dann wird er studieren, er wird nachdenken, Sie werden Probleme mit ihm haben ...«

»Nein«, sagte der Polizist, »ich will bloß, daß er dann Polizeioffizier werden kann. Na, nichts für ungut!«

»Grüßen Sie Ihre Kollegen«, rief Frau Abelssen ihm nach, »und helfen Sie uns ein bißchen, daß wir auf gute Art alles beenden.«

Frauen aus der Nachbarschaft, in eilig angezogenen Cocktailkleidern, ließen sich von Jungen in Jeans küssen. Auf dem Rasen wälzte sich entrückt ein Liebespaar.

»Die Roten Kader stehen!« rief König Frau Abelssen zu. Er traf eben mit Hiller ein. Hiller ließ ironisch die Augen über das eigentümliche Bild schweifen, das ihm dies Fest bot. Seine schwarzen Haare hingen ihm strähnig ins Gesicht.

»Wie fandest du Sandbergs Rede, Lili?« fragte König. Und er vertraute ihr an: »Stikker hat sie ihm gemacht!«

Lili sah nach Stikker aus und fand ihn im Gespräch mit den englischen Kommunisten. Sein Gesicht wirkte plötzlich ungemein anziehend auf sie. Die im Wind leicht schwankenden bunten Glühbirnen warfen wechselnd gelbes und rotes Licht über ihn. Als das Morgenlicht heranwuchs – die beiden Klavierspieler schlugen noch immer kopfnickend auf die gelblichen Tasten –, versuchten einige, auf einer hohen Kiefer die rote Fahne anzubringen, während zwei andere Radikale dieselbe Kiefer abzusägen trachteten. Mr. Bridgewater notierte es sich. Als Moschkow und Korn eintrafen, wurden sie zornrot, als sie einen Redakteur einer Springer-Zeitung erblickten.

»Lili! Das geht zu weit!« schrien sie.

»Ein alter Freund«, erklärte Frau Abelssen, »und er persönlich hat nie gegen euch gehetzt. Er ist ein echter Marxist.«

»Springerknechte!« riefen Moschkow und Korn.

»Ihr braucht ja nicht zu bleiben!« schrie Lili. »Haut doch ab! Haut ab!«

Eine Dame aus der Nachbarschaft trat hinzu. Hiller schmiß ihr eine Bierflasche auf den Fuß, sie schrie auf vor Schmerz.

»Ihr Scheißer!« schrie Hiller. »Was ist das hier für ein Fest! Diese Abelssens, diese Spießer, wir scheißen auf Abelssens.«

Frau Abelssen reichte ihm ein Wasserglas voll Schnaps, das er gedankenlos entgegennahm. Die Vögel sangen schon, als Sandberg erschien. Auf dem Rasen standen müde nur noch etwa fünfzig Personen umher, während in der Wohnung noch die Tanzenden tobten.

Sandberg sagte: »Das paßt mir hier überhaupt nicht, Lili. Wollt ihr, ausgerechnet ihr, meine Leute aufweichen? Was soll dieser Unsinn? Als was spielt ihr euch auf? Man säuft umsonst bei euch, das ist alles. Das ist alles, Lili! Möchtest du das endlich begreifen? Von euch vielleicht sehr rührend, da ihr wahrhaftig von der Hand in den Mund lebt. Aber ich habe von eurer rührenden Art, mit uns umzugehen, die Nase voll.«

Richard kam herangeschlendert, die Hände in den Hosentaschen, die Krawatte gelockert, kein Glanz von Eleganz mehr an ihm, eher sah er tückisch aus, als er zu Sandberg sagte: »Ist noch was?«

Im Fliederbaum war Blätterrauschen. Der blaue Wolkenmorgen jagte über sie hin. Scherben glitzerten im Rasen. Mit eisig beschlagenen Gläsern brachte Conrad ein Tablett voll Schnaps. Dies starre, kühle Perlen an den kleinen Gläsern besänftigte die Betrachter.

»Let us have a drink«, sagte Bridgewater.

»Kein Grund zur Aufregung«, bemerkte Stikker und nahm sich ebenfalls ein Glas. Sie standen im Kreis, die Fingerkuppen angenehm gekühlt von den mählich abtauenden Schnapsgläschen.

»Die Roten Kader stehen!« sang König ermutigend.

»Nichts steht!« gab Sandberg düster zurück, trank aber sein Glas in einem Schluck aus. Dann setzte er sich und hörte auf die Musik. »Yesterday« spielten die jungen Männer am Klavier leise.

Hinterm Haus ließ Lili sich später von Stikker küssen. Sie merkte, daß er eine Brücke mit Klammern an den Seiten hatte. Als errate er, was sie herausfand, erklärte Stikker: »Die Zähne hat man mir ausgeschlagen.«

Sie dachte an ihre Söhne, die alle halben Jahre zum Zahnarzt geschickt wurden. Zum Zahnarzt regelmäßig zu gehen, war eine Frage der Ästhetik, der Kultur, der Zivilisation, eine Frage der Erziehung, auch ein Beitrag zur Überwindung der Angst: Geht ihr rechtzeitig zum Zahnarzt, werdet ihr keine Schmerzen leiden! Was aber nutzte solche Erziehung zu einer solchen Art persönlicher Kultur, wenn jemand einem die Zähne einschlug?

Sie sah in das Zimmer Conrads. Angekleidet lag er auf dem Bett, in der einen Hand einen Mädchenschuh, in der anderen seine Trompete. Ulrich aber hockte mit einem Jungen und einem Mädchen in seinem Zimmer auf der Erde. Alle drei rauchten Haschisch aus kleinen, silbern ausgelegten Pfeifen.

Frau Abelssen wußte kein Wort, das sie ihrem Sahn hätte sagen können. Sie schloß leise wieder die Tür. Es war eine weiße Tür, sie lehnte sich an sie an und versuchte ihre Lage zu erkennen. In diesem Augenblick erschien wieder Stikker und zog sie an sich.

»Dein Mann«, sagte er, »greift dieser geistig nebulösen Radikalen unter den Rock. Sei frei, sei gelöst!«

Aber Frau Abelssen war jetzt mehr darauf bedacht, die Gäste wegzuschicken. Sie ging durch alle Räume und sagte, das Fest sei nun beendet. Den Plattenspieler stellte sie ab. Im Garten stand Lydia Pawlowski und sah im hellen Morgenlicht hinüber in das unbebaute Nachbargrundstück.

»Lili«, sagte sie, »es wimmelt dort von Ratten. Und ich weiß noch mehr: Auch Ihr Haus – es hat Ratten! Wußten Sie das?«

»Nebenan«, sagte Lili steif, »gibt es natürlich eine Menge Ratten. Natürlich tauchen auch Ratten in unserem Garten auf. Hinten am Komposthaufen.«

»Sie müssen auch welche in den Kellern haben.«

»Kann sein«, hauchte Lili und wurde sehr blaß. »Manchmal sehen wir Schatten im Kellergang. Aber wir verdrängen das. Es kann nicht sein. Ratten, verstehen Sie, gibt es für mich nicht.«

»Warum aber«, fragte Lydia Pawlowski, »ist dann an Ihrer Haustür dieser rosa Zettel angebracht: ›Vorsicht: Rattengift ausgelegt!‹?«

»Weil wir natürlich Rattengift auslegen müssen«, flüsterte Lili, »rein als Vorbeugung. Verstehen Sie das nicht?«

»Sie wissen, daß es kein wirklich wirksames Rattengift gibt?« fragte Lydia.

An einem Tisch im Garten saßen in der Morgensonne der Richter und seine Frau, deren runder Leib sich heiter an der Tischkante rieb, und in dem der Embryo sich bewegte, manchmal bis eben hinan zur Herzgegend. So hatte auch Conrad sich bewegt, Ulrich wiederum war so still gewesen, als sei er nicht wirklich gezeugt worden.

Frau Abelssen warf unerbittlich alle hinaus.

Mit Sandberg und Stikker, mit der jungen Radikalen, die sich von Herrn Abelssen unter den Rock greifen ließ, mit König, Korn, Moschkow und Hiller endete das Fest in der Küche. Frau Abelssen teilte Bohnensuppe aus. Neuer kalter Schnaps schmeckte wie Quellwasser.

Lili kochte Kaffee, toastete Weißbrot, schnitt einen Schinken auf.

Sandberg sagte: »Ihr seid doch wirklich zwei Verrückte. So euer Geld rauszuschmeißen. Wofür? Wofür?«

Herr Abelssen, ziemlich betrunken, formulierte mühsam eine Entgegnung: »Wenn ihr eure Revolution und eure neue Gesellschaft ausrufen laßt, und in jedem Fall werdet auch ihr wieder einen neuen Staat ausrufen, so werden wir als erste von euch liquidiert werden. Bitte, wenigstens als erste: tut, wir bitten euch, uns diese Ehre an!«

Sandberg stutzte seinen lockigen Kopf in seine Hände und antwortete: »Nein, es wird ein andrer kommen der diese Sache besser führen wird. Unter den ersten, die beseitigt werden, werde ich dann sein. Gleich danach aber, dafür werde ich mich verwenden, kommt ihr dran.«

»Wir werden«, warf Frau Abelssen ein, »wahrscheinlich fliehen vor eurem Staat, der auch wieder ein väterlicher, ein vaterländischer sein wird.«

»Ihr Verfluchten, Ihr Ausgespuckten«, sagte Sandberg.

Herr und Frau Abelssen brachten wankend, aber höflich, ihre wankenden Gäste zum Gartentor.

Im Goldfischbassin standen die Goldfische in einem ratlosen Schwarm vor einer Gruppe Weinflaschen. Das Klavier wies seine gelblichen Zähne. An der angesägten Kiefer hing schlaff in halber Höhe die rote Fahne.

Erst nach mehreren Tagen waren Herr und Frau Abelssen wieder bei Kräften, um ihre gewohnten Arbeiten aufzunehmen. Endlich wurden auch die Fenster des Wintergartens ausgehoben, die kränkelnden Pflanzen fortgehracht. In die Blumenkästen wurden Petunien und Geranien gepflanzt. In der folgenden Zeit kam oft Stikker und verbrachte die Abende mit ihnen auf der Terrasse.

»Eure Radikalen«, sagte er, »sind so zahm, daß sie in der einmal erscheinenden Weltgeschichte der revolutionären Bewegungen gar nicht erwähnt werden.«

»Sie aber«, fand Herr Abelssen, »sind doch eigentlich auch sehr zahm, oder?«

»Hören Sie«, verteidigte sich Stikker, »Sie sollten einmal darüber nachdenken, ob ein Mann nicht schon für seine politischen Ziele etwas geleistet hat, als Sie noch gar keine politischen Ziele hatten. Gar nicht davon zu reden, daß Leute wie Sie ja nie ausgesprochene politische Ziele hahen. Haben wir nicht am Ende ein Recht auf Resignation? Ich habe meine Niederlagen schon hinter mir. Viele Nächte liege ich wach und denke darüber nach, warum ich nicht in die DDR gehe. Aber ich werde Ihnen und Lili nicht den Gefallen tun, das zu erklären – gerade euch nicht!

Stikkers dicke Brillengläser spiegelten die Lampe wider, die honigfarben in der Nacht leuchtete. Die Pappeln seufzten. Nachtwind kam auf, es wurde kühl. Frau Ahelssen brachte Decken.

»Auch Losch«, sagte Stikker, »war eigentlich schon ein erledigter Mann, als er noch einmal anfing. Sandberg, ein junger Mann, ist bei voller Kraft. Aber er ist ein miserabler Ideologe. Er treibt eine romantische Lokalpolitik. Wäre ich nicht so müde, würde ich versuchen, Berlins und Westdeutschlands Sozialisten mit Paris zu koordinieren. Aktionen müßten zur selben Zeit an allen Orten geführt werden.«

»Statt dessen«, stellte Frau Abelssen fest, »schreiben Sie für bürgerliche, ja sogar reaktionäre deutsche Zeitungen. Ich weiß, es heißt ›unterwandern‹. Ich respektiere Ihre Zurückhaltung, aber es verwirrt mich, daß Leute wie Sie ihre für die Veränderung der Gesellschaft so unwichtigen Tätigkeiten ›Unterwandern‹ nennen.«

»Was wissen Sie von mir«, fragte Stikker gereizt. »Und würde ich es vielleicht gerade Ihnen auf die Nase binden, wenn ich doch etwas anderes täte? Was wissen Sie von meinen Verbindungen mit Paris?«

In ihren Gläsern war Whisky, Stikkers Lieblingsmarke, sie hielten diesen Whisky eigens für ihn.

»Es ist schön bei euch«, sagte Stikker schließlich leise. »Ihr versteht zu leben, auf eure Art. Sie hat etwas Seidiges, Weiches, Glänzendes.«

Frau Abelssen sah verträumt auf seinen weichen, empfindsamen Mund.

»Ich bin immer arm gewesen. Aber ich liebe schöne, teure Stoffe, glatte Haut, weiches Haar, weiße Hände, duftende Badewässer, geheimnisvolle Parfüms. Ihr habt das alles. Auf Kosten anderer, auch auf meine Kosten.«

Danach brach er aus in einen Vortrag über die Entwicklung des Kapitalismus. Er begann mit der ungerechten Bodenverteilung zu Beginn der Menschheitsgeschichte.

Vor Erregung über die für die nächsten Stunden drohende tödliche Langeweile rief Lili: »Setzen Sie das alles, bitte, als bekannt bei uns voraus!«

Später unterbrach sie ihn nochmals: »Überschlagen Sie noch ein paar Jahrhunderte. Es ist wirklich zu öde!«

Herr und Frau Abelssen waren beide den Tränen nahe, wütend über die Qual, einem solchen ermüdenden Dozieren ausgesetzt zu sein.

»Sagen Sie uns lieber«, forderte Herr Abelssen, »warum die Linksliberalen in der von euch gewünschten Gesellschaft in keiner Weise integriert werden können …«

»Sozialistisch«, antwortete Stikker und lächelte mit empfindsam vollen Lippen, »sozialistisch, sagte Marx, ist man, wie man schwanger ist. ›Ein bißchen schwanger‹ gibt es nicht …«

Im Dunkel nahm er Frau Abelssens neben ihrem Liegestuhl hängende Hand und behielt sie zwischen seinen warmen Fingern. Als eine aufglühende Zigarette etwas Licht verbreitete, sah Herr Abelssen, was da nun wieder geschah.

Er fragte: »Sind wir nun nicht alle sehr müde?«

Er ließ es nicht zu, daß seine Frau allein Stikker zum Gartentor brachte. Sie gingen beide mit zu seinem alten Renault und winkten ihm nach.

7. Spiel

Am folgenden Abend trug Herr Abelssen den Plattenspieler auf die Terrasse, seine Frau holte Decken; es war kühl. Deshalb tranken sie Aquavit.

»Moonlight on the Ganges«, spielte die Musik.

Sie spielten Piquet.

»Lili«, sagte Herr Abelssen, »wieder einmal stehst du zwischen mir und einem Mann, der mein Freund sein könnte.«

»Wieso gerade Stikker?« fragte Frau Abelssen gleichmütig. »Er versteht sich in gar nichts mit dir. Was kannst du mit ihm anfangen?«

»Gewiß: Du kannst wenigstens etwas mit ihm anfangen. Man sollte dich töten.«

»Ach?« hauchte Lili erschrocken. »Eröffnest du so heute das Spiel: Du tötest mich einfach! Du selbst?«

»Hast du nicht«, fragte Herr Abelssen, »soviel Phantasie, daß du dir einmal vorstellen könntest: einige Menschen wären erleichtert, wenn es dich nicht mehr gäbe? Statt deiner raumgreifenden, expansiven Existenz einmal einen leeren Platz, unverdrängte Luft? Ruhe? Erholung?«

»Du beginnst heute«, erwiderte Frau Abelssen beklommen, »sehr seltsam, Richard. Wie weiche ich dir aus? Denn ich muß dir ausweichen, sonst bin ich ja gleich tot. Allerdings kenne ich das. Bei allen Kinderspielen schon war ich immer gleich tot. Deshalb wundere ich mich noch oft, daß ich nun doch so lange und so gut am Leben bin. Aber nun, du willst es so, trete ich ab. Ich gehe von selbst. Ich gehe wieder einmal mit den Radikalen auf die Straße. wenn wirklich etwas los ist, wenn es gefährlich wird. Ich lasse dich weit hinter mir, und, wie ich nun weiß, gibst du dich schon Gefühlen der Erleichterung hin. Ich gerate in die erste Reihe, es wird blutig. Blut sehe ich von meinem weißen Lackmantel rinnen, und ich fühle wohlig, wie ich endlich einmal schwach werde, wie mir die Knie einknicken. Ich brauche fortan diese viele Kraft nicht mehr zu haben. Muß nie mehr in die Schule, zum Klassenlehrer, zum Schuldirektor, muß mich nicht mehr an dieser modischen Treppe hinaufwinden, vorbei an den wunderbaren Malereien und Skulpturen, die andere Schüler gefertigt haben, von meinen Kindern aber hängt da nichts. Da steht der ausgestopfte Adler, da bewegen sich dämmerig die Fische in ihrem wohlgepflegten Schulaquarium; ja, vielleicht werde ich in diesem meinem letzten Augenblick an so etwas Unwichtiges wie diese Fische denken. Ein ehrenvoller Tod, in einer Revolution! Auch wenn meine Freunde lächelnd darüber hinweggehen werden – es ist mit meinem Tod nichts anzufangen, keine Propaganda herauszuholen ...«

»Wahrhaftig, eine Rosa Luxemburg bist du nicht! Aber denke nur nicht, daß du ein solches Glück hast, diesen immerhin bestürzenden, bewegenden Tod zu erleiden. Es ist nur eine Ohnmacht, und wenn du erwachst, war es nur fremdes Blut an deinem Mantel, das dich so erschreckt hat. Schon ist es abgewischt, nicht einmal dein Mantel hat darunter gelitten;

schließlich bist du immer praktisch angezogen, wenn du als Radikale gehst.«

»Es ist nicht sehr liebenswürdig von dir«, klagte Frau Abelssen, »daß du mir dies schöne Ende nicht läßt. Aber es ist wahr – eine Mutter muß leben für ihre Kinder, so lange sie kann. Obwohl sie umsonst so lange für sie lebt. Eines Tages mögen die Kinder ihre Mutter nicht mehr. Würden sie nur niemals größer, niemals älter!«

Während dieser Klage gewann Frau Abelssen immerhin einige Spiele, was ihren Mann reizte, sich der Liebe zu ihren Kindern besonders zu widmen: »Weil sie jetzt gerade so schön sind, nicht wahr! So blond, so fein gewachsen, so charmant, so wohlerzogen. Am liebsten möchtest du, daß wir noch immer alle vier zusammen in die Ferien fahren. Ja, diesen Tick hast du doch, und ich weiß schon jetzt, in zwanzig Jahren wirst du mit uns dreien eine große Reise unternehmen und an alle jene Orte wiederkehren, wo wir miteinander schon waren. Immer in Weiß, alle vier, und wir fahren über den Bodensee, speisen in den kleinen Dörfern der Schweiz. Wir fahren den jungen Rhein hinab nach Schaffhausen, grün spiegeln sich die Bäume im Wasser, und du hast die Kühnheit, zum tausendsten Mal freudig auszurufen: ›Nicht wahr, nur die Fahrten auf schmalen Flüssen sind wirklich schön!‹ Und du zeigst auf große hochrauschende Vögel und behauptest: ›Kormorane!‹ Spielst Rimbaud mit uns, die wir dir da nicht ganz folgen können, wir verhärten uns gegen dich, in dieser Sache halte ich mit deinen Söhnen zusammen. Gottlob wirst du wieder weltlich, wenn es ans Essen geht. Gebackene Rheinzander. Und, nein, wirklich: Der Inhaber des Restaurants, mit seiner hohen Kochmütze, erkennt uns wieder, er begrüßt uns – wie geschmeichelt du da bist. Deine Söhne und ich, wir sind schon kahl, aber du siehst uns anders, du siehst uns nur noch, wie wir damals waren, blond, von göttlichem Glück an dieser Stunde mit dir beschwingt.«

»Nimm bitte zurück«, bat Frau Abelssen, »daß meine Kinder kahl sind!«

»Nun gut, sie sind nicht kahl, aber ihr Haar lichtet sich schon. Sie sind Ende Dreißig, aber du hegst sie als deine lieben jungen Knaben, reibst ihnen jeden Abend die Köpfe mit einem Haarwuchsmittel ein. Auch die holsteinischen Wälder durchwandern wir noch einmal. Die Kinder maulen und langweilen sich, und wenn du genug von ihnen hast, sagst du: ›Nun geht und spielt schön‹! Aber sie sind Ende Dreißig und wollen nicht schön spielen ...«

»Und du«, begeisterte sich Frau Abelssen willig, »arbeitest wieder alle Wanderwege aus wie einen Feldzug. Die Karten kaufst du beim Katasteramt, es müssen ja Generalstabskarten sein. Und wir wandern hinter dir, bis wir bis zum Hals im Morast stecken. Dann sagst du wie damals: ›Ja, ich gebe zu, dies ist nur ein Weg dritter Ordnung!‹ Die Kinder aber verachten dich längst, mit deinem Generalstabswandern, sie haben dich immer nur geduldet, und jetzt endlich stellen sie die Frage: ›Mama, wie hast du diesen Mann so lange durchschleppen können? Wann gibst du ihn endlich auf?‹«

Frau Abelssen erschrak selbst, als sie diese Worte sagte. Nie hatten sie bei ihren Spielen Schnaps getrunken.

Herr Abelssen blickte von seinen Karten auf und sagte leise: »Das, Lili, wird noch ein anderes Spiel. Vergeude unsere Möglichkeiten nicht! Sei ökonomisch!« So sagte Frau Abelssen einsichtig: »Die Kinder sagen das also nicht. Sie haben es nicht gesagt. Vergiß es!«

Herr Abelssen verlor heute beträchtlich. Doch beobachtete er schon bei seiner Frau, daß sie bald wieder dahin käme, zuviel zu wagen.

»Du reibst ihnen also jeden Abend die Köpfe ein, und ganz vorsichtig klärst du sie dabei über die Frauen auf. Daß sie da sehr achtsam sein müssen. ›Es kann eine sagen, sie nimmt die Pille, nimmt sie aber nicht, sie wird schwanger, und schon bist du hineingefallen. Und man kann ein Mädchen dann nicht einmal wegen Betruges belangen.‹ Die Kinder aber geben zu bedenken, daß sie schon lange verheiratet sind; sie machen diesen Ferienscherz nur mit, damit du vor Sehnsucht nach dem ›Früher‹ nicht noch ganz den Verstand verlierst. Denn du wirst, das ist sicher, in dieser Sehnsucht einmal den Verstand verlieren.«

»Auch du«, behauptete Frau Abelssen mit sehr fester Stimme, »wirst verrückt werden in der Erinnerung an die Tage, die wir mit so viel archivarischem Geschick zu leben verstanden. Denn du bist genau wie ich. Was sonst hält uns zusammen? Auch du willst immer zu denselben Orten zurück – meinethalben mit den Kindern, wenn sie nur nicht stören. Fahren wir nach Como. Das ist wenigstens eine Stadt. Nur keine Natur für die Kinder, die Natur langweilt sie. Entledigen wir uns der Kinder, du gibst ihnen Geld für Eis, damit sie nur weggehen. Denn, gib es nur zu, du bist alleweil verrückt danach, mit mir allein zu sein.«

»Und auch in Como, am See«, erzählte Herr Abelssen weiter, »erkennen uns die Kellner im Hotel wieder, wenn sie uns das erste Frühstück in den Garten bringen. Sie streicheln dem Kleinen über seinen kahlen Kopf ...«

»Nicht kahl! Nicht kahl!« schrie Frau Abelssen.

»Gut, über seine gelichteten Haare. ›Bravo ragazzo‹, sagen sie. Es ist noch derselbe Kellner von damals, der weinte, als die Monroe sich das Leben genommen hatte.

›La Monroe si è uccisa!‹ jammerte er. Und wieder bist du stolz, daß ein wunderbar aussehender Engländer sich für deinen älteren Sohn Conrad interessiert. Wenn Conrad nur gefällt – er soll gefallen, er soll gefallen! Wem auch immer!«

Er gewann und notierte die Punkte.

Frau Abelssen schilderte gelassen: »Du aber schleppst mich sogar an Orte, wo du gar nicht mit mir, sondern mit anderen Frauen warst. In spanischen Prozessionen muß ich mitgehen, Spanisch muß ich lernen ...«

»Du bist aber«, fiel Herr Abelssen ein, »schon viel zu alt, um noch eine Sprache zu lernen. Du bist zu nichts mehr zu gebrauchen, und für die spanischen Reisen muß ich mir eine andere Frau suchen, eine jüngere, eine, die mich an Marie-Louise erinnert.«

»Dann aber bringt dich diese Marie-Louise zurück! Vor der Zeit, denn unter der Hand bist du ihr um Gesundheit und Verstand gekommen. Sie legt dich einfach vor die Tür, einen von der Sonne ausgedörrten, klapprigen Mann, und schleicht sich davon. Sie hat Angst vor der Verantwortung, diese Person mit ihrem nichts als Spanisch! Konnte sie denn wissen, heult sie, daß du Karl der Fünfte bist? Das hattest du ihr verheimlicht. Erst unter der asturischen Sonne offenbarst du es ihr, und sie soll es dir bestätigen: Wahrhaftig, in deinem Reich geht die Sonne nicht unter. Aber diese Person hat kein Einfühlungsvermögen. Sie besprengt dich mit Wasser, reibt dir die Schläfen mit Uralt-Lavendel ein ...«

»Nicht! Nicht!« rief Herr Abelssen gepeinigt. »Nicht Uralt-Lavendel!«

»Nun gut«, lenkte seine Frau ein, »es ist Terra de Silva, ich gab ihr eine Flasche mit, auch allerlei Belehrungen, wie man dich behandeln muß, wenn dir eigentümliche Vorstellungen über dich selbst kommen. Aber sie kann nichts als Spanisch.«

»Siehst du mich als Karl den Fünften?« fragte Herr Abelssen mit glücklichem Gesicht.

»Ja, aber ja!« bestätigte Frau Abelssen eifrig. »Wie du dich um die deutsche Kirchenspaltung sorgst! Dieser Augustinermönch! Wie gern möchtest du wieder Ruhe in deinem Reich herstellen. Damit in Ruhe wieder die Sonne darin untergehen kann. Du unterwirfst dir die Schmalkaldener. Da bist du glücklich, wenn ich dir die Siegesnachricht bringe. Schließlich gelangen wir in eine Herberge. ›Ein Zimmer für Karl den Fünften und Gemahlin‹, sage ich bescheiden, in meinem schlechten Spanisch, und ich sehe den Hotelportier so an, daß er gleich weiß, du brauchst Schonung und jedweden Respekt ...«

»Ich weiß nicht«, sagte Herr Abelssen mit feuchten Augen, »ob du mich nicht etwas zu sehr ... zu sehr ...«

»Langsam pflege ich dich wieder gesund«, setzte Frau Abelssen unbeirrt ihre Erzählung fort. »In jener Klinik in der Nußbaumallee, hinter vergitterten Fenstern, erkennst du allmählich, daß du nicht Karl der Fünfte bist. Und es war alles nur wegen dieser Marie-Louise.«

Erbittert trank sie ein Glas Schnaps aus.

»Lili«, fragte Herr Abelssen mit weicher Stimme, »fährst du dann zur Erholung mit mir in die Bretagne? Du weißt: die Kühe unter Apfelbäumen.«

»Ich weiß nicht«, überlegte Frau Abelssen, »ob das die richtige Behandlung ist. Vielleicht verfällst du dort sofort dem Wahn, du müssest England den Bretonen und Normannen zurückerobern. Du studierst die Schlacht bei Hastings, befiehlst mir, den Stickrahmen zu spannen und bereit zu sein, das Ereignis in einem großen Erinnerungs-Gobelin festzuhalten.

»Nein«, widersprach Herr Abelssen, »das Nebelreich interessiert mich nicht. Ich bin ein Mann des Südens. Ich bin der Statthalter der römischen Provinz Lugdunensis, ein Mann der praktischen Vernunft, ich lasse einen Thunfischhafen anlegen, habe selbst viele Boote auf dem Meer, auch ein großes Landgut, mit Apfelbäumen und Kühen. Meine Lieblingskuh heißt Lili.«

»Ich muß dich«, warf Frau Abelssen besorgt ein, »wieder behandeln lassen. Yves Fervennec, der Gewerkschaftssekretär, ist vielleicht der richtige Mann. ›Hallo‹, sagt er, ›geben Sie es nur zu: Hitler hat bei Stalingrad die europäische Zivilisation gerettet‹. Ich übersetze es dir, und dein Zorn bringt dich in die Wirklichkeit zurück. Kaum wiederhergestellt, erwartest du, daß Tante Nanà uns wiedererkennt. Herzklopfend treten wir ein in ihre Kneipe. Da stehen die Hafenarbeiter, auf der Theke leuchtet Muscadet in kleinen Gläsern; sie kann sich unser überhaupt nicht erinnern. Das bringt dich aus der Fassung. Du weinst, ja, wahrhaftig, du weinst.«

»Bis der kleine Monsieur Paulic uns doch wiedererkennt!« rief HerrAbelssen, ein Flehen in der Stimme.

»Nicht wahr, Lili, Monsieur Paulic wird uns wiedererkennen?«

Er legte eine neue Platte auf. Yvette Guilbert sang jene Chansons, die ihnen Paulic vorgespielt hatte.

»Wir gehen in sein seltsames Haus, ja?« fragt Herr Abelssen hoffend. »Ja?«

»Ja, ja, gut. Weiter!«

»Das Haus ist noch seltsamer geworden, er selbst auch, mager, verkümmert die Beinchen, nur seine Augen sind noch größer, von wunderbarer Reinheit, und er legt die Platte auf mit Yvette Guilbert: ›C'est le mai, c'est le mai, c'est le joli mois de mai‹, und in kleinen zierlichen Gläschen serviert er uns ein Gift, an dem wir beide sterben. Denn er hat die Beleidigung nicht vergessen, daß wir ihm damals auf seine Einladung unseren kleinen Ulrich nicht schickten, dem er schöne vietnamesische Priestergewänder umlegen wollte. Ulrich liebte diese bestickte Seide sehr, die Musik, das seltsame Haus. Die ganze Stadt sprach darüber.«

»Monsieur Paulic«, löste Frau Abelssen ihren Mann ab, »war in den zwanzig Jahren, die wir nicht da waren, mehrmals eingesperrt, denn es waren Personen verschwunden, zum Beispiel der kleine Fischpacker Eugène und der Sohn des Fischgroßhändlers Kerhouan, und noch andere. Aber in jenem Haus wird nichts gefunden. Oben ist ein Schlafzimmer, darunter der Salon, darunter die Küche, darunter, darunter ist immer noch etwas. Da ruhen wir dann, über uns wuchern allerlei Pflanzen. Monsieur Paulic liebt Pflanzen sehr, er pflegt sie. Richard: ein gutes Spiel ist das doch noch geworden! Was für ein schöner gemeinsamer Tod!«

Tränen des Glücks füllten ihre Augen.

Herr Abelssen aber hatte sich wieder mehr in der Gewalt. Überhaupt hatte er sich jetzt oft leichter in der Gewalt. Frau Abelssen spürte im Rücken eine gewisse Beunruhigung, als sie ihn sagen hörte: »Das ist es, was du gar zu gern möchtest: mit mir zusammen sterben! Du willst mich weder überleben noch mich überleben lassen! Efeuwurzeln in Mund und Nase, Hand in Hand mit mir verflochten, pflanzenhaft eingesenkt in modrige Erde, aber wissend, die Blätter, die wir treiben, werden oben im Licht sein, vor den Salonfenstern Monsieur Paulics. Oder auch allerlei Philodendren, Agaven – was alles Paulic so außen und in seinem Hause hegt und pflegt, sehr ähnlich dir, Lili, nur daß er sie besser zu pflegen versteht. Und aus unseren Leibern werden diese Ableger sich erheben, diese verfluchten Ableger der Philodendren, käsigen Grüns. Wie lange wird es dauern, bis wenigstens unsere Knochen sauber abgenagt sind? An deinen Fingerknochen leuchtet noch der billige Ring, den wir in Paris gekauft haben. Um mein Handgelenk liegt noch das schwere silberne Armband mit meinem Namen und meiner Adresse. Gefällt dir das ?« Ja, das gefiel Frau Abelssen.

Sie spielten eine Weile schweigend. Frau Abelssen hatte wieder etwas Glück. Nach einigen Spielen sagte sie – und sie meinte, ihre ganze Liebe zu ihrem Mann liege in ihrer Stimme: »Schläfrig und glücklich werde ich bei dieser Vorstellung! Das Meer kommt bis ans Haus, die Mauern dröhnen. Hattest du nicht immer Angst, daß ich vom Hinausschwimmen nicht wiederkäme? Nun weißt du, daß ich neben dir bleibe, für immer.«

»Welche Liebe«, sagte Herr Abelssen eigentümlich reserviert, »du doch für mein Skelett zu entfalten imstande bist. Vielleicht sähe ich dich aber lieber für immer davonschwimmen. Endlich kann ich meine Knochen ordnen, muß nicht deine gebrechlichen Fingerknöchelchen zwischen die meinen gefaltet halten. Sollte man in der ewigen Ruhe nicht endlich allein sein? Und wie lange hätte ich im Leben schon diese Ruhe haben können, hätte damals, vor zwanzig Jahren, der Bademeister in seinem Boot dich nicht angewiesen, wieder zurückzuschwimmen. Du, in deinem artigen Schulfranzösisch, suchtest ihm klarzumachen, wie fabelhaft stark du im Schwimmen seist. Braun und mächtig tauchten deine Schultern aus dem Wasser auf, aber sie machten dem Mann keinen Eindruck. Du warst außer dir, ich erinnere mich, du hast geheult: weil jemand dir deinen mystischen Umgang mit dem Wasser verboten hatte. Das war noch die Zeit, Lili ...«

Herr Abelssen sah von seinen Karten auf.

»... als ich noch wie ein Verrückter am Strand stand und über das Meer sah, ob ich irgendwo dein strohiges Haar auf einem Wellenkamm wahrnehmen konnte. Kannst du dir vorstellen, daß ich eines Tages einmal nicht mehr wie ein Verrückter am Strand stehen und nach dir ausschauen werde? Kannst du dir vorstellen«, schrie Herr Abelssen, »daß ich einfach in meinem Liegestuhl sitzenbleiben und in meinem Buch weiterlesen werde? In einem Buch, das du mir gegeben hast, weil man es gelesen haben muß. Stendhal, Von der Liebe, hast du gesagt, muß man wirklich gelesen haben. Und ich lese diese Stendhalsche Lehre von der Kristallisation. Ein rein wissenschaftliches Interesse habe ich plötzlich dafür. Für mich selbst, stelle ich fest, gibt es keine Lili, auf welche sich für mich etwas aufkristallisiert hat. Oder – wann war das? Es ist abgenutzt, aufgebraucht. Ich lasse sie schwimmen, so weit sie will. Am Nachmittag ist sie noch immer nicht zurück. Ich schlendere zum Hafen. Es ist der bedeutendste Thunfischhafen Frankreichs. Thunfische werden gelöscht. Ich sehe zu. Hunderte von Thunfischen werden über Bord geschmissen, ein Gesicht wie das andere, keine Hoffnung auf ein neues Gesicht. Ich frage, rein aus Pflicht: ›Hat nicht einer von euch meine Frau gesehen? Die mit dem vom vielen Bleichen brüchig gewordenen Haar? Die mit dem runden roten Hut? Die mit den kräftigen braunen Schultern? Die mit den leichtsinnigen Hüften? Die mit dem guten Schulfranzösisch? Trug sie euch keine Grüße auf?‹ Nun, auch gut. Und ich gehe zu Tante Nanà und sage: ›Nur einmal das Menü‹. Vier Gänge, phantastisch billig. Ich betrinke mich mit den Hafenarbeitern, endlich einmal allein mit Männern.«

Frau Abelssen unterbrach ihren Mann: »Es ist gut, daß du mich daran erinnerst: Natürlich werde ich einmal ertrinken. Allerdings erst als sehr alte, als wirklich uralte Frau.«

»Ha! Ja!« rief Herr Abelssen triumphal. »Natürlich in Wulkow! Endlich – ich bin schon lange tot – kannst du dorthin zurück, in dein Kaff in der Neumark. Jeden Tag gehst du baden, vom Hotel aus, denn euer Häuschen gehört ja einer polnischen Familie, aber du gehst doch täglich an dem Häuschen vorbei. Sehr behutsam, denn eine Revanchistin bist du ja nicht, siehst nur gern die Birke vorm Haus, hörst, wie sie rauscht, die rauschte ja damals schon so irrsinnig, als du noch ein Mädchen warst, wie wird die jetzt erst rauschen, und du gehst auf der Straße, die nun längst gepflastert ist, dann aber den Berg hinunter, der noch immer grauer, mahlender Sand ist, am See entlang – mein Gott, wie kenne ich diesen Weg den See entlang –, deinen Bademantel zusammengerollt unter dem Arm. Du bist achtzig, und in deinen Gedanken siehst du neben dir deinen Papa gehen, der ist hundertundsiebzehn, du aber siehst ihn als fünfundvierzigjährigen Herrn, einen humorvollen, geheimnisvollen Vater mit Bauch und kleinen träumerischen Augen, von denen du ahnst, sicher haben sie einmal von etwas anderem geträumt als von diesem Bürgerglück, aber du, die kleine Betti, bist doch seine ganze Lust. Du merkst aber nicht, daß der Fünfundvierzigjährige von der Seite auf seine achtzigjährige Tochter blickt: Ist das denn die kleine Betti? Die mit ihren Stiefelchen immer so durch den Sand latschte, die die Füße nicht heben konnte, die immer vor sich auf die Erde starrte. Denn, nicht wahr, ein so merkwürdiges Kind warst du doch. Wenn du nur heute noch eine Spur von dieser speziellen Merkwürdigkeit an dir hättest. Ein wenig Schüchternheit, eine einzige jener Ängste, die dich als Kind zum Wahnsinn getrieben haben sollen, wenn man dir glauben darf. Ich gebe zu, ich glaube dir, ich bin der einzige, der dir glaubt, weil ich ein ebensolches Kind war. Die Kinder, die immer alle Murmeln verloren, die Kinder, die von anderen Kindern gequält und gepeinigt wurden: laute, lärmende Menschen sind wir geworden. Niemand ahnt, was uns so werden ließ.

Dein Vater bedauert, aber er kann nicht immer bei dir sein. Allein betrittst du die Badeanstalt, zeigst deine Saison-Badekarte dem polnischen Bademeister. Dabei schließt du die Augen, denn du willst, daß es noch Herr Barnekow, der von damals, ist. Zelle zweiunddreißig. Dann trittst du mit deinen uralten, bläulich geäderten Oberschenkeln hinaus auf die Holztreppe, gehst hinunter in den grauen Sand. Da hängt noch die Schaukel, auf welcher du als Kind geschaukelt hast, damals, als dieser Junge dich ins Wasser trug, und später, als der Pfarrerssohn sich mit dir auch bei Regenwetter in der Badeanstalt traf, und ihr schwammt unter den Stegen entlang, im gläsernen Grün des Wassers, umfangen vom Holzgeruch der fauligen Stege, und küßtet euch nassen Mundes, er aber fiel mit einundzwanzig Jahren bei Kutno. Im Himmel wird er erfahren haben, daß jene Betti noch unschuldig war und er mit seinen neugierigen Gedanken auf falscher Fährte gewesen. Es ist Vormittag, da ist es in dieser Badeanstalt noch immer leer; so kannst du sie nach Herzenslust bevölkern mit den Menschen von damals: mit dem Bäckermeister Burbanz, der den Bankkrach mit klatschenden Armen im Nichtschwimmerabteil verkündete ...«

Erschöpft trank Herr Abelssen einen Schnaps. Ergriffen bemerkte seine Frau: »Du weißt also doch wirklich eine Menge von meinem Leben! Die Frau des Bürgermeisters, die nicht schwimmen konnte, hängte sich an den Balken, der das Nichtschwimmerabteil abtrennte, und zu ihrem Entsetzen sah sie ihre Füße im Schwimmerabteil auftauchen, sehr weiß, sehr ratlos, diese Füße. Jemand sprang vom Zweimeterturm, pfeilgleich, ewig hingezeichnet in die Sonne. Und wie, sagtest du, stehe ich nun da, dies alles vor meinen erloschenen achtzigjährigen Augen, verlassen von meinem Vater?«

»Der Bademeister«, erzählte Herr Abelssen weiter, »sieht jeden Tag mit Besorgnis diese uralte deutsche Dame ins Wasser gehen. Sie betupft sich zuerst das

Herz, ihren alten Busen, seine Schlaffheit glänzt kläglich in der Sonne ...«

Frau Abelssen hob angeekelt die Oberlippe und krauste die Nase.

»Noch mit achtzig«, erklärte sie, »werde ich natürlich mit Kopfsprung ins Wasser gehen. Das Herz betupfen – diese Schande werde ich meinem Vater nicht machen. Dann schwimme ich um alle Inseln, ja, endlich schwimme ich einmal bis zu ›Rektor Wimmers Anlegestelle‹, wo ich mit zwei Jahren schon so gut wie ertrunken war. Ich suche diesen Schwarm Stichlinge, der damals so anmutig in der Sonne stand, als ich ertrank. Die Sonne, glaube mir, zeigt ihren vollen Zauber erst in den gläsernen Quadern des Wassers. Aber man ließ mich nicht da, wo ich so verzückt schwebte, man riß mich heraus, Tanten drückten mich an ihre hängenden, nassen Brüste, meine Mutter schrie, mein Vater tätschelte mir den Po, so kam ich wieder zu mir, um Lili Abelssen zu werden ...«

»Frau Lili Abelssen, achtzig«, fuhr Herr Abelssen wohlgemut in seiner Erzählung fort, »ist nun also da, wo für sie die Mystifizierung des Wassers begann. Wasser schlechthin war für sie hinfort das Element, das sie höher einschätzte als die Luft. Eine Frau, die auf keinem Schiff fahren konnte, ohne sich die Galle auszubrechen. Stets entschlossen jedoch: ›das Wasser, das Wasser ...‹

»Mehr das Binnenwasser«, sagte Frau Abelssen schüchtern, »das gebe ich zu. An den Meeren nur die Ufer, aber nicht einmal da durfte ich so weit schwimmen, wie mein kleiner Mut gereicht hätte.«

»Aber nun, nicht wahr, bist du mit dem Wulkower See zufrieden. Mein Gott, ich will dich nun friedlich ertrinken lassen. Du langst also an an dieser Anlegestelle, ja, ja, siehst noch einmal deine Tanten in ihren weißen Kleidern in den Booten schaukeln wie Eiweißklöße auf einer Suppe. So kommt dein verklärtes Ende, du bist überanstrengt, die Luft bleibt dir weg ...«

»Richard!« rief Frau Abelssen entsetzt, »laß mich lieber doch nicht ertrinken! Es ist zu qualvoll! Nicht ertrinken!«

»Du wünscht einen Herzschlag? Nun gut: Da stehst du, fern von der Badeanstalt, an einem Ufer, das dir teuer ist. Die Sonne wirft einen langen Glanz über das Wasser. Du seufzt, weil in dieser ganzen Welt Richard niemals war, niemals, hier, hier bist du endlich ohne deinen Mann, worin eine furchtbare Verzauberung liegt: eine Welt, in welcher Richard nicht enthalten ist! Du denkst an jenes bretonische Ufer, an die rosigen Langustinen, denen wir jeden Abend die zarten Knochen brachen, und seufzt, wie verkleinert doch deine Welt ist. Ohne mich – umgezogen, verkleinert bist du. Du schmeichelst dir vielleicht: Du bist im Osten, endlich, wohin du gehörst, ostelbisch, östlich der Elbe fängt das wunderbare Asien an, endlich hast du die flache, trockene Landschaft mit den gärenden Schwären, der du angehörst, du legst dich lang und reichst bis nach China, über deinen kleinen Finger geht noch einmal sanft jener Kirgise, der dich damals vergewaltigte, es war nicht ganz eine Vergewaltigung, eher war es eine Enttäuschung – aber kommen wir zu deinem Herzschlag ...«

Herr Abelssen hob eine Karte, nahm sie aber wieder zurück, weil er doch an einem immerhin bedeutenden Punkt seiner Erzählung angekommen war.

»Du stehst da, niemand sieht dich, niemand sieht, daß du nicht mehr schön bist, du hältst ausgebreitet deine alten, schlaffen, blaugeäderten Arme über dem Wasser. Du denkst an deinen Papa, wie er damals humorvoll lachte über deinen Beinahe-Tod, von dem er nichts wußte, und deine Sehnsucht zu sterben ist wie das Streben eines alten Elefanten, endlich abgerufen zu werden. Ja, da trifft dich dann eben irgendwie ein Herzschlag. Lili, ich verstehe mich nicht darauf, den Schlag deines Herzens anzuhalten, besorge das bitte selbst. Wie soll es je vonstatten gehen?«

»Richard!« sagte Lili ergeben, »ich weiß, es wird kein Herzschlag sein. Es ist mir beschieden, daß ich unter großen körperlichen Qualen sterbe, ich, die ich in meinem ganzen Leben keine physischen Schmerzen aushalten mußte. Ich weiß, ich werde mich mit diesem von dir beschriebenen alten Leib wieder langhin dem alten See anvertrauen, trügerisch wird das Wasser mich an der Oberfläche halten, aber dann sinke ich ab, endlich ohne Kräfte, das Wasser dringt mir in die Nase, o Gott,o Gott, – ich weiß, wenn es soweit ist, werde ich Gott anbrüllen. Wie kann er Wasser in meine Nase lassen, in meine Lunge? Aber er hat schon anderes gestattet. Ich muß schweigen. Ich ermahne mich zum Schweigen. Richard – geht es dann schnell?«

»Aber ja, meine Lili, ganz schnell!« tröstete Herr Abelssen und spielte seinen stärksten Trumpf aus. Er gewann.

»Du bist«, sagte er, »dann die unbekannte alte Ophelia des Wulkower Sees. Aale haben deinen altmodischen Badeanzug zernagt. Aale fressen an dir, eine magere Speise, aber satt werden sie doch, und auf dem Markt werden sie verkauft. Die polnischen Hausfrauen von Wulkow sagen fröhlich am Sonntag: ›Heut gibt es Aal polnisch‹ …«

»Sagen Polen: ›Aal polnisch‹ dazu?« fragte Frau Abelssen mißtrauisch.

»Nun, vielleicht nicht«, räumte Herr Abelssen ein. »Sie sagen einfach: ›Heut gibt es Aal!‹ Und man ißt von deiner Substanz, man ißt alle deine Träume von Mädchenglück, Frauenlust, Weiberlüsternheit, umgewandelt von Fleisch in Fleisch …«

»Richard!« rief Frau Abelssen verstört, »wir sind schon soweit! Weißt du nicht etwas Langsameres, Milderes?«

»Ein Spiel dieser Art«, erwiderte Herr Abelssen fest, »kann man nicht einfach zurückdrehen wie einen voreilig gezeigten Film. Wie denkst du dir das?«

»Nun weiß man ja nicht«, wandte Frau Abelssen nachdenklich ein, »ob ich wirklich in Wulkow sterbe oder nur während eines Traums, der mich in Wulkow festhält. Ich spiele dort mit Cousine Erna, auf dem Weg vor dem Sägewerk. Das Sägewerk schneidet den ganzen blauen Tag lang kleine, scharfe Zacken in die Luft. Am Zaun liegen Baumstämme gestapelt. Unter jedem Stapel ist ein Hohlraum, gerade groß genug, daß ein kleines Mädchen, das sich vor der Welt abschirmen will, sich darin ausstrecken kann. Manchmal kam ich aber daraus hervor, und die Baumstämme waren ein Schiff. Ich war der Kapitän.«

»Immer mit deiner Puppe im Arm«, fügte Herr Abelssen ein. »Du bist nicht nur Kapitän, sondern auch Mutter, wie du es ja dann das ganze Leben hindurch stets warst, auch jetzt – du bist der Kapitän, du bist die Mutter. Daß man noch nie festgestellt hat, wie sehr diese beiden Positionen einander verwandt sind.«

»Nehmen wir nun einmal an«, sann Frau Abelssen, »ich sterbe an einfacher Schwäche, oder an einem Herzschlag, während ich gerade träume, ich ertränke in Wulkow. Ich hätte alle Schönheiten des Ertrinkens, ohne die Qualen wirklich zu leiden. Ich atme Stichlinge durch die Nase ein, ließe sie in meine Lungen, alles im Traum, und in Wahrheit bliebe einfach im Schlaf mein Herz stillstehen. Am anderen Morgen siehst du mich, dein Gutenmorgenkuß findet eigentümlich kalte Lippen vor. Möchte ich Tee oder Kaffee zum Frühstück? Ein oder zwei Eier? Fräulein Tittel möchte es schließlich wissen. Ich antworte nicht. So denkst du, du solltest mich noch schlafen lassen, wie schließlich oft. Zum Mittagessen aber will ich noch immer nicht aufstehen, und jetzt merkst du auch, daß meine Hände eiskalt sind. Da fängst du an zu schreien. Die Tittel kommt und sagt: »Dabei hatte sie sich extra Kalbsbrisoletts bestellt!«

Und du wirfst dich hin und schluchzt viele Stunden lang. Dann rufst du Grieneisen an und sagst, sie sollen alles für dich erledigen, du zögest drei Tage ins Hilton, und wenn du wiederkommst, soll alles erledigt sein. Anzeigen verschicken – kein Problem, alles liegt ja in deinem Schreibtisch, eine sehr feine Schrift, ein sehr einfacher Text: ›Lili Abelssen, meine Frau, unsere Mutter, ist gestorben.‹ Denn mehr braucht es nicht – alle wissen: Dieser Mann ist jetzt erst einmal am Ende. Die Söhne – nun, sie sind jung, das Leben geht weiter. Und Conrad übt auf seiner Trompete ›Über den Wellen‹. Du wankst hinter dem Sarg her, hast aber nicht versäumt, die hohe Anzahl der Leidtragenden abzuschätzen; es sind etwa dreihundert. Der Verein der Berliner Kaufleute, der Verein der Berliner Grundstücksmakler, der Stammtisch, die Portiersfrauen der von mir verwalteten Häuser, einige Mieter, denen ich Öfen und Herde verschaffte, und schließlich alle unsere uns gegen jede Einsicht, gegen jeden Willen geneigten jungen Freunde aus der Radikalen Aktion, ebenso wie die Angehörigen der Berliner Damenoberbekleidung: die Modellkonfektion, das gehobene Mittelgenre, das Mittelgenre, ja, sogar das Verkaufs- und Stapelgenre, denn Malve und Pretty haben wir in allen Lagen der Konfektion verkauft. Dann einige Modefotografen, die Modepresse, und Herrgott, ich hoffe doch, ich sterbe im Juni, es wird ein beinahe heiteres Happening. Du wankst, gestützt auf zwei meiner besten Freundinnen, die bereit sind, mit dir zusammen zu weinen, und eine sucht dich immer besser zu stützen als die andere. Du trägst einen ernsthaften schwarzen Hut, à la mode, und ich wünschte, du hättest den Mut, einen sehr breiten, lang herabfallenden Trauerflor daran zu tragen ...«

»Aber ja! Aber ja!« stimmte Herr Abelssen zu. »Die Gelegenheit, einen solchen Hut zu tragen, wünsche ich mir schon lange!«

Er legte eine Serie alter englischer Tanzmusik auf.

»I knew I never had a chance«, sang Nat Gonella.

»Du weinst«, berichtete Frau Abelssen mit weicher Stimme und spielte einen hohen Trumpf aus, »du schämst dich deiner Tränen nicht. Rotz glänzt dir im Bart, das geniert meine Freundinnen etwas, und eine jede wischt dir auf ihrer Seite den Bart sauber.

Wie es in meinem Sinn ist, gibt es nach der Beerdigung ein Gelage bei uns. Das kalte Büfett ist von Rollenhagen, obwohl ich komplizierte, fast trostlose Vermögensverhältnisse hinterließ und du die Rechnung nicht gleich bezahlen kannst. Der Oberkellner, der uns bei so vielen Empfängen, so vielen Modeschauen das Sekttablett hinhielt, versieht dies Amt auch jetzt, aber wie immer hast du mehr Durst auf Bier, und es leuchtet dir doch recht golden im Glase, auch mußt du ein Häppchen essen, dein Körper verlangt das, versichern dir meine besten Freundinnen. Tränen haben schließlich nur noch meine Söhne ...«

»Das ist infam!« rief Herr Abelssen. »Ich traue mir doch immerhin zu, mehr Tränen hervorzubringen als deine Kinder. Für die gehört es zum Lauf der Welt, daß die Mutter vor ihnen stirbt. Ich verspreche dir, Lili, ich werde so sehr heulen, daß es anderntags in allen Zeitungen steht, und das, nicht wahr, wird dich doch freuen?«

»Vielleicht«, sagte Frau Abelssen leise, »wünsche ich mir doch am meisten, daß meine Kinder weinen, nur ein bißchen, zur Erleichterung ihrer Seele, und daß sie danach wieder glücklich sein können im Andenken an ihre Mutter. Eine Mutter kann und braucht man nicht zu ersetzen. Du aber wirst Ersatz für mich finden.

Meine beiden besten Freundinnen, die dich so gestützt haben, machen lange Gesichter, denn bald nimmst du kleine Revolutionsmusen mit nach Hause, diese aber nähren Bitternis im Herzen, weil du an meinem Zimmer nichts ändern willst ...«

»You try somebody else«, spielte Jack Payne.

»Die Kleine«, erzählte Frau Abelssen, »merkt nicht, daß ich verzweifelt vor Eifersucht bin, auf meinem Bild an der Wand. Du aber amüsierst dich ganz gut. Endlich hast du eine unterwürfige Person gefunden. Sie sitzt den ganzen Tag in der Ecke, die Revolution hat sie schon vergessen; sie wartet, bis du endlich mit der Arbeit fertig bist. Jeder deiner geschäftlichen Besucher begreift, daß dies die Kleine ist, die den ganzen Tag darauf wartet, mit dir schlafen zu dürfen. Oft aber bist du viel zu müde für sie, bist froh, wenn du deine Ruhe hast. Aber auch dann verläßt sie dich nicht, sie hat eben Sinn für Qualität.

Dann aber – ich gebe dir ein halbes Jahr – fängt langsam dein Herz zu zerbrechen an. Zu schwer ist doch das Leben ohne Lili. Deine Januargrippe sucht dich heim, du tappelst umher in Kamelhaarschuhen, im dicken Hausmantel, mit dem dicken Schal, in welchem du stets deine Pflicht tust. Du rufst die Kleine an, sie soll nicht kommen heute, du tappelst und tappelst durch alle Zimmer, das Parkett bebt. Wie sehr litt ich im Leben immer unter dem Beben des Parketts unter diesen deinen Hausschuhschritten! Und dann, total verrotzt, keine Luft mehr, das Herz bedrängt von zuviel Bier und Wein – Herzattacke! Aus. Keiner, der deinen Leichenzug arrangiert. Zwar habe ich alles noch vor meinem Tode festgelegt, was mit dir zu geschehen habe, welche Dichterworte, welche Musik, aber die Kinder machen es nur schlecht und recht. Vielleicht aber hast du sie längst verscheucht, sie kümmern sich nicht mehr um dich, und diese Papiere findet niemand. Es wird kein Gelage geben, denn es ist kein Geld da, die Rechnung bei Rollenhagen steht noch offen. Die Kinder treten das Erbe nicht an.«

»Es wird«, spielte Herr Abelssen an der Geschichte weiter, »alles ganz anders kommen, nämlich total bürgerlich. Da gibt es kein Ertrinken, kein Sterben an gebrochenem Herzen. Ich, den du ein Leben lang für einen Hypochonder gehalten hast, ich sterbe einfach an einer meiner Krankheiten, die du niemals ernst nahmst. Nun beweise ich dir, daß es ernst war.«

»Ja, ich weiß!« gab Frau Abelssen nervös zu. »An deiner Morgenverschleimung wirst du noch einmal ersticken! Wie erschrak meine Kinderfrau, als du den ersten Morgen im Hause warst! Wir hörten dich im Bad, wie du röhrtest, wie du dich erbrachst, wie der Schleim aus deiner Brust krachte! Dieses Schleimkrachen! Meiner Kinderfrau wackelte das gelbe Gebiß, sie fragte zitternd: ›Elisabeth, soll das gutgehen?‹ Und ich antwortete ernst und entschlossen: ›Ich wünsche zu lieben. Und er ist geeignet, von mir geliebt zu werden.‹ Damit gab sie sich zufrieden.«

»Kannst du dir vorstellen«, fragte Herr Abelssen gereizt und ließ die Karten eine Weile ruhen, »daß ich eines Tages mit meinem morgendlichen Schleimkrachen zu einer anderen Frau ziehen werde? Da wärst du wohl fassungslos, was? Was?«

Frau Abelssen wurde weiß im Gesicht, dann aber wieder rosig, denn dergleichen ließ sich wirklich nicht ausdenken.

Die Revellers sangen »Valencia«.

»Wirst du denn«, fragte sie leise, »mit irgendeiner anderen Frau ›Valencia‹, gesungen von den Revellers, zusammen hören mögen?«

»Stelle es dir doch einmal vor – mal sehen, ob du Phantasie hast!« sagte Herr Abelssen ein wenig sehr höhnisch, so daß seine Frau wiederum ein Beben im Rückenmark fühlte.

»Du wirst sicher sehr erschüttert sein«, sagte Herr Abelssen, »wenn ich auf einmal fort bin. Du wirst einen Hauslehrer anstellen, der jeden Morgen kommt, um deine Lektion mit dir durchzugehen. Dieser Lehrer wird dir jeden Morgen sagen müssen: ›Abelssen hat Sie verlassen! Abelssen hat Sie verlassen! Bitte, wiederholen Sie: ,Abelssen hat mich verlassen! Abelssen hat mich verlassen!'‹ Das wird vielleicht noch nicht die ganze Lektion sein. Auch deine Söhne, wer weiß, werden dich verlassen haben. Und Sandberg hat dir einen Brief geschrieben: ›Liebste Lili, gewiß ist alles sehr traurig, aber man kann Deiner Familie nur gratulieren. Deine Söhne sind prächtig, sie haben sich Deinem Management entzogen. Endlich auch Richard, was ihm gut bekommt, denn Deinem Management, liebste Lili, soll man sich entziehen, wenn man auf sich hält.‹

Und du mußt deine Lektion schriftlich wiederholen. Du schreibst für deinen Hauslehrer auf, hundertmal täglich: ›Mein Sohn Conrad hat mich verlassen. Mein Sohn Ulrich hat mich verlassen. Mein Mann Richard hat mich verlassen.‹

Wenn er dann fort ist und dich beruhigt wähnt, rennst du wieder brüllend durch die Wohnung und ringst die Hände. Deine Wangen, dein ganzes Gesicht ist tränenverschmiert. Fräulein Tittel hat längst gekündigt, denn das konnte sie nicht mehr aushalten. Es kommt nur noch eine Aufwartung. Während sie da ist, nimmst du dich ein bißchen zusammen. Wenn sie fort ist, fängst du wieder an zu brüllen. Später, irgendwann, zieht eine Art Ruhe in dich ein. Du verstehst endlich ganz mit den Sachen zu leben, die dich umgeben. Uhren, Bilder, Möbel sind deine Gefährten. Sie sprechen zu dir. Sie verlangen nach ihrer gewohnten Musik. Du legst ihnen zuliebe auf: ›I knew I never had a chance‹, und ›The touch of your lips‹, und bei dieser Musik beben alle Tische, Stühle, wehen alle Vorhänge, seufzen die Bäume im Garten.

Wo mein Bett stand, hast du eine große, rechteckige, den Maßen des Bettes entsprechende Blumenkrippe angelegt, die begießt du jeden Abend mit einer kleinen Gießkanne. Dazu sagst du deinen Gute-Nacht-Gruß, den ich jeden Abend von dir höre ›Gute Nacht, lieber Richard, schlaf schön, träume süß, behalte mich lieb bis morgen früh und bis ans Ende aller meiner Tage!‹ Und die Pflanzen meines Bettgrabes nehmen durstig dein Wasser auf, obschon sie mit deinen Worten nichts anzufangen wissen. Vielleicht hast du sogar eine Art Grabstein auf diesem Blumenbeet errichtet ...«

»Ja! Gewiß!« gab Frau Abelssen zu »Es ist ein sehr geschmackvoller Grabstein, auf ihm steht in edler Antiqua: ›Hier ruht mein Mann Richard. Auferstehen wird er aus den Lebenden. Heimkehren wird er aus dem Reich der Toren!‹

Und jeden Abend werde ich Dean Martin sagen hören: ›Baby, won't you please come home ...‹«

»Schaum«, sagte Herr Abelssen freudig, »wird schillernd vor deiner Nase stehen. Und Baby will not come home. Baby just doesn't feel in the mood! Und aus den Bodenvasen werden dich anstarren die Zweige der Kiefern, störrisch und doch nicht ungefällig, während du dich mit deinem Frühstückstablett zum Sonntagmorgen-Fernsehen schleppst. Noch nachts schleichst du dich mit so einem Imbiß-Tablett zum Fernsehen, aber das Programm ist aus, du siehst nur noch dich selbst gespiegelt auf dem Schirm. Endlich hast du dann genug gesoffen, um in deiner kunstfertig hergestellten Glückstrance schlafen zu gehen. Du mischst dir dein Glück wie einen Punsch.«

»Jeepers, Creepers«, spielte eine alte Band.

»Ich werde nicht so würdelos dahindämmern, jedenfalls nicht lange. Es kommt die Zeit, endlich wieder viel zu lesen. Noch einmal werde ich Dostojewski lesen können, alle zehn Jahre ist dieser große Brotlaib Lesen an der Reihe, noch einmal die acht Bande Proust, ein andres riesiges Brot, ich werde diese Brote wieder essen können, ohne dich, ohne dich, der du sie nach kurzem Nagen hast liegenlassen. Was habe ich überhaupt gemeinsam mit dir? Das bißchen Heine, das bißchen Benn? Was sonst? Pretty und Malve, Pop-Mode, ein bißchen Spekulation an der Börse, meistens lief es schief. Endlich ist dieser Kommis Abelssen abgefallen von mir – ein Parasit von einem Baum!«

»Könntest du wohl«, bat Herr Abelssen sie sehr leise und teilte neu die Karten aus, »diesen Parasiten zurücknehmen? Mache dich meinetwegen zum Baum, aber ich würde mich dann doch als ein mit dir in Symbiose lebendes Gesträuch bezeichnen, aber nicht einen Parasiten.«

Frau Abelssen schwieg und nahm ihre Karten auf, als habe sie die Mahnung ihres Mannes nicht gehört.

So erzählte auch er weiter, als sei nichts Entscheidendes in ihr Spiel getreten: »Die starren Arme der Lampe in deiner Wohnung winken. Da starrt dann also die Bücherwand dich an. Fontane in seinem grünen Leinen spreizt sich in seiner ausgedehnten Pracht, Grabbes bleiches Pergament mahnt dich, Hölderlins weißes Leinengrab: verloren, verloren. Sicher liest du nur noch Kriminalromane. Manchmal wendest du deinen Blick von einem solchen rot-schwarzen Pappbändchen zum weißen Hölderlin und erinnerst dich der Zeit, als du ihn auswendig lernen wolltest, um als Überlebende des Krieges ihn wieder niederschreiben zu können.

Dann wieder suchst du das Parkett der Wohnung nach den Spuren unserer großen Zeit ab. Damals die

Mode der dünnen, scharfen Absätze – welche harten Male haben sie hinterlassen ...«

»Richard, warum sollte ich diejenige sein, die solche Spuren verehrt? Du wirst es sein, wenn ich dich erst verlassen habe, der auf diesem Parkettfußboden kriecht, und jede Absatzspur wirst du küssen: hier Renate, hier Dorothee, vielleicht, wer weiß, hier Ursula, hier die unvergleichliche Corinna mit dem Kaninchengebiß, der ungeheuren Bildung und den zarten Schenkeln, hier Olga mit den unmöglichen Beinen, aber dem verrückten Mund und dem schulterlangen roten Haar ...«

»Liebe«, wandte Herr Abelssen frostig ein, »so blöd wird sich kein Mann benehmen, der solche Art Frauen noch lebendig bei sich empfangen kann. Aber – hänge ich vielleicht an dieser Wohnung? Ich werde wohnen am Kurfürstendamm, werde jeden Abend ausgehen, habe die feinste mir zukommende Lebensbühne vor der Tür, und Frauen, die ich mit in meine Wohnung nehme, werden von einem neueren, großartigeren Format sein, als du es dir träumen läßt ...«

»The rose in your hair«, spielte das altmodische Orchester. Die Streicher hielten an zu seltsamen Pausen, die Melodie hielt in einem Luftsprung den Atem an. Das entzückte Herrn und Frau Abelssen über die Maßen. Sie spielten eine Weile konzentriert. Herr Abelssen gewann.

Ermutigt setzte er seine Erzählung fort: »Derweil spielst du in diesen satanisch sentimental aufgeladenen Räumen: Grande famille, täglich siehst du in die leeren Kinderzimmer, ob die Kinder Schularbeiten machen. Du siehst sie, ja, sie arbeiten, berechtigen zu den schönsten Hoffnungen. Du sprichst mit Conrad über die Anfangsgründe der angelsächsischen Literatur, mit Ulrich übst du analytische Geometrie.

Mittags deckst du den Tisch für mich, für dich, für die Kinder, für die Haushälterin, für die Aufwartefrau, für die beiden Sekretärinnen. Allen reichst du die Königsberger Klopse, an denen du dann die ganze Woche essen mußt. Manchmal ißt du eine ganze Woche Nudelsuppe mit Rindfleisch, weil eben leider niemand von uns da ist.

Abends gießt du dann mein Bett: ›Gute Nacht, lieber Richard, schlaf schön, träume süß, behalt mich lieb bis morgen früh und bis ans Ende aller meiner Tage.‹ Und die Wohnung hallt wider von deinen sinnlosen Worten. Endlich verläßt dich auch die Aufwartung, gar zu unheimlich bist du ihr. In den Gläsern, auf den Tellern vergammelt alles, es riecht, es gärt, aber ganz verrückt bist du noch nicht, nein, Lili, denke nicht, daß ich das von dir glaube; eines Tages resignierst du, räumst alles auf, wäschst ab, rennst mit einem Ungeziefermittel durch die Wohnung, nicht mehr schreiend, sondern mit einem großen, würdigen Schweigen. Ich halte ja so viel, Lili, von deinem Sinn für Würde!«

Frau Abelssen brach endlich ein in diese Vision und meinte, ein Bild von seiner, von Richard Abelssens Einsamkeit entwerfen zu sollen: »Höre«, sagte sie, »wenn die Kinder mich wahrhaftig verlassen haben sollten, so ist es ja gut möglich, daß ich freiwillig diese Wohnung dir überlasse. Ich beziehe ein elegantes Appartement an der Havel. Du aber lebst weiter, mit deinen Ordnern, deinen Akten, deinen Aktenwagen, deinen Karteikästen. Das Tonband legst du jeden Morgen für einen ganzen Tag auf, Bach bis Beat, was ich dir so als Musikberieselung zurückließ. Keine Pflanze, kein Blatt grünt mehr in der Wohnung, denn noch weniger als ich verstehst ja du dich auf Pflanzenpflege. Der Wintergarten wird nicht mehr eingerichtet, die Glasfenster werden nicht mehr eingesetzt, der Gärtner hat keinen Auftrag mehr, so liegt die Terrasse im Winter voller Schnee, und nur aus einer seltsamen Anwandlung schaltest du manchmal im Winter die honigfarbene Lampe an.

Du bist uberrascht, daß dennoch im Winter die Wohnung voller Marienkäfer und großer Mücken ist. Du hast Mücken und Marienkäfer wie Wanzen. Auch die Spinnen weben große Netze. Die Marienkäfer ernähren sich, obwohl kein Blatt da ist; offenbar leben sie vom Staub. Die Mücken wachsen zu tragischer Größe heran. So groß und schwer sind sie, daß sie nur schwankend sich in die Luft erheben können. Du sitzt da und siehst ihrem schwermütigen Taumeln zu. Sie enden in den Spinnennetzen, geben das Blut wieder her, das sie dir abgenommen haben.

Aber du läßt dich nicht lange ablenken, denn vieles hast du aufzuarbeiten aus der Zeit, da du mit Lili zu stark lebtest und viele Arbeiten nicht ordnungsgemäß erledigt hast. Irgendwann einmal warst du vom König von Zuzuki eingeladen, jetzt endlich antwortest du ihm, du kämst gern, freilich ohne deine Missis ... Mrs. Abelssen ist verschollen ...

Tischler kommen und bauen neue Schränke, Aktenböcke, Regale, alles nach Maß. Der Papierhändler liefert enorme Papiervorräte, Karteikarten, Ordner, Hefter, Aktendeckel, in allen Farben, in allen Größen, und du spielst damit. Zwar erhältst du gar keine Geschäftspost mehr, aber du stellst dir selbst welche her, so daß dann wieder täglich enorme Eingänge von dir zu bearbeiten sind. Die alte Frau, die täglich nach dir sieht, reicht dir nur noch Bier herein, etwas anderes nimmst du nicht mehr zu dir. Vorbei die Weinabende. Monatelang nur Bier, auf dem Tonband unsere Ferien in Aix-les-Bains, noch immer hörst du mich mitten im Potpourri aus ›My fair lady‹ einen Café noir sans sucre bestellen, in grellem Rot leuchten Blumen, alte Herren haben gelbe Strohhüte auf und spielen fin de siècle, jeden Augenblick kann ein Extrablatt verteilt werden: ›Der Krieg ist ausgebrochen‹, aber noch spielt süß die Klarinette. Das erlebst du, während du eingemauert sitzt im gelben Holz deiner Karteikästen. Sie sind verstaubt, voller Drecknester, manchmal siehst du kleine Mäuschen an ihrer Mausemutter liegen und trinken.

Manchmal hältst du ein Streichholz an dies alte Bauwerk aus alten Akten und gelbem Holz, aber es brennt nicht. Eines Tages kommt auch die alte Haushälterin nicht mehr, weil sie dich nicht gefunden hat in diesem Labyrinth, in dieser Festung aus Holz und Pappe. Da sitzt du dann, tagelang, nächtelang, und lauschst, wie die Stille dröhnt in den alten Briefen, den alten Rechnungen ...«

»Laß mich endlich«, bat Herr Abelssen und wischte sich die Augen mit dem Taschentuch ab, »einfach zu Staub zerfallen. Nicht wahr – ich zerfalle dann einfach zu Staub?«

Dazu konnte Frau Abelssen sich noch nicht recht entschließen. Die Klarinette blies Melodien aus »My fair lady«. Lili betrachtete ihren Mann nachdenklich und schloß ihre Erzählung eigentümlich sanft: »Nein, nicht zu Staub. Du verhungerst einfach, aber ohne es zu merken. Du erlebst eine schöne Apotheose, wirst entrückt nach Aix in den Kurpark, mit deinem schönen

Panamahut, neben dir deine Frau, mit ihrem Café noir; Kinder in weißen Kleidern spielen auf dem roten Kies der Wege. Die Krankenkassenpatienten aus Lyon und Paris – du hältst sie alle für wohlhabende Elegants, für feine, liebenswerte Gesellschaft. Vor dir schmilzt langsam eine riesige Portion Eis in zarten Pastellfarben; es schmilzt, du kannst es nicht essen, denn nur eine Erscheinung bist du ja, in Wahrheit am Verhungern in deinem Büro-Kastell. Wenn das Eis ganz und gar geschmolzen ist, ein milchiger See in silbernem Becher, ein wenig spiegelt er das Grün der Bäume, sackst du leicht in dich zusammen. Die Leute sind rücksichtsvoll: Da, der alte Herr ist ein wenig eingeschlafen, die mageren weißen Hände auf die silberne Krücke seines schönen Stockes gestützt.«

Mit diesem Ende zeigte sich Herr Abelssen zufrieden.

»Da wir nun so schön tot sind«, sagte er, »laß uns schlafen gehen.«

»Und doch«, sagte Frau Abelssen beim Richten der Betten, »gefiel mir heute am besten unser gemeinsames Ende tief in den Kellern von Monsieur Paulic, einem so artigen wirklichen Herrn.«

Sie ließ nochmals Yvette Guilbert singen: »C'est le mai, c'est le mai, c'est le joli mois de mai ...«

»Unsere Knochenhände ineinander verschlungen. Und noch dann, eben immer, werde ich deine Wärme fühlen ...«

»Ich werde«, sagte Herr Abelssen, »dann endlich gewiß ohne Wärme sein. Schon jetzt habe ich ein wunderbares Vorgefühl von ewiger, endgültiger Kälte. Laß mich im Tode wenigstens kalt.«

Die quäkende Stimme der Guilbert verebbte mit einem scharfen Zittern.

8. Kapitel

Ehe Herr und Frau Abelssen ihre Sommerreise antraten, ließ Lili sich überreden, sich einmal allein mit Stikker zu treffen. Stikker trug einen neuen Anzug mit einer sehr schönen, blau-weiß gestreiften Leinenweste. Die gleichen Streifen zeigten seine Strümpfe. Lili machte ihm ihr Kompliment. Sie saßen in der Senne bei Möhring, und Stikker bat sie, ihren Mann zu verlassen und für immer mit ihm zu leben, in Paris, wohin er zurückzugehen gedachte, um als Korrespondent für deutsche Zeitungen zu arbeiten.

»Die Frauen lassen mich bald in Ruhe«, sagte er, »Suzanne habe ich abgefunden, den Prozeß gegen Daisy habe ich gewonnen, Joan wird schließlich Ruhe geben, und Mirjam werde ich monatlich etwas zahlen, bis unsere Tochter eine Ausbildung hat. Du aber kannst mit mir zusammen arbeiten.«

Lili sah ihn fassungslos an.

»Aber warum?« fragte sie. »Wir lieben uns doch nicht?«

»Aber ja! Ja!« stammelte Stikker bestürzt. »So wie du mich küßt – was bedeutet es dann? Es gibt keine glücklichen Ehen, keine meiner Ehen war glücklich, auch deine ist es nicht. Mach mir nichts vor. Auch wir werden nicht ewig glücklich sein.«

»Meine Ehe ist ganz in Ordnung«, sagte Lili beleidigt, »wir sind glücklich. Aber du brauchst es nicht zu glauben, es ist mir einerlei.«

»Was bedeuten dann«, fragte Stikker naiv, »deine Küsse, dein Streicheln, dein ›Mein Liebling‹, besonders dies ›Mein Liebling‹, das du so sagen kannst, daß einem die Knie zittern – was bedeutet das dann?«

»Zärtlichkeit, Zuneigung, Neugierde«, antwortete Lili, »und, natürlich, das Verlangen, einmal mit dir zu schlafen. Oder ein paarmal. Einmal ist sicher zuwenig. Aber ich habe Angst. Eigentlich will ich nicht einmal das. Richard soll nicht mehr leiden.«

»Dann geh!« sagte Stikker laut. Leute sahen sich nach ihnen um. »Hau ab!« schrie Stikker. Er nahm seine Brille ab, die Sonne schien in seine gelbbraunen, stumpfen Augen. Er blinzelte an Lili vorbei, die entsetzt aufgestanden war. »Hau ab!« schrie er noch lauter.

Frau Abelssen fühlte, als sie ging, die Blicke der Leute im Rücken. Sie versuchte gleichmütig und sehr aufrecht zu gehen, aber es war schwierig, sich ohne Aufsehen zu erregen zwischen den Tischen und Stühlen hindurchzuwinden.

Als sie ein Stück den Kurfürstendamm hinuntergegangen war, hörte sie Laufschritte hinter sich, und plötzlich war Stikker neben ihr und legte den Arm um ihre Schulter. Lili legte den Arm um seine Hüfte, und so gingen sie schweigend, ein Liebespaar.

»Entschuldige«, sagte Stikker, »es kam, weil ich dich eben liebe.«

Sie fuhren in seine Wohnung nach Schöneberg. Stikker kochte Tee und setzte Whisky auf den Tisch.

Frau Abelssen betrachtete seine Bücher. Dann setzte sie sich in einen der beiden Sessel. Offenbar gab es ein Schlafzimmer. Hier standen nur diese beiden Sessel und ein paar Hocker. Stikker kam und servierte den Tee. Sie tranken schweigend.

Dann erzählte Stikker von Losch, daß er auf dem Gut eines Strumpffabrikanten sich erhole. Der Industrielle, ein Herr von Carlsheim, hatte ihn eingeladen.

»Er hat es natürlich gut da. Jeden Abend den besten Wein.«

Die Sonne fiel schräg auf Stikkers Brillengläser. Lili konnte seine Augen nicht sehen, nur seinen vollen, stillen Mund.

»Diese Wohnung«, sagte Stikker, »in der ich mich so wohlgefühlt habe, muß ich nun aufgeben. In Paris habe ich ein winziges Appartement am Boulevard Montparnasse. Doch könnte ich auch in Neuilly wohnen, bei einem sehr reichen Freund. Stell dir vor, er ißt mit seiner Frau allein an einer langen Tafel, wie in einem schlechten Film, und hinter jedem steht ein Diener mit weißen Handschuhen.«

»Dort zu wohnen, könntest du wohl nicht ganz mit deinen Ansichten von einer Veränderung der Gesellschaft vereinbaren«, meinte Lili.

»Warum nicht? Es sind großzügige Menschen. Die Frau ist wundervoll, eine wirklich zauberhafte Person. Sie haben mir oft geholfen, auch versteckt haben sie mich mehrmals.«

Das Gespräch erstarb wieder.

Lili fühlte ein rasendes Verlangen, Stikker nah zu sein, endlich seine warme Haut zu berühren.

Es gab aber keine Wiederholung. Es gab nichts mehr.

»Ihr fahrt also in die Normandie?« fragte Stikker.

»Im September dann noch eine Woche nach Paris«, antwortete Lili. »Wir wohnen am Boulevard St. Michel.«

»Macht ihr Geschäfte mit Paris?«

»Ja, ein bißchen. Es läuft vielleicht noch mehr an. Mal sehn.«

Es wurde Abend. Lili stand auf, Stikker brachte sie zur Tür. Seine Hand war kalt. Er küßte sie nicht.

»Ich denke«, sagte er nur, »wir werden vielleicht doch noch voneinander hören. Vielleicht überlegst du es dir noch.«

Lili gab keine Antwort. Sie spielte ihm etwas wie »ungewisses trauriges Lächeln« vor und ging.

Am Meer in der Normandie vergaß sie Stikker ganz und gar. Wie immer bekam sie Streit mit dem Bademeister, wie immer war Herr Abelssen voller Unruhe, wenn er seine Frau auf dem Wasser weit draußen nicht mehr sehen konnte.

Wenn die Flut nahe an ihre Liegestühle herankam, spielten sie »Mit Entsetzen im letzten Augenblick die Flucht ergreifen«. Wenige Minuten später dröhnte das Wasser an den Kai, mit klatschenden, hochauf wütenden Wellen. Bei Ebbe liefen sie weit hinaus über den sonnenbeglänzten Sand und sammelten Muscheln, die sie später wieder fortwerfen würden, denn was hätten sie mit ihnen anfangen sollen?

Abends aßen sie Langustinen und tranken Muscadet. Nachts und morgens liebten sie sich.

»Wie glücklich! Wie glücklich wir sind!« sagte Lili alle Tage.

Richard sah seine Frau an, ihre braune Haut, ihr ungeschminktes Gesicht.

»Ja«, bestätigte er ihr, weiten, gedehnten Frieden in der Stimme, »wir sind glücklich.«

In Paris, als sie abends im »Séverin« an der Ecke der Rue de la Huchette saßen, begegneten sie Stikker. Er setzte sich plötzlich an ihren Tisch, mit einem kurzen »Hallo«.

»Was macht die Revolution?« fragte Herr Abelssen.

»Ich bin nicht zufrieden«, sagte Stikker. »Im übrigen werde ich nicht hierbleiben. Gut, daß ich die Wohnung in Schöneberg für Losch gehalten habe. Er kann dann eben nicht einziehen, denn ich werde wohl wieder nach Berlin gehen.«

Losch hatte das Haus im Grunewald verloren. Sein Vater hatte das Haus ihm über den Kopf weg verkauft.

»Dann muß er wohl in dies Quartier im Wedding ziehen«, sagte Stikker. »Dieser Strumpfindustrielle jedenfalls konnte ihn nicht länger halten. Der hatte sich vorgestellt, seine verdammte Strumpfstadt gesellschaftlich umzuwandeln, so eine Art Fabrik-Staat draus zu machen, wie dieser Woll-Marzotto in Italien. Dabei sollte Losch ihm helfen. Stellt euch vor, so naiv war der. Von da an haben Losch die edlen Weine des Herrn von Carlsheim nicht mehr geschmeckt. Mit Sandberg ist er zerstritten, oder auch nicht, ich weiß es nicht genau, vielleicht ist er auch nur sehr müde. Zu befürchten hat er jetzt von niemandem etwas. Er ist tatsächlich ziemlich uninteressant geworden. Erst im Herbst, wenn der Prozeß gegen die fünf eröffnet wird, wird man wieder in der Zeitung von ihm lesen.«

Herr Abelssen sagte abends, als sie im Bett lagen, im Dunkeln: »So wird dieser Stikker also weiter um dich herumgeistern.«

»Sei nicht besorgt«, sagte Frau Abelssen, »wirklich, sei nicht besorgt.«

Am anderen Abend trafen sie Stikker wieder.

Als Herr Abelssen Zeitungen holen ging, sagte Stikker erbittert: »So bist du also. Eine kleine Episode wolltest du arrangieren, diskret und geschmackvoll. So ist die typische Frau dieser widerwärtigen Gesellschaft – talentlos im Lieben, triebschwach, nur süchtig, sich einen Mann zu unterwerfen, ihn fertigzumachen.«

Im Oktober rief Stikker Frau Abelssen in Berlin an und lud sie zum Essen in eine kleine Pizzeria ein, die gerade in Mode war.

Und Herr Abelssen war wieder einmal genötigt, seine Frau aus einem Lokal zu holen, wo sie Hand in Hand, Auge in Auge mit einem Mann saß. Er sah das Paar sehr kalt an und sagte: »Heute abend gehen wir zur englischen Modeschau. Du mußt dich noch umziehen. Komm jetzt sofort mit mir nach Hause.«

Stikker nahm die Brille ab, schloß die Augen und wischte sich mit der Hand über die Stirn, ohne daß seine andere Hand Lili losließ. Frau Abelssen zog ihre Hand langsam unter der seinen weg. Sie stand auf und ging mit ihrem Mann fort.

Es war ein Gala-Modeabend. Andächtig betrachtete Frau Abelssen ihren Mann: Stikker konnte niemals so elegant und verwöhnt aussehen wie Richard. Es gelang ihm nicht, er hatte diese gelbliche, ungesunde Haut, diese niedrige Stirn, die eingedrückte Nase. Er war auch kleiner als Richard.

Frau Abelssen wurde von Zärtlichkeit überwältigt und legte ihre Hand auf die Hand ihres Mannes. Er sah sie erstaunt an und zog seine Hand vom Tisch. Lili ließ entsetzt den Mund offenstehen.

»Mach den Mund zu!« sagte Herr Abelssen. »Du siehst nicht gerade intelligent aus.«

Die Mageots setzten sich zu ihnen an den Tisch, später kamen noch zwei junge Damen, denen Herr Abelssen sich sehr aufmerksam widmete.

»Sieht Ihre Frau«, fragte Herr Mageot Herrn Abelssen, »nicht reizend aus mit dem kürzeren Haar?«

»Ja? Sieht sie reizend aus?« fragte Herr Abelssen, ohne seine Frau anzusehen. Er faßte eine der beiden jungen Damen am bloßen Oberarm und ging mit ihr zum kalten Büfett.

Lili sah Frau Mageot an und sagte: »Er hat heute seinen sonderbaren Tag.«

»So habe ich ihn noch nie gesehen«, verwunderte sich Frau Mageot und sah zufrieden ihrem Mann entgegen, der mit gefüllten Tellern herbeikam. Ihren Mann kannte sie nur liebevoll und friedlich.

»Ich bin vielleicht nicht so, wie ich sein sollte«, sagte Lili leise. Herr Mageot bot auch ihr einen Teller an und eilte nochmals davon.

Herr Abelssen kam mit seiner Begleiterin zurück, sie versorgten die andere junge Dame mit einem Teller Salat. Dann lief die Modenschau ab, von der Frau Abelssen nichts wahrnahm, weil alle Farben und Formen vor ihren Augen verrannen, in einem schmerzhaft brennenden Flimmern. Sie haßte Stikker jetzt. In diese Situation hatte er sie gebracht.

Als Herr und Frau Abelssen heimkamen, begegnete ihnen in ihrer Straße Lydia Pawlowski. Sie trug eine größere verdeckte Last, die wie ein Käfig aussah. In dem Käfig, wenn es einer war, bewegte sich etwas heftig. Es war wie ein wildes Im-Kreis-Rennen. Lydia blieb nicht stehen.

»Na, ihr«, sagte sie nur im Vorbeigehen, »wann ist mal wieder was Radikales los?«

»Was trug Lydia da?« fragte Frau Abelssen ihren Mann. »War es nicht ein Käfig? Und rannten Ratten darin?«

Herr Abelssen antwortete nicht.

Als sie in die Wohnung traten, berichtete Herr Abelssen, der Gärtner sei am Tage dagewesen und habe den Wintergarten eingerichtet.

»Es wird wieder eine unerhörte Rechnung werden. Sieh dir das an: lauter Blühendes. Immer, wenn etwas aus solchem grünen Leder herausblüht, zittere ich vor der Rechnung.«

Frau Abelssen atmete verklärt die feuchte, warme Luft ein, die von der frischen schwarzen Erde und den kräftigen dunklen Pflanzen aufstieg. Am nächsten Abend war sie es, die Herrn Abelssen bat, den Plattenspieler hinauszutragen und mit ihr zu spielen.

Er ging in den Keller, holte Sekt für seine Frau, sich selbst schenkte er Bier ein.

»Was!« rief Lili. »Wir wollen nicht das gleiche trinken? Das wäre das erstemal!«

»Wer weiß«, sagte Herr Abelssen gedankenvoll und kühl, »wieviel Erstmaliges wir noch erleben werden!«

8. Spiel

»Eines Tages«, sagte Herr Abelssen, »wer weiß, werde ich dich aus dem Haus jagen.«

Sie spielten das primitive, harte Spiel »Mau-Mau«.

»Du darfst mitnehmen, was du vor der Ehe hattest, sowie einen angemessenen Anteil am Besitz, den du mit mir zusammen erworben hast. Ich gehe durch die Wohnung und klebe überall Zettel an mit der Aufschrift ›Lili‹. Du wirst, nehme ich an, die Etage in jenem Haus in der Kirschenallee haben wollen. Aber du kommst nicht so schnell hinein. Deshalb studiere ich jeden Sonntag für dich die Inserate in den Zeitungen. Leider sind so viele Inserate von dir selbst dabei, aber nicht einmal unter deinen eigenen Angeboten findest du etwas Passendes. Aber ich bin dir sehr behilflich, denn ich will dich wirklich los sein, habe allen Grund dafür, das erkennst du an. Trotzdem stellst du kriegerische Forderungen, und schließlich erkläre ich mich bereit: Nun gut, ich bezahle dir noch den Umzug.

In der letzten Nacht, in der du noch zu Hause schläfst, kommst du in mein Zimmer, im Nachthemd, mit deinen besten Wimpern, sonst ganz bleich und zart – du verstehst dich ja auf alle Arten von Auftritten, und du sagst mit brüchiger Stimme, nun, was sagst du wohl?«

Frau Abelssen sagte mit brüchiger Stimme: »Richard, soll alles dies nun wirklich Ernst sein?«

»Ich aber«, erwiderte Herr Abelssen und legte eine Karte auf, die sie zwang, eine neue Karte zu kaufen, »ich aber habe Schlaftabletten genommen, das sage ich wenigstens, und antworte nur ganz dumpf. Da gerätst du ganz außer dich, du wimmerst, weil du vielleicht wahrhaftig von dir selbst glaubst, daß du leidest. Du sagst, du seist am Sterben. Du sagst, du stürbest an irgend etwas, aber wir beide wissen, du bist gesund wie ein Elefant mittleren Alters, so stark, so groß, immer wirklich ganz Elefantenpracht und souverän mit deinem starken Rüssel im Dschungel der menschlichen Gesellschaft. Nun, in diesem Nachthemd, fängst du an, die Zarte zu spielen, das erbost mich. Du machst seit einiger Zeit alles verkehrt. Ich drehe mich zur Wand und weiß, du denkst jetzt an Streichhölzer und Benzin, und ob du nicht eine große Sache anzetteln kannst, zumal die Kinder aus dem Hause sind. Sie studieren oder sind im Zuchthaus, etwas jedenfalls hält sie von ihrer Gluckenmutter fern.

Aber um eine so große Verwüstung anzurichten, dazu bist du doch wieder zu vernünftig. Die Wohnung sieht wüst aus. Deine Möbel, deine Bücher, deine Bilder, alles ist schon in deiner neuen Wohnung. Dort wartet niemand auf dich. Denn Stikker will dich nicht mehr. Eine solche Hysterikerin kann er nicht brauchen. Diese hysterische Elefantin Lili ist doch nicht das, was er sich zu lieben getraut; er sah ein, daß er sich geirrt hatte. So hast du also niemanden und siehst das Alter auf dich zukommen. Schon gehst du deine Adressenliste durch und entwirfst den Plan, wie du dir einen kleinen Hofstaat einrichtest, mit Männern, die dir die Zeit verkürzen können.

Einstweilen aber trottest du in dein Zimmer zurück. Du legst dich in dein Bett, mit weit offenen Augen. Ich stehe noch einmal auf und schließe die Tür zwischen unseren Zimmern. Unter diesem Geräusch, unter dieser Geste, die so schwere Bedeutung hat, zuckst du schmerzgequält zusammen. Und ich freue mich, daß ich endlich fähig bin, dir Schmerz zu bereiten. Noch einmal stehst du auf, denn du kennst überhaupt keinen Stolz mehr. Du trittst an mein Bett und wimmerst. Dann legst du dich einfach neben mich. Ich mache dir sogar ein bißchen Platz, eine letzte Höflichkeit. Aber die Rundungen deines Körpers spüre ich nicht mehr gern an meinem Körper. Diese intime Situation mit dir läßt mich nicht nur kalt, sie ist mir sogar unangenehm. Schläfrig ertrage ich dein Jammern, deine Tränenströme rinnen mir übers Gesicht, das ist höchst widerwärtig, du bedeckst mein Gesicht mit jammernden Küssen, ach, wie vergebens das alles ist, aber du begreifst es nicht. Gutmütig sage ich endlich: ›Laß nur, es wird alles gut werden.‹ Da wirst du ganz steif vor neuer Hoffnung. ›Geh nun‹, sage ich, ›es ist alles nur, weil du wieder zuviel getrunken hast.‹ Das sage ich aus

Gemeinheit. Ich weiß, daß du gar nichts getrunken hast. Aber du bist so von Sinnen, daß du mir sogar glaubst: Ja, du hast getrunken, und es war wieder zuviel. So gehst du wieder hinüber. Ich stehe wiederum auf und schließe die Tür. Dann nimmst du Schlaftabletten. Dann nehme auch ich Schlaftabletten. Aber sie wirken heute anders, wie sie schon oft anders wirkten bei uns – auch darin waren wir immer gleichartig –, diese Schlaftabletten machen noch wacher, sie jagen uns hoch, wir sitzen jeder in seinem Bett, lauschend in die Stille. Es ist die Zeit in der Nacht, in der kein Auto, nichts Fahrendes, draußen zu hören ist. Dann die ersten Omnibusse, die ersten Fernlaster, die Milchwagen. Wie oft trafen sie uns bei lärmenden Festen, jetzt fahren sie am Bankrott unseres Glücks vorüber und wissen es nicht. Vielleicht sagt ein Fernfahrer zu seinem Beifahrer: ›Sieh nur, in diesem Haus ist es heute seltsam still ...‹

Ich sitze mit jagendem Herzen und freue mich auf den nächsten Tag: Der erste Tag ohne Lili, seit dreizehn Jahren, ein neues Leben hat begonnen, eine ungeheure Verjüngung befällt mich, meine neue Freundin wird zum Mittagessen kommen ...«

Frau Abelssen fiel in heftiges Weinen.

»Das ist gemein«, schluchzte sie, »ein neues Leben? Verjüngung?«

»Nun gut«, gab Herr Abelssen ein wenig nach, »warum sollst du alles wissen. So freue ich mich nur auf die Handwerker. Sie werden die Wohnung heilen von den Wunden, die Lili in die Wände geschlagen hat mit ihren hängenden Borden und Regalen.

Während du da noch in deinem Bett sitzt, mit jagenden Herzschlägen, so wie ich, nur aus so verschiedenen

Gründen, kommen schon die Möbelwagen, die noch dein Bett und den Hausrat wegbringen.

Noch einmal frühstücken wir zusammen. Die Tittel trägt das Tablett herein, mit geröteten Augen. Du sagst hart: ›Die Eierbecher, übrigens, gehören mir. Auch der Toaströster.‹ Ich aber erinnere, daß du ungerechterweise die Fischbestecke eingepackt hast, ein Geschenk meiner lieben Mutter. Da ergreift dich eine große Wut, du verzichtest auf alles, was noch im Hause ist, überläßt es mir, und ich nehme es ruhig, denn alle diese Töpfe, Gläser, Tassen, Schüsseln werde ich gut brauchen können in naher Zukunft. Denn ich gedenke, weiterhin ›ein Haus zu führen‹, wie du es nennst.

Zwischendurch reichst du mir einen Toast und fragst, ob er mir braun genug ist. Sogar Kaffee gießt du mir ein, wie du es immer getan hast. Dann fängst du an zu rauchen und aus dem Fenster zu starren, so wie dreizehn Jahre lang zuvor. Ich aber gehe an meine Arbeit. Du rufst ein Taxi, auf ein Abschiedswort verzichtest du, denn es fällt dir nichts ein, was nicht theatralisch wäre. Den Gartenweg gehst du hinan, mit deinem Pelzmantel über dem Arm, das Nähkörbchen mit der anderen Hand an die Brust gedrückt. Ich sehe dir nach, aber du siehst es nicht, weil die Scheiben spiegeln. Jahrelang kam ich dir auf dem Gartenweg entgegen, wenn du heimkamst. Jahrelang konnte ich nichts essen, mittags, wenn du beim Friseur warst und nicht rechtzeitig zu Hause sein konntest. Fräulein Tittel haßte dich oft, weil ich nichts aß, wenn du nicht da warst. Für heute aber habe ich mir Kohlrouladen bestellt, es wird ein Festessen werden ohne dich, mit meiner Freundin. Das Bier habe ich schon kaltgestellt. Da gehst du nun hin, die Maurer an der Baustelle nebenan pfeifen dir nach, das tröstet dich ein bißchen, denn, nicht wahr, solange einer Frau die Maurer nachpfeifen, ist sie noch nicht wirklich alt. Es ist Frühling, du hast einen Vorgeschmack von neuem Glück auf den Lippen. Was soll dir Stikker? Ein unbequemer Mann. Künftig wirst du bequemere Liebe haben. Knospen springen, Blättchen entrollen sich klebrig an rotglänzendem Gesträuch, endlich muß ich nicht mehr hinsehen, endlich regt dein ›Ah!‹ mich nicht mehr auf.

Dein Nähkästchen öffnet sich, ein Knäuel entrollt sich, der Faden zieht sich hin bis zur Kirschenallee, dort ist das Knäuel alle. Ich könnte das Ende aufheben und es aufräufeln und zu dir gehen, aber über solche sentimentalen Gedanken lache ich natürlich.

Zu mir aber kommen die Handwerker. Wir stehen erst einmal im Kreise und trinken Bier. Ich sage ihnen: ›Es gilt, diese Wohnung von den Spuren einer Frau zu befreien, die ich irrtümlich dreizehn Jahre lang liebte. Bitte, meine Herren, beseitigen Sie die Spuren Lili Lewinskys.‹ Ein Mann wird allein den ganzen Tag, nein, eine Woche lang, damit zu tun haben, die Löcher in den Wänden zu vergipsen, die deine verdammten Hängemöbel hinterließen, die verfluchten Nägel und Mauerhaken in den Wänden. Diese verfluchten Spuren müssen dann noch einmal überstrichen werden, und abends gehe ich entlang an diesen ekelhaften Gipsfüllungen, und niemals werde ich sie sehen können, ohne an dich, Lili, erinnert zu werden. Niemals auch werde ich an dich denken können, ohne diese bleich vergipsten Mauerlöcher vor mir zu sehen. Aber ich strebe doch danach: Die ganze Wohnung wird entliliet!«

»Diese Gipsgeschichte«, erkannte Frau Abelssen an, »ist nicht schlecht. Ja, ich bleibe gern in dieser Wohnung zurück als eine Serie von Unbequemlichkeiten. Selbst wenn du Tapete drüberkleben läßt, würde ich mich bemerkbar machen in diesen Löchern; ich ließe den Gips aufschwemmen, nachträglich, und stets hättest du diese Wölbungen und Höcker vor Augen und müßtest meiner gedenken! Wie aber wirst du allein diese Wohnung halten können? Du erbittest von Mr. Kowalski, New York, über mich die Erlaubnis, Untermieter aufnehmen zu dürfen. Ich, auf Rückfrage Kowalskis, habe nichts dagegen. Nette, sorglose Menschen, wie du sie liebst, ziehen in den rückwärtigen Teil der Wohnung. Sie lassen alles verdrecken. Leute ziehen ein, Leute ziehen aus, du merkst es kaum, kommst mit den Buchungen der Mieten nicht nach, mit den Telefonrechnungen wirst du ständig betrogen. Auch wirst du nun etwas trottelig, was die jungen Leute merken, und sie nützen dich kräftig aus. Weil du so einsam bist, kommen sie alle Abende, sich bei dir zu betrinken. Sie belustigen sich an dir, wenn du ihnen Tango und Boston und Slowfox vortanzt, irgendein Mädchen im Arm, das du übers Parkett schleifst, und lachend wendet sie das Gesicht ihren jungen Freunden zu. Bier und Schnaps fließen, du legst die alten Platten auf, ›Moonlight on the Ganges‹, die jungen Leute lachen, eines Tages laden sie noch andere Leute ein und nehmen heimlich Eintrittsgeld dafür. ›Fabelhafte Show‹, sagen sie, ›den alten Abelssen tanzen zu sehen! Und wenn er von Stalingrad erzählt!‹ Eines Tages aber bist du verarmt, und deine jungen Freunde sagen: ›Wir werden für ihn sammeln müssen. Damit er uns erhalten bleibt!‹

Herr Abelssen betrachtete aufmerksam seine acht Karten. Wenn er geschickt war, konnte er seine Frau in einem Zuge mit allen ihren Karten sitzen lassen.

»Ich denke eher«, erwiderte er, »an eine Gemeinschaft junger sanfter Mädchen, die Germanistik oder sonst etwas Seriöses studieren. Und sie fragen mich streng: ›Was halten Sie von der Vers-Vorstufe des Hyperion?‹

Und dann bist du fort mit deinem ganzen Hölderlin, und, das gebe ich zu, da stehe ich dann sehr dumm da. Aber das gerade ist mir recht. Immer wünschte ich mir mein Recht auf Unbildung. ›Laßt mich in Ruhe, Kinder‹, bitte ich dann, ›seid einfach nichts als freundlich zu mir.‹ Und auf meinem neuen riesigen Bett lagern sie sich um mich, nach schöner Musik; ich schlafe ein, umlagert von vier sanften, gebildeten Germanistinnen, die mir, wenn ich schlafe, träumerisch übers Haar streichen und bedauern, daß ich, ein musisch so reizbarer Mensch, von ihren Heiligen der Dichtkunst nichts wissen will.«

»Dann zwingen sie dich aber doch eines Tages«, erläuterte Frau Abelssen mit Eifer, »zu lesen, was sie für wichtig halten. Und du mußt alles nachholen, was du bei mir, weil ich so gutmütig war, versäumt hast. Sogar den jungen Schiller fragen sie dich ab. Sie nehmen sogar, diese Erinnyen, Hölty mit dir durch – alles auf dem großen, großen Bett. Vier gelehrte Damen mit großen Busen und dicken Beinen sagen dir Matthias Claudius auf: ›Ach, wie dunkel ist es in des Todes Kammer ...‹

Das wenigstens macht dir Eindruck. Aber wie willst du es mit deinem törichten Beruf vereinbaren, ein Freund klassischer Dichtkunst zu sein? Es paßt gar nicht zu dir. Die Damen zahlen auch schon lange keine Miete mehr. Wie willst du sie durchschleppen? ›Tönt so traurig, wenn er sich bewegt ...‹, deklamieren sie im

Chor, ›und nun aufhebt seinen schweren Hammer und die Stunde schlägt.‹ Damit töten sie dich eines Tages. Dann machen sie eine Studentenwohnung aus der Etage, die einst ein elegantes Bürgerglück jeden Tag neu blühen sah. Nur dein Bild hängt noch an einer Wand, von einem Kreuzberger Maler gemalt, und die jungen Leute fragen oft: ›Was war denn das für einer?‹«

Frau Abelssen hatte sehr viel Geld verloren. Ihre Laune war durch das Spiel nicht von den schmerzlichen Erfahrungen des Vorabends abgelenkt worden.

»Laß uns«, bat sie, »ein einigermaßen gutes Ende finden. Damit ich einschlafen kann. Ich brauche Schlaf!«

»So denke dir also, wenn du im Bett liegst: Es hält jener Möbelwagen erneut vor der Gartentür, deren beide Flügel wieder weit geöffnet werden. Der Möbelwagen fährt den Gartenweg herunter, auf beiden Seiten zermahlt er die Tulpen unter seinen Rädern ...«

Frau Abelssen zuckte schmerzhaft zusammen, duldete aber die zerknickten Tulpen.

»Jemand«, setzte Herr Abelssen seine Erzählung fort, »trägt die Kiste mit dem ganzen leichenfarbigen Hölderlin wieder herein. ›Und zähle nicht die Todten! Dir ist, Liebes, nicht einer zuviel gefallen‹ – Diese Zeilen sind nun wieder im Hause ...«

»Du bist wirklich blöd!« rief Lili, »mit deinen herausgerissenen Zitaten. Mein Gott, was für ein Banause du doch bist!«

»Regale, Möbel«, erzählte Herr Abelssen weiter, »alles wird wieder aufgestellt. Ich sage den Trägern: ›Es war ein Irrtum, Sie haben sich in der Straßennummer geirrt.‹ Diese Dame hatte nicht die Absicht, hier fortzuziehen. Doch will ich davon absehen, eine Entführungsanzeige aufzugeben. Alles wird hingestellt, wie es war.

Die Löcher in den Wänden sind noch offen. Ich komme mit meinem Handwerkskasten, und ich selbst dübele alle Haken wieder in die Wände ein. Du lobst mich dafür, und ich freue mich über jedes gute Wort, das du mir gönnst. Du bist gekommen, den Gartenweg herab, den Spuren des Möbelwagens folgend, den Blick auf mein Fenster gerichtet, wo ich aber nicht zu sehen bin, weil ich schon mein Handwerkszeug zusammensuche. Meine Freundin lungert umher und weiß nicht, was sie von der Sache halten soll.«

»Kurzerhand«, fiel Frau Abelssen ein, »erklärst du ihr, daß du dich eben geirrt hast. Zwar liebst du deine Frau nicht mehr, aber wenn sie fort ist, hast du alle Schmerzen einer Amputation zu erleiden. Diese Schmerzen aber willst du nicht erdulden. Du kannst es nicht aushalten, wenn ein Fuß oder eine Hand von dir in der Kirschenallee ist und dort zuckt. Du liebst diese Hand nicht, aber sie fehlt dir.«

»Du bist also gekommen«, sagte Herr Abelssen, »in einem passenden Rückzugskostüm, in einem dezenten Streifen. Ohne Hut, denn du hast genügend Sinn für den Stil einer solchen Rückzugsszene: Heimkehr der verlorenen Frau. Ich habe kein Kalb schlachten lassen, es gibt eben diese Kohlrouladen. Denn dies ist der Tag, an welchem ich endlich Herr werde in diesem Hause, und es wird nur noch auf den Tisch gebracht, was ich selbst gern esse. Keine Salate mehr! Nichts Grünes! Nichts Gesundes! Nichts fürs Blut! Und du mußt alles essen, ob du es magst oder nicht! Rote Grütze mit Vanillesauce gibt es zum Nachtisch, du aber kannst meinethalben deinen geliebten grünen Apfel essen.

Deine Zähne krachen hinein in diesen Apfel, obschon du dich gern lautloser aufführen würdest, aber für deine Gesundheit und diese apfelkrachenden Zähne kannst du nun einmal nichts. Demütig siehst du mich an, dies Apfelgrün an deinen mörderischen Lippen. Und ich beherrsche mich und sage: ›Komm, laß uns leben wie immer. Nur deinen Apfel zermalme nicht in diesem Zimmer ...‹«

»Ja, ja!« sagte Frau Abelssen verstört, »wenn es denn nur noch dieser Apfel ist, der dich stört! Ich gehe dann schon ...«

Sie zahlte ihm zweiundfünfzig Mark aus, dann ging sie in die Speisekammer, aß noch einen Apfel und weinte heftig.

9. Kapitel

In diesem Jahr sorgte Frau Abelssen rechtzeitig für die Ersetzung oder Reparatur schadhafter Öfen in jenem Weddinger Haus.

Als sie es besuchte, ging sie auch in die ehemalige Tischlerwerkstatt, das nachmalige Kino, das ein so kurzes Leben gehabt hatte.

»Sehen Sie doch mal nach dem Mann«, sagte die Portiersfrau, »niemand kümmert sich um ihn.«

Lili traf Losch in einem geheizten, aber trostlos unordentlichen Zimmer an. Es war der einstige Kino-Vorführraum. Die Sitzreihen standen aufgelöst noch im Raum umher. In einer Zimmerecke hatte Losch sein Bett aufgestellt. Die einstige Küche war wieder eine Küche, und es befand sich dort wieder ein Küchenschrank mit Geschirr. Der Herd war total mit Grieß verkrustet.

»Wie geht es dir, Arnold?« fragte Lili schüchtern.

»Beschissen. Vielleicht bist du imstande, das zu erkennen«, knurrte Losch.

»Was machst du?« fragte Lili unbeirrt weiter. Sie wußte, daß eine bestimmte Art Unbeirrtheit auf Männer wie Losch als einziges wirkte.

»Mache Flugblätter«, antwortete Losch. »Verstehe mich aber nicht mehr mit Sandberg, und Sandberg versteht sich nicht mehr mit dem Sozialistischen Studentenbund. Er ist – ich weiß es nicht – vielleicht genial, vielleicht ein naiver Idiot.«

Frau Abelssen äußerte ihre Vermutung, daß Sandberg eine Untergrundorganisation vorbereite.

»Du! Was weißt du davon!« krächzte Losch »Wenn du nur den Mund halten würdest. Bleiche dein Haar, ruiniere es total, beschäftige dich damit, aber rede nicht mit uns von unseren Angelegenheiten.«

»Worauf hast du Appetit?« fragte Lili geduldig, und sehr zufrieden, daß er ihr Haar doch noch immer würdigte.

»Auf ein Kalbsteak mit Champignons, auf Toast, mit Käse überbacken«, sagte Losch.

Er trug einen Anzug aus dunkelgrauem Köper – ein wesentlich besserer Aufzug, als er ihn Lilis Augen je geboten hatte. Seine Schuhe waren aus dunkelgrauem Boxcalf.

Später aß Losch das Steak, das er sich gewünscht hatte.

Lili sah glänzenden Auges, wie er aß. Immer war es eine tiefe Freude, einen Mann essen zu sehen. Wie aber sollte Losch weiterleben?

Frau Abelssen sah sich in der Küche um. Offenbar lebte Losch seit Wochen von Grießbrei, ohne Grießbrei kochen zu können. Der Topf war ständig übergelaufen, auf dem Fußboden zogen sich braune Grießkrusten entlang. Seit Wochen war kein Geschirr abgewaschen worden. Verkrustete Löffel, Teller und Tassen lagen und standen überall umher. Sie überlegte, ob sie, Lili Abelssen, sich die Arbeit machen sollte, in dieser Küche Ordnung zu schaffen – sie, die seit zwanzig Jahren keinen Finger mehr im Haushalt rührte. Aber sie kam zu dem Schluß, daß man einem Mann, der sich in einem Stadium befand wie Losch, ein fertiges Steak aus einem Restaurant brachte, sonst aber nichts mehr für ihn tun konnte.

Eine Weile besuchte sie Losch täglich, mit wechselnden Gerichten. Einmal maulte er: »Das ist wohl bei euch vom Mittagessen übriggeblieben! Bringst du mir, was Richard nicht fressen wollte? Ach, dieser Richard!«

Frau Abelssen besuchte ihn schließich seltener. Einmal kam sie nur bis zur Portiersfrau, sie setzte sich zu ihr in die Küche, aß Streuselkuchen, trank Kaffee. Losch war derweilen im Kriminalgericht als Zeuge.

Die Radikalen, Sandberg an ihrer Spitze, veranstalteten alles, was sie konnten, um aus der Sache ein Höchstmaß an Empörung gegen die Justiz zu gewinnen, aber gegen das Verfahren war diesmal so gut wie nichts einzuwenden. Der Fall wurde an das Schwurgericht übergeben, weil man allen fünf Angeklagten versuchten Mord unterstellte. Der Richter war Krumme, Abelssens Stammtischfreund.

Er erklärte im Escheneck, daß er mit seinem Gewissen im reinen sei.

»Wenn fünf Männer mit Eisenstangen auf einen einzelnen Mann losgehen, so haben sie mit seinem Tod gerechnet.«

Die Überweisung ans Schwurgericht bedeutete einen Aufschub des Prozesses um etliche Wochen, vielleicht Monate.

Einmal saß Losch mit am Stammtisch im Escheneck. Lili wunderte sich, wie matt, wie erloschen er war. Korn und König, Moschkow und Hiller waren nicht mehr um ihn. Sie tauchten nur noch in Sandbergs Nähe auf, waren aber auch wochenlang überhaupt nicht zu sehen.

Der Stammtisch, voran Lydia Pawlowski, witterte lüstern, es sei etwas im Gange, womöglich etwas Ungeheures. Die Abwanderungen aus der Stadt nahmen ständig zu. Man bekam eine Ahnung davon, daß die Stadt mehr und mehr an Anziehungskraft verlor.

Attraktiv waren allein noch die Stadtviertel, in denen die Radikalen und die abwartenden revolutionären Romantiker ihre Treffpunkte hatten. Nachts traf man dort die Prominenten, in Abendgarderobe, und Jugendgruppen aus Westdeutschland. Allein dieser Quartiere wegen gab es noch Einwanderungen Jugendlicher nach West-Berlin.

»Was wollen die Radikalen bloß immer mit ihren Räten?« fragte der Drogist.

»Die wären vielleicht noch nicht das Schlimmste«, meinte Lydia Pawlowski.

»Wirklich nicht?« fragte Losch. »Noch nicht das Schlimmste? Trinken Sie einen Doppelten mit mir.«

Der Violinist hatte sich entschieden: »Ich habe versucht, Sympathie mit dieser Bewegung zu empfinden. Aber ich komme da nicht mit, daß eingeführte Reformen die bloß wütend machen. Jede Besserung der Verhältnisse gräbt ihnen eben das Wasser ab.«

»Unsere Töchter«, sagte seine Frau, »sind jetzt wieder ein bißchen gemäßigter, Gott sei Dank. Nur zur Tanzstunde wollen sie nicht. Na, auch gut.«

»Es ist schade um die Jugend«, äußerte sich der Fernsehhändler, »so viel Energie, und alles verschwendet. Denn die Welt verändern sie doch nicht. Die Wissenschaft und die Technik kümmern sich um Politik und Gesellschaft überhaupt nicht, sie gehen unbeirrt ihre Wege. Wir haben das Farbfernsehen, bald haben wir alle Fernsehschirme so groß wie eine Kinoleinwand. Wir sind auf dem Mond zu Hause – das sind die großen Augenblicke der Menschheit, ob diese Revolutionäre das wollen oder nicht. Bei so was halte ich den Atem an, aber nicht, wenn die mir mit ihrer Mao-Bibel vor der Nase rumfuchteln.«

»Dies Atemanhalten«, sagte Losch, »gerade bei der Eroberung des Mondes, ist eine Frage persönlicher Perspektive, die sich verändern wird. Auch der Mond wird einmal langweilig. Das Schlimmste ist, daß der Mensch den Menschen langweilt.«

»Herr Losch«, sagte der Drogist, »wir wissen ja, was Sie meinen. Aber sehen Sie, ich kann das einfach nicht aufbringen: den ganzen Tag an Vietnam denken, an Biafra, an Südafrika, an die hungernden Kinder Indiens. Soll mir keiner erzählen, daß er das aufbringt, immer und immer an die Ungerechtigkeiten, an die Grausamkeiten, an das Unglück in der Welt denken. Auch Sie machen mir das nicht vor. Kein Schnaps dürfte Ihnen ja da schmecken. Die Leute bei euch schlucken ganz schön einen weg. Sie rauchen Haschisch, sie regen sich auf über ihre Sex-Angelegenheiten, sie putzen sich wie Zirkuspferde, sie tanzen wie die Verrückten. Ich habe ja nichts dagegen, aber die leben sich doch aus, wie keiner von uns in dem Alter sich hat ausleben können. Die haben es doch prima, und alles das ist drin in unserer Gesellschaft, da kann die doch so schlimm nicht sein.«

»Sie werden«, antwortete Losch, »noch erleben, wie diese Gesellschaft etwa ein Drittel ihrer Jugend züchtigen wird, so daß von ihr nichts mehr übrigbleibt. Und unter dieser Jugend befinden sich sehr wohl Wissenschaftler, Techniker, übrigens auch Juristen.«

»Ach, da kommt man wohl zu keiner Einigung«, meinte die Frau des Violinisten zag. Losch ging.

»Ein interessanter Mann«, bemerkte der Richter, »aber was wird aus ihm?« Frau Abelssen wunderte sich über sich selbst, daß sie, Losch betreffend, nur noch allgemeine Traurigkeit empfand.

»Siehst du«, sagte sie auf dem Heimweg zu ihrem Mann, »ich kann es nicht einmal fertigbringen, mich ständig um Losch zu sorgen.«

»Natürlich nicht«, antwortete Herr Abelssen, »für dein Leben ist er eine aufgebrauchte Erscheinung. So bist du eben.«

Der Telefonauftragsdienst hatte notiert, Gloire habe angerufen.

»Gloire?« fragte Frau Abelssen mit geweiteten Augen. »Gloire! Ja, offenbar: Gloire«, antwortete Herr Abelssen ruhig.

»Ist es das junge Mädchen, mit dem du zum Büfett gingst?«

Ja, dies war Gloire.

»Meinst du«, fragte Herr Abelssen seine Frau, »ich müsse dir ewig treu sein? Meinst du, ich habe auf Dauer in dieser Ehe die Demutsrolle des Geduldigen, des Wartenden, des Nachsichtigen inne?«

»Ich habe mit Stikker nichts«, sagte Frau Abelssen beschwörend.

»Auch ich habe nichts mit Gloire«, versicherte Herr Abelssen kühl, »nur ein bißchen Spaß und Spiel, wie du mit Stikker.«

Der Konzern, der ›Malve‹ herstellte, veranstaltete eine große Modenschau. Herr und Frau Abelssen waren wochenlang mit den Vorbereitungen beschäftigt. Jene Gloire, eine junge Modezeichnerin, wurde von Herrn Abelssen beauftragt, einen Modellkatalog zu zeichnen.

Frau Abelssen litt. Gloire gegenüber verhielt sie sich liebenswürdig, voller Wohlwollen. Gloire hatte schulterlanges schwarzes Haar und trug sehr enge Samthosen, die, wenn sie sich bückte, ein Stück nackten

Rücken sehen ließ, wo er sich zum zarten Schwung des Beckens weitete. Frau Abelssen empfand plötzlich keine Eifersucht mehr. Schönheit war Schönheit, sie bestand für sich, keine Trauer konnte sie erreichen.

»Darf ich Ihnen sagen«, fragte eines Tages Gloire, »daß ich große Zuneigung und Bewunderung für Sie empfinde? Sie sind so tüchtig, so heiter!«

»Finden Sie?« fragte Frau Abelssen kleinmütig. »Auch ich habe Sie sehr gern.«

Von diesem Tag an war Herr Abelssen einige Zeit besonders still. Zur Modenschau brachte Gloire ihren Freund mit, einen jungen Mann mit buntem Seidenhemd und vielen Ketten geschmückt.

Herr Abelssen dirigierte die Modenschau mit energischem Organisationssinn und hartem, antreibendem Ton in der Stimme.

Einmal trat Lili von der Seite an ihn heran und nahm seine Hand. Er wandte sich um nach ihr und sah ihr ins Gesicht, plötzlich still und besänftigt. »Wird Ladwig wieder einmal sagen, Malve fällt wie ein Putzlappen?« fragte er. Aber durch die feuchte Bläue seiner Augen zogen, erkannte Lili, andere Gedanken. Sie streichelte mit den Kuppen ihrer Finger über seine Wangen, seinen Nasenrücken, seine Lippen. Zärtlich nahm sie sein Ohrläppchen zwischen die Finger.

»Mein Liebster!« sagte sie. »Mein Schönster!«

»Na?« fragte der vorbeieilende Herr Mageot, der für die Frisuren sorgte, »immer und immer in den Flitterwochen?«

»Vielleicht«, sagte Herr Abelssen, »halten so zwei Steine ihre Flitterjahrtausende miteinander ab.«

Die Modelle waren von einem aufsteigenden jungen Genie der Couture entworfen. Die Conférence machte

Frau Mahlau. Wie Herr Abelssen im Einverständnis mit dem Konzern angeordnet hatte, brauchte der Name ›Malve‹ nicht übertrieben oft zu fallen. Hatte Richard Abelssen bei ›Pretty‹ die Vorzüge der Chemiefaser zu preisen, so ergab sich für ›Malve‹ nur die beste aller Möglichkeiten, nämlich zu behaupten, es gehe letztlich eben nichts über die Naturfaser.

Die Kollektion bestand nur aus Kleidern, die schnell und sorglos übergeworfen wurden. Studenten waren geworben worden, kostbar wirkende, aber salopp getragene Herrenblusen vorzuführen. Abelssens hatten keine Dressmen gewünscht. Auch unter den Mannequins waren einige Mädchen, die sie aus den Kneipen der Radikalen kannten. Zwei der Studenten hatten ein Gerichtsverfahren wegen Landfriedensbruch zu erwarten. Eins der Mädchen gehörte einer Kommune an.

»Wir sehen wohl alle deutlich«, sagte Frau Mahlau in ihrer Conférence, »dies ist eine sehr jugendliche, eine mitreißend jugendliche Kollektion. Sie trägt der Unruhe der Jugend, an der wir nicht vorübergehen können, Rechnung in einer bestechenden Weise ...«

»Leckt mich am Arsch«, flüsterte der Radikale, der gerade einen weißen bestickten Russenkittel aus seidig wirkendem Malve auf dem Laufsteg vorführte. Er entzückte alle Damen mit seinem schmalen, weichen Bart und seinem Haar, das lang, aber doch nicht allzu lang war.

»Das ist eine sehr überzeugende, ganz neue Art, Mode zu zeigen«, anerkannte der Syndikus des Konzerns, der am Tisch der Abelssens saß. »Ob es ein Verkaufserfolg wird, bleibt freilich abzuwarten.«

Öfter traten die Mädchen und die jungen Männer in Gruppen auf, zu choreographischen Figuren angehalten, die sie sich nicht recht gemerkt hatten. Herr Abelssen hatte ihnen gesagt: »Denkt einfach, ihr geht einer Kompanie berittener Polizisten entgegen und seid ganz sicher, daß die Pferde vor euch stehenbleiben wie angepflockt. Denkt euch die Gesichter der Polizisten.«

Zur Überraschung der Abelssens gelangen gerade diese Gruppenauftritte trotz ihrer Wildheit äußerst anmutig und erhielten Sonderapplaus. Auch die neunzigjährige Frau Helbig klatschte mit ihren mürben großen Händen und hatte einen milden, traurigen Glanz in ihren schwarzen, fast schon toten Augen.

»Die Jugend! Ja!« sagte sie zu Frau Mageot. »Etwas so Wunderbares!«

Später wurde Herrn Abelssen vorgeworfen, er habe doch gar zu wenig an die Frau über Vierzig, an den Herrn über Dreißig gedacht, Herr Abelssen wies diese Vorwürfe ab: »Es gibt kein Alter. Es gibt nur Schlankheit und Gesundheit, Temperament und geistige Lebhaftigkeit. Die Ästhetik der Mode hat sich gewandelt. Kleidung ist Selbstverwirklichung.«

»Sie selbst aber, lieber Herr Abelssen«, sagte die Neunzigjährige, »sind doch immer wie ein Herr gekleidet.«

»Mehr wie ein Karriere-Kommis«, erklärte Herr Abelssen, »so sehe ich mich eben.«

Gegen Ende der Schau ging Frau Abelssen in die Umkleideräume und ließ allen Vorführenden Sekt einschenken.

»Scheiß-Establishment!« sagte ein Radikaler.

»Fuck off!« rief der so zart und schön aussehende Student, der umgekleidet wurde in einen weißseidenen Abendanzug. »Laßt mich vom Stuhl runter in die Hose springen!« forderte er.

Lili sagte betrunken: »Laßt ihn springen!« Er trug ein hellblaues Unterhöschen, das nicht mehr war als ein Etui für sein Geschlecht ...

Aber er sprang nicht. »Ich habe Ehrfurcht vor diesen fucking trousers«, sagte er, »und ich bin nicht Beau Brummel.« Er legte sich auf den Boden und machte aus den Hosenbeinen zwei Ringe, die er sich über die Füße streifte. Die weißen Hosen wirkten nach dieser Prozedur etwas kläglich, und waren keine Reklame für Malve.

Er sprang in seinem Anzug vor den Vorhang und sang: »diese Hosen sind nicht aus Malve. Drum sind sie so zerknautscht!«

Die Conférencière griff diesen Gag geschickt auf und schraubte ihre Stimme in süßeste Höhe:

»Ich fürchte sehr, sie sind doch aus Malve, aber wir haben soeben einen Prince of Wales gefunden: er beliebte, seine Hosen in diese Form zu pressen, und morgen sind Querfalten die große Mode in aller Welt! So gut kann Malve eben auch Falten halten, was wir nun genau an diesem Plisseekleid sehen können, das unsere bezaubernde Moo trägt. Waschen, aufhängen, kein Kummer um das Plissee!«

»Die Mahlau ist enorm!« sagte Herr Abelssen, und Lili nickte glücklich betrunken.

Gloire hielt ihre rechte Hand in die linke ihres Freundes gefaltet.

Mageot kam gehetzt an den Tisch und berichtete: »Die Mädchen wollen keine Abendfrisuren. Keine Lokkenteile – nichts.«

»Lassen Sie sie«, entschied Frau Abelssen, »ich gehe noch umher und erkläre der Presse, dies sei ein Mode-Happening, bei welchem jungen Menschen bewußt werde, wie fabelhaft dies Establishment sie mit dem versorgt, was sie gerne tragen.«

Der Syndikus fand: »Warum auch nicht? Malve ist für junge Menschen entwickelt, ein billiger Stoff. Natürlich, bei uns in Krefeld wird es Diskussionen geben. Herr Abelssen, da werden Sie Ihren Mann zu stehen haben!«

Herr Abelssen antwortete müde: »Ich stehe meinen Mann. Ich kann und werde niemals gegen mich selbst arbeiten. So viel, daß ich meine gewohnten Genüsse beibehalten kann, werde ich immer verdienen. Ich häufe keinen Reichtum an. Ich bin arm gedacht und werde arm sterben, dazwischen liegt ein Leben in Glanz. Nicht wahr, Lili, ein Leben in Glanz?«

Die Beat-Band spielte: »Baby, take your chance with me ...«

Es gab ein Schlußbild, das von den Abelssens geplant war, und bei dessen veränderter Ausführung sie nun in die Erregung geraten wären, wären sie nicht inzwischen so betrunken gewesen.

Die Mädchen und die jungen Männer tanzten einen wilden Beat; sie kamen alle auf einmal auf die Bühne, und es entfaltete sich ein Inferno in weißen Hosenanzügen, abendlich bestickt mit weißen Stabperlen.

Jungen konnte man von Mädchen nicht unterscheiden, Ketten flogen, Ketten klirrten.

»Mein Gott«, sagte Herr Abelssen mit erbleichendem Gesicht zu seiner Frau, »du hast sie besoffen gemacht!«

»Laß sie toben!« erwiderte Frau Abelssen, »ob wir Malve noch ein Jahr weiter machen oder nicht – ist es nicht einerlei? Alles oder nichts. Heiß oder kalt. Ich fand, wirklich heiß sei das richtige.«

Die Neunzigjährige rief mit ihrem schon fast toten Stimmchen: »Bravo!«

Damit war die Modenschau für Malve gerettet. Alle klatschten. Die Conférencière kam an Abelssens Tisch; nasse Streifen zogen sich unter ihrem Abendhut über die Stirn zu den Augenbrauen.

»Malve«, sagte sie zwitschernd, »ich werde das bloße Wort nicht mehr hören können für Jahre!«

Der Modezeichner Ladwig kam und gratulierte. Der junge geniale Couturier hingegen saß hinter einem Vorhang und hatte einen Weinkrampf.

»Wohin! Wohin?«, brüllte er, »gehöre ich nun! Ich mag Mädchen! Ich mag Männer! Ich mag die Radikalen! Ich mag das Establishment! Ich mag eben, wen ich mag! Ich bin ein Individuum! Ein Individuum!«

In den Zeitungen fand die Modenschau zustimmende Beachtung. Doch wurde der Name ›Malve‹ nach Meinung des Konzerns nicht oft genug erwähnt.

Herr Abelssen trug Existenzangst im Gesicht viele Tage lang. »Wer soll«, sagte er, »diesen Wintergarten dauernd zahlen, wer soll unser Alter sichern, wer das Studium deiner Kinder, wenn nicht dies Malve?«

»Würdige dich nicht herab«, sagte Frau Abelssen gelassen.

»Stikker fragte, ob wir ihm tausend Mark geben könnten. Verstehe recht: nicht leihen, sondern einfach so geben.«

»Und? Was hast du gesagt?«

»Er geht dann fort für immer.«

Herr Abelssen gab das Geld, wenn Stikker nun wirklich Ruhe gäbe. Stikker ging nach New York.

»Es ist ein großer Auftrag«, berichtete er begeistert, »für den ›Combat‹ alle revolutionären Bewegungen in den Staaten zu beobachten und laufend über sie zu schreiben.«

Ruhevoll empfing er Lilis Empfehlung, nicht soviel zu trinken. Sie setzte ihm Milch mit Whisky vor, als wolle sie ihn langsam zu einer Art Milchleben verführen. Fern von ihr, Lili – am besten nur Milch!

Sie brachte ihn allein zur Gartentür. Stikker drückte Lili gegen den Gartenzaun und flüsterte: »Komm mit mir! Komm mit mir!«

Lili Abelssen teilte sich in zwei Lilis. Die eine reiste frohgemut, mit wehendem Schleier auf der Mayflower in die Neue Welt. Die andere sorgte sich um die Schulzeugnisse ihrer Kinder, um die schleimkranke Brust ihres Mannes, um Mädchen wie Gloire, die sich von so viel Manneszartheit nicht abhalten ließen, ihn zu lieben. Er war, sie wußte es jetzt, kein nur von ihr allein erkanntes Kleinod.

Lili spielte Stikker ein wenig Stöhnen vor. Dann löste sie sich von ihm. »Leb wohl«, sagte sie stimmlos und war mit sich zufrieden.

»In acht oder vierzehn Tagen fahre ich«, sagte er, »ich warte auf dich, ich beobachte dich, noch bist du mich nicht los!«

Frau Abelssen streckte sich im Bett ihres Mannes aus.

Er verstand sich auf sie, und es gab eine Raserei der Zuckerfahrer aus allen Richtungen des Universums. Nur bei Richard führte das Spiel zu fast nichts. Endlich doch, aber Lili spürte, daß er mit geschlossenen Augen »Gloire!« dachte. In andächtiger Betrübnis empfing sie, was Gloire zugedacht war.

Schnee stäubte schräg vor den Fenstern des Wintergartens. Stikker bat Lili am Telefon: »Gut denn, komme nur für zwei Stunden. Ich bin fertig, ich bin mit allem zufrieden.«

»Es geht nicht«, sagte Lili leise, »es steht zuviel auf dem Spiel«

»Ehe ich fahre, wirst du mich noch einmal am Gartentor stehen sehen. Vielleicht entscheidest du dich dann noch.«

Frau Abelssen fand, daß er eine etwas platte Komödie aufführte. Sie verglich ihn mit anderen Männern seiner Art und erkannte, daß sie in der Liebe alle an gewissen altmodischen Inszenierungen hingen, an einfachen großen Worten für komplizierte, kleinere Gefühle.

Abends holte sie Wein aus dem Keller, brachte das Tonbandgerät hinaus in den Wintergarten, mischte die Karten.

»Ist da wohl«, fragte Herr Abelssen bei seinem Eintritt in den Wintergarten, »ein wartender Schatten am Gartentor? Warum gehst du nicht hinaus? Warum spielst du erst um deine Entscheidung?«

»Es handelt sich um keine Entscheidung«, sagte Frau Abelssen freundlich und ruhig.

»Dann wohl um eine Quälerei?« fragte Herr Abelssen.

»Aber nein! Aber nein!« rief Frau Abelssen geängstigt.

Denn noch nie hatte sie Befriedigung darin gefunden, einen Mann zu quälen. Stets, meinte sie, sei sie die Gequältere gewesen.

Sie legte das Band aus Neapel auf. Herr Abelssen sagte mit fester Stimme darauf an, welche Sänger in welchem Restaurant sangen, und welcher Tag es war.

»Neapel, Winter 1965, Zi Teresa, mittags«, sagte seine schöne Stimme.

»Napule, Napule, Napule, nà ...«, sang die Gruppe bei Zi Teresa. Herr und Frau Abelssen saßen in Wintermänteln am Meer, weiße Servietten auf dem Schoß.

»Eigentlich furchtbar ist das archivierte Leben«, sagte Herr Abelssen und spielte den ersten Trumpf aus. Sie spielten Piquet. Die Sonne schien so stark, daß sie die Mäntel von den Schultern streiften. Die Kellner trugen immer mehr Tische in die Sonne.

Frau Abelssen spielte, ihr ganzes Gesicht in Lächeln getaucht, »Wintersonne in Neapel«.

»Unser Spiel«, sagte Herr Abelssen, »geht auf hohem Gebirgsgrat. Nach welcher Seite wird es fallen?

»Komm«, sang Frau Abelssen, leise, tiefe, blaue Gebirgsschatten im Herzen, »ich will mit dir diese Tarantella tanzen, mit Trommeln und Kastagnetten, unter den Sternen, die auf uns herabblicken. Lach weiter, du schönes Neapel. Policinell kehrte zurück und bleibt bei uns ...«

Sie verlor gleich das erste Spiel. Die ganze Nacht würde sie verlieren. Wie hoch war Richards Spielkonto angewachsen? Konnte er mit dem Geld eine größere Reise unternehmen? Er würde doch aber nicht nach Neapel mit einer anderen fahren? So viel Geschmack besäße er doch noch? Herr Abelssen eröffnete das Zukunftsspiel: »Wir werden Irrtümer begehen, mit aller Heftigkeit. Denn auch ich, Lili, habe noch Reserven an Heftigkeit in mir. Doch sehe ich ein: Wir entrinnen einander nicht. Oder doch?«

»Nein«, sagte Frau Abelssen entschieden, »jedenfalls du entgehst meiner Besitzkraft nicht.«

Eine rotbraune Muschel richtete sich auf dem Teller vor Frau Abelssen auf, vielleicht sich im Himmel wähnend, bei so viel Sonne und Musik, sie tanzte und verschwand tanzend im Mund Lilis.

»Nach allen Irrtümern«, sagte Herr Abelssen, und schrieb gleichmütig seinen Gewinn an, »werden wir nebeneinander dasein wie zwei Steine!«

»Schon wieder diese zwei Steine!« sagte Frau Abelssen bekümmert.

»Zwei Steine!« rief sie dann entsetzt. »Wieso denn das? Zwei Steine?«

»Um überhaupt noch dasein zu können«, erklärte Herr Abelssen geduldig, ohne sie anzusehen. Dann blickte er hinaus. War dort ein Schatten wahrnehmbar? Stand Stikker da? Lili sah zum Gartentor. Ja, sie sahen beide etwas wie einen Schatten.

Sie spielten weiter.

»Niemand natürlich«, tröstete Herr Abelssen seine Frau, »wird es uns anmerken, daß wir nur noch Steine sind. Wir treten auf wie immer: das Paar schlechthin. Le Bonheur. Doch reden wir nur noch in Gesellschaft miteinander, zu Hause gar nicht mehr, außer dem Notwendigsten. Dabei aber sind wir ausgesucht höflich. Wir reichen uns die Schüsseln bei Tisch zu, sagen ›bitte‹ und ›danke‹ öfter als je zuvor in unserem Leben.«

»Wenn du Halsschmerzen hast«, fragte Frau Abelssen unterwürfig, »was dann? Wir werden einander doch noch hilfreich sein? Ja, wenn du Halsschmerzen hast, mache ich dir einen Prießnitzumschlag. Das wirst du doch zulassen?«

»Aber berühre mich, bitte, nicht dabei. Ich wünsche nicht, deine Hand an meiner Haut zu spüren.«

»Immerhin mußt du deine Schlafanzugjacke aufmachen und am Kragen etwas auseinandernehmen. So sehe ich doch einmal wieder deinen Hals, vielleicht etwas von deiner Brust.«

»Das Verlangen wirst du nicht haben. Du bist ja ebenfalls ein Stein.«

Herr Abelssen schnitt seiner Frau, die furchtsam etwas sagen wollte, das Wort ab: »Ich werde schon dafür sorgen, daß auch du ein Stein wirst. Du wirst zittern vor der Gefahr, dein Finger könnte beim Anlegen dieses Umschlags meine Haut berühren. Nun wickelst du den Wollschal über das nasse Tuch, befestigst ihn mit einer Sicherheitsnadel, und ich fürchte mich, daß du mich stichst. Aber du stichst mich nicht, behutsam führst du die Nadel durch den Schal, die Augen aufmerksam auf dies Werk gerichtet, nicht auf mich. Erst zum Schluß siehst du mir kalt in die Augen, Kälte an Kälte stehen wir da, und du siehst mich nur an, um ein sehr höfliches ›Ich danke dir‹ entgegenzunehmen.

Im Theater werden wir sehr darauf achten, daß wir auf der Lehne nicht einer an des anderen Arm stoßen. Wir werden darauf bedacht sein, daß nicht einmal unsere Schuhe einander berühren. Sehr kurz, vielleicht, werden wir unsere Ansicht über das Stück, seine Inszenierung, seine Akteure besprechen, wir stimmen uns ab, denn wir sind es gewohnt, einer Meinung zu sein.

In den nachfolgenden Unterhaltungen mit anderen werden wir einander unsere Sätze zuspielen. Einer kennt den anderen auswendig, weiß schon, welche Aperçus er ihm lassen muß.«

»Und so sollen wir dann zusammen unser Alter bestehen?« fragte Lili, und entsetzt wiederholte sie: »Nicht einmal unsere Schuhe berühren einander mehr? Aber, nicht wahr, du suchst noch meine Kleider aus?«

»Gewiß, so wie du meine Anzüge entwirfst, meine Westen, Hemden und Krawatten und Schals aussuchst. Einmal kommt dann der Tag, an dem du sagst: ›Wir müssen dir ein Toupet kaufen!‹ So sorgen wir jeder für die tadellose Erscheinung des anderen.«

»Carmé« sang der Tenor in Neapel, »wenn ich dich sehe, schlägt mein Herz stärker. Sage mir, was ist das, wenn es nicht Liebe ist? Wie das Wasser einer Quelle, die nicht aufhört zu fließen, so ist die Liebe. Wie eine Kette, die nicht zerbricht. Wenn sie zerbricht, dann gute Nacht. Carmè, sage deiner Mutter: So ein Ehemännchen ist immer eine gute Sache. Sonst bleibst du allein, allein, allein ...«

»Sola, sola, sola ...«

»Erinnere dich der silbernen Hochzeitsfeier bei Tante Teresa, des schönen, reifen Paares. Er, ein Bonvivant, der von allem gern genommen hätte, was das Leben bot, sich aber selten traute; sie, eine schöne Person Anfang Vierzig, mit zärtlich schlechten, gelblichen Zähnen hinter vollen Lippen. Welche Unentrinnbarkeit! Du und ich aber in einer anderen, freieren Welt – Scheidung, Trennung, alles möglich –, dennoch ebenso unentrinnbar!«

»Sie luden das ganze Lokal zum Spumante ein, und du, mit deinem großartigen Italienisch, tratest zur Signora, und mit deinem herzlichen Charme sprachst du ihr deine Glückwünsche aus, sicher etwas begeisternd Individuelles, Besonderes, und du glaubtest selbst, was du sagtest. Du glaubtest an die Unentrinnbarkeit aller wirklichen Paare. Was aber bindet Richard und Lili? Wenn sie nur noch nebeneinanderliegen wie zwei Steine?«

»Wer«, rief Lili unter Tränen, »hat dir das mit den Steinen eingeredet?«

»Mageot!« rief Herr Abelssen. »Mageot sagte: ›Wer weiß es denn – eines Tages lebt man mit der Geliebten wie ein Stein mit einem Stein. Man schimmert schön – schließlich ist man ein schöner Stein, das versteht sich. Aber man ist tot! Man ist tot!‹«

Die Sänger in Neapel sangen: »Trinken wir auf die Gesundheit der Frau, die geheiratet hat. Die Cousinen, die zum Fest gingen, sagten, sie habe ausgesehen wie eine Puppe. Stoßen wir an zu Ehren der für uns gestorbenen Geliebten. Für die Frau, die heute geheiratet hat, haben sich sogar Policinell und Harlekin begeistert. Sie lacht und tanzt, mein Liebling. Nun aber habe ich lange genug gesehen, wie ihr euch freut, jetzt bringt mich nach Hause zu meiner alten guten Mutter, sagt ihr: Da hast du diesen Dummkopf von einem Sohn. O du reiner Wein, und die Frisch-Verheirateten stehen Herz an Herz.«

Frau Abelssen sagte ihr einfältiges: »Grazie tanto! Che bella canzone!«

Herr Abelssen sah wieder hinaus in den milchigen Himmel und fand ihn leer.

Frau Abelssen gewann nacheinander vier Spiele, obwohl sie sehr zerstreut spielte. Richard war niemals zerstreut. Jedem Spiel widmete er volle Konzentration, alle Intelligenz, alle Berechnungsfähigkeit und List. Kein Mann am Gartentor brächte ihn jemals ab von dieser gewinnsüchtigen Konzentration.

Vielleicht, dachte Lili, hatte er schon ein Vermögen erspielt. Auf dies geheime Vermögen spielte sie an, als sie plötzlich vorschlug: »Laß uns nach Neapel fahren! Im Dezember noch!«

»Es ist kein Geld da« wehrte Herr Abelssen ab.

»Vielleicht von deiner Spielkasse?« schlug Frau Abelssen zaghaft vor.

»Meine Spielkasse«, erwiderte Herr Abelssen ablehnend, »ist meine Rücklage für wirkliche Notzeiten.«

»Ist es so viel?« flüsterte Frau Abelssen beeindruckt und unruhig. »Sag mir, wieviel hast du?«

»Ich nenne dir die Summe nicht. Aber ich kann damit eine kleine Kneipe kaufen, so bringe ich mich dann recht und schlecht durch bis an mein Ende.«

»Ach«, rief Frau Abelssen boshaft anerkennend, »einen Radikalen-Treffpunkt! Am besten den ›Nassen Hund‹! Wo junge Männer mit brennenden Augen bei schwachem Licht sitzen und Rosa Luxemburg lesen oder Mao und Marcuse, wo andere Radikale Skat spielen, wo ab und zu einer rausgeschmissen werden muß, weil er sich schlecht aufführt, oder dabehalten werden muß, weil er nicht zahlen kann. Willst du das vielleicht besorgen? Gerade du?«

Herr Abelssen erkannte an, daß dies vielleicht ein Problem sein würde. »Sieh es nicht so schwarz«, bat er, »ich habe auch eine schöne Rolle für dich. Ich stelle ein altes Klavier hin, und jede Nacht kommst du, die Irre von Wedding, in einem Matrosenkleid, wie du es mit zwölf Jahren trugst, und du setzt dich hin und spielst eines deiner Höheren-Töchter-Stücke. Nicht wahr: das Menuett von Paderewski?«

»Nein«, entschied Frau Abelssen, »die Zweite Französische Suite!«

»Nun gut. Und alle sind nachsichtig, weil sie dich ja einmal sehr gern hatten. Viele allerdings kennen dich gar nicht, es sind ja so viele Generationen nachgewachsen. Die fragen dann die Älteren: ›Wer ist denn die Verrückte?‹ Und es wird ihnen erklärt: ›Das ist die Irre von Wedding. Sie wohnt in einem Hinterhaus, in einer ehemaligen Tischlerwerkstatt, sie lebte einmal im Glanz, bis ihr Mann sie verließ, danach verlor sie den Verstand. Dann bekam sie den Tick, zu glauben, sie werde immer jünger. Jetzt glaubt sie von sich, sie sei zwölf. In ihrer einzigen Stube hat sie viele Puppen. Auf ihrem Fahrrad versucht sie, freihändig um die Ecke zu fahren. Das ist immer eine große Schau; sie muß dann von einer Funkwagenstreife nach Hause gebracht werden. Wir warten alle darauf, daß sie nun bald mit ihrem Puppenwagen ausgeht.‹ Und eines Tages kommst du mit deinem Puppenwagen in die Kneipe, da liegen deine Puppen Conrad und Ulrich drin. Du versicherst dich, ob sie gut schlafen, und dann stellst du dich an meine Theke und läßt dich vollaufen. Bis ich sage: ›Betti, für heute hast du genug.‹ Die Puppen sind sehr billig gewesen, sie haben keine Schlafaugen, sondern starren dich immerfort an mit offenen Augen, mit weit offenen Augen, immerzu, ganz starr.«

»Und man sagt von mir«, sagte Frau Abelssen, »daß ich einmal einen höchst liebenswerten Ehemann hatte, und daß ich mit ihm im Glanz lebte. Aber er verließ mich, niemand weiß, wo er ist. Niemand weiß, daß es dieser heruntergekommene Kneipenwirt ist, der da hinter der Theke steht, kahl, ohne Zähne ...«

»Und das, Lili, wird dann unser letztes süßes, kleines Geheimnis sein!« sagte Herr Abelssen, der wieder gewann.

»Laß uns nach Neapel fahren, um alle diese Träume zu vergessen!« jammerte Frau Abelssen. »Bitte! Laß uns nach Neapel fahren! Im Januar! Von deiner Spielkasse, du leihst uns das Geld, später nimmst du es dir zurück!«

»Nein. Ich leihe es höchstens dir. Du borgst dir das Geld und bezahlst die Reise. Du zahlst es an mich zurück mit zehn Prozent Zinsen!«

»Das ist unglaublich!« rief Frau Abelssen. »Das ist ... Richard!«

»So oder gar nicht. Die Wiederherstellung deines Glücks muß doch etwas wert sein.«

»Und dir? Ist es dir nichts wert?«

»Vielleicht – vielleicht werde ich schon ein Stein?«

Beide ließen die Karten sinken und sahen einander an. Sie vergaßen, nach draußen zu sehen, ob da noch hinter dem Zaun auf der Straße stand.

»Meine kleine Reserve, meine kleine Sicherheit, meine kleine Kneipe taste ich nicht an.«

»Mir liegt so sehr viel an dieser Reise«, sagte Frau Abelssen, »daß ich mich füge. Aber, nicht wahr, dann haben wir auch wieder unser altes Glück? Nicht wahr? Richard! Haben wir dann wieder unser Glück?«

»Aber ja!« versicherte Herr Abelssen. »Wir haben uns doch auf nichts anderes spezialisiert. Wir können gar nichts anderes als glücklich sein! Was heißt das: unglücklich sein? Wir wissen gar nicht, wie wir das anfangen sollten. Wir verstehen uns nicht darauf. Unser großes Talent ist: Glücklichsein! Man wird später von uns sagen: Die hatten geradezu Genie im Glücklichsein. Denen müßte man es nachmachen! Le Bonheur – ein für allemal im Besitz dieses Paares. Vielleicht gehen wir in eine Fabel ein: ›Die Nachtigall und die Nachtigall‹. Um uns alles Ameisen, schwarze, graue, rote.«

Die Sänger formierten sich zur großen Gruppe und stimmten eine Tarantella an:

»Chest'è musica paisana!
Chest'è ppane d'à casa nosta!
Chest'è Nnapule quann' abballa:
Tarantella, tarantella!«

»Auch Neapel«, sagte Frau Abelssen, »gibt vor, ewig glücklich zu sein, ewig die Liebe zu besitzen. Man singt davon, daß man die Tarantella tanze, aber man tanzt sie nicht. Man singt von Feuer der Liebe, aber man schmachtet und geht ins Bordell. Die Sonne taucht den Golf in Heiterkeit, aber man ist nichts als bescheiden.«

»Tarantella! Tarantella!« sangen die armen Freunde der Abelssens und breiteten die Arme in ihren alten, schäbigen Wintermänteln. Der Anführer der Gruppe schloß die gelblich verhornten Lider über seinen glühenden Augen. Von salziger Traurigkeit war seine Stimme.

Herr und Frau Abelssen aßen Austern.

Herr und Frau Abelssen traten an die Scheiben des Wintergartens. Die Nacht breitete sich in violetter Dämmerung.

Herrn und Frau Abelssens Finger berührten sich, aufliegend auf der Wintergartenerde.

»Du kriegst es nicht fertig«, sagte Herr Abelssen, »aus meiner Hand einen Ableger zu ziehen, auch nicht aus dieser Urwalderde. Drücke mich also nicht hinein, mit der warmen Last deiner Hand. Laß uns weiterspielen. Es ist ein Schatten da draußen. Die Schatten wechseln. Du bist am Geben.«

»Tarantella! Tarantella!« sangen die Freunde.

Herr Abelssen schenkte neuen Wein ein. Sie hoben die Gläser, sie hoben die Gläser ein wenig zu hoch, wie auf einem Plakat, das für den Konsum des Glücks warb.

Im Garten gingen die Scheinwerfer an. Maurice Ghelp, der Starfotograf, machte ein Titelbild für Paris Match von den Abelssens: Le Bonheur.

Die Lichtbahnen trafen die Wintergartenfenster.

»Etwas höher noch die Gläser!« rief Ghelp durch den verschneiten Garten. »Noch glücklicher die Köpfe zurücklegen. Lassen Sie Ihre Zähne sehen! Gut so! Ja! Sehr gut!«

Da saßen ein Herr und eine Dame, der Herr mit fröhlich aufgerichteten Bartspitzen, in weißer Weste mit Brillantknöpfen, die Dame weichen Haars und halbgeöffneten Mundes, mit noch immer schönem Dekolleté, beide in hoher Lebenszustimmung die Köpfe zurückgeworfen, die Hände mit den Gläsern hoch erhoben. Hinter ihnen ihre Söhne, schöne Knaben in weißen Anzügen, mit weit offenen, starren Augen.

Erhard Schütz

Wer hat Angst vor Annemarie Weber?

Als Annemarie Webers Roman *Roter Winter* 1969 erschien, wurde er zumindest vom Feuilleton nicht sonderlich hoch bewertet, wiewohl die Autorin doch eine höchst produktive und bekannte Kollegin war und ihr Roman *Westend* drei Jahre zuvor Furore gemacht hatte. Und umso erstaunlicher mag das auf den ersten Blick scheinen, da der Roman – wohl als erster überhaupt – die Studentenrevolte von 1968 zum Thema hatte. Doch erst ein paar Jahre später, vor allem mit Peter Schneiders *Lenz* von 1973 und Uwe Timms *Heißer Sommer* wurde die Revolte zum literarischen Renner. Damals, 1969, las man anderes. Und man las anders. Man las, jedenfalls tat ich das, z. B. Enzenbergers *Landessprache*, Wolf Wondratscheks *Früher begann der Tag mit einer Schußwunde*, Hubert Selbys *Letzte Ausfahrt Brooklyn*, dazu Gedichte von Allen Ginsburg – also Avantgardistisches und Amerikanisches. Vor allem aber aufklärerische Pamphletistik, Marcuses *Versuch über die Befreiung*, *Protestbewegung und Hochschulreform* von Jürgen Habermas. In Annemarie Webers damaligem Verlag Desch kam Iring Fetschers Textsammlung *Der Kommunismus* heraus und auch das heftig angefeindete Buch der Wirtschaftsredakteure der *ZEIT*, Diether Stolze und Michael Jungblut, über den Kapitalismus. Alles das, erinnere ich mich, lasen meine Freunde und ich im Jahr 1969. Freilich lasen wir auch – unter der Hand – die Ausgabe von John Clelands *Die Memoiren der Fanny Hill*, die bei Desch 1969 ebenso erschien wie *Das moderne Lexikon der Erotik*, das wir uns allerdings nicht leisten konnten. Ein Buch wie *Roter Winter* jedenfalls hätten wir damals keinesfalls gelesen, selbst wenn wir geahnt hätten, daß unsere unmittelbare Gegenwart darin vorkam. Wir wollten dabei sein, nicht drüber lesen. Allein der Untertitel, »Zwischenspiele einer Ehe«, hätte uns abgehalten. Wie wir damals ja auch nicht Simone de Beauvoirs *Eine gebrochene Frau*, nicht einmal Updikes *Ehepaare*, im selben Jahr 1969 auf Deutsch erschienen, gelesen hätten. Was war das gegen den Imperialismus, den Klassenkampf und die bevorstehende Revolution? Ehe- und Frauenprobleme …

»Es ist schließlich doch ein Frauenroman.« – so begann denn auch Christa Rotzoll ihre Besprechung von *Roter Winter* in der *FAZ*, recht defensiv, um anschließend zu beteuern: »Aber: kein Grund zur Herablassung.« Annemarie Webers Roman reiche, schreibt Rotzoll, durchaus an die großen Vorbilder der »angelsächsischen Produktion« heran.[1] Auch, darf man hinzusetzen, an die kleine, aber doch höchst feine deutsche Mondänitäts-Tradition zwischen Ruth Landshoff-Yorck und Wilhelm Speyer. Die damals indes völlig vergessen worden war. Ebenso kurzab wie süffisant attestierte ihr seinerzeit der *Spiegel* zwar »Sinn für komische Nuancen«, dies aber »auf dem Boden eines sehr gediegenen Damenfeuilletons«. Und »Dutschkes Kampf« gehöre hier wie »etliche Konsum-Feinheiten« lediglich zur »Bühnenausstattung«.[2]

Lili Abelssen, die Protagonistin des Romans, ist Wohnungsmaklerin und zusammen mit ihrem Mann Richard in der Modewerbung erfolgreich. Beide sind, was man damals ›liberale Scheißer‹ oder ›Revolutionsschickeria‹ nannte, denn sie können sich »nicht von der bürgerlichen Vorstellung vom Individualismus trennen«. (135) Kurz: »Diese Abelssens, diese Spießer, wir scheißen auf Abelssens.« (253)

Genau das aber macht den Reiz dieses Romans aus: Daß er sich zwar auf die autoritativen, rechthaberischen und herrschsüchtigen Positionen der Politisierenden einläßt, ihnen gegenüber jedoch die bürgerlichen Werte von Liberalität, Individualismus, Stil und Bildung bewährt. Es ist das die gebildete, souveräne Resistenz gegenüber blinden Unterwerfungsgeboten. Nicht daß es keine Verführung dazu gäbe, im Gegenteil: Der Roman beginnt ja mit und ist bis zum Ende hin grundiert von einer erotischen Unterwerfungslust und Demütigungsverlockung. Die beiden angeblichen Revolutionäre, Losch als einer der Tat, Stikker als einer der Worte, sind ja nicht nur körperlich ziemlich unattraktiv, sondern auch sonst entschieden unkultivierter als Lili Abelssens Ehemann. Sie sind, um Marcel Proust abzuwandeln, nicht ihr Genre. Dennoch oder gerade deshalb fühlt sie sich zu ihnen hingezogen, genießt leidend die Zurückweisungen und Mißachtungen, wie sie freilich dann von den banalen Besitzansprüchen und jammernden Liebesschwüren abgestoßen wird. Der Roman ergründet so unter anderem, was damals theoretisierend vorgebracht wurde, die Verquickung von Individual- und Sozialpsychologie. Freilich geht er darin radikal über den damaligen billigen Konsens von liberalem Bürger- und linkem Revoluzzertum gegen den ›kleinbürgerlichen‹ autoritären Charakter, gegen das politisch brisante Duckmäusertum der besorgniserregend erstarkenden NPD-Wähler und der dumpf-reaktionären Berliner Proleten-Spießer hinaus, indem er nämlich die Verstrickungen der selbsterklärten Revolutionäre mit dem zeigt, was sie bekämpfen. Eine Einsicht, zu der es innerhalb der sich radikal gebenden Linken erst später kam. Sie entstammt hier indes nicht so sehr bildungsbürgerlicher Souveränität als den Selbstbeobachtungen und Selbstzweifeln einer bohemistischen Intelligenz. Die Zweifel wiederum münden nicht in lähmende Grübeleien oder wilden Aktionismus, sondern in umso nüchternerer und kühlerer Selbst- und Fremdbeobachtung wie -diagnose. Die wiederum führen tief in Persönlichkeits- und Beziehungsstrukturen wie in Zeitgeschichte und Zeitkolorit.

Das »beinahe zoologische Erstaunen«, das Christian Schröder Annemarie Webers Vorgängerroman *Westend* bei seinem Wiedererscheinen 2012 attestierte[3], findet man auch hier. Die Erzählposition des Romans bewegt sich so nahe an Lili Abelssen, daß man zwingend von einer Erzählerin sprechen muß. Sie sieht, wie die Protagonistin sieht und wie sie die anderen beobachtet und analysiert, beispielsweise mit liebevoll spöttischer Distanz die Selbstliebe, mit der Richard Abelssen seinen Koffer packt. Überhaupt werden alle Schritte, alle Vorgänge, alle Geschehnisse, Figuren und Gegenstände analytisch erfaßt – präzise, geistesgegenwärtig und hellsichtig. Dabei stets mit einer auch sprachlichen Souveränität, die den Roman weit über jene grobe Lakonie heraushebt, die z. B. *Der Spiegel* damals besonders schätzte, als dessen Vorbild man Ernest Hemingway ausgab, der tatsächlich aber aus der Berichterstatterprosa der Kriegspropagandisten des NS herkam.

»Doch die Unruhen der Politik besagen für diesen Roman kaum mehr als, andererseits, die Schönheiten einer mondänen Welt.« – mäkelte man im *Spiegel*. Schlüssig wird das indes, wenn man sagt: Ebensoviel. Die Unruhen der Politik besagen für diesen Roman ebensoviel wie die Schönheiten einer mondänen Welt. Und ebensoviel wie eine kultivierte, stilsichere Sprache. Ebensoviel wie die Erregungen der Politik bedeuten in diesem Roman z.B. das eigene Begehren, die Versuche, eine liberale, offene Ehe zu führen, die Kinder zu erziehen, Musik, Getränke und Spiele auszuwählen und sich – wie weit? – auf andere einzulassen. Kurz, alles das, was den Alltag so komplex macht und weit über die jeweiligen Einsinnigkeiten einer sei es politisierten, sei es ästhetizistischen Existenz hinausgeht. Darin liegt die Riskanz des Romans wie der Beziehungen, die er schildert. Nämlich in der Offenheit, Neugier und Aufgeschlossenheit dem Eigenen wie Anderen gegenüber. Man ist geneigt, für diesen Stil, vor allem für seine geschliffenen Dialoge, paradoxe Formulierungen zu suchen, wie etwa: zarte Zynismen, abgebrühte Sentimentalitäten. Es ist jedenfalls eine mild ironische Distanziertheit, ohne daß diese die Ungewißheiten, Leiden und Ängste überspielte. Im Gegenteil. Gerade so wird die Fragilität, Verletzlichkeit und Gefährdung einer derart selbstbewußten Existenz deutlich, die auf eigene Rechnung und nicht im Namen von etwas oder jemandem geführt wird, die sich zugleich über ihr Bedürfnis nach Illusionen keine Illusionen zu machen versucht.

Die neugierige Offenheit der Abelssens, Lilis zumal, wie auch die des Romans selbst, läßt die damalige Zeit in einer verdichteten Vielfalt für uns wiedererstehen, wie sie kein heutiger, um historische Rekonstruktion bemühter Roman könnte. Das betrifft nicht einmal zuerst die politischen Vorgänge und Diskussionen mit ihren vielfältigen Protagonisten und Positionen, die Atmosphäre der unentwegten Erregtheiten, die derart wiederauflebt, sondern mehr noch die kulturellen Details und Momentaufnahmen, die man von heute aus nicht mehr als widersprüchlich, sondern als eine bemerkenswerte Vielfalt wiedererinnert. Nehmen wir nur die unentwegt anzitierte Musik, die die Abelssens hören – die Beatles neben Ravels *Bolero*, Schlager neben Mozarts Klavierkonzert d-Moll, Yvette Guilbert neben Walzern von Chopin. So vielfältig im Roman Musik und Mode präsent sind, ist erstaunlich, wie vergleichsweise wenig vom Theater, der bildenden Kunst und zwar vom Kino, aber kaum vom Film die Rede ist. Hingegen geht es immer wieder auch um Lektüre. Selbstverständlich ist darunter das politisch Angesagte, Marx und Mao. Oder literarisch korrekt Brecht und Gorki. Doch eben auch der politisch verpönte Benn, während der akzeptierte Heine Lili ausgerechnet dazu dient, mit Zeilen aus *Atta Troll* ihr Verhältnis zum schmierigen Sozialrüpel Losch zu kommentieren:

»Ach, die Sterne
Sind am schönsten in Paris,
wenn sie dort des Winterabends
in dem Straßenkoth sich spiegeln.« (138)

Wer wie Lili neben dem politisch Approbierten einen Roman wie Valentin Katajews *Die Defraudanten*, 1926 in der Sowjetunion erschienen, liest (134), worin zwei

Sowjetbürger im Suff Staatsgelder unterschlagen und mit denen eine aberwitzige Reise absolvieren[4], sieht eben auch die burlesken Seiten des Revolutionsgebarens. Man kann diesen Literaturverweis geradezu als einen Schlüssel für *Roter Winter* selbst nehmen. Freilich ist dieser Roman – allein schon im Wissen um den weiteren Fortgang der Sowjetunion – stärker durchwirkt von der Elegie auf eine bedrohte und an sich selbst scheiternde, dem Geist einzig angemessene Lebensform – und darin wiederum Heinrich Heine nahe. Zudem spielt auch hier der Alkohol eine nicht geringe Rolle. Nicht nur darin, daß im Roman dauernd getrunken wird und die Abelssens kein Auto haben, weil sie ständig betrunken sind (57), sondern in gewisser Weise funktioniert der Roman nach der alkoholischen Kippfigur: die Realität zu steigern und ihr die Spitzen zu nehmen.

Die Abelssens sehen sich durchaus selbst als das, was sie – auch – sind, als Snobs. Doch sind sie nicht hochmütig elitär, sondern zutiefst human darin, wenn sie erkennen: »Massenglück ist nicht Menschenglück.« (159) Sie setzen, wie draußen – unter ihrer beobachtenden Teilnahme – die Gesellschaft aufs Spiel gesetzt wird, mit damals noch unbekanntem Ausgang, ihre Ehe aufs Spiel – mit ebenfalls unbekanntem, allerdings wenig hoffnungsvollem Ausgang. Die härtesten Möglichkeiten und Wahrscheinlichkeiten haben sie am Ende ja schon durchgespielt, Scheidung oder Tod.

So, wie man heute den Roman als hochverdichtet detailliertes Zeitdokument lesen kann, so könnte man daher verlockt sein, ihn autobiografisch zu lesen.

Zumal dann, wenn man die Hintergründe kennt, die Annemarie Webers Enkel Robert im Nachwort zur Neuauflage von *Westend* unter dem Titel *Wildes Leben in West-Berlin* darlegte.[5]

Wie die 1918 geborene Annemarie Weber hat Lili Abelssen, vormalige Lili Lewinsky (303), zwei Söhne. Wie Richard Abelssen ist Rudolf Lorenzen, den sie 1955, nach ihrer Scheidung 1951 von dem Buchhändler Heinrich Weber, heiratete, Werbefachmann, eine flamboyante Figur im westberliner Kulturleben jener Zeit. »Gesellschaftlich entwickelten sich Annemarie Weber und Rudolf Lorenzen zu einer Berliner Institution in den künstlerisch-intellektuellen Kreisen.« – schreibt Robert Weber. »Sie gingen fast jeden Abend aus und rechtfertigten das Leben im Taxi zwischen Partys, Restaurants und Szene-Kneipen [...] mit der Notwendigkeit, sich zu zeigen, um im Gespräch zu bleiben und Aufträge akquirieren zu können. Das Paar politisierte sich auch, Bilder von ihrer Beteiligung an Demonstrationen zierten den Flur. [...] Ihre Freundschaft und Großzügigkeit wurden geschätzt. Annemarie Weber und Rudolf Lorenzen inszenierten sich als glückliches Paar in einer offenen Ehe.«[6] Nimmt man dann noch hinzu, daß 1968, ein Jahr bevor *Roter Winter* mit dem Untertitel *Zwischenspiel einer Ehe* erschien, die beiden sich trennten, auch wenn ihre Ehe erst 1975 geschieden wurde, dann scheint eine biografistische Lektüre des Romans mehr als nur nahezuliegen. Doch ist er das auf eine Weise, die den biografistischen Kurzschluß ebenso wie den voyeuristischen Blick verbietet. Dafür sorgt schon der geradezu geniale Kunstgriff der insgesamt neun Spielszenen, in denen die Abelssens nicht nur verschiedene Kartenspiele spielen, sondern sich ihr Leben umerzählen und Varianten ausmalen, in denen sie sich nichts schenken. Szenen einer Ehe. Gnadenlose verbale Kämpfe wie tiefste Vertrautheit und temporärer Trost in der Erschöpfung. Das hebt den Roman durchaus auf die Ebene von Edward Albees *Wer hat Angst vor Virginia Woolf ...?* Zugleich offenbart das aber auch ein Betriebsgeheimnis gelingender Literatur gegenüber bloßen Versuchen der Lebensabschilderung – eben das auf Riskanz gestellte Spiel mit den Möglichkeiten, das zugleich weiß, wie wenig es der Wirklichkeit zu entkommen vermag, sondern diese vielmehr steigert. Und so endet der Roman in einer gestellten Fotografie, einem erstarrten Tableau, dessen Widerleg er ist.

[1] Christa Rotzoll: Weber, Annemarie: Roter Winter. In: *Frankfurter Allgemeine Zeitung*, v. 7. 10. 1969

[2] Ehe und Apo. In: *Der Spiegel*, v. 22. 9. 1969

[3] Christian Schröder: Die Angst der Höhlenmädchen. In: *Der Tagesspiegel*, vom 14. 12. 2012

[4] Vgl. Valentin Katajew: *Die Defraudanten*. Übers. v. Richard Hoffmann, Berlin, Wien u. Leipzig: P. Zsolnay 1928

[5] Robert Weber: Wildes Leben in West-Berlin. In: Annemarie Weber: *Westend*. Roman, Berlin: AvivA 2012, S. 306-317

[6] Robert Weber, a.a.O., S. 311

Kurzvita Erhard Schütz

Prof. Dr. Erhard Schütz, Jg. 1946, war bis Oktober 2011 Ordinarius für Neuere deutsche Literatur an der Humboldt-Universität zu Berlin. Seine Arbeitsschwerpunkte: Deutsche Literatur-, Kultur- u. Mediengeschichte des 20. Jahrhunderts, literarische Publizistik. Er arbeitet als Literaturkritiker und ist Mitglied des deutschen P.E.N. Seine letzten Veröffentlichungen: *Echte falsche Pracht. Kleine Schriften zur Literatur* (2011), *Handbuch Nachkriegskultur* (Zus. m. E. Agazzi, 2013), Hg. v. Stefan Großmann: *Wir können warten* (2014).

Vita Annemarie Weber

1918	Geboren in Berlin als Annemarie Siegmund, Tochter eines Wirtschaftsprüfers
1936–1939	Ausbildung in der Amelang'schen Buchhandlung in der Kantstraße
1945	Beginn der Arbeit für die Britischen Alliierten als Dolmetscherin und Übersetzerin
1946	Heirat mit Heinrich Weber
1947	Geburt von Henning Weber
1949	Geburt von Dieter Weber
1951	Scheidung von Heinrich Weber
1951	Veröffentlichung der ersten Kurzgeschichte in der *Neuen Zeitung*
1953–1955	Redakteurin bei der *Berliner Morgenpost,* längere Reisen nach England, Frankreich, Italien und Libyen
1955	Heirat mit Rudolf Lorenzen
1956	*Seid gut zu den Frauen! Ein Kopfkissenbuch für Männer*
1957	*Ehret die Männer! Ein Frühstücksbrevier für Damen*
1961	Roman *Korso*
1962	Auszeichnung mit dem Literaturpreis der Stadt Berlin
1966	Roman *Westend*
1968	Trennung von Rudolf Lorenzen
1969	Roman *Roter Winter*
1972	Roman *Der große Sohn von Wulkow*
1974	Roman *Die jungen Götter*
1978	Roman *Rosa oder Armut schändet*

1979	Veröffentlichung von *Sitte und Sünde. Erotischer Ratgeber aus den letzten 100 Jahren*
1982	Veröffentlichung von *Immer auf dem Sofa*
1991	Tod in der Wohnung im Berliner Westend

Daneben zahlreiche weitere Buch- und sonstige Veröffentlichungen, Feuilletons, Reportagen, Theaterkritiken und Glossen für Rundfunk und Printmedien.

Der Nachlaß Annemarie Webers befindet sich in der Akademie der Künste, Berlin.

Mehr von Annemarie Weber

Annemarie Weber:
Westend
Roman
Mit einem Nachwort von Robert Weber
geb., 318 S.
ISBN 978-3-932338-52-6

April 1945: Die 27-jährige Elsa Lewinsky wartet auf das Kriegsende. Der Einmarsch der Russen steht kurz bevor, doch die Zukunft ist ungewiss.
In lakonischem Stil und mit scharfer Beobachtungsgabe beschreibt Weber die alltäglich gewordenen Erfahrungen von Hunger, Angst, Vergewaltigung und der Auseinandersetzung mit den Alliierten im besiegten Berlin. Dabei entwirft sie ein präzise gezeichnetes Psychogramm der verschiedenen Typen und Charaktere, ohne ein Urteil über sie zu fällen. Ein Roman, der mit stereotypen Bildern bricht und eine außergewöhnliche Perspektive auf die Situation der Frauen nach dem Zweiten Weltkrieg wirft.

»›Westend‹ ist ein psychologisch sehr kluger, anspruchsvoller und packender Roman.«

(Julia Martin, Virginia)

Weitere Autorinnen im AvivA Verlag

Silvia Tennenbaum:
Rachel, die Frau des Rabbis
Roman
Aus dem Englischen übersetzt von Claudia Campisi
geb., 457 S.
ISBN 978-3-932338-45-8

Rachel ist Ende 30, Mutter eines 16-jährigen Sohnes und seit 20 Jahren mit dem Vorstadtrabbiner Seymour Sonnshein verheiratet. Sie liebt Baseball, kleidet sich auffällig und hält ihre unorthodoxen Ansichten keinesfalls geheim. Statt sich den langweiligen Aufgaben einer Rabbinersfrau zu widmen, verbringt sie ihre Zeit in ihrem Atelier und strebt danach, ihre abgebrochene Karriere als Künstlerin fortzusetzen. Das passt jedoch nicht in das Bild der Vorstädter von einer ordentlichen Rebbezin. Intrigen und Querelen in der Gemeinde und andere Krisen bringen das Leben der Sonnsheins durcheinander ...

»Doppelbödig-lakonisches Gesellschaftsporträt mit viel Esprit in und zwischen den Zeilen.«

(Susanne Alge, Buchkultur)

Weitere Autorinnen im AvivA Verlag

Lili Grün:
Mädchenhimmel!
Gedichte und Geschichten
Gesammelt, herausgegeben, kommentiert
u. m. einem Nachwort v. Anke Heimberg
geb., 192 S.
ISBN 978-3-932338-58-8

Melusine-Huss-Preis 2014
HOTLIST 2014 der 10 besten Bücher aus unabhängigen Verlagen

»Mädchenhimmel!« betitelt Lili Grün 1930 einen ihrer lyrischen Songs, der für die Themenpalette ihrer Gedichte und kleinen Geschichten aus den zwanziger und dreißiger Jahren steht: junge, moderne, selbstbewusste Frauen – hin-und hergerissen zwischen Autonomie, Selbstbehauptung und dem ›Mann mit starken Armen‹.

»Es sind präzise und gefühlvolle Beschreibungen des Großstadtlebens, humorvoll und selbstironisch erzählt, leicht melancholisch, ziemlich keck und sehr berührend.«

(Deniz Yücel, taz)

Weitere Autorinnen im AvivA Verlag

Maria Leitner:
Mädchen mit drei Namen
Reportagen aus Deutschland
und ein Berliner Roman (1928-1933)
Herausgegeben u. kommentiert
v. Helga u. Wilfried Schwarz
broschiert, 222 S.
ISBN 978-3-932338-60-1

Ob in ihrem »kleinen Roman« um eine junge Frau aus der Provinz, die in der Großstadt ihr Glück sucht, oder bei ihren Entdeckungsfahrten unterwegs in Deutschland: Maria Leitner schreibt über »Frauen im Sturm der Zeit« und gewährt tiefe Einblicke in deutsche Lebenswelten kurz vor 1933.

»Wahre Preziosen sind die kleinen Texte Leitners, in denen sie ›das tägliche Gesicht der Zeit‹ ... einfängt.«

(Werner Jung, konkret)

Der Text folgt der Erstausgabe des Romans,
der 1969 im Kurt Desch Verlag, München,
mit dem Untertitel »Zwischenspiele einer Ehe«
erschien.

Rechtschreibung und Zeichensetzung richten sich
nach dem Original.

Veröffentlicht mit freundlicher Genehmigung
von Robert Weber

Foto S. 2: Mit freundlicher Genehmigung
von Bettina Lorenzen

Umschlaggestaltung: Britta Jürgs
Umschlagfoto: Liebespaar unter der S-Bahnbrücke
am Bahnhof Zoo, Berlin 1964

Druck: freiburger graphische betriebe GmbH

1. Auflage 2015

AvivA Britta Jürgs GmbH
Emdener Str. 33, 10551 Berlin
info@aviva-verlag.de
www.aviva-verlag.de

ISBN: 978-3-932338-67-0